Kate Ling

Wir zwei in neuen Welten

Weitere Titel der Autorin:

Wir zwei in fremden Galaxien

KAPITEL 1

Das Wasser schwappt mir gegen die Hüfte, stemmt sich mir entgegen, zerrt mich hin und her. Es ist nicht blau und klar, wie ich es mir vorgestellt habe, sondern überzogen von einer blassen rosigen Staubschicht, bestehend aus feinen Schuppen, die sich bei meiner Berührung teilen und an meinen Fingern kleben bleiben, als ich die Hand hebe und sie staunend betrachte.

»Das ist die Asche von unserem Hitzeschild«, sagt Dom, der mich beobachtet. Sein Blick gleitet hinauf zu der tiefroten Sonne. »Na komm.«

Ezra ist uns ein paar Meter voraus, dem Ufer am nächsten, vornübergebeugt, um sich Wasser aus der Nase zu prusten. Er schüttelt den Kopf und brüllt etwas. Mariana geht vor uns, die Arme vor der Brust verschränkt, mit jedem Schritt langsamer. Mir geht es genauso. Ich habe das Gefühl zu schmelzen, vom Wasser verschlungen zu werden, aber Dom schleift mich beharrlich weiter.

Ezra dreht sich um, verzieht das Gesicht und sagt etwas, aber »… diese verdammte Schwerkraft …« ist alles, was ich verstehe, weil hinter uns ein lautes Zischen aus dem Shuttle dringt, das mit einer aufschießenden Dampfwolke vom Meer gekühlt wird.

Erst als das Wasser immer flacher wird, spüre ich seine ganze

Macht, spüre die Schwerkraft, sodass ich gegen meinen Willen stehen bleibe.

»Wir haben es fast geschafft.« Dom drückt meine Hand. »Noch fünfzig Meter. Höchstens.«

Ich bringe nicht mehr zustande, als ihn mit offenem Mund anzustarren. Um seine Augen und seinen Mund herum haben sich dunkle Schatten gebildet, und während ich ihn ansehe, rinnt ihm ein Blutstropfen aus der Nase.

»Geht's dir gut?«, frage ich mit gebrochener Stimme.

»Alles okay«, erwidert Dom. »An Land sehen wir weiter.«

Wir erreichen Mariana, die plötzlich ins Stolpern gerät und mit einem Mal im Wasser sitzt. Ich schiebe einen Arm unter ihre Achsel und ziehe sie hoch, um gemeinsam mit ihr weiterzugehen.

»Das ist echt …«, sagt sie an meinem Ohr, ohne den Satz zu beenden.

Vor uns liegt ein langer blasser Sandstrand, gesäumt von Bäumen und Sträuchern, die so dicht miteinander verwoben sind, dass sie einer undurchdringlichen Wand gleichen. Schwer zu sagen, ob der Sand tatsächlich rosa ist, die Blätter tatsächlich lila, blau und rot, wie sie in meinen Augen erscheinen, denn Huxley taucht alles in einen blutroten Dunst. Am Ende des Strands erblicke ich den flachen Zipfel einer Halbinsel, deren helle Felsen hinaus ins Meer ragen; in entgegengesetzter Richtung erhebt sich ein hoher schwarzer Berg, dessen scharfe Silhouette an die Klinge eines Messers erinnert, das jeden Moment umfallen könnte. Unzählige schwarze Felsen ragen steil in den Himmel, bis hinunter zum Ufer, ein ganzer Wald von Messerklingen, als wären sie aus dem Weltraum herabgeregnet, genau wie wir. Dieser Ort scheint so etwas regelrecht anzuziehen.

Die Explorer 37 heult auf wie ein sterbendes Seeungeheuer aus einem Katastrophenfilm, und ich werfe gerade noch rechtzeitig einen Blick über meine Schulter, um zu sehen, wie sich das Shuttle zur Seite neigt und hilflos seinen verletzten Flügel reckt, während eine orangefarbene Flüssigkeit wie ein Geysir in den Himmel schießt.

»Sie sinkt«, sage ich. »Sie darf nicht sinken.«

»Sie wird nicht sinken«, erwidert Dom, doch bevor ich genauer nachhaken kann, beugt er sich krampfartig vor und spuckt einen Schwall Blut ins Meer.

Ich drücke seine Hand und gehe mit letzter Kraft weiter, obwohl Marianas Gewicht so schwer auf mir lastet, dass ich mit jedem Schritt tiefer einsinke, während Dom neben mir ins Straucheln gerät und schmerzhaft mein Handgelenk verdreht. Nur indem ich mich auf Ezra konzentriere, der vor uns durch das flache Wasser stapft und kurz stehen bleibt, um sein Unterhemd auszuziehen, sodass er prompt von einer Welle umgerissen wird, schaffe ich es, mich irgendwie vorwärtszuschleppen.

Als uns eine weitere Welle erfasst, gelingt es Mariana und mir, uns dagegenzustemmen, doch ich spüre, wie Dom den Halt verliert und umgerissen wird. Hastig drehe ich mich um und packe mit beiden Händen zu, um ihn durch die Brandung zu schleifen, während sich die Welle wieder zurückzieht. Er rappelt sich auf, und wir nutzen den Moment, um loszurennen, bis wir nur noch knietief, dann knöcheltief im Wasser stehen. Keuchend lassen wir uns in den feuchten Sand fallen.

Der Himmel ist leuchtend pink, und es schneit. Wie kann das sein? Wie kann es schneien, wenn die Luft so drückend heiß ist, dass ich kaum Luft bekomme?

»Es schneit«, sage ich zu Dom, während ich zusehe, wie eine

Flocke auf seiner Wange landet, dicht unter seinem geschlossenen Auge. »Es schneit«, sage ich erneut, diesmal zu Ezra, der etwas oberhalb am Strand liegt, seine Füße unweit von meinem Gesicht, sein Oberkörper auf die Ellbogen gestützt.

»Das sind nur unsere Überreste«, sagt Ezra. »Unser Weltraumschrott.«

Mariana liegt gut einen Meter von mir entfernt auf der Seite, umspielt von der Brandung, die ihr Haar ordnet und zerzaust. Ich sehe, wie sie sich mühsam aufrappelt, um eine dunkle Flüssigkeit auszuspucken.

»Komm«, sage ich, als sie sich einigermaßen erholt hat, und reiche ihr meine zitternde Hand.

Der Strand erstreckt sich in drei Ebenen über dem Meer, und ich bringe Mariana zu der mittleren, um weder dem Meer noch dem Waldrand zu nahe zu kommen. Dann kehre ich zurück zum Wasser, um Dom auf die Beine zu zerren und ihn zu stützen, bis er ein paar Meter weiter erschöpft in den Sand sinkt.

»Brauchst du Hilfe?«, frage ich Ezra, aber der schüttelt den Kopf und dreht sich kommentarlos auf die Seite, um uns den Rücken zu kehren.

Ich setze mich neben Dom und Mariana und betrachte Huxley, der in diesem Moment am Horizont versinkt, als würde er in einer blutroten Pfütze mit dem Meer verschmelzen.

»Sonnenuntergang.« Ich teste das ungewohnte Wort. »Abendrot.«

Mein Blick gleitet nach oben und schweift über den bunten Himmel, gezeichnet von leuchtendem Rot, Orange und Lila bis hin zu einem intensiven Blau, wo sich bereits die ersten Sterne abzeichnen.

»Es gab doch Monde? Waren da nicht zwei Monde?«

Niemand antwortet mir, und da ist kein Mond. Jedenfalls nicht im Moment.

Ich betrachte Dom, berühre den violetten Bluterguss unter seinen Augen, die sich im selben Moment öffnen und seltsam verdrehen, ehe er mich wirklich ansieht. Sein Blick wirkt ungewohnt trüb, nicht strahlend wie sonst, und diese Tatsache ist so schmerzlich, dass es mir die Kehle zuschnürt. Trotzdem versuche ich zu lächeln. *Du wärst fast gestorben*, denke ich, aber ich weigere mich, es laut auszusprechen. Dann fallen ihm erneut die Augen zu.

Ich habe diesen Sonnenuntergang schon mal beobachtet, durch das Panoramafenster der Ventura, die Handflächen an die kalte Scheibe gepresst, während Huxley hinter dem Planeten verschwand und sich für einen Moment orangerot verfärbte, sein Licht von der Atmosphäre gebrochen, von der Wasseroberfläche reflektiert.

Dabei habe ich mir vorgestellt, wie es wäre, hier unten zu sitzen, hier an diesem Strand, die Zehen im Sand vergraben. Aber wenn ich auf meine Füße blicke und die Zehen bewege, kommt mir das alles unwirklich vor, denn es ist ganz anders als in meiner Vorstellung. Huxley ist in Wirklichkeit viel größer und unglaublich nah, sein roter Feuerball vom Horizont halbiert.

Urplötzlich gerät die Luft in Aufruhr. Sie zieht und zerrt an uns, rüttelt unbarmherzig an den Bäumen, verwirbelt die verbrannten Fetzen unserer Trümmer und peitscht mir den Sand ins Gesicht, sodass mir die Augen tränen und ich sie hastig schließe.

Mariana vergräbt ihr Gesicht an Doms Schulter und kreischt auf.

»Was ist das? Was ist das? Was ist plötzlich los?«, fragt sie panisch.

»Das ist nur der Wind«, sagt Dom, der ihr beruhigend übers Haar streicht. »Ich schätze, das ist normal.«

Ich lege mich neben ihn und senke meinen Kopf auf seine Brust.

»Es wird dunkel«, sage ich.

»Ja.« Er schluckt.

Von Huxley ist nur noch ein schmaler Streifen zu sehen, der immer mehr schmilzt und schwindet, bis nur noch sein farbenfroher Geist über den Himmel spukt.

»Und jetzt?«, frage ich Dom.

Er fährt sanft über mein Haar. »Wir sollten uns erst mal ausruhen und morgen früh überlegen, was zu tun ist.«

Obwohl mir vor Erschöpfung alles wehtut, kann ich nicht schlafen. Stattdessen liege ich wach und zittere, obwohl mir noch nie im Leben so warm war. Die Hitze ist so drückend schwül, dass meine Haut gar nicht trocknet, sondern eher noch feuchter wird. Zum Glück, denn unsere Uniformen, die wir beim Schwimmen abgestreift haben, liegen unten am Meeresgrund. Wir tragen nicht mehr als unsere Unterwäsche und eine feine Schicht Sand.

Das erste Geräusch, das aus dem Wald zu uns herüberdringt, lässt Dom vor Schreck hochfahren, sodass ich mir auf die Zunge beiße und Blut schmecke.

»Oh Gott, was ist das? Was ist das? Was ist das?«, kreischt Mariana.

»Halt mal den Mund, damit wir etwas hören«, sagt Ezra, der sich auf den Ellbogen stützt und angestrengt in den Wald späht.

»Was ist das was ist was ist das?« Mariana kann anscheinend nicht aufhören.

»Mann, halt endlich den Mund, okay?«

Wir liegen da und lauschen. *Mieeep*. Stille. *Mieeep*. Stille. Dann gesellt sich eine weitere Stimme hinzu. Ähnlich wie die erste, nur etwas tiefer. Im gegenseitigen Einklang.

»Insekten?«, vermutet Dom. »Kann doch sein, oder? Wie in diesen Dokumentarfilmen von der Erde. Insekten machen solche Geräusche.«

»Warum sollte das hier genauso sein?« Mariana hebt ihren Kopf. »Wir sind mehrere Millionen Kilometer von der Erde entfernt.«

Ezra lässt sich zurück in den Sand sinken. »Insekten klingt schon plausibel, aber soweit ich weiß, haben die Bio-Scans der Erkundungsflüge nur Spuren von mikrobiologischem Leben nachweisen können.«

»Tödliche Mikroben«, sage ich unwillkürlich. »Die Rede war von tödlichen Mikroben.«

Keiner sagt etwas, wir sitzen nur da und denken darüber nach.

»Na ja«, seufzt Ezra, »ziemlich laute Mikroben, würde ich sagen.« Damit verschränkt er die Arme vor seiner nackten Brust und dreht sich erneut auf die Seite.

Ich höre so angestrengt hin, dass ich vor Erschöpfung einschlafe, ganz ohne es zu wollen. Als ich wach werde, sind anscheinend mehrere Stunden vergangen, denn ich starre in den Himmel und erblicke das tiefblaue Banner eines glühenden Universums, das mich überwältigt, mich verschlingt, mich zurückfordert. Ich schlucke meine Angst herunter und betrachte die grenzenlose Finsternis. Im nächsten Moment stelle ich fest, dass sie sich bewegt, dass sich einzelne Sterne losreißen und den Himmel mit blassen Streifen überziehen, die sich bis zum Horizont erstrecken, ein lautloses Strömen, bezaubernd und beängstigend zugleich. Mein Zittern kehrt zurück, und Dom wird davon wach und streichelt meinen Arm.

»Was ist los?«, murmelt er.

»Sternschnuppen?«, frage ich. Ein Ausdruck, den ich schon oft gehört, aber nie richtig verstanden habe.

Er öffnet die Augen und betrachtet das lautlose Schauspiel. »Wow!«, sagt er, und irgendwie beruhigt mich das.

»Passiert das hier jede Nacht?«

Er schüttelt den Kopf. »Ich glaube, das waren wir selbst. Unser Staub schwebt immer noch in der Atmosphäre.« Er schiebt seine Finger in mein Haar. »Das ist unsere Art, dem Planeten Hallo zu sagen.« Ich spüre sein Lächeln und muss ebenfalls lächeln. Dann wende ich den Kopf in seine Richtung, und wir küssen uns. Seine Lippen sind warm und sanft und schmecken leicht metallisch. Ich wünsche mir, dass der Kuss niemals endet, doch als es so weit ist, bleiben wir Nase an Nase liegen und betrachten die feuchten Augen des anderen.

»Ich habe solche Angst«, sage ich.

»Ich weiß«, erwidert er.

»Du nicht?«, frage ich mit einem Beben in der Stimme.

»Es wird schon alles gut«, sagt er, doch im nächsten Moment blickt er so starr und eindringlich über meine Schulter, dass Panik in mir aufsteigt. »Sieh mal«, sagt er mit einem Nicken, und ich drehe den Kopf herum.

Eine riesige pinkfarbene Scheibe erhebt sich langsam aus dem Meer, eine größere Version der Sonne, doch ohne ihre Leuchtkraft und Intensität; Huxleys geisterhafter Doppelgänger, umfangen von einer tiefen Stille, die uns beide überwältigt.

»Einer der Monde«, hauche ich.

Wir sehen zu, wie er den Himmel mit seinem riesigen Gesicht erfüllt.

»Mondaufgang«, flüstert Dom.

Ich sehe ihn an. »Gibt es so was?«

»Wenn wir es so nennen, ja. Ist doch *unser* Planet.«

Ich denke darüber nach, während ich den Mond anblinzle. Nur wenige Minuten später gesellt sich der zweite Mond hinzu, späht schüchtern über den Rand der Welt, kleiner und näher, ein treuer Begleiter, Freund, Liebhaber, Kind, und beide mustern uns neugierig, als würden sie sich fragen, was wir als Nächstes tun werden.

KAPITEL 2

Wir haben die Hoffnung auf Tageslicht schon fast aufgegeben, als sich der Morgen klammheimlich an den Himmel stiehlt, erst als blasser Schimmer, dem wir nicht über den Weg trauen, dann in den unverkennbaren Farben der Dämmerung. Als Huxley am Horizont erscheint, erwecken uns seine wärmenden Strahlen und sein Licht zu neuem Leben.

Die Explorer treibt draußen vor der Küste, silbrig glänzend und schwarz verkohlt, ein Relikt aus einer anderen Welt, einem anderen Leben. Sie hält sich kaum noch über Wasser und ist über Nacht abgetrieben. Wenn wir nicht schleunigst etwas unternehmen, haben wir die Arschkarte gezogen (um es mit Ezras Worten auszudrücken).

Das Meer wirkt heute Morgen extrem aufgewühlt. Alle paar Sekunden rollen meterhohe Wellen herein, riesige glitzernde Wasserbögen, die uns locker überragen. Sie stürzen schäumend in sich zusammen, um sich am Strand zu verlieren – faszinierend, hypnotisierend, fesselnd.

Ich starre wie gebannt hin. »So war das doch gestern nicht, oder?«, sage ich und sehe aus dem Augenwinkel, wie Dom den Kopf schüttelt.

»Da ist immerhin ein riesiger Gegenstand reingestürzt. Aus

dem Weltraum, meine ich …« Er zuckt mit den Schultern, dann sieht er mich an. »Zum Glück können wir schwimmen.« Er legt einen Arm um meine Schultern. »Der Schwimmunterricht auf einem Raumschiff hat sich also doch gelohnt«, sagt er grinsend.

Wir schwimmen hintereinander in einer Linie, Dom uns allen voran, bis er irgendwann auf der Stelle paddelt, um auf uns zu warten. Als ich ihn einhole, wird mir bewusst, wie fertig ich bin, wie sehr mich jeder Muskel quält, und ich versuche, es ihm zu sagen, doch ich bekomme kein Wort heraus, denn jedes Mal, wenn ich den Mund öffne, schlucke ich Wasser. Dom lässt zu, dass ich mich an ihm festhalte, dass ich meine Finger in seine Schulter kralle, dann zieht er mich an sich. »Gerate jetzt nicht in Panik, Seren. Du verschwendest nur kostbare Energie. Wir brauchen dich.«

Natürlich gebe ich mir alle Mühe, aber es nützt nichts.

»Du musst ins Shuttle klettern, um von innen die Winde zu bedienen«, brüllt Dom zum fünfzigsten Mal, bevor ich ihm zu verstehen gebe, dass ich keine Ahnung habe, wie ich das anstellen soll. »Ich helfe dir hinein. Such einfach im Menü des Bordcomputers nach den planetaren Dienstprogrammen.« Er zieht mich bis zur Explorer, wo ich von den Wellen mehrfach gegen den verkohlten Rumpf geschmettert werde. Dann hebt er mich hoch, bis ich den Rand der Einstiegsluke zu fassen bekomme und mich daran hochziehe, was mir mit meinen zitternden Armen fast unmöglich erscheint. Irgendwie schaffe ich es letztendlich, meinen Oberkörper über die Kante zu hieven, und dann hänge ich kopfüber in der Luke und starre hinab in das Cockpit mit seinen Sitzen und dem übrigen Kram, der im Shuttle nach vorn gerutscht ist, weil der Bug der Explorer 37 steil nach unten weist.

»Wir müssen uns beeilen, Seren. Nimm die Abdeckung der Winde und spule sie ab. Die Elektronik hat möglicherweise den Geist aufgegeben, also müssen wir es notfalls manuell versuchen, okay?«

Es gelingt mir, die obere Hälfte meines Körpers durch die Luke zu schieben, doch dann übermannt mich die Schwerkraft, und ich rutschte vornüber ins Cockpit, sodass mein Gesicht gegen das Armaturenbrett knallt. Während ich versuche, das Systemdisplay hochzufahren, zieht sich Mariana an der Luke hoch und schwingt ein Bein über den Rand, um sich wie ein vernünftiger Mensch in die Luke zu setzen.

»Mein Gott, was hast du denn gemacht?«

Ich berühre meine Lippe und sehe Blut.

Sie klettert ins Cockpit, um mit mir zusammen die Winde zu aktivieren, aber es passiert leider nichts, daher starren wir hilflos durch die Windschutzscheibe, während Dom, wendig wie ein Fisch, nach unten taucht, um den manuellen Entriegelungshebel zu suchen. Doch er kehrt viermal erfolglos an die verwirbelte Oberfläche zurück. Ezra versucht als Nächster sein Glück, aber er muss sich mühsam am Shuttle nach unten hangeln, denn er kann längst nicht so gut tauchen wie Dom. Im bläulichen Licht des Meeres betrachten wir seine umhertreibenden Füße, als wir urplötzlich das Ächzen des Hebels hören und der Alarm für den manuellen Eingriff ertönt. Das Dienstprogramm verkündet, dass die Seilwinde abgespult wird. Also klettern wir auf die Rückenlehnen der Sitze, um uns aus der Luke zu lehnen.

Die beiden schwimmen bereits zum Ufer, Dom vorneweg, Ezra hinterher, ein dickes Metallseil über den Schultern, sodass sie sich langsam vorankämpfen, bis sie die Stelle mit den sich aufbäumenden Wellen erreichen.

Sobald die erste Welle nach ihnen greift, verschwinden sie aus unserem Blickfeld. Wir sehen nur noch das Drahtseil, das sich in der brodelnden Gischt lockert und strafft. Das Ganze zieht sich so lange hin, dass Mariana mich davon abhalten muss, selbst ins Wasser zu springen.

»Sie haben es geschafft!«, sagt sie nach einer halben Ewigkeit und zeigt auf Dom, der sich im flachen Wasser aufrichtet, die Haare platt an den Kopf geklatscht, die Augen weit aufgerissen. Dann packt er Ezra am Handgelenk und fischt ihn aus dem Wasser, während er uns zur Entwarnung zuwinkt. Wir sehen zu, wie sie sich an Land abplagen, niedergedrückt von dem schweren Stahlseil. Sie schleppen es bis zum Waldrand und bleiben stehen, um minutenlang zu diskutieren, bevor sie sich dazu entschließen, das Seil an einem Baumstamm zu befestigen. Dann macht Ezra eine kreisrunde Bewegung mit dem Arm, und ich wende den Blick zu Mariana.

»Hast du eine Ahnung, wie man die Winde bedient?«, frage ich, während wir zurück zum Armaturenbrett klettern, aber sie schüttelt den Kopf.

Ich öffne diverse Menüs und wähle irgendwelche Optionen, bis wir das Geräusch der Winde hören, erst ächzend, dann quietschend, während sich das Shuttle im Wasser dreht und neu ausrichtet.

»Das war verdächtig einfach«, sage ich, doch es dauert nicht lange, bis wir auf Grund laufen.

Inzwischen sind wir nahe genug herangekommen, um Doms und Ezras Enttäuschung zu sehen, als sie hilflos mitansehen müssen, wie wir etwa dreißig Meter entfernt stecken bleiben, während die Mechanik der Winde frustriert aufheult. Der Motor gibt sich nicht gleich geschlagen, sondern arbeitet jaulend weiter, ein markerschütterndes Kreischen, das den ganzen Bug erfasst, während sich die Explorer nur noch zentimeterweise voranquält. Dann hören wir ein neues Geräusch – ein hohes Bersten, das keiner von uns richtig zuordnen kann, bis wir sehen, dass sich der Baum von der Last biegt und spaltet, seine blassen Innereien durchtrennt von dem scharfen Metallseil, das im nächsten Moment über den Strand peitscht und Ezra fast mitreißt.

Mari reagiert schneller als ich und stoppt den Motor, damit Dom und Ezra das Seil erneut ausrollen können, um sich nach einer stärkeren Verankerung umzusehen. Sie verschwinden im Dickicht der Bäume, bis Ezra irgendwann wieder auftaucht und dieselbe seltsame Armbewegung macht. Dom ist nirgends zu sehen.

»Er will, dass wir zu ihnen kommen«, sagt Mari, als ich die Winde wieder in Gang gebracht habe. »Um die Last zu verringern, schätze ich.«

Die Wellen haben wir zwischenzeitlich total vergessen. Noch während ich ins Wasser springe, brüllt Mariana mir etwas hinterher, und im selben Moment erblicke ich eine gigantische Welle, hoch wie eine Wand, schäumend, aufgebäumt, von Sonnenlicht funkelnd, die gnadenlos über mir zusammenschlägt.

In dem Moment denke ich: *Ich habe es geschafft, ich bin der Ventura entkommen, nur um hier zu sterben, in der tosenden Brandung eines fremden Planeten, nur weil ich nicht mehr nach oben finde, weil ich jedes Mal von einer neuen Welle erfasst werde, erschlagen von einer Wand aus Wasser.* Erst als mir Mariana zu Hilfe eilt, mein Handgelenk packt, mit mir untergeht, sich hoffnungslos überschlägt, um verzweifelt nach Luft zu schnappen und zu kreischen: »Steh auf, steh auf, steh auf«, gelingt es mir, die Füße in den Sand zu stemmen und mich aufzurichten, nur um erneut umgerissen zu werden, wieder und wieder und wieder, als würde ich verprügelt.

Mit einem Mal knie ich im Sand, heule, keuche, kotze lauwarmes Meerwasser über meine Hände, während Dom mich mit seiner Umarmung fast zerquetscht und immer wieder sagt: »Alles okay, alles okay, alles okay.«

Zwischen meinen Tränen hindurch sehe ich, wie die Explorer 37 auf den Strand gleitet.

Eine halbe Stunde später haben wir so ziemlich alles im Sand ausgebreitet, was wir in den Staufächern finden konnten.

»Ich glaube, das ist ein Zelt.« Dom zieht meterweise dünnen orangefarbenen Stoff aus einer Tasche und kratzt sich am Kopf.

»Ein Zelt?« Ezra verzieht das Gesicht.

»Hm.«

»Das ist unser einziger Unterschlupf?«

Dom mustert das bunte Chaos von Kisten und Taschen, das zwischen mir, ihm und Mariana eine Fläche von rund zehn mal zehn Metern übersät. »Sieht ganz danach aus.«

Ezra wedelt mit der Hand. »Auch egal. Lasst uns das Ding aufbauen. Wir bleiben eh nicht lang hier.«

Mariana sieht ihn entgeistert an. »Wir bleiben nicht lang hier?«

Er fängt an, eine Kiste auszuräumen: Rationspackungen von gefriergetrockneter Nahrung. »Sobald wir das Boot in Gang gebracht haben, müssen wir den Kontinent suchen.«

Mariana runzelt die Stirn. »Was? Warum denn?«

Ezra sortiert die Nahrungsrationen, ohne zu ihr aufzublicken. »Dafür gibt es viele Gründe. Zu viele, um sie hier und jetzt zu erörtern. Wir müssen das alles sortieren und aufbauen, bevor es dunkel wird.«

Mariana und ich entdecken vier Freizeituniformen und vier eingeschweißte Arbeitsuniformen mit passenden Kappen, alle in Größe M. Ezra und Mariana passen ganz gut hinein, aber mir sind sie zu groß und Dom zu klein. Letztendlich spielt es keine Rolle, denn nachdem ich eine der Arbeitsuniformen zwei Sekunden lang anhabe, wird mir bewusst, dass sie in der Hitze viel zu warm ist. Ist schon komisch, auf der Ventura war mir immer kalt, und ich habe mich gefragt, warum sie die Kleidung nicht etwas wärmer oder dicker gemacht haben. Aber der schwere Stoff, der mir an den Hüften klebt, heizt mich so auf, dass ich ihn sofort wieder herunterschäle.

Mariana sieht zu, wie ich die Uniform in den Sand strample, und betrachtet das eingeschweißte Bündel in ihrem Schoß. »Vielleicht sollten wir die abschneiden. Mit einer einzigen Freizeituniform kommen wir nicht weit.«

Ich werfe einen Blick auf die verstreuten Kleidungsstücke. »Was ist mit Unterwäsche?«

Sie schüttelt den Kopf.

»Im Ernst?« Ich stemme die Hände in die Hüften und betrachte Dom und Ezra, die gerade aus mehreren Einzelteilen eine Zeltstange zusammenstecken. »Und ich sag's ja nur ungern, aber ich bräuchte dringend mal eine Toilette.«

Sie lacht. »Dann solltest du vielleicht ein Plumpsklo graben.«

Ich wische mir mit dem Unterarm über die Stirn und betrachte den finsteren Waldrand mit seinen verschlungenen roten und blauen Blättern, die das undurchdringliche Dunkel fest zusammenhalten, während die von messerscharfen Dornen bedeckten rosaroten Baumstämme in den Himmel ragen, um sich in schwindelnder Höhe zu einem breiten, fleischigen Blätterdach aufzufächern.

»Ich helfe dir beim Graben, aber lass uns zuerst den Solar-Destillator in Gang bringen, okay?«, sagt Mariana.

»Den was?«

Sie deutet auf einen zierlichen Apparat in Form einer gläsernen Pyramide, eingefasst von gebürstetem Edelstahl, der neben ihr im Sand steht.

»Ich konnte ihn zwar aufbauen, aber ich habe keine Ahnung, wie das Ding funktioniert. Da steht, man kann damit Salzwasser in Trinkwasser umwandeln. Demnach werden wir ihn wohl brauchen.«

Ich hocke mich neben das Gerät, aber wenn Mariana nicht damit klarkommt, dann habe ich erst recht keine Chance; sie ist in technischen Dingen einfach viel besser als ich, das hat sie mir auf der Ventura tagtäglich bewiesen. Aber gut zwanzig Minuten später, als die Batterien aufgeladen sind, erwacht das Gerät auf magische Weise zum Leben. In der Zwischenzeit haben wir uns den Nahrungsmittelrationen zugewandt und sie nach Tagen sortiert, um in etwa einschätzen zu können, wie lange wir damit auskommen. Dabei ist uns aufgefallen, dass man für die Zubereitung heißes Wasser benötigt. Also müssen wir wohl einen Weg finden, um Trinkwasser zu erhitzen.

»Hey«, ruft Ezra, eine Hand schützend über die Augen gelegt und trotz der kurzen Shorts seiner Freizeituniform schweißgebadet. »Wenn wir das Ding vor Sonnenuntergang aufbauen wollen, brauchen wir mal eure Hilfe.«

Die beiden haben nicht viel zustande gebracht, außer ein paar Zeltstangen zusammenzustecken und den orangefarbenen Stoff im Sand auszubreiten.

»Wo wollen wir es denn aufbauen?«, frage ich skeptisch.

Ezra lupft die Augenbrauen. »Ähm, hier?«

»Hier?«

Er sieht sich um. »Hast du eine bessere Idee?«

Ich reagiere mit einem halbherzigen Schulterzucken. »Na ja, sollten wir uns nicht erst mal ein bisschen umsehen? Hier ist es nicht gerade geschützt, und wir …«

Er schüttelt den Kopf. »Henson, wir bleiben eh nicht lang hier. Wir können hier nicht bleiben.«

»Lomax …« setzt Dom an, doch stattdessen wendet er sich an mich. »Lass uns das Zelt erst mal hier aufbauen. Kannst du mir helfen?«

Ich gehe zu ihm rüber und bemerke die knallrote Haut an seinen Wangen und seiner Nase. Als ich sie mit den Fingerspitzen berühre, zuckt er zurück.

»Tut ziemlich weh«, sagt er.

»Was ist das?«

Er zuckt mit den Schultern.

Als wir mit dem Aufbauen fertig sind, ist das Zelt krumm und schief und soll garantiert anders aussehen. Auf der einen Seite hängt es total durch, halb in sich zusammengesunken, aber die Sonne versinkt bereits am Horizont, also breiten wir unsere Schlafsäcke im Sand aus und legen alles andere darauf, ohne groß darüber nachzudenken, dass das ab heute unser Zuhause ist, unser einziges Zuhause.

Ich gehe zum Wasser, um mir den Sand und die Asche aus den Haaren zu spülen, während ich die hereinbrechende Dunkelheit so gut es geht ignoriere. Hinter mir versuchen Dom und Mariana gerade mit einem Laserfeuerzeug ein paar trockene Blätter anzuzünden. Ezra schreitet derweil am Wald entlang und bleibt alle paar Meter stehen, um etwas zu seinen Füßen zu betrachten oder zwischen die Bäume zu spähen.

Plötzlich jauchzt Mariana und springt vergnügt auf, um einen Freudentanz zu veranstalten.

»Por fin!«, ruft sie zum Himmel.

Dom legt ein paar Zweige aufs Feuer, dann steht er ebenfalls auf und nimmt seine Cousine mit einem breiten Grinsen in den Arm. Im nächsten Moment reißen sie sich zusammen und sinken hastig in die Hocke, um den kleinen qualmenden Haufen zu schüren.

Letztendlich teilen wir uns zwei der Nahrungsrationen, denn keiner kann sich erinnern, wann wir das letzte Mal etwas gegessen haben. Dann bleiben wir schweigend sitzen und betrachten das herunterbrennende Feuer. Keiner von uns hat jemals ein echtes Feuer gesehen, jedenfalls nicht im wahren Leben. Es schimmert in zahlreichen Farben, die ich niemals erwartet hätte, wie kleine tanzende Geister, die plötzlich aufflammen und ebenso rasch wieder verschwinden.

Das letzte Sonnenlicht des zweiten Tages versickert am Horizont. Dom sitzt hinter mir, die Knie links und rechts angezogen, und gähnt in meine Schulter. Ezra wirft eine Handvoll Sand zum Meer.

»Morgen müssen wir das Boot aufpumpen«, sagt er.

»Wir haben echt andere Sorgen«, widerspricht ihm Mariana kopfschüttelnd. »Vor allem Nahrung.«

»Die finden wir eher auf dem Kontinent, so viel steht fest. Ich bin schließlich drübergeflogen.«

»Und wie weit soll das sein?«, fragt Dom.

Ezra gibt keine Antwort.

»Du weißt es nicht? Mann, das ist doch verrückt! Du hast selbst gesehen, was die Wellen mit uns gemacht haben.«

»Das kann ich alles am Computer herausfinden, bevor wir

uns auf den Weg machen.« Ezra wirft noch mehr Sand in Richtung Meer.

»Wir haben die Insel doch noch gar nicht erforscht«, sage ich. Wie auf Kommando beginnt dieses unheimliche Fiepen im Wald, sodass wir alle wie gebannt lauschen, zuerst einer einsamen Stimme, dann einer weiteren, dann noch einer.

»Morgen machen wir uns auf Erkundungstour«, sagt Dom an meinem Ohr.

Mariana löst den Blick vom Feuer und sieht ihn eindringlich an.

»Was?«, fragt er. »Du musst nicht mitkommen, Mari – wir brauchen hier jemanden, der etwas für Ordnung sorgt. Seren kann bei dir bleiben.« Er küsst meinen Nacken.

Ich drehe mich um. »Auf gar keinen Fall. Ich komme mit.«

Dom lächelt entspannt. »Von mir aus.«

»Wasser«, sagt Ezra völlig zusammenhanglos.

»Ich glaube, im Destillator ist noch was«, sagt Mariana.

Er schüttelt den Kopf. »Ich meine, wir müssen dringend Trinkwasser suchen. Wir können uns nicht auf den Destillator verlassen. Was, wenn das Ding kaputtgeht? Auf der Ventura müsstest du eigentlich gelernt haben, dass man sich auf die Technik nicht verlassen kann. Wir hatten ein ganzes Team, das nichts anderes gemacht hat, als ständig irgendwelchen Kram zu reparieren.«

»Stimmt, Lomax«, erwidert Mariana. »Das ist *uns* garantiert mehr bewusst als dir.«

Ezra verzieht das Gesicht, doch er spart sich einen Kommentar.

Ich blicke hinauf zu den Sternen, die nach und nach in Erscheinung treten. Von Sternschnuppen keine Spur.

KAPITEL 3

Als ich mir am nächsten Morgen im flachen Wasser das Gesicht wasche, höre ich hinter mir Schritte im feuchten Sand. Es ist Ezra. »Ich will mich mal am Fuß des Bergs umsehen. Da gibt es vielleicht Wasser.«

Ich blicke den Strand hinunter, wo die Silhouette von schwarzem Gestein einen tiefen Schatten über die Insel wirft. »Ich dachte, du willst hierbleiben, um das Boot in Gang zu bringen?«, frage ich mit einem Seitenblick.

»Ich finde immer noch, dass wir hier wegmüssen. Solange der Destillator funktioniert und wir etwas zu essen haben, sollten wir verschwinden. Aber es ist nun mal ein Risiko, deshalb bin ich bereit, der Insel erst mal eine Chance zu geben.«

Ich blicke ihm hinterher, als er über den flirrenden Strand davonstapft.

Dom tritt an meine Seite. »Bist du so weit?«

Ich lege einen Arm um seine Hüfte und stoße gegen einen harten Gegenstand, den er in den Bund seiner Shorts gesteckt hat.

»Vorsicht.« Er tritt einen Schritt zurück und zieht ein langes, gebogenes Messer hervor. Wir starren wie gebannt auf die in der Sonne funkelnde Klinge.

Ich lache nervös. »Was ist das?«

»Ein Buschmesser.« Er wendet die Klinge bewundernd hin und her. »Ich war ziemlich beeindruckt, so was in unserer Ausrüstung zu finden. Das werden wir garantiert brauchen.«

»Und wozu?« Die Frage bleibt mir fast im Hals stecken.

Er deutet auf den Waldrand. »Um uns da durchzuschlagen.«

Mariana ist zurück in die Explorer geklettert, um alles zu plündern, was wir irgendwie gebrauchen könnten. Wir rufen ihr von unten zu, dass wir uns etwas umsehen. Dann gehen wir den Strand hinunter, um einen Zugang zum Wald zu finden. Dom nimmt meine Hand, und im ersten Moment ist es total komisch, fast als wären wir schüchtern.

»Wir haben es geschafft«, sagt er, atemlos von unserem Marsch durch den Sand.

Spontan schießt mir ein Gedanke durch den Kopf. *Fast hätten wir das nicht* (jedenfalls *er* nicht). Aber ich schlucke die Bemerkung herunter. Stattdessen stürze ich mich auf ein anderes beängstigendes Thema. »Und wie soll es jetzt weitergehen?«

Er lächelt. »Das werden wir schon herausfinden.«

»Herausfinden?«

Er bleibt stehen und nimmt mein Gesicht in beide Hände. »Ich liebe dich«, sagt er, was in dem Zusammenhang völlig irrelevant ist, aber es bringt mich zum Lächeln, und als er sich vorbeugt, küsse ich ihn und sage: »Ich liebe dich auch.«

Die Haut an seiner Nase ist mittlerweile dunkelrot und pellt sich bereits, seine Lippen sind spröde und aufgesprungen.

»Was ist mit deiner Haut?«, frage ich, während mein Daumen sanft über seine Wange fährt.

»Ich glaube, das kommt von der Sonne.« Er berührt seine

Brust und seine Schultern, wo die Haut bereits Blasen schlägt, und mir fällt auf, dass der Rest seines Körpers ebenfalls dunkler ist, schattiert in verschiedenen Brauntönen, wie auf einer Zeichnung. Irgendwie sexy.

»Sonnenbrand.« Ich kenne das Wort aus irgendwelchen Büchern und Filmen. »Sonnenbräune.«

»Hast du übrigens auch.« Er berührt meine Wange, sodass ich vor Schmerz zusammenzucke, was ihn zum Lachen bringt. »Aber du bekommst nebenbei Sommersprossen, und die sind extrem niedlich.« Er küsst mich dicht unter dem Auge. »Du hast mir nie erzählt, dass du Sommersprossen hast.«

»Weil ich es nicht wusste.«

»Hast du eigentlich noch andere Geheimnisse, estrellita?«, murmelt er an meinen Lippen, dann küsst er mich. »Die solltest du tragen«, sagt er und zieht eine Venturakappe aus der Hosentasche, um sie mir aufzusetzen. »Um dich vor der Sonne zu schützen.« Er nimmt meine Hand und zwinkert. »Na komm.«

Gut eine halbe Stunde folgen wir der dichten Mauer des Waldes, bis wir die Landzunge erreichen, die vor uns hinaus ins Meer ragt. Wir klettern über die flachen feuchten Felsen, bis wir den Zipfel umrundet haben und eine weitere lang gestreckte Bucht erblicken, die von dem gleichen undurchdringlichen Dschungel gesäumt wird. Der einzige Unterschied besteht darin, dass das Meer so spiegelglatt ist wie der Pool auf der Ventura.

»Keine einzige Welle«, sage ich zu Dom.

»Ja, seltsam«, erwidert er.

»Vielleicht liegt es an der Windrichtung?«, überlege ich, doch dann sehe ich etwas weiter draußen, knapp unterhalb der Wasseroberfläche, ein paar große helle Brocken. »Oder die

Bucht wird von Felsen geschützt. Jedenfalls gefällt es mir hier viel besser.«

Dom drückt meine Hand.

Auf halber Höhe der Bucht wird es sogar noch besser. Eine Schneise zieht sich durch den Wald, und bald entdecken wir den Grund dafür: ein Bachlauf, der sich seinen Weg durch das Dickicht bahnt. Dom geht in die Hocke und probiert einen Tropfen Wasser, während ich in die tunnelhafte Finsternis spähe.

»Süßwasser«, sagt Dom, während er sich mit feuchten Fingern durchs Gesicht fährt. »Bingo.«

Ich fülle meine Handflächen mit der kühlen Flüssigkeit und will gerade einen Schluck nehmen, als Dom mich zurückhält. »Besser nicht, estrellita.«

Ich runzle die Stirn.

»Lomax hat gesagt, wir sollen nur abgekochtes Wasser trinken.«

Als ich zu ihm sehe, entdecke ich hinter ihm im Wald, dicht über dem Bachlauf, etwas, das im Halbdunkel verführerisch glänzt. Ich klettere vorsichtig über die Steine und greife danach, doch es ist so fleischig, weich und warm, dass ich es vor Schreck fallen lasse.

»Was ist das?«, fragt Dom.

Ich hebe das rundliche Objekt auf und halte es ins Licht. Es ist etwas größer als meine Hand, lila glänzend mit einer roten Spitze.

»Eine Frucht.« Ich sehe ihn fragend an. »Oder?«

Dom zieht die Augenbrauen hoch. »Sieht ganz danach aus.« Er nimmt sie mir aus der Hand und gräbt seinen Daumen hinein, um ein rosiges Fruchtfleisch mit roten Kernen zu entblößen. Das Ganze erinnert mich in erschreckender Weise an ein lebendes Organ. Er hält sich die Frucht unter die Nase und schnuppert daran. »Riecht gut.« Er macht Anstalten hineinzubeißen.

»Dom, nicht!« Ich will ihm die Frucht aus der Hand schlagen.

»Warum denn nicht? Nur einen kleinen Bissen – wie wollen wir es sonst herausfinden?«

Er saugt vorsichtig daran, beißt zaghaft hinein, kaut nachdenklich, dann sieht er mich an und grinst, einen Rest Fruchtfleisch zwischen den Zähnen.

»Schmeckt gut«, sagt er und beißt erneut hinein. »Herrlich süß.«

Ich nehme ihm die Frucht aus der Hand, und Dom sieht zu, wie ich hineinbeiße. Der Geschmack ist so überwältigend, dass er mein Gehirn zu überfordern scheint. »So müssen Früchte schmecken!« Ich blicke hinauf zu dem dichten Tunnelgewölbe und entdecke noch weitere Exemplare, strahlend lila, unendlich viele. »Lass uns ein paar von denen pflücken und mitnehmen.«

Dom ist groß genug, um sie vorsichtig von den Zweigen zu lösen und in einen Beutel zu legen, während ich dem Bachlauf ein paar Meter weiter folge, um tiefer in die Dunkelheit zu spähen und der Stille zu lauschen.

»Estrellita, komm her und sieh dir das an!«

Ich gehe zurück zu Dom, der am Strand steht und in den Himmel starrt, wo sich urplötzlich dunkle Wolken ballen, dicht und bedrohlich, an der Unterseite violett verfärbt.

Mir bleibt der Mund offen stehen. »Wo kommen die so plötzlich her?«

Er zuckt mit den Schultern.

»Heißt das, es wird regnen?«

Wieder dieses Schulterzucken, aber diesmal lächelt er mich an. »Irgendwie wünsche ich mir das sogar, du nicht?«

Ich liebe es, wenn Dom sich so zu mir vorbeugt, als wolle er mich küssen, und dann im letzten Moment innehält, die Lippen leicht geöffnet, nur Zentimeter von meinem Mund entfernt, bis ich ihm entgegenkomme. Und das tue ich natürlich. Schon immer, für immer.

Am Nachmittag kehren wir zum Camp zurück. Mariana gräbt gerade ein Loch unter dem umgestürzten Baum. Sie ist über und über mit Matsch beschmiert und wischt sich erst mal den Mund ab, als wir ihr eine Frucht reichen. Mit einem skeptischen Blick greift sie zu, um die Schale vorsichtig mit den Fingern abzuziehen und hineinzubeißen.

Wir setzen uns in den Sand und betrachten die finsteren Wolken, während jeder von uns eine Frucht verspeist, deren Saft zwischen unseren Knien zu Boden tropft. Dann machen Dom und Mariana Feuer. Ich blicke über den Strand, um nach Ezra Ausschau zu halten, als ich einen grellen Lichtreflex bemerke, der mich zu Tode erschreckt, dann folgt ein markerschütternder Knall, bei dem ich mich instinktiv zusammenkauere und schützend die Hände über den Kopf lege. Ich frage mich, ob in diesem Moment der Klingenberg eingestürzt ist. Ist er nicht. Blitz und Donner kannte ich bislang nur in der Theorie.

Ich sehe hinüber zu Dom, der in diesem Moment widerlich dunkle Klatschen in den Sand spuckt. »Okay, die Früchte waren wohl doch keine gute Idee«, sagt er lachend, bevor er zu dem halb fertigen Plumpsklo rennt.

Mich erwischt es als Nächste, erst in Form von schmerzhaften Krämpfen, gefolgt von eiskaltem Schweiß, dann muss ich mich ebenfalls übergeben.

Ezra kommt gerade zurück, als Mariana auf halbem Weg zur Latrine in ihre Hände spuckt. Dann bemerkt er Dom und mich, wie wir zitternd und stöhnend im Zelt liegen.

»Was zum Henker habt ihr gegessen? Und warum habt ihr nicht erst einen winzigen Bissen probiert?« Er wirft einen Haufen Feuerholz in den Sand.

»Hast du was gefunden?«, fragt Dom mit gequälter Stimme.

»Nichts, was wir nicht schon kannten. Dichtes Gestrüpp, unüberwindbare Felsen, moderige Erde.« Ich bemerke die Kratzer an seinen Armen, vermutlich von den Dornen der Bäume. »Andererseits gibt es da draußen echt geile Wellen, wenn man ein Surfboard hätte und lebensmüde wäre …«

In dem Moment hören wir ein prasselndes, brodelndes Geräusch, als würde etwas aus dem Boden dringen und verdampfen.

Es regnet.

Und das ist das erste Mal, dass wir so etwas miterleben, dass wir echten Regen zu sehen bekommen, also setzen wir uns auf, ziehen die Knie an die Brust und betrachten die feinen Dellen im Sand, das leise Rauschen der Bäume, die verwirbelten Pfützen. »Wow«, flüstere ich.

Dom lacht. »Echt cool, oder?«

Mari kommt im Laufschritt von der Latrine zurück, als das Trommeln auf dem Zeltdach immer lauter wird. Sie ist völlig durchnässt und wringt sich die Haare aus. Aber das Ganze ist viel zu aufregend, um einfach nur dazusitzen, und obwohl mir immer noch schlecht ist, sage ich: »Ich habe das Gefühl, ich müsste tanzen oder so.«

Ezra lacht, und Dom erwidert: »Aber du hasst tanzen!«

Ich blicke erneut in den Regen.

Dom steht auf und nimmt meine Hand, um rückwärts aus dem Zelt zu treten, sodass der Regen wie ein Vorhang auf ihn herabfällt und ihn völlig durchnässt. Er zuckt nicht mal mit der Wimper, lächelt nur und sieht nach unten, während das Wasser an seinen Haaren herabtropft und sie platt an seinen Kopf klatscht. Dann treffen mich die ersten Tropfen, trommeln wie winzige Fäuste auf mich ein, rinnen über meine Haut. Ich muss unwillkürlich kreischen, bis Dom mich an seine Brust zieht, und wo sich unsere Körper berühren, spüre ich die Feuchtigkeit noch mehr. Er verschränkt seine Finger mit meinen, führt meine Arme seitlich nach oben, um mit den Fingerspitzen die feinen Rinnsale nachzuzeichnen, ausgehend von meinen Handgelenken über meine Arminnenseiten bis hinunter zu meinen Rippen.

Wieder im Zelt angekommen, sehe ich zu, wie er sich das Wasser aus dem Gesicht wischt und seine Haare zurückstreicht. Ich bewundere die einzelnen Tropfen, die wie Glasperlen an seinem von Gänsehaut überzogenen Körper haften. Ich beuge mich vor, um sie von seinem Hals, seinen Schultern, seiner Brust zu streifen, und die ganze Zeit spüre ich seinen Blick, als wäre ich ein Kunstwerk. Er beugt sich vor, um mich zu küssen, aber Ezra unterbricht ihn. »Mann, Leute, nehmt euch ein Zimmer.«

Dom schenkt ihm einen bitterbösen Blick, aber seine Worte geben uns zu denken. Zumindest mir.

Mitten in der Nacht werden wir vom Donner geweckt. Das Gewitter hängt direkt über uns, nahe genug, um in der Brust nachzuhallen. Der Wind reißt brutal an unserem Zelt, sodass Dom sich irgendwann quer über mich legt, um die Seitenwand festzuhalten. Die Schlafsäcke sind total durchnässt, weil das Wasser unter den Wänden hindurchströmt.

Ezra steht auf.

»Wo willst du hin?«, brüllt Mari.

»Wir müssen das Zelt besser befestigen!«, brüllt er zurück. Im nächsten Moment ist er verschwunden, noch bevor wir ihm hinterherrufen können, dass er total verrückt ist.

Dom steht ebenfalls auf, und ich folge ihm bis zum Zelteingang. Draußen tobt die Hölle. Der Regen peitscht horizontal über den Strand, die Wolken stehen in Flammen, und der Donner ist so laut, als wolle der ganze Planet auseinanderbrechen. Der Wind ist so stark, dass man nicht mal aufrecht stehen kann. Dom und Ezra kämpfen mühsam dagegen an, während sie an den Seilen zerren und mit jedem Schritt den Sand aufwirbeln. Irgendwann geben sie sich geschlagen und kommen wieder rein.

Ich habe das Gefühl, wir werden weggespült, weggeweht, vom Blitz verbrannt, vom Donner erschlagen. Nur Doms schützender Körper scheint mich noch am Leben zu halten. Ich schlinge meine Arme um seinen Hals und konzentriere mich auf meinen Atem. Mari drängt sich dicht an uns.

Als wir am nächsten Morgen aus dem Zelt kriechen, ist die Welt blass und still. Zwei Zeltstangen sind durchgebrochen, und es fällt uns nicht allzu schwer, Ezra davon zu überzeugen, in die Bucht mit dem Bachlauf umzuziehen.

»Der Sturm kam vom offenen Meer, genau wie die Wellen. Selbst wenn wir nicht lang hierbleiben, müssen wir uns einen geschützteren Ort suchen«, sage ich. »Außerdem gibt es da Wasser.«

Ezra schüttelt den Kopf. »Wir müssen hier weg, verdammt.«

»Willst du etwa auf dem Meer in so einen Sturm geraten? Und das, obwohl keiner von uns je in einem Boot gesessen hat?« Dom schüttelt den Kopf, während er anfängt, das Zelt abzubauen. »Wir ziehen einfach ein Stück weiter, wo wir sicherer sind, und dann erkunden wir die Insel.«

Ezra starrt minutenlang aufs Meer, bevor er sich aufrafft, uns zu helfen.

Es ist zwar ziemlich viel Arbeit, alles Nötige über die Felsen zu schleppen, aber als wir es geschafft haben, kommt die Sonne heraus und taucht die Bucht in ein dunstiges Licht mit leuchtenden Farben, sodass sie noch einladender wirkt als beim ersten Mal, trotz der herumliegenden Trümmer des Dschungels.

Das Zelt lässt sich wegen der kaputten Zeltstangen nicht mehr richtig aufbauen, aber wir binden es an einen Baum, und das Endergebnis ist ganz okay. Während ich beim Aufbauen helfe, trete ich im Sand gegen einen kleinen rundlichen Gegenstand. Ich nehme ihn in die Hand und zerteile ihn mit den Fingern in zwei Hälften. Im Innern entdecke ich, umgeben von einer feinen seidigen Haut, zwei grüne Halbkugeln in der Größe meiner Fingerkuppen, die bei meiner Berührung auseinanderfallen. Ich zeige meinen Fund Mari, die kritisch die Stirn runzelt.

»Nach dir«, sagt sie grinsend.

»Ich habe mich gefragt, ob wir die nicht besser rösten.«

Unter den Bäumen entdecke ich noch mehr davon, heruntergeschüttelt vom Sturm der letzten Nacht. Ich sammle sie in einem Falteimer, während Mari Feuer macht und ein paar

Steine hineinlegt, damit wir die Pfanne daraufstellen können. Wir beobachten, wie sich die Seenüsse – die ich spontan so taufe – zunächst blass, dann braun verfärben, und diskutieren gerade, wann wir sie herausnehmen sollen, als Dom und Ezra mit weiteren Utensilien von der anderen Bucht zurückkehren und sich streiten.

»Das ist doch kein Argument und im Moment überhaupt nicht relevant«, sagt Dom, während er die Taschen in den Sand wirft.

»Also, aus *meiner* Sicht ist das schon relevant«, sagt Ezra mit einem Ausdruck, als hätte er die Diskussion gewonnen. Obwohl keiner von uns genauer nachhakt, fügt er selbstgefällig hinzu: »Ich erkläre Suarez gerade zum *x-ten* Mal, dass ich den Kontinent mit eigenen Augen gesehen habe und …«

»Seren hat da was gefunden«, fällt Mariana ihm ins Wort, um das Thema zu wechseln.

»Klasse, noch mehr Gift.«

»Ich glaube, sie sind gar.« Mariana stellt die Pfanne in den Sand und sieht uns an. »Wer ist dabei?«

»Ich«, sagt Dom und schnappt sich eine Nuss. »Die riechen echt gut.«

»Dann nehme ich auch eine.« Ich greife beherzt zu. »Wenn es einen umbringt, dann wenigstens uns beide.«

»Mir kommen gleich die Tränen.« Ezra tut so, als würde er sich die Augen reiben, bevor er ebenfalls zugreift.

Wir essen alle eine und mustern einander skeptisch, wie bei russischem Roulette. Ezra sinkt theatralisch zu Boden und fasst sich an die Kehle, als würde er ersticken, aber außer ihm selbst kann keiner darüber lachen.

Bei Sonnenuntergang gibt es keinerlei Hinweis auf Regen. Ich beobachte Ezra, der geistesabwesend im Feuer herumstochert, während Dom und Mariana im spiegelglatten Wasser stehen.

»Ist schon komisch, oder?«, sagt er, als könne ich seine Gedanken gelesen.

Stattdessen sehe ich ihn verständnislos an.

»Ich meine, wir haben unser ganzes Leben auf der Ventura verbracht, wo wir nicht die geringsten Wahlmöglichkeiten hatten. Und jetzt sind wir desertiert, nur um in einer Situation zu enden, die uns ebenfalls keine große Wahl lässt.« Er tritt weiterhin Sand ins Feuer, aber sein Blick begegnet meinem. »Schon ziemlich ironisch, findest du nicht?«

Ich blicke hinaus aufs Meer, wo Huxley in diesem Augenblick den Horizont berührt. »Wir sind doch gerade erst angekommen«, sage ich. »Wir leben uns schon noch ein.«

Er lupft skeptisch die Augenbrauen. »Optimismus? Von dir?« Er schüttelt den Kopf. »Dann sind wir echt erledigt.«

KAPITEL 4

Am Morgen meines siebzehnten Geburtstags stehen Dom und ich in aller Frühe auf und ziehen uns leise an. Inzwischen sind wir seit drei Wochen hier, und das Camp versinkt langsam, aber sicher im Chaos, sodass wir nichts mehr wiederfinden, was die Sache nicht gerade erleichtert. Wir haben nie ausdrücklich besprochen, uns an meinem Geburtstag wegzuschleichen, aber ich glaube, wir haben es beide gewusst. Die halbe Bucht liegt bereits hinter uns, als wir uns das erste Mal ansehen und lächeln.

»Wo gehen wir eigentlich hin?«, frage ich.

»Wohin du willst«, erwidert er.

»Ist mir egal, Hauptsache, du bist bei mir«, erwidere ich, und als er mich küsst, spüre ich es in jeder Faser meines Körpers, wie eine sanfte Brise auf der Haut.

Die Landzunge am anderen Ende des Strands ist aus dem gleichen Gestein wie der Klingenberg, nur waagerecht anstatt senkrecht. Das Meer hat den Felsen zu flachen Stufen ausgewaschen, sodass wir mühelos hinaufklettern und in die nächste Bucht blicken. Sie ist deutlich kleiner – ein schmaler Halbmond aus blassem Sand und ruhiger See, umrahmt von der hohen Wand des Dschungels und den flachen Felsen an beiden Enden.

»Wer zuerst unten ist!«, rufe ich und renne los, bevor Dom eine Chance hat zu reagieren.

Ich springe die treppenartigen Felsen hinunter, zwei Stufen auf einmal nehmend, und lande im warmen Sand. Dom verfolgt mich, holt mich rasch ein, packt meine Hand und reißt mich zurück, sodass ich unvermittelt im Sand sitze, während er hinter mir in die Knie sinkt. »Hab dich!«, flüstert er dicht an meinem Nacken.

Ich will ihn küssen und drehe mich um, bis ich ein Bein über das seine hake und in seinem Schoß sitze, die Hüften dicht aneinandergedrängt. Er macht ein kehliges Geräusch, schließt die Augen und schlägt sie wieder auf. Erwartungsvoll lächeln wir einander an. Ich ziehe mein salzverkrustetes Top über den Kopf und spüre seinen musternden Blick, als mir mein Haar locker über die Schultern fällt, dann öffne ich meinen BH. Im ersten Augenblick herrscht völlige Stille, während ich ihn betrachte, wie er mich betrachtet, und die Glut in seinen Augen genieße, die mir das Gefühl gibt, schön und begehrenswert zu sein. Dann küsst er meine Brüste, während ich die Arme um seinen Nacken schlinge und den süßen Salzgeruch seiner Haare atme. Als würde ich ihn wortlos dazu auffordern, beugt er sich über mich, bis ich rückwärts zu Boden sinke. Der Sand ist so warm und weich, dass ich genüsslich den Rücken durchbiege, um jedes Sandkorn zu spüren, während sich Dom über mir abstützt, sein Gesicht von der Schwerkraft leicht verändert. Ich greife nach den Knöpfen seiner Shorts und zerre daran, verschränke meine Fußgelenke hinter seinem Rücken, schließe die Beine um seine Hüften und blicke ihm tief in die Augen, während ich ihn in meinem Schritt spüre. Seine Lippen sind leicht geöffnet, sein Atem beschleunigt, und ich lächle ihn an. Der Sand auf seinem

Gesicht funkelt im Licht der Sonne, glitzert wie Sternenstaub und rieselt auf mich herab, fein wie Salz. Er schiebt seine Finger in den Bund meiner Shorts, und ich hebe die Hüften, damit er sie herunterstreifen kann. Im selben Moment bemerke ich, wie sein Blick zum Waldrand gleitet.

»Sie kommen uns schon nicht hinterher«, versichere ich ihm, während ich mit Händen und Füßen versuche, seine Shorts nach unten zu schieben, bis er mir hilft und sie abstreift.

Mit einem Mal sind wir beide nackt. Splitternackt. Im ersten Moment bleiben wir still liegen, dicht aneinandergepresst, während seine Hand langsam nach oben gleitet, von meinem Schenkel, über meine Hüfte und meine Rippen, seitlich an meiner Brust entlang, bis hinauf zu meinem Hals und meinem Gesicht.

»Estrellita«, flüstert er an meinen Lippen.

Ich will ihn so sehr. Ganz und gar. Meine Hüften drängen ihm entgegen, und als er das Gewicht verlagert, greife ich nach ihm, nach seinem Körper, und bringe meine Beine und mein Becken in Position. Als er begreift, was ich da tue, hält er inne. »Das dürfen wir nicht«, flüstert er, aber ich spüre, wie sehr er es will. Ich kann seine Erregung schmecken, kann die Hitze unter seiner Haut fühlen, kann seinen stockenden Atem hören. Ich fahre mit den Händen über die glatte Haut seines Rückens und spüre meinen eigenen beschleunigten Atem.

Er stützt sich mit den Armen auf und betrachtet mich ernst, begleitet von einem leichten Kopfschütteln, mehr ein Zeichen von Unglauben als von Ablehnung.

»Wir dürfen das nicht«, sagt er erneut, seine Augen traurig und wunderschön, seine Lippen leicht geschwollen, also küsse ich ihn, küsse ihn ausgiebig und innig. Ich habe den Reiz der

Sache nie verstanden, bis ich Dom kennengelernt habe. Und jetzt kann ich es gar nicht erwarten, mit ihm zusammen zu sein. Ich kann mich nicht länger zurückhalten. Ich will mich nicht zurückhalten.

Trotz der schmerzlichen Intensität spüre ich vor allem Erleichterung. Als wäre jedes kleinste Verlangen, das ich in meinem bisherigen Leben verspürt habe, nicht mehr gewesen als ein Vorbote. Und Dom seufzt auf die gleiche Art und Weise. Als hätte er schon lange darauf gewartet, viel zu lange. Wir atmen einander ins Ohr und bleiben reglos liegen, überwältigt von der Schönheit des Augenblicks.

»Tue ich dir weh?«, flüstert er, und ich schüttle den Kopf.

Das ist kein Schmerz, obwohl es schon wehtut. Es ist eher ein Bedürfnis, ein Verlangen. Ich kann gar nicht anders, als meine Zähne gegen seine Schulter zu pressen, um nicht laut aufzuschreien oder zu weinen oder ohnmächtig zu werden. Doch dann gewinnen meine ureigenen Instinkte die Oberhand, und ich vergesse alles um mich herum, alles außer Dom.

Hinterher streichelt er sanft mit den Fingern über meine Hüfte, als wäre ich das Kostbarste auf der Welt. Er lächelt, und ich erwidere sein Lächeln.

»Wir hätten das nicht tun sollen.«

Ich schlucke meine Angst herunter und frage: »Warum nicht? Hat es dir nicht gefallen?«

Er nimmt mein Gesicht in beide Hände. »Das war der beste Moment meines Lebens, estrellita.« Er schüttelt den Kopf. »Absolut unglaublich.« Ich fühle mich so von ihm durchdrungen, von ihm in Besitz genommen, von seinem Geruch, seinem Geschmack, dass ich fast staune, nicht seine Gedanken lesen zu können. »Aber wir dürfen das nicht … wir dürfen kein Risiko eingehen.«

Ich schließe meine Hände um seine Schultern. »Ist schon okay. Ich war doch zur Eizellenentnahme.«

Er schüttelt den Kopf. »Das ist aber nicht hundertprozentig, oder? Der Verhütungseffekt liegt höchstens bei 80 Prozent, wenn ich mich richtig erinnere.«

Ich denke an die Ventura, denke an meine Schwester, an Deborah, die auf natürliche Weise gezeugt wurde, trotz der Eizellenentnahme. Deborah. Mein Herz tut weh bei dem Gedanken, sie nie wiederzusehen.

»Hier auf der Insel schwanger zu werden, ein Kind zu bekommen … so einer Gefahr kann ich dich nicht aussetzen, Seren«, sagt Dom. »Das würde ich mir niemals verzeihen.«

Ich setze mich auf, wende mich ab, verschränke die Arme vor der Brust. Mit einem Mal erinnere ich mich, wie Deborah zur Welt kam, sehe die Unmengen von Blut, die vor meinen Füßen zu Boden klatschten. Dom setzt sich hinter mich, umfängt mich mit seinem Körper, das Kinn auf meine Schulter gestützt.

»Mari behauptet, es gibt noch andere Möglichkeiten, sich zu schützen«, sage ich.

Er schnaubt leise, und ich spüre seinen Atem an meiner Haut. »Ihre Erfolgsbilanz zeugt eher vom Gegenteil.«

Bei seinen Worten sackt mir die Kinnlade herunter. »Ich kann nicht fassen, dass du das gerade gesagt hast.«

Er zuckt mit den Achseln. »Ist aber so.«

»Ronaldo Benitez war auch nicht ganz unschuldig.«

»Das ist mir *mehr* als bewusst, das weißt du«, erklärt er seufzend. »Nur deshalb sage ich so was, obwohl ich es echt, *echt* nicht sagen will …« Er fährt sich mit den Fingern durchs Haar. »Momentan wären die Konsequenzen hier noch schlimmer als auf der Ventura. Das wird sich hoffentlich ändern, sobald wir uns eingelebt haben.« Er blickt auf seine Hand, die mit meinen Fingern spielt.

Ich lasse die Wahrheit sacken, die ernüchternde Wahrheit. Trotzdem muss ich insgeheim lächeln, denn obwohl ich das alles nicht richtig begreife, liebe ich ihn, weil er so von unserer Zukunft spricht, als würden wir auf etwas Besseres zusteuern, als müssten wir nur über die aktuelle Situation hinwegsehen, um eine positive Zukunft für uns zu erblicken.

Später gehen wir zusammen am Waldrand spazieren und sammeln für das Feuer ein paar Äste und Zweige, die vom Sturm der letzten Nacht heruntergerissen wurden. Es war schon der fünfte Sturm seit unserer Ankunft hier auf der Insel, stets über Nacht vom Meer hereingeweht, drei davon allein in der letzten Woche. Im Gegenzug sind die darauffolgenden Tage immer wunderbar klar mit weißen Schaumkronen auf den Wellen und leuchtenden Kletterpflanzen an den Steilwänden des Berges, als hätte jemand den Kontrast verstärkt.

Während wir über den Strand gehen, bemerke ich Pflanzen, die mir noch nie aufgefallen sind, mit feingliedrigen roten Blättern und blauen Stängeln. Ich lasse eines der gefiederten Blätter durch meine Finger gleiten, bewundere die feine Struktur, als ich dicht neben meinem Fuß eine dicke, knollenartige Wurzel bemerke. Ich gehe in die Hocke und grabe sie vorsichtig aus. Die Knolle füllt meine Hände fast vollständig aus. Sie hat eine raue braune Schale und lässt sich mit dem Fingernagel leicht eindrücken.

»Dom«, sage ich. Er ist gerade damit beschäftigt, ein paar Zweige abzubrechen. »Was sagst du dazu?«

»Ich finde, die sollten wir mitnehmen.«

Ein paar Meter tiefer im Wald entdecke ich noch mehr davon, und es scheint hinter dem Dickicht etwas heller zu werden, als läge dort eine versteckte Lichtung. Also versucht Dom uns einen Weg zu bahnen, aber wir kommen keinen Schritt voran, ohne die verschlungenen Zweige und Ranken mit dem Buschmesser aus dem Weg zu räumen.

»Hier, nimm mal.« Er drückt mir das Messer in die Hand und greift an den Saum seines T-Shirts, um es auszuziehen und sich den Schweiß aus dem Gesicht zu wischen. »Meine Arme fallen gleich ab«, sagt er lachend. »Kannst du mich mal ablösen?«

Wir kommen nicht weiter als fünf Meter, aber ich ernte noch zwei Knollenpflanzen, die zwar nicht so groß sind wie die erste, aber immerhin. Meine Arme fangen ebenfalls an zu schmerzen und sind schon ganz klebrig von dem Saft der Schlingpflanzen, der auf der Haut juckt und brennt. Gerade spiele ich mit dem Gedanken aufzugeben, als ich plötzlich ein Geräusch höre und innehalte. Ich wende mich an Dom, der mich aufmerksam beobachtet. »Hörst du das?«

Er nickt.

Wasser. Fließendes Wasser. Oder fallendes Wasser.

Ich spähe durch das ferne Blätterdach in den strahlend blauen Himmel. »Regen kann es schon mal nicht sein.«

Dom tritt an mir vorbei, und im nächsten Moment stürzt er in die Tiefe.

Ich versuche noch nach ihm zu greifen, doch er fällt und fällt, während ich in einem Gestrüpp von Pflanzen hängen bleibe und hilflos zusehen muss. Wie in Zeitlupe höre ich mich schreien und denke: *Ich muss zusehen, wie er stirbt. Das ist der Moment, in dem ich sehe, wie er stirbt.*

Dann stürzt er ins Wasser. Er durchbricht die Oberfläche, verschwindet in einer Fontäne aus Schaum, bleibt eine Ewigkeit verschwunden, und ich flehe ununterbrochen: *Bitte, bitte, bitte lass es ihm gut gehen, lass es ihm gut gehen.* Da taucht er auf und ruft: »Alles okay.«

Ich lasse meinen Kopf auf die Arme sinken und atme schwer.

Als ich mich einigermaßen von dem Schock erholt habe, schaue ich wieder zu Dom hinab. Da unten, am Fuß eines atemberaubenden Wasserfalls, liegt ein See, finster und unergründlich. Während ich den schwindelnden Abhang vorsichtig hinunterklettere, ruft Dom mir zu, wo ich meine Hände und Füße am besten hinsetze, bis ich endlich das Ufer erreiche, das Messer beiseitelege und ihm aus dem Wasser helfe.

Er nimmt mich in die Arme und lacht. »Der absolute Wahnsinn, oder? Ich dachte schon, das war's jetzt.«

Ich finde das überhaupt nicht witzig.

Über Doms Schulter hinweg sehe ich, wie das Wasser in einem schweren Vorhang über den Felsen stürzt, sich in der Mitte zu einem luftigen Schleier zerstäubt und am Ende wieder zusammentrifft. Es hat etwas Beängstigendes, hier am Grunde eines felsigen Kraters zu stehen, mit nicht mehr als einer kreisrunden Öffnung als Himmel. Urplötzlich werde ich von Panik überwältigt und ziehe Dom fest in meine Arme. »Ich dachte, ich hätte dich verloren.«

Dom sagt kein Wort, er streicht mir nur ein einziges Mal über den Rücken.

»Ich habe auf der Ventura oft wachgelegen und gedacht, ich bin ein lebendiges Wesen«, sage ich, »ein winziges lebendiges

Wesen, umgeben von etwas Luft und mehreren Lagen Metall und sonst nichts. Nichts, was mich vor der Leere des Weltraums schützt, vor der eisigen Kälte, vor dem tödlichen Vakuum. Das war ein furchtbares Gefühl. Ging dir das auch so?«

Er weicht etwas zurück, um mir in die Augen zu blicken. »Darüber habe ich nie so richtig nachgedacht.«

»Ich hätte nie geglaubt …« Ich spüre, wie sich meine Kehle zuschnürt, und es dauert einen Moment, bis ich die Worte herausbringe. »Ich habe so viel gelesen, so viele Filme gesehen, weil ich mich nach all den Dingen gesehnt habe, die das Leben wirklich ausmachen. Aber ich hätte nie geglaubt, dass ich so etwas je zu sehen bekomme, dass es Teil meines alltäglichen Lebens wird. Aber … aber das ist es.«

»Wir haben wahnsinniges Glück«, erwidert Dom.

Ich nehme seine Hand und lege sie an meine Wange, um den salzigen Geruch einzuatmen, der von den Stofffetzen und Bändern ausgeht, die er sich um das Handgelenk gebunden hat.

»Es gibt da nur ein Problem«, sage ich an seinem Handgelenk. »Wenn man sein Leben liebt, hat man eine Menge zu verlieren.«

Er schließt den Arm noch fester um mich. »Du wirst nichts verlieren.«

Wir brauchen eine ganze Weile, um aus der Senke herauszuklettern. Die Felsen sind über und über mit Blättern und Ranken und glitschig blauem Moos überwuchert. Auf halbem Weg verliere ich fast den Halt, und ich stürze nur deshalb nicht in die Tiefe, weil Dom es kommen sieht und mich gerade noch rechtzeitig von unten stützt und gegen die feuchte Erde drückt. Wir wechseln einen vielsagenden Blick.

Huxley steht bereits tief am Himmel, und unter dem dichten

Blätterdach wird es noch schneller dunkel. Vermutlich hören wir es deshalb deutlich eher: das fiepende Geräusch. Doch diesmal ist es laut und klar und nah. Anstatt weiterzuklettern, sehen wir uns um.

Ich entdecke nicht mehr als ein paar dichte Büschel weißer Blumen auf der anderen Seite der Böschung, hoch über dem Abgrund, ihre kleinen fleischigen Kelche zu Dreiergruppen angeordnet, mit tiefdunklen Blättern, erfüllt von einem bläulichweißen Leuchten. Ich bin fest davon überzeugt, dass sie die Geräusche von sich geben.

»Die Blumen«, sage ich, während ich Doms Hand berühre.

Sie bewegen sich nicht, von daher habe ich keine Ahnung, wie das funktioniert, aber dieser Augenblick hat etwas ganz Besonderes, wir beide in dieser Lichtung, umgeben von fiependen Blütenkelchen. Eigentlich sollte ich Angst haben, sollte mich vor etwas so Fremdem fürchten, aber das tue ich nicht, stattdessen bin ich völlig überwältigt von all der Schönheit, von diesem wundervollen Planeten, Huxley-3, und ich muss so unkontrolliert grinsen, dass es mir fast in den Ohren klingelt. Irgendwann klettern wir weiter. Ich war kurz davor aufzugeben, aber dieser Moment gibt mir neue Kraft.

Gerade erreichen wir die Landzunge am anderen Ende der Bucht, als Huxley am Horizont versinkt. Dom bleibt stehen und zieht mich an seine Brust. Gemeinsam beobachten wir, wie die tiefrote Scheibe mit dem Meer verschmilzt.

»So habe ich mir meinen siebzehnten Geburtstag definitiv nicht vorgestellt«, sage ich.

Er sieht mich mit schräg gelegtem Kopf an. »Sondern?«

Ich denke darüber nach, versuche mich zu erinnern, aber es

geht nicht. Dieses andere Leben liegt zu weit zurück, zu weit entfernt, um es jemals herauszufinden. Ich schüttle den Kopf, spiele mit einer Strähne seines Haars, das von dem dunklen Ansatz bis zu den karamellblonden Spitzen kontinuierlich heller wird. »Hast du dich schon mal gefragt, ob wir das alles nur träumen?«

Er lacht. »Nein, warum?«

»Erscheint dir das nicht manchmal … zu gut, um wahr zu sein?«

Dom verzieht das Gesicht. »Manchmal schon, so wie heute …« Er beugt sich vor, um mich zu küssen. »Aber es gibt auch Dinge, die nicht gerade traumhaft sind. Zum Beispiel der Geruch eines Plumpsklos, findest du nicht?«

Ich muss lachen, obwohl ich zugleich seinen Sonnenbrand betrachte – die wunden, aufgeplatzten Stellen mit der rosigen Haut darunter, die seinen gesamten Oberkörper entstellen –, und ich spüre einen scharfen Stich. »Was, wenn wir es gar nicht geschafft haben? Wenn wir abgeschossen oder vom Vakuum dekomprimiert wurden? Wenn uns die Luft ausgegangen ist oder wir ins Meer gestürzt und ertrunken sind?«

Er drückt seine spröden Lippen auf meine, legt eine Hand an meine Wange und betrachtet mich. »Machen dich Geburtstage eigentlich immer so …«

»Melancholisch?«, sage ich.

»Ich meinte eher philosophisch.«

Er zieht mich an seine Brust, während ich lache. »Heute sind nur glückliche Gedanken erlaubt«, sagt er, und ich spüre die Worte tief in seiner Brust.

Huxley hat sich inzwischen halbiert und den Himmel mit roten, violetten und goldenen Streifen überzogen. Das ist für mich der beste Moment des Tages, und zwar mit Abstand. In den letzten Wochen habe ich jeden Abend fast schon ehrfürchtig meine jeweilige Tätigkeit unterbrochen, um Huxley beim Untergehen zu beobachten, als wollte ich all die Sonnenuntergänge nachholen, die ich in meinem Leben verpasst habe.

Doms Arm an meiner Schulter ist kühl und weich und goldbraun. Und ob ich träume oder nicht, spielt in diesem Augenblick nicht die geringste Rolle.

KAPITEL 5

Als wir zum Camp zurückkehren, ist Mariana gerade damit beschäftigt, Feuer zu machen. Sie hat die Augen zu Schlitzen verengt, das Gesicht fast am Boden, um das Spiel von Licht und Hitze genau zu beobachten. Inzwischen ist sie richtig gut darin, weitaus besser als wir anderen. Anscheinend hat sie einen besonderen Instinkt entwickelt oder ihn schon immer besessen.

»Habt ihr euch gut amüsiert?«, fragt sie grinsend, als hätte sie den siebten Sinn. Ich würde am liebsten vor Scham im Boden versinken.

»Sieh mal, was wir gefunden haben«, erwidere ich stattdessen und zeige ihr eine der Knollen.

Sie zieht die Augenbrauen hoch. »Nicht gerade eine Geburtstagstorte, aber immerhin.«

»Wo steckt Ezra?«, fragt Dom, die Hände in die Hüften gestützt, während sein Blick den Strand hinuntergleitet.

»Der schläft«, sagt Mariana, ohne von der Pfanne mit den Nüssen aufzublicken.

»Er schläft?« Dom runzelt die Stirn.

»Er war müde.« Ihr Schulterzucken wirkt seltsam verlegen.

Im selben Moment kommt Ezra aus dem Zelt und zieht sich

das T-Shirt über den Kopf, seine Wange von Knitterfältchen überzogen, das Haar wirr abstehend. »Was habe ich verpasst?«, fragt er mit schläfriger Stimme.

Nach dem Essen singen mir die anderen ein Geburtstagsständchen.

»Ich wünschte, ich hätte meine Gitarre dabei«, sagt Dom, aber das sagt er in letzter Zeit ständig, deshalb drücke ich nur sein Handgelenk, während er leise seufzt.

»Ich bin echt froh, dass du die Gitarre nicht dabeihast«, sagt Ezra. »Falls dich das tröstet.«

»Oh, wow«, sagt Dom ohne jede Vorwarnung und richtet sich so abrupt auf, dass er mich dabei anrempelt. Mein Blick folgt seinem ausgestreckten Arm, der auf etwas zeigt, das von der Flut angespült wurde, wie eine Ansammlung gefallener Sterne.

»Was ist das?«, fragt Mariana, während wir alle den Atem anhalten. »Ist das … lebendig?«

Wir nähern uns vorsichtig, unsere Schritte knirschen im kühlen Sand. Etliche strahlend violette Lichtkugeln werden mit jeder seichten Welle angespült. Anscheinend sind sie erst sichtbar, wenn sie den Strand erreichen, schimmernd und funkelnd.

Dom traut sich als Erster, eine in die Hand zu nehmen, um sie aus der Nähe zu betrachten. Er hält sie sich so nah vor die Augen, dass er ein wenig schielt, während die Strahlen über sein Gesicht tanzen.

»Was ist das?«, flüstere ich ehrfürchtig, doch er starrt weiter stumm hin.

Ezra nimmt sich auch eine und schüttelt amüsiert den Kopf, dann zerquetscht er sie zwischen Daumen und Zeigefinger, sodass die phosphoreszierende Farbe seinen Finger herabläuft.

Er lacht, schnappt sich noch eine und malt einen Leuchtstreifen auf seinen Arm, dann nimmt er mehrere in die Hand und kommt zu mir rüber, um sie mir zu zeigen.

»Herzlichen Glückwunsch, Henson.« Und damit schmiert er mir eins der Dinger an die Wange, sodass ich das Leuchten aus dem Augenwinkel sehen kann.

»Aber … was ist das?«, frage ich, während er mir eine Kugel aufs Handgelenk drückt und meinen Handrücken damit bemalt. »Sind das nicht Lebewesen?«

Dom nickt und wirft Ezra einen strafenden Blick zu. »Ja, das sind Tiere.«

»Winzige Aliens«, sagt Mariana beeindruckt, während sie sich hinhockt und neugierig in den Sand späht.

Ich betrachte meinen Handrücken, dessen Bemalung bereits verblasst. »Aber das heißt doch … dass du sie zerquetschst? Du bringst sie um!«

Ezra zuckt mit den Achseln. »Na und? Ist doch hübsch.« Sein Ausdruck ist kaum zu erkennen im matten Sternenlicht, im Mondlicht. »Nur ein weiteres ungelebtes Leben, Henson. Das Universum ist voll davon.«

Ich betrachte die gestrandeten Sterne, die mit jeder neuen Welle ersetzt werden, Tausende von ihnen, erstrahlt, erblasst, ersetzt.

»Ist das der große Moment?«, fragt Mariana, den Blick auf das zarte Licht in ihrer Hand gerichtet. »Der Erstkontakt?«

Ezra lacht. »Erstkontakt mit einer Alge.«

»Und …?«

»Dann will ich dich mal aufklären«, entgegnet Ezra. »Anscheinend hast du in der Erziehung nicht richtig aufgepasst. Die Definition von Erstkontakt lautet: Begegnung zweier Kulturen, die sich ihrer Existenz zuvor nicht bewusst waren. *Kulturen*. Zwei Gruppen hochentwickelter Lebewesen. Deine Vorfahren waren doch Spanier. Müsstest du das nicht eigentlich wissen? Ihr habt das Prinzip doch quasi erfunden, als ihr Amerika überrannt habt.«

Sie verdreht die Augen. »Erdgeschichte war noch nie mein Fachgebiet.«

Er wirkt amüsiert. »Was *ist* denn dein Fachgebiet?«

»Das würdest du wohl gern wissen.«

»Stimmt, würde ich gern.« Er tritt einen Schritt auf sie zu, und im ersten Moment starre ich wie gebannt hin, denn er kommt ihr ziemlich nahe, bevor sie ihn mit einem scharfen Blick straft und sich abwendet.

Er lacht über ihre Abfuhr. »Ich will damit sagen, es sieht zwar hübsch aus, aber mehr auch nicht. Das sind einfach nur chemische Reaktionen.«

Ich mustere ihn. »Ist bestimmt ein cooles Gefühl, auf alles eine Antwort zu haben.«

Er lacht und reckt die Arme über den Kopf, sodass seine blassen Unterarme entblößt werden. »Du nutzt echt jede Gelegenheit, mir eins reinzudrücken, oder?«

»Du machst es mir aber auch zu leicht, Lomax«, sage ich, und ehe ich reagieren kann, hat er mir ein Bein gestellt, nimmt mich auf den Arm und trägt mich zum Meer, um mich dem Spiegelbild der beiden Monde entgegenzuwerfen. Ich schnappe gerade noch rechtzeitig nach Luft, bevor ich die Wasseroberfläche durchbreche.

Als ich mich von meinem Hustenanfall erholt habe und mich aufrichte, steht Ezra neben mir, bis zur Hüfte im Wasser, immer noch lachend. Er packt meine Hände, um mir aufzuhelfen.

»Ich kann nicht fassen, dass du das gerade gemacht hast.« Ungläubig schüttle ich den Kopf.

»Heute ist doch dein Geburtstag, Henson – was hast du anderes erwartet? Das bisschen Wasser wird dich schon nicht umbringen.« Doch auf einmal ist er wie erstarrt, ergriffen, den Blick staunend zum Horizont gerichtet. »Was zum Henker …?«

Ich streiche mir das nasse Haar aus dem Gesicht und blicke aufs offene Meer, wo die Wasseroberfläche von unten her in einen violetten Schein getaucht wird.

Das ist das Riff, daran besteht kein Zweifel. Wir haben es schon mal aus der Nähe untersucht. Mit den Dekompressionsmasken der Explorer, um es unter Wasser ausgiebig betrachten zu können. Es war weiß und blau und lila, wunderschön verästelt wie ein Unterwasserwald. Aber wir waren immer nur bei Tag dort, deshalb haben wir dieses Schauspiel noch nie miterlebt. Wir haben es nie unter der Wasseroberfläche leuchten sehen, wie ein zweites Firmament von Sternen.

»Komm mit«, sagt Ezra und schwimmt hinaus aufs Meer, bevor er sich erneut umdreht, auf der Stelle paddelt und den anderen zuruft: »Hey, Leute, kommt mit!«

»Ezra, komm zurück. Das Riff ist gefährlich.« Ich spüre, wie die Wellen an mir zerren.

»Ist es überhaupt nicht!«, ruft er, während ihn das Meer von unten beleuchtet. »Na los, das müsst ihr euch ansehen.«

Dom zieht mühelos an mir vorbei, also folge ich ihm etwa zehn Meter weit, ehe ich den Rand des Riffs erreiche.

Unter uns funkelt eine ganze Galaxie von Sternen. Absolut faszinierend. Der faszinierendste Anblick, den ich mir vorstellen kann. In meinem ganzen Leben habe ich noch nichts Vergleichbares gesehen. Es ist nur ärgerlich, dass ich den Anblick nicht in Ruhe genießen kann, denn das Meer zieht und zerrt unbarmherzig an mir.

»Bleib hier auf dieser Seite, okay?«, sagt Dom, der im nächsten Moment abtaucht, um sich das Riff aus der Nähe anzusehen.

Aber ich bin von dem Anblick so abgelenkt, dass ich unabsichtlich auf die andere Seite schwimme. Ich bleibe die ganze Zeit an der Wasseroberfläche, denn das Riff liegt nur anderthalb Meter unter mir. Doch ehe ich michs versehe, habe ich das offene Meer erreicht. Ezra treibt mit dem Gesicht im Wasser und hebt flüchtig den Kopf. »Das ist echt unfassbar … total krass … das Verrückteste, das ich je gesehen habe.«

Und im selben Moment erfasst uns eine Welle, uns beide zugleich. Sie saugt uns an, schleudert uns hart gegen das Riff, und Ezra brüllt auf, genau wie ich, denn das Riff bohrt sich scharf in meine Hüfte, zerkratzt meine Haut. Das alles dauert nur wenige Sekunden, doch die Verletzung brennt und beißt wie eine chemische Verätzung.

»Mist!«, brülle ich den beiden Monden entgegen, doch dann sehe ich Ezra, der sich atemlos windet, von unten beleuchtet, und im Wasser entdecke ich eine dunkelrote Wolke.

»Du blutest, ich blute, einer von uns blutet.« Ich höre die Angst in meiner Stimme.

»Was ist passiert?«, brüllt Mari. Dom taucht gerade erst wieder auf.

Ich packe Ezras Handgelenk und schwimme mit kräftigen Zügen zum Ufer, während ich ihn hinter mir herziehe. Ich spüre die Panik in mir aufsteigen, aber ich habe zu große Angst, um es mir einzugestehen. Als ich endlich festen Boden unter den

Füßen spüre, grabe ich die Zehen tief in den Sand und schleppe mich ans Ufer, Ezra immer noch im Schlepptau. Kaum haben wir den Strand erreicht, bricht er neben mir zusammen, und ich sehe, wie sein Blut in den hellen Sand sickert und dunkle Klumpen hinterlässt.

»Ahhhhh-ah-ah-ah«, jammert er zusammengekrümmt. »Das tut echt beschissen weh.«

Dom kommt aus dem Wasser gestürzt und beugt sich tropfend über mich. »Was ist passiert?«

Ich bringe kein Wort heraus, deshalb muss er seine Frage wiederholen, ehe ich ihm antworte. »Eine Welle hat uns auf das Riff geschleudert.« Als ich Ezra vor mir liegen sehe, ganze Hautfetzen von den Rippen gelöst, tue ich das Einzige, was mir spontan in den Sinn kommt: Ich ziehe mein Top über den Kopf, balle es zusammen und drücke es auf die Wunde.

Ezra schreit auf und versucht mich abzuwehren. »Lass mich in Ruhe, Henson! Bist du verrückt? Das tut weh!«

»Tut mir leid, aber ich muss die Blutung stillen!«

Er lässt mich gewähren, und wir starren uns direkt ins Gesicht, Auge in Auge, während er vor Schmerzen aufheult und mich versehentlich anspuckt.

»Tut mir leid«, sage ich erneut. »Aber wenn ich nicht fest genug drücke, blutet es weiter.«

»Okay«, sagt er in einem rhythmischen Keuchen. »Okay, okay, okay.«

»Du blutest auch«, sagt Dom. Dann spüre ich, wie er meine Hüfte berührt.

Als ich nach unten blicke, entdecke ich eine tiefe Schürfwunde über meinem Hüftknochen, und eine feine Blutspur rinnt über mein Bein, vom Meerwasser rosarot verwaschen.

»Mir geht's gut«, sage ich.

Trotzdem zieht auch er sein T-Shirt aus und drückt es mir auf die Wunde, während Mariana zum Zelt rennt. Ezra versucht zu lachen, aber es klingt wie ein Heulen. »Woraus ist eigentlich das Riff?«, fragt er. »Warum ist das so messerscharf? Mann, das ist ja tödlich.« Er sinkt erschöpft in den Sand, und seine Muskeln erschlaffen, bis nur noch ein Zittern zu spüren ist. Zwischen meinen Fingern sickert das Blut in den letzten trockenen Winkel meines Tops, dunkel im Mondlicht. Ich entdecke Ezras T-Shirt nicht weit von mir und ziehe es mit dem Fuß heran, um es zusammenzufalten und auf die Wunde zu drücken, bevor ich mein Top wie ein nasses Stück Fleisch in den Sand werfe. Ezra atmet hektisch ein und aus, krümmt sich, windet sich, um mir zu entkommen, während ich ihn beruhige.

»Alles okay«, sage ich mit fester Stimme, die mich selbst überrascht. »Bleib einfach so liegen, bleib einfach still liegen, es geht schon vorbei, es geht vorbei.« Und weil Dom immer noch an mir herumfummelt und mich stört, sage ich: »Mir geht's gut, Dom. Bitte, lass mich. Er ist viel schlimmer verletzt. Warte einfach ab, okay?«

Er lässt seine Hand sinken.

Ezra atmet tief aus, lässt alle Luft aus seiner Lunge entweichen und lacht mit hohlem Brustkorb, sodass seine Stimme unnatürlich dunkel klingt. »Ich gebe zu, es war eine dumme Idee, zum Riff zu schwimmen«, sagt er mit einem wässrigen Lächeln.

»Ein schwacher Trost, aber Entschuldigung angenommen.«

Mit Doms Hilfe bringe ich den nötigen Mut auf, um das zusammengeballte T-Shirt anzuheben und darunter zu spähen. Die Haut seitlich seines Oberkörpers ist total zerfetzt, von der Achselhöhle bis runter zur Hüfte. Die gute Nachricht ist, dass sein Blut bereits dunkler wird, verklebt und verkrustet. Als ich mir eingestehe, dass Ezra höchstwahrscheinlich nicht verblutet, spüre ich, wie alle Energie aus mir herausströmt und im kühlen Sand versickert, während ich den Kopf in die Hände stütze.

»Lass mich mal ran«, sagt Mari, die gerade mit dem Erste-Hilfe-Kasten zurückkehrt. Sie nimmt etwas heraus und überreicht es Dom. »Hier, du musst Serens Wunde reinigen und bandagieren.«

Ich versuche, seinen Ausdruck zu deuten, als er das T-Shirt von meiner Hüfte nimmt.

»Werde ich es überleben?«

Er nickt, und die schwindende Sorge auf seinem Gesicht verrät mir, dass er es ernst meint.

Letztendlich müssen Dom und Mari gemeinsam anpacken, um Ezra erfolgreich zu bandagieren, denn er schreit und krümmt sich vor Schmerzen. Dann lassen uns die beiden am Strand liegen, während sie die Feldbetten aufbauen, die wir erst vor Kurzem in der Explorer entdeckt haben. Ich wende den Kopf in Ezras Richtung, mustere sein Gesicht, zumindest die sichtbare Hälfte, die nicht im Sand liegt. Seine Augen sind geschlossen, die Lippen leicht geöffnet, die Anspannung aus seinen Zügen gewichen, abgesehen von einer tiefen Falte zwischen seinen Augenbrauen.

»Bist du okay?«, frage ich.

»Klar«, antwortet er, ohne die Augen zu öffnen, als würde er vom Schock in einen tiefen, unvermeidlichen Schlaf abdriften. Ich beobachte ihn und versuche ein Zittern zu unterdrücken, während meine Hüfte schmerzhaft brennt. Das Licht des Riffs erhellt die Dunkelheit unterhalb der Wasseroberfläche, wie man es sich in seinen kühnsten Träumen nicht ausmalen könnte, breit und blau und beharrlich.

Mir wird erst bewusst, dass ich eingeschlafen bin, als Dom mich sanft hochhebt und zum Bett trägt. Ihm so nahe zu sein, weckt in mir eine süße Erinnerung. »War das wirklich erst heute Morgen?«, frage ich lächelnd.

Und obwohl er mich gerade zum Zelt schleppt, verrät mir sein Grinsen, dass er weiß, wovon ich rede.

Ich habe keine Ahnung, wie viel Zeit vergeht, bevor ich das nächste Mal wach werde und feststelle, dass ich immer noch zittere. Anscheinend ziemlich heftig, denn im Bett neben mir öffnet Dom die Augen und sieht mich besorgt an. »Ist dir kalt?«, flüstert er.

Ich muss einen Moment nachdenken. »Ich … ich glaube nicht …«

»Du zitterst.«

»Vielleicht …« Meine Zähne klappern hart aufeinander, und mein Körper ist extrem schlapp, und dann spüre ich es: eine Kälte, die mir tief in die Knochen dringt.

Dom kann es mir ansehen. »Ich hole eine Decke.«

Meine Zähne klappern so heftig, dass ich die Worte kaum herausbringe: »Es ist v-v-v-v-verdammt kalt hier.«

»Nein, ist es nicht.« Er reibt sanft über meinen Arm, aber die Kälte ist so übermächtig, dass mich Doms heiße, verschwitzte Hand kein bisschen wärmt.

Er beugt sich vor, um eine Decke aus der Vorratsbox zu kramen, dann deckt er mich damit zu und steckt sie ringsherum fest. Er nimmt mein Gesicht in beide Hände und blickt mir in die Augen.

»Du hast dich erkältet«, sagt er.

»Mir geht's gut!«

Er schüttelt den Kopf. »Nein, geht's dir nicht.«

»Ich bin nur müde«, sage ich, denn mit einem Mal fühle ich mich so erschöpft, dass meine Glieder schmerzen, meine Augen zufallen, mein Gehirn abschaltet.

Er legt sich zu mir aufs Bett und nimmt mich von hinten in den Arm.

»Ach, Seren«, raunt er an meinem Nacken, als wolle er mit mir schimpfen, aber das tut er nicht.

»Was denn?« Ich versuche die Panik aus meiner Stimme zu verbannen, aber sie lässt sich nicht leugnen.

Er stützt sich auf seinen Ellbogen, und ich spüre, wie er mich von der Seite her mustert. »Ich hol dir einen Schluck Wasser.«

Ich habe keine Ahnung, wie viel Zeit vergangen ist, als ich zufällig mitbekomme, wie Mariana ein paar Sätze auf Spanisch sagt. Dann fügt sie auf Englisch hinzu: »Es geht ihm echt schlecht, *primo*, sieh ihn dir an – er kann kaum noch atmen.«

Ich will mich zu ihr umdrehen, aber es kommt mir vor, als wäre die Luft so zäh, dass ich darin stecken bleibe. Hinter mir höre ich ein hohes Piepen, dann Doms Stimme, die sagt: »Vierzig Komma zwei – geht das überhaupt? Das Thermometer ist bestimmt kaputt.«

Ich spüre, wie er mir etwas auf die Stirn legt, doch meine Augen wollen sich nicht öffnen. Wieder dieses Piepen. »Vierzig Komma eins.«

»Vielleicht war das Zeug … irgendwie giftig«, sagt Mari. »Das Riff, meine ich.«

Ich spüre Doms Hand an meinem Haaransatz, den kühlen Hauch seines Atems, als er seufzt. Sie reden noch eine Weile weiter, aber auf Spanisch, sodass ich nichts verstehe. In diesem seltsamen Dämmerzustand zwischen Wachen und Schlafen, öffne ich die Augen. Mein Blick gleitet hinauf zu den Bäumen, zu den Vögeln, die mit ihrem metallisch glänzenden Gefieder jeden verfügbaren Ast, jede Ranke besetzen, um mich zu beobachten.

KAPITEL 6

Bei Einbruch der Dämmerung entfacht in mir ein Feuer, das sich durch nichts in der Welt löschen lässt.

»Estrellita, bitte trink einen Schluck«, sagt Dom und fährt sich nervös über den Nacken. Ich würde ihm gern versprechen, dass alles gut wird, aber ich bringe kein Wort zustande, nur ein ersticktes Geräusch.

Ich bin schweißgebadet. Auf dem Feldbett hat sich eine Pfütze gebildet, sodass mein Ellbogen leicht wegrutscht, als ich mich aufrichten will. Dom hilft mir, mich hinzusetzen. Die Signale meines Gehirns reichen anscheinend nicht aus, um die Muskeln meines Körpers in Bewegung zu setzen. Dom ist so fürsorglich und liebevoll, als er die Flasche an meine Lippen hält, dass ich ihn dankbar anlächle, woraufhin er mein Lächeln erwidert. Dann küsst er mich sanft auf die Lippen. »Besser?«

»Ja«, antworte ich mit dünner Stimme.

Er legt mich wieder hin, und obwohl er ganz vorsichtig ist, habe ich das Gefühl, er würde mir alle Knochen brechen.

»Gut gemacht.« Er mustert mich, während ich von einem heftigen Zittern übermannt werde.

Ich habe keine Ahnung, was danach passiert, aber als ich das nächste Mal wach werde, ist es dunkel, und Mariana berührt meine Schulter, um mich erneut zum Trinken zu bewegen. Ich schreie vor Schreck auf, weiche panisch vor ihr zurück, bis in die hinterste Ecke des Zelts, und verheddere mich in meiner Decke.

»Lass mich … lass mich … lass mich …«, keuche ich, während sie beruhigend auf mich einredet. Dom kniet plötzlich neben mir und nimmt meine Hand. Über seine Schulter hinweg, im matten Schein der Solarlampe, erblicke ich Ezra, der flach auf dem Rücken liegt, die Wangen schlaff, die Rippen bandagiert, die Schultern feucht vor Schweiß, bewusstlos und reglos, sodass ich fast glaube, er sei tot.

Die beiden helfen mir, mich wieder aufs Bett zu legen, und Dom bleibt dicht an meiner Seite; er spielt mit meinen Fingern und betrachtet mich mit gerunzelter Stirn. Ich muss immer noch keuchen, ich kann einfach nicht anders; es ist so heiß hier drinnen, dass ich kaum Luft bekomme. Als ich mich auf die Seite drehe, ist es die größte Anstrengung meines Lebens, und es kommt mir vor, als würde ich mir die Hüfte brechen. Erschöpft spähe ich über den Rand des Feldbetts und weiche erschrocken zurück, während Dom meine Angst kritisch mustert. Wie kann es sein, dass sich der Boden unter unseren Füßen in Luft aufgelöst hat, dass wir plötzlich schweben, dass da nichts mehr ist? Und dann dieser Lärm, dieses furchtbare Trommeln, das immer lauter wird, erbarmungslos in mein Gehirn dringt, bis ich mir verzweifelt die Ohren zuhalte.

»Was ist denn?« Dom nimmt meine Hände herunter und ersetzt sie durch seine eigenen, links und rechts von meinem Gesicht, sodass ich ihn ansehen muss.

»Wo ist der Boden?« Selbst in meinem umnebelten Zustand ist mir bewusst, wie albern die Frage klingt, aber ich kann sie nicht anders formulieren.

»Wo ist der Boden?«, wiederholt Dom verwirrt, doch dann greift er mit der Hand nach unten, um, wie mir jetzt erst bewusst wird, eine riesige Pfütze zu berühren, auf der eine feine Sandschicht und die Lichtreflexe des Mondes treiben. »Hier unten. Wir wurden ziemlich durchnässt. Mehr nicht. Da draußen tobt ein Sturm.«

Ich lege meine Wange an die Bettkante und starre nach unten, betrachte die zitternde Wasseroberfläche, die Dom mit seinen Fingern durchfährt. Seine freie Hand ruht an meinem Kopf und drückt die Haare platt gegen mein Ohr, sodass der Lärm für einen Moment nachlässt.

»Schon besser«, sage ich mit geschlossenen Augen, während mir meine eigene Stimme durch den Kopf hallt. »Die Triebwerke sind heute extrem laut.«

»Die Triebwerke?« Er lächelt ein wenig. »Das ist der Regen, estrellita. Der Regen auf dem Zeltdach. Willst du etwas trinken?«

Er hilft mir auf und hält die Flasche an meine Lippen. Ich bekomme zwei schmerzhafte Schlucke herunter, bevor ich den Kopf abwende.

»Bitte«, sagt er, doch ich schüttle nur den Kopf und rolle mich zu einem schmerzverzerrten Ball zusammen, erschüttert von dem Echo eines vergangenen oder bevorstehenden Zitterns.

Dom breitet die Decke über mich und legt sich zu mir, die Ellbogen unter dem Körper aufgestützt, um mich im Halbdunkel zu betrachten, ehe er erschöpft die Handballen gegen die Augen presst.

»Das liegt nur an dir«, sage ich, von meiner eigenen Stimme überrascht. »Du ziehst das Wasser magisch an. Das hast du schon immer. Du hast mir das Wasser gebracht. Du hast mir alles Lebensnotwendige gebracht.«

Er macht ein seltsames Geräusch – halb Lachen, halb sonst etwas –, dann lässt er sich aufs Bett sinken.

»Ich habe dir eine Menge Ärger gebracht, auf den du gut hättest verzichten können«, erwidert er seufzend.

Ich schüttle den Kopf. »Nein, das war meine Schuld«, sage ich. »Es war alles meine Schuld.«

Ich schließe die Augen, und als ich sie wieder öffne, ist es hell und Dom verschwunden.

Mariana erscheint im Zelteingang, vor Nässe triefend, als wäre sie schwimmen gewesen. Sie schnieft und wischt sich die Tropfen aus dem Gesicht, bevor sie hereinkommt und sich an mein Bettende setzt.

»Bist du heute ansprechbar?«, fragt sie.

»Ich glaube schon«, sage ich. »So halbwegs.«

»Dann iss bitte etwas.« Sie kramt und klappert in den Kisten.

Nachdem ich mich mit zitternden Armen aufgesetzt habe, stelle ich die Füße in die feuchtwarme Pfütze unter meinem Bett und begegne Marianas Blick. »Ich weiß nicht, ob ich das kann«, sage ich.

»Du kannst.«

Ich bemerke Ezras angestrengten Atem und betrachte ihn auf seinem Bett, die Arme über der hektisch arbeitenden Brust verschränkt, blass und käsig wie eine Wachsfigur. Dom und Maris Betten sind bereits zusammengeklappt, daher kann ich ungehindert durch das Wasser stapfen, um mich neben ihn zu setzen. Seine Haut ist unnatürlich kalt, sein Gesicht schlaff.

»Ezra?«

»Aus dem bekommst du kein vernünftiges Wort heraus.«

Mari reicht mir eine Schale mit matschigen braunen Klumpen, dann richtet sie ihren Blick auf Ezra, eine tiefe Sorgenfalte auf der Stirn. »Er ist noch schlimmer dran als du.«

»Was ist das?« Ich sehe sie fragend an.

»Ein Rest Wurzelgemüse von letzter Woche.«

Ein stechender Geruch dringt mir in die Nase. »Kann ich nicht lieber ein paar Seenüsse essen?«

Sie seufzt, lehnt sich gegen den Zeltpfosten, blickt hinauf zu dem orangefarbenen Stoff, wo sich eine tiefe Pfütze gebildet hat, die sie mit den Fingern herunterstupst. »Wir haben nicht mehr viele«, sagt sie. »Wir …« Sie schüttelt den Kopf und blickt auf ihre Füße, die fast knöcheltief im braunen Wasser stehen. »Wir haben Mühe, irgendetwas trocken zu halten. Seit du krank geworden bist, hat es ununterbrochen geregnet.«

Dom erscheint im Zelteingang und starrt mich an, als hätte er einen Geist gesehen. »Du bist auf«, sagt er und hockt sich neben mich. Seine Hand verharrt einen Moment über meiner Schulter, ehe er mich sanft berührt, als wäre ich extrem zerbrechlich.

Obwohl er hinter mir hockt, wende ich mich so weit um, bis ich sehen kann, wie die Feuchtigkeit auf seiner warmen Haut verdampft, während das Wasser von seinem nassen Haar auf meine Schulter tropft und über meinen Arm rinnt. »Und du isst.«

»Na ja«, sage ich, während ich den kalten Matsch beäuge und mich frage, ob ich ihn wohl unten behalte.

Ezra stöhnt unvermittelt auf – ein mattes, heiseres Stöhnen, das ich noch nie von ihm gehört habe.

»Es geht ihm nicht gut«, sage ich. »Oder, Dom?«

Er schüttelt den Kopf.

»Und was tun wir dagegen?«

»Was *wir* dagegen tun?« Mariana lacht auf. »*Wir* haben uns die ganze Zeit gefragt, ob du uns vielleicht wegstirbst, Seren.«

Ich blicke ihr hinterher, während sie in den strömenden Regen hinaustritt. Doms Lippen berühren meinen Nacken. »Mach dir wegen Mari keine Gedanken. Sie ist einfach nur übermüdet und hat sich ziemliche Sorgen um dich gemacht.«

Ich wende mich zu ihm um, und er seufzt, ohne zu lächeln. Sein Haar klebt in feuchten Wellen an den hohlen Wangen.

»Ich gehe zu ihr«, sage ich, während ich mich mühsam an seiner Schulter abstütze.

Dann breite ich den Zelteingang auseinander und betrachte die fremde Wasserwelt. Der Regen prasselt unnachgiebig vom Himmel, zersprengt und zerstreut den Sand, ein dichter Vorhang von Wasser, der mit seinem graugrünen Stoff alles andere verhüllt. Ich stolpere zum Waldrand und entdecke Mariana im Schutz der vorspringenden Blätter, wo sie sich über einen kleinen Haufen von Nüssen beugt. Stumm setze ich mich ihr gegenüber in den Sand und sehe zu, wie sie die Schalen öffnet, während eine schwarze Flüssigkeit austritt, die zwischen ihren Füßen in einen Eimer tropft.

»Was ist das?«, frage ich.

»Das passiert mit den Seenüssen, wenn sie nass werden.« Sie sieht mich an. Es ist unser erster echter Augenkontakt, und sie wird auf der Stelle weich. »*Por dios, amiga*, du hast mir einen ganz schönen Schrecken eingejagt.« Ihre Mundwinkel sinken nach unten. »Und sieh dir das an …« Sie deutet auf den von Trümmern übersäten Strand.

Ich blicke mich um, blicke zurück zu ihr. »Jetzt geht's mir wieder gut. Ich kann euch helfen.«

Sie schüttelt den Kopf. »Oh Mann, ich weiß nicht.«

Ich nehme eine Nuss vom Haufen und breche die Hälften auseinander, bis ein widerlich schwarzgrauer Schleim in den Eimer tropft.

Mariana verzieht das Gesicht, und im ersten Augenblick sieht es aus, als würde sie anfangen zu weinen, aber als ich eine Hand auf ihre Schulter lege, schüttelt sie mich ab.

»Lomax geht es von Tag zu Tag schlechter«, sagt sie. »Und das sieht total furchtbar aus.«

»Was denn?«, frage ich.

Zurück im Zelt, hebt Dom vorsichtig Ezras Arm, während Mari die Lampe hochhält.

»Total angeschwollen, siehst du?«

Ich beuge mich über die Wunde und fahre mit den Fingern über die violette Erhebung, ein bläulich marmoriertes Muster, das sich rings um die klebrige Wunde herum ausbreitet.

Ezra stöhnt auf und schlägt gleichzeitig um sich.

»Es tut ihm weh«, sagt Mariana in ihre geballte Faust. »Er lässt sich kaum anfassen.«

Dom runzelt die Stirn. »Sieht komisch aus, oder? Als würde da irgendetwas …«

»Wachsen?«, beende ich den Satz, bevor ich zu ihm aufblicke. Er muss nicht mal nicken, sein Gesichtsausdruck reicht völlig.

Ezra liegt den ganzen Tag da, ohne sich groß zu rühren, aber manchmal scheint er aufzuwachen und zu reden, aber irgendwelchen Blödsinn, zum Beispiel, wir müssten die Geschwindigkeit verringern, wir seien zu schnell (dabei bewegen wir uns überhaupt nicht) oder wir sollten die Fische nach draußen bringen (dabei gibt es hier gar keine Fische), und einmal redet er mit seiner Mutter (obwohl sie gar nicht da ist).

Am Nachmittag richten wir ihn vorsichtig auf. Mariana setzt sich hinter ihn und bildet eine Art Sessel, während ich ihm kaltes Wurzelgemüse in den Mund löffle. Aber er ist nicht wach genug, um zu kauen, daher hustet er am Ende alles wieder aus und wehrt sich so vehement, dass wir ihm nicht mal eine Schmerztablette oder ein Fiebermittel geben können.

Er jammert und stöhnt die halbe Nacht, was mich irgendwie beruhigt. Die Phasen, wo er still und reglos daliegt, finde ich viel beängstigender.

KAPITEL 7

»Er sieht schon etwas besser aus«, sage ich zu Mariana, doch meine Worte klingen nicht besonders überzeugend. Während die Sonne über den Horizont späht, krabble ich über die Matratze, um mich neben sie auf Ezras Bett zu setzen. Ihres ist bereits zusammengeklappt, oder vielleicht hat sie es gar nicht benutzt. Ich biete ihr an, eine Weile bei ihm zu bleiben, in der Hoffnung, dass sie sich etwas ausruht, aber sie rührt sich nicht vom Fleck.

»Wir müssen seine Wunde behandeln«, sagt sie.

»Und wie?«

»Keine Ahnung – vielleicht sollten wir das Zeug rausschneiden?«

»Rausschneiden?«

»Ich weiß es doch auch nicht, *amiga*.«

Wir stehen auf, und ich hebe vorsichtig seinen Arm, um das Mullgewebe herunterzunehmen und die Wunde zu mustern. Man kann unmöglich bestreiten, dass da unter der Haut etwas wächst, das sich langsam, aber sicher in seinen Körper frisst.

Ich berühre meine Hüfte, wo die Wunde immer noch spürbar an meiner Shorts klebt. Seit jenem Abend habe ich keinen

Blick mehr darauf geworfen. Ich wende mich ab, um den Bund meiner Shorts nach unten zu schieben. Während ich den Rand der Kompresse anhebe, mach ich mich auf den Anblick gefasst. Die Wunde ist überwiegend gelb verklebt und wässert noch etwas, aber ringsum sind Ansätze von diesen violetten Wucherungen, die man unter der Haut fühlen kann. Meine Verletzung ist deutlich kleiner und flacher als Ezras und erscheint mir wie ein geisterhaftes Echo.

Dom steht plötzlich neben mir und küsst meine Schulter. Hastig ziehe ich die Shorts nach oben, während ich hart schlucke. »Mariana hat recht«, sage ich. »Wir müssen das Zeug rausschneiden.«

»Rausschneiden?«

»Er muss es loswerden, was auch immer das ist«, bestätigt Mariana.

Dom untersucht Ezras entblößte Flanke und drückt mit den Fingern auf die Stelle oberhalb der letzten Rippe, woraufhin Ezra vor Schmerz aufstöhnt und sich auf die Seite rollt, während die gelb durchtränkte Mullbinde zu Boden fällt.

»Aber wir haben keine Ahnung, wie man so was macht. Wir könnten ihn umbringen.«

Ich sehe Dom an. »Er könnte auch sterben, wenn wir es nicht tun«, sage ich.

»Bei dir haben wir auch nichts weggeschnitten, und du hast dich trotzdem erholt.«

»Ich war auch nicht so schwer verletzt.«

»Wie sieht deine Wunde denn aus?« Er will nachsehen, doch ich lege meine Hand darauf.

»Alles bestens.« Ich halte seinem forschenden Blick stand.

Er lehnt sich zurück und knabbert an seiner Lippe. »Und

du …«, setzt er an, ohne den Satz zu beenden. »Du … würdest dir das echt zutrauen? Ihm das Zeug rauszuschneiden?«

Ich schlucke mit einem schnalzenden Geräusch und sehe zu Ezra, sehe ihn an, nicht sein Wunde, ihn selbst, sein Gesicht.

»Nein«, sage ich. »Im Gegenteil. Aber ich gehe das Risiko lieber ein, als ihn einfach so sterben zu lassen.«

Dom kramt eine Weile im Verbandskasten, dann wendet er sich einer anderen Kiste zu. Schließlich drückt er mir einen schlanken Gegenstand in die Hand. Er tritt einen Schritt zurück und erwartet meine Reaktion.

Erst jetzt betrachte ich das zierliche Küchenmesser und seufze resigniert.

»Tut mir leid.« Er seufzt ebenfalls. »Ein Skalpell scheint es nicht zu geben.«

Ich schlucke meine Übelkeit herunter. »Schon klar, aber ich meine … im Ernst?«

»Wir sind echt erledigt. Ich meine, was machen wir hier eigentlich? Das ist nicht mehr als eine lächerliche Schürfwunde von dem Korallenriff vor unserer Nase, und wir haben nicht die geringste Ahnung, was wir tun sollen. Stattdessen sind wir kurz davor, ihn zu verlieren.«

Mariana schnappt so laut nach Luft, dass wir beide zusammenfahren. »Wir werden ihn nicht verlieren!«, brüllt sie. »Wir werden ihn *nicht* verlieren!«

»Schon gut«, sagt Dom besänftigend. »Natürlich nicht. Tut mir leid. Mach dir bitte keine Sorgen, *prima. Todo estará bien.*«

Wir diskutieren eine Weile, wie wir am besten vorgehen sollen. Letztendlich kommen wir zu dem Schluss, dass wir ihn festhalten müssen – Mari an den Füßen, Dom an den Schultern.

Somit fällt mir die beängstigende Aufgabe zu, und ich muss

erst ein paarmal tief durchatmen, um meine Angst in den Griff zu bekommen. Dann nehme ich das Messer in beide Hände und fasse einen Entschluss. Ich beschließe, um jede dieser Wucherungen herumzuschneiden, jeden kleinsten Rest zu entfernen, und fertig. Dann müssen wir nur noch hoffen, dass sich sein Fleisch daran erinnert, wieder gesund nachzuwachsen. Ich versuche möglichst nicht daran zu denken, dass er bei dem Eingriff sterben könnte.

Ich will gerade loslegen, als mich Dom unterbricht. »Warte mal.«

Als ich ihn ansehe, fährt er fort: »Mir fällt da gerade etwas ein, das ich mal in einer Dokumentation gesehen habe.«

Ich warte ab.

»Es ging darum, was man tun soll, wenn man auf einen Seeigel tritt – das ist so ein stacheliges Meereslebewesen – also, wenn die Stacheln tief in der Haut stecken, soll man mit einem Stein draufschlagen, um das Tier auseinanderzubrechen, damit der eigene Körper mit kleineren Bestandteilen zu kämpfen hat.«

Ich blinzle ihn an.

»Wollen wir das versuchen? Wenn das Zeug in ihm lebt, sich ausbreitet, dann können wir es vielleicht töten.«

»Du willst auf ihn einschlagen?«, frage ich ungläubig. »Hast du ihn dir mal angesehen? Seinen Zustand? Er ist echt … schlecht dran.«

Ich setze mich in den triefnassen Sand und ziehe die Knie an den Körper, um die Stirn dagegenzulehnen. In der Dunkelheit klingt mein Atem laut und abgehackt. Ich spüre Doms Hand an meiner Schulter, spüre ihren sanften Druck.

»Hör zu, wir wissen nicht, was das Beste ist. Woher auch?

Wir sind hier auf einem fremden Planeten. Wir haben keine Erfahrungswerte. Wir können es nur versuchen. Wir müssen es versuchen, wieder und wieder, bis wir Erfolg haben. Wir werden uns weigern, einfach so aufzugeben. Und wir werden eine Lösung finden.«

Ich fasse an meine Schulter, nehme seine Hand und verwebe meine Finger mit seinen, um sie an meine Lippen zu führen und zu küssen.

Wir suchen uns einen Stein und verbringen die nächste Zeit damit, ihn gründlich zu reinigen, hauptsächlich, um das Unvermeidliche noch etwas hinauszuzögern. Dann stehe ich drohend über Ezra, den Stein in der Hand, den Blick auf seinen schlafenden Körper gerichtet, schweißgebadet und reglos, mit typisch gerunzelter Stirn.

Dom und Mari nehmen ihre Plätze ein, um ihn erneut festzuhalten, während ich mich neben das Bett hocke, vorsichtig den Verband anhebe und innerlich schaudere, als er an der Wunde festklebt. Ich konzentriere mich auf eine Stelle am Rand, wo das Geschwür in gesundes Gewebe vordringt. Dann hebe ich den Stein und schlage zu.

Ezras Schrei kommt mir vor wie der schrecklichste Laut, den Huxley-3 je gehört hat, und vermutlich ist das auch so. Er kommt aus seinem tiefsten Innern und zerreißt den Tag in tausend Stücke.

Mariana ist kreidebleich. »Oh Gott, *primo* – das ist ja die reinste Folter. Das können wir nicht machen.«

»Wir haben keine andere Wahl«, sagt Dom. »Oder?«

Also packen die beiden erneut zu, während ich mit zitternden Händen den Stein hebe und erneut zuschlage. Ezra reißt die Augen auf und schreit und schreit, während seine Wunde aufplatzt und mir Blut ins Gesicht spritzt, bis ich nichts mehr sehen kann. Erst als ich Doms Finger an meinem Handgelenk spüre, lasse ich den Stein in die Pfütze fallen, und die Schreie lassen auf der Stelle nach. Ich höre Doms Stimme. »Genug, estrellita, das ist genug.« Er zieht mich an seine Brust. »Gut gemacht.« Er streicht über mein Gesicht, und seine Finger verfärben sich rot.

Kurz darauf stehe ich im Regen, die Füße im Meer, und brülle Huxley an, während ich mir Meerwasser über den Körper und ins Gesicht spritze, wieder und wieder, doch es reicht einfach nicht aus, also tauche ich komplett ein, vollständig bekleidet, denn sonst werde ich das Zeug nicht los.

Als ich zu den anderen zurückkehre, von Kopf bis Fuß triefend, sehe ich, dass sie Ezra bereits gewaschen und bandagiert haben. Er ist wieder eingeschlafen, und die beiden sitzen nebeneinander im Zelteingang. Dom hat eine Hand auf Maris Rücken gelegt.

»Wir konnten ihn dazu bewegen, eine Schmerztablette zu nehmen«, sagt Dom. »Ist schon mal ein Fortschritt.«

»Eigentlich müssten wir ihn mit heißem Wasser waschen, aber so können wir kein Feuer machen.« Mari deutet auf die ausgedehnten Pfützen und wirkt unendlich müde.

»Willst du etwas essen?« Dom reicht mir die Pfanne mit den letzten kalten Bissen der Waldknollen, dunkel und matschig. »Das ist leider der Rest, bis wir irgendwo neue finden.«

Obwohl ich mich leer und hohl fühle, bringe ich es nicht fertig, etwas zu essen. Stattdessen gehe ich zu Ezra, hocke mich neben ihn, betrachte seine Augen, die sich unter den Lidern bewegen, als würde er träumen. Sein Gesicht und sein Hals sind immer noch blutbespritzt, wie feine Farbsprenkel auf einer Leinwand. Ich habe das Gefühl, mir wird jeden Moment schlecht, als ich Mari hinter mir spüre.

»Keine Ahnung, was er sich davon verspricht, aber Dom ist rausgegangen, um Feuerholz zu suchen«, sagt sie, den Blick auf Ezra gerichtet. »Gott, ich habe nicht mehr solche Angst gehabt, seit …«

Ich sehe sie an. »Seit …?«

Sie schüttelt den Kopf. »Das ist dir vielleicht nicht bewusst, aber wir hätten ihn fast verloren.«

Ein kalter Schauer läuft mir über den Rücken. »Wen?«, frage ich, obwohl ich weiß, wen sie meint.

Sie schnieft hinter ihrer Hand. »Als Lucas gestorben ist, wusste ich, wussten wir *alle*, dass es eigentlich Dom treffen sollte. Und ich wusste, die geben nicht einfach so auf, deshalb haben sie Dom in die Fabrik gesteckt. Angeblich aufgrund eines Fehlverhaltens, aber in Wirklichkeit wollten sie nur einen weiteren Unfall anzetteln.«

Ich blicke ihr fest in die Augen, aber ich bekomme die Worte kaum heraus. »Sie haben ihn in die Fabrik gesteckt? Das hat er mir gar nicht erzählt.«

Sie zuckt mit den Schultern, blinzelt schwerfällig. »Du weißt doch, wie er ist. Er würde dir nie etwas erzählen, das dich traurig macht.«

Ich blicke auf meine Hände. »Er hat die Arbeit in der Farm und der Fischerei geliebt.«

Aus dem Augenwinkel heraus bemerke ich ihr Nicken.

»An seinem ersten Tag in der Fabrik habe ich ihn während der Pause besucht«, sagt Mariana. »Er trug eine Atemmaske und Gehörschutz und war von Kopf bis Fuß mit orangefarbener Schmiere bespritzt. Von den Fleischproteinen, meinte er.

Er hatte das Zeug sogar in den Haaren. Es hat widerlich gestunken, nach Verwesung oder so. Ich habe ihn regelrecht angefleht, sich krankzumelden, sich etwas einfallen zu lassen, egal was. Ich wollte ihn irgendwie da rausholen, ihn in Sicherheit bringen. Aber er hat sich geweigert. Man konnte ihm anmerken, dass er Angst hatte, aber er wollte vermeiden, noch weiteren Ärger loszutreten. Stattdessen hat er die ganze Zeit nur von dir geredet.« Sie lacht verhalten, aber es ist nicht mehr als ein leises Schnauben durch die Nase. »Er wollte, dass ich dich in der Besserungsanstalt besuche. Er hat sich gesorgt, hat sich gefragt, ob es dir gut geht. Die wollten ihn umbringen, aber es ging ihm nur um dich.«

»Warte mal – wann war das?«

Sie blickt auf und denkt nach. »Gut eine Woche, bevor wir geflohen sind. Vielleicht ein paar Tage mehr.«

»Da hatten wir uns doch schon gesehen. Auf dem Aussichtsdeck.«

Sie beobachtet mich. »Ja, aber danach hat er mich nur noch mehr bekniet. Jeder Tag, jede Stunde, die er dich nicht sehen konnte, war für ihn eine Qual.«

Ihr Blick wandert hinauf zum Zeltdach, bevor sie weiterredet. »Anfangs war ich total sauer auf dich – wegen der Hochzeit und weil du ihn in Gefahr gebracht hast.« Sie schluckt und wischt sich eine Träne aus dem Augenwinkel, dann sieht sie mich mit verschränkten Armen an. »Aber er hat jedem erzählt, der es hören wollte, dass es nicht deine Schuld war. Er hat erzählt, du hättest die Hochzeit eigentlich durchziehen wollen – im Interesse aller Beteiligten –, und es wäre allein seine Schuld, weil er dich am Abend zuvor besucht und an Dinge erinnert hätte, die du eigentlich vergessen wolltest.«

Schweigend sehen wir einander an.

»Er hat mir nie genau erzählt, was in der Zeit passiert ist.« Ich schüttle den Kopf.

Sie lacht, wenn auch ohne Humor. »Eine ganze Menge! Eine Menge ist passiert, als du da drin warst. Es war die reinste Hölle. Die Venturahölle.«

Ich schlucke. »Inwiefern?«

»Der Sicherheitsdienst hat alles Mögliche konfisziert. Die haben jeden verhört, und ich meine echt *jeden*. Sie waren bei Domingos Eltern, bei meinen Eltern, sogar bei meiner Großmutter, obwohl keiner etwas wusste. Sie waren auch bei mir. Und bei Annelise.«

»Annelise?«

»Na klar. Ihre Familie war stocksauer. Ihr Vater hat sich Dom in der Kantine Nord vorgeknöpft – wusstest du das?«

Ich schüttle den Kopf, aber ich erinnere mich noch dunkel an einen Bluterguss in Doms Gesicht, kurz bevor wir geflohen sind.

»Eine echt hässliche Szene. Er hat Dom vorgeworfen, er wäre nicht gut genug für Annelise. Und das vor allen Leuten. Er ist total ausgerastet. ›Ich wusste schon immer, dass du nichts taugst‹, hat er gesagt. Dom hat das alles über sich ergehen lassen, anstatt sich zu wehren. Das war total …« Ihre Stimme stockt. »Furchtbar.«

Dom kommt zurück, die Arme voll beladen mit triefnassem Feuerholz. »Erzählt ihr euch etwa Gruselgeschichten?«

»Wir reden von der Ventura«, sagt Mariana und sieht ihn an. »Die Zeit vor unserer Flucht.«

Er nickt. »Und warum? Helft mir lieber, ein Feuer zu machen.«

Natürlich haben wir nicht die geringste Chance, mit nassem Holz, im strömenden Regen, umgeben von knietiefen Pfützen, aber wenigstens sind wir für eine Weile beschäftigt.

Etwas später sehen Mari und ich erneut nach Ezra, und obwohl er immer noch tief und fest schläft, wirkt seine Gesichtsfarbe etwas gesünder, seine Haut etwas straffer, und wir haben beide die stille Hoffnung, dass es vielleicht funktioniert hat.

Dom hat sich mit dem Gesicht nach unten auf mein Bett gelegt und die Arme hinter dem Kopf verschränkt, als würde er einen inneren Kampf ausfechten. Als ich mich neben ihn setze, schiebt er einen Arm um meine Taille und sieht mich mit einem Auge an. Ich fahre mit den Fingern durch sein Haar, streiche es ihm aus dem Gesicht, lege es Strähne für Strähne hinter sein Ohr, während er mich betrachtet. Ich will ihn gerade nach der Fabrik fragen, aber er kommt mir zuvor. »Gott sei Dank geht es dir gut«, sagt er, als könne er es immer noch nicht fassen. »Jage mir nie wieder so einen Schrecken ein.«

»Du tust so, als hätte ich es absichtlich gemacht«, erwidere ich, dann füge ich hinzu: »Du bist garantiert todmüde.«

Er legt seinen Arm fester um mich, und sein Ellbogen drückt versehentlich auf meine Wunde, sodass ich aufheule.

»Entschuldige.« Er stützt sich auf die Unterarme. »Tut es immer noch weh?«

»Ja.«

»Lass mal sehen.« Er greift an den Saum meines T-Shirts, aber ich greife nach seiner Hand und drücke sie sanft. »Mach dir bitte keine Sorgen. Lass uns einfach nur glücklich sein. Wenn auch nur für kurze Zeit, okay?«

Ich lege mich zu ihm, obwohl die Betten dafür viel zu klein sind, wie wir längst feststellen mussten.

»Rutsch mal rüber«, sage ich und schiebe seine Hüfte von mir, bis er sich auf die andere Seite rollt, damit ich mich von hinten anschmiegen kann. Da er viel größer ist als ich, vergrabe ich mein Gesicht zwischen seinen Schulterblättern und lächle an seiner Haut. Er greift nach meiner Hand und zieht sie unter seinem Arm hindurch, bis hinauf zu seinen Lippen. »Liegst du gut?«, fragt er durch meine Finger hindurch.

»Perfekt«, sage ich, während er in meinen Armen einschläft. Und ich sehe zu, wie die Nacht über uns hereinbricht.

KAPITEL 8

Es dauert zwei weitere Tage, bis Ezra vollständig erwacht. Als ich morgens die Augen öffne, steht er plötzlich vor mir. Er kratzt sich am Kinn und blickt auf mich herab, blass und abgemagert, sein Oberkörper immer noch bandagiert.

»Anscheinend sterbe ich wohl doch nicht«, sagt er mit einem schmerzhaften Seufzer, während er sich auf Doms Bett setzt.

»Stimmt«, erwidere ich heiser, während ich mich mühsam aufrapple. »Zum Glück.«

»Das kann sich natürlich jederzeit ändern.«

Ich betrachte die fahle Kopfhaut unter den grauen Strähnen seines ungewaschenen Haars, die knöchernen Höcker seiner Schultern und Knie.

»Aber, hey«, fährt er fort, während er die Arme um den Körper schlingt, als wäre ihm kalt. »Das ist alles pure Spekulation. Ich habe nicht den leisesten Schimmer, was in den letzten … ähm …«

»Sechs Tagen«, sage ich.

»Sechs Tagen passiert ist.« Er nickt, als wäre er schwer beeindruckt, dann fügt er hinzu: »Du hast mich mit einem Stein attackiert, Henson.« Er grinst verschmitzt.

»Tut mir leid.«

»Nein, du hast was gut bei mir«, sagt er. »Immerhin bin ich deswegen noch hier, oder?«

Ich stehe auf, um Dom zu suchen, der im Schutz der Bäume ein paar Sachen zusammenpackt und das Buschmesser in den Bund seiner Shorts steckt.

»Ich gehe zum Bach und suche nach etwas Essbarem«, sagt er.

»Ich komme mit.«

Er schüttelt den Kopf. »Du musst dich erholen.«

Ich schüttle meinerseits den Kopf. »Ich bin besser im Suchen. Das weißt du genauso gut wie ich.«

Mari und Ezra blicken uns hinterher, während Dom und ich durch das knöcheltiefe Wasser in das tropfende Gestrüpp des Waldes vordringen.

Der Bachlauf wird rasch schmaler, das tunnelartige Gewölbe der Bäume und Sträucher immer dichter, bis wir nicht mehr darunter herkriechen können, also versucht Dom uns mit dem Buschmesser einen Weg zu bahnen. Als er atemlos und verschwitzt eine Pause einlegt, reiche ich ihm die Wasserflasche. Er schüttelt sie skeptisch. »Warum haben wir nicht mehr mitgenommen?«

Plötzlich bekomme ich solchen Durst, dass ich heulen könnte. Ich gehe in die Hocke und spähe durch das undurchdringliche Blattwerk, das sich wie eine Wand vor uns aufbaut.

»Wir werden bestimmt bald fündig«, sage ich, als er mir den letzten Schluck Wasser überlässt. »Wir sind ganz nah dran – das spüre ich irgendwie.«

Und wie durch ein Wunder entdecke ich sie: rot gefiederte Blätter auf dunkelblauen Stängeln. Ich sehe sie und weiß, was sich im Erdreich verbirgt. Es erscheint mir wie ein Zeichen, ein gutes Omen. Bestimmt verstecken sich in diesem wuchernden Chaos noch andere essbare Pflanzen, die wir bislang nicht entdeckt haben. Vorsichtig grabe ich die Wurzel mit bloßen Händen aus. Gerade will ich sie hochheben, als die Knolle in meinen Händen zerplatzt, buchstäblich, wie eine Luftblase. Als wäre sie nie da gewesen, als wäre das alles nur ein Traum. Ich halte meine Hand an die Nase, aber da ist nichts als stinkender schwarzer Schleim. Ich fahre mit den Händen durch das Erdreich, aber da ist rein gar nichts.

Voller Entsetzen betrachte ich Dom, der meinen Blick erwidert. »Vielleicht war die einfach nur schlecht«, versucht er mich aufzumuntern, bevor er mit dem Buschmesser eine weitere Knolle ausgräbt. Leider ist das Ergebnis das gleiche, nur schlimmer. Diesmal zischt sie beim Zerplatzen und verbreitet einen widerlich stechenden Gestank, wie ein böser Geist. Es bleibt nur noch eine einzige Pflanze übrig, und obwohl wir uns beide davor fürchten, greife ich vorsichtig in die Erde und taste nach der Wurzel, ein Stoßgebet auf den Lippen, doch dann zerplatzt sie in meinen Fingern, still und leise, um nichts als Fäulnis zu hinterlassen.

Ich bin so verzweifelt, dass ich gar nicht anders kann, als zu weinen. Zuerst sieht Dom mir hilflos zu, doch als es immer schlimmer wird, zieht er mich an seine Brust. Die Tränen laufen mir über die Finger, und ich schniefe und heule, aber es hilft alles nichts, ich kann nicht aufhören.

»Lass uns umkehren«, sagt Dom. Er klingt unendlich traurig.

»Nein!«, sage ich so energisch, dass ich uns beide überrasche. »Wir können nicht mit leeren Händen zurückkommen.« Hastig wische ich meine Tränen weg. »Das können wir nicht.«

Er nickt, aber wir kommen nicht weit, bevor wir sie entdecken: Singblumen, traurig und geschlossen, lichtlos und leblos, ihre fleischigen Kelche starr, von einem feinen Schimmelflaum überzogen. Ich versuche, meine Panik herunterzuschlucken, aber sie lässt sich nicht länger unterdrücken. Ich fühle mich so hilflos, dass ich instinktiv losrenne, den Bach entlang, weg von Dom, weg von allem, bis ich stürze.

Und mit einem Mal passiert es. Ich bin hier und dann dort. Oder vielleicht bin ich an zwei Orten zugleich. Urplötzlich ist alles umflutet von Licht, erfüllt von Farben, die ich noch nie gesehen habe. Ich sehe instinktiv nach oben, und der Himmel ist leuchtend orange, die Bäume wie weggezaubert, sodass ich einen ungetrübten Blick auf die beiden Monde habe, die hoch in ihrem Zenit stehen. Ich sehe nach unten und erwarte, den Wald zu erblicken, aber er ist spurlos verschwunden, ersetzt durch eine kurz gemähte Wiese mit einem mosaikartigen Pfad, der unter meinen Füßen in die Ferne führt. Ich fühle mich atemlos und orientierungslos und so zuversichtlich, dass ich einen ersten Schritt wage.

Und dann ist der Weg verschwunden.

Stattdessen steht Dom plötzlich vor mir, packt meine Hände und hilft mir aus dem Bach, in dem ich völlig durchnässt und erschöpft stehe.

»Estrellita, was machst du da?«

Ich sehe mich um, blicke hinauf zu dem dichten Blätterdach, dem verhangenen Himmel, durchtränkt von Finsternis.

»Ich …« Aber mir fehlen die Worte. »Ich …«, setze ich erneut an. »Ich war … Ich hab da was gesehen …«

Er drückt meine Hände noch fester. »Bitte, rede mit mir.«

»Ich hab da was gesehen … Ich war nicht hier, ich war woanders. Ganz woanders. Da war ein Pfad.«

Ich betrachte die tunnelartige Vegetation über dem Bach und runzle die Stirn.

»Ein Pfad?«, fragt Dom. »Meinst du … den Bach?«

»Nein, da war …« Ich lege die Hände vors Gesicht. »Ich war an einem ganz anderen Ort. Die Bäume waren weg, und da war dieser … Weg.«

Dom legt die Hände in die Hüften und schweigt.

»Ich weiß nicht.« Ich schüttle den Kopf. »Ich kann es nicht erklären. Es war total seltsam.«

Er legt einen Arm um meine Schultern und versucht mich zu beruhigen, doch ich sträube mich, schiebe ihn von mir und sehe ihn forschend an.

»Du glaubst mir nicht, oder?«

»Doch, natürlich«, sagt er, aber ich spüre, dass er lügt. »Estrellita, ich will nicht behaupten … Ich meine, die letzten Tage waren eine ziemliche Belastung, oder? Das war … keine Ahnung … Vielleicht bist du einfach nur überspannt?«

»Nein.« Ich schüttle energisch den Kopf. »Das war ganz real. Das war nicht in meinem Kopf. Es muss an diesem Ort liegen. Ich weiß, das klingt total bescheuert, aber ich hatte das Gefühl, Huxley-3 will mir etwas sagen. Mir etwas mitteilen.«

»Na gut – und was?«

»Nicht mit Worten. Eher …« Ich berühre eine Pflanze, bohre meinen Fingernagel in die Blattoberfläche. »Ach, keine Ahnung – schwer zu erklären.«

»Estrellita, ich finde, wir sollten jetzt umkehren. Du musst dich ausruhen.« Er packt meine Arme, aber ich schüttle ihn ab.

»Ich wünschte, ich hätte es dir gar nicht erzählt.«

»Jetzt sei bitte nicht so.«

»Und ich Idiotin habe gedacht, du würdest mir glauben.«

»Das tue ich doch. Natürlich glaube ich dir. Darum geht es überhaupt nicht. Ich frage mich nur, was wirklich dahintersteckt.«

»Du fragst dich, ob ich mir das alles nur eingebildet habe.« Ich lasse ihn stehen und gehe zurück zum Strand.

Aus demselben Grund erzähle ich den anderen nichts von meinem Erlebnis, und sie scheinen nicht mal zu bemerken, dass ich für den Rest des Abends ziemlich still bin. Da uns allmählich die Lebensmittel ausgehen, haben wir alle einen guten Grund, nicht viel zu reden.

Am späten Abend begegne ich Ezra auf dem Rückweg von der Latrine. Er hat zum ersten Mal die Bandagen abgenommen und trägt nur seine Shorts, und obwohl ich nicht hinsehe, springt es mir gleich ins Auge.

»Oh Mann«, sage ich. »Das leuchtet ja.«

Er mustert seine Verletzung, die sich noch weiter ausgebreitet hat, wie wuchernde Äste, die sich unter seiner Haut fortpflanzen und ihn von innen beleuchten, bläulich hell an der Oberfläche, etwas dunkler und rötlich, wo sie etwas tiefer liegen und seine Blutgefäße anstrahlen.

»Stimmt«, sagt er.

»Stimmt?«, wiederhole ich. »Da leuchtet etwas in dir drin, und du sagst nur ›stimmt‹?«

Er zuckt mit den Schultern und sieht zu, wie ich näher komme.

»Das Zeug ist gewachsen«, sage ich. »Das ist immer noch … lebendig.«

In dem geisterhaften Licht begegnen sich unsere Blicke, erfüllt von Angst. Er zuckt erneut mit den Schultern. »Kann sein«, sagt er. »Leuchtet deins auch?«

Mein Blick gleitet nach unten. Mit den Fingern greife ich an den Saum meiner Shorts und schiebe ihn vorsichtig herunter, wenn auch extrem langsam. Je länger ich es nicht weiß, umso länger kann ich so tun, als wäre alles in Ordnung. Aber letztlich schiebe ich es nach unten und ziehe die selbstklebende Kompresse vorsichtig ab. Und dann sehe ich es, blassviolett leuchtend, als hätte ich einen Stern verschluckt.

»Oh Gott«, sage ich. »Gott, das muss raus!« Meine Finger krallen sich in das Gewebe, drücken gegen die länglichen Verästelungen, die sich von der Wunde ausgehend in mein Fleisch graben. Ezras Stimme erreicht mich wie aus weiter Ferne, obwohl er direkt neben mir steht.

»Ich glaube nicht, dass es uns schadet«, sagt er und packt meine Hände. »Es fühlt sich jedenfalls nicht so an, oder?«

Ich schüttle den Kopf.

»Hier auf Huxley-3 leuchtet eben alles.« Er lacht. »Wir werden langsam zu Einheimischen.«

Ich versuche, über seinen Witz zu lachen, es gelingt mir sogar fast, dabei finde ich die Situation alles andere als komisch. Dann renne ich zurück zum Zelt, zurück zu meinem Bett, zurück zu Dom, aber als ich den Eingang erreiche, habe ich fast Angst hineinzugehen.

Als ich an sein Bett trete, wacht er auf und streckt die Arme nach mir aus. »Was ist denn?«

Aber ich bringe es nicht fertig, ihm davon zu erzählen. Stattdessen betrachten wir uns schweigend, und ich sehe, wie sein Mundwinkel nach unten wandert, wie immer, wenn er sich um mich sorgt. Er berührt meine Schultern, zieht mich in seine Arme und seufzt in mein Haar.

KAPITEL 9

Um uns herum ist alles schwarz und schimmelig von stinkendem Flaum, selbst unsere Klamotten, selbst unsere Decken, selbst die Innenwände des Zelts. Nichts wird mehr trocken, nicht mal unter dem Dach. Das größte Problem sind die Lebensmittel, denn wir haben nur noch vier Notrationen und ungefähr dreißig Seenüsse, die wir mühsam trocken halten. Der Donner grollt ununterbrochen, sodass wir uns kaum unterhalten können.

Ich entdecke Dom am Rand der Brandung und geselle mich zu ihm. Gemeinsam betrachten wir die Sturzflut, die uns vom Meer entgegenpeitscht, während der Regen an uns herabströmt, uns in den Mund rinnt, uns das Haar platt an den Kopf klatscht. Dom muss gegen den Lärm anbrüllen, um mit mir zu reden. »Wir brauchen einen neuen Plan.«

»Hast du eine Idee?«, brülle ich zurück.

Er schüttelt den Kopf. »Nicht wirklich.«

Ezra liegt dicht hinter dem Zelteingang im Sand. Als wir ihn nach seiner Meinung fragen, setzt er sich abrupt auf und stößt den Eimer um, der seit Tagen das Wasser auffängt, das sich durch eine undichte Naht im Dach einen Weg bahnt.

»Wie oft soll ich es eigentlich noch sagen? Wir müssen runter von der Insel.«

»Nicht schon wieder«, knurrt Dom.

»Wir müssen das Festland erreichen.« Er sieht uns der Reihe nach an, während Dom den Kopf in die Hände stützt. »Ich habe von Anfang an gesagt, hier haben wir keine Chance«, fährt Ezra fort. »Hier können wir nichts anbauen, nichts am Leben halten. Ich meine, seht euch das doch mal an! Seht es euch an! Dieser Ort ist … wie Gift. Zu heiß, zu feucht. In der Äquatorzone kann die Regenzeit ewig dauern. Vielleicht ein halbes Sonnenjahr.«

»Ein halbes Jahr?« Ich kann mir die Worte nicht verkneifen.

»Oder noch länger«, sagt Ezra mit weit aufgerissenen Augen.

»Oder kürzer«, sagt Dom, aber Ezra ignoriert ihn und beugt sich energisch vor.

»Ich bin über den Kontinent geflogen. Ich habe ihn gesehen. Da kann man garantiert etwas anbauen. Und ich glaube kaum, dass es da monatelang regnet. Wir kommen nur mit dem Boot weiter, Suarez. Alles andere bringt nichts.«

Dom ist kurz davor auszurasten. »Aber du hast selbst gesagt, du weißt nicht, wie weit es ist. Oder wie wir dahinkommen. Das ist viel zu riskant, Lomax!«

Mariana hat die ganze Zeit im Schneidersitz danebengesessen, aber urplötzlich schlägt sie mit der Hand in den nassen Sand. »Was soll das eigentlich?«

Die beiden sehen sie verblüfft an.

»Warum benehmt ihr euch so, als würde das nur euch beide etwas angehen? Wir sind immerhin zu viert. Und wir haben *alle* eine Meinung.«

»Von mir aus«, sagt Ezra und beugt sich zu ihr vor. »Und die wäre?«

Sie gibt nicht sofort eine Antwort, sondern starrt ihn nur an.

»Mari«, drängt Dom. »Du warst die ganze Zeit gegen diese

dämliche Idee mit dem Boot.« Er schnappt sich eine Handvoll Sand und wirft ihn zu Boden.

»Das Boot ist auch eine dämliche Idee. Weil es zu viel Unwägbarkeiten gibt, die uns umbringen könnten. Aber hier auf der Insel …« Sie beißt sich auf die Unterlippe und starrt in den Sand.

Dom betrachtet sie einen Moment lang, ehe er sich an mich wendet. »Seren?«

»Mann, warum fragst du sie überhaupt?«, sagt Ezra. »Sie sagt eh das Gleiche wie du. Macht sie doch immer. Was bringt das?«

»Ach, und deshalb habe ich kein Recht auf eine eigene Meinung?«, frage ich.

»Das bringt doch nichts.« Ezra schüttelt den Kopf. »Wenn er vorschlägt, wir fliegen alle zum Mond, dann sagst du auch Ja und Amen.«

»Warum benimmst du dich mir gegenüber eigentlich so unverschämt?«

Er seufzt. »Jetzt verschwenden wir auch noch wertvolle Zeit, um zu diskutieren, ob ich dich unverschämt behandle.«

»Das war echt unverschämt«, stimmt Mariana mir zu.

Daraufhin herrscht erst mal Stille.

»Wir sollten zur Explorer zurückkehren, um wenigstens mal wieder richtig trocken zu werden«, sagt Dom. »Und dann sehen wir weiter.«

Die Wanderung zur ersten Bucht dauert höchstens eine Dreiviertelstunde, aber es kommt uns viel länger vor, weil wir so ausgehungert sind und mit jedem Schritt im Sand stecken bleiben, sodass wir nur halb so schnell vorankommen, wie man eigentlich annehmen sollte. Außerdem bewegt sich Ezra in einem Schneckentempo und muss andauernd Pause machen. Der strömende Regen und der tosende Wind peitschen unbarmherzig auf uns ein, und wir sind so durchnässt, dass alles, was wir notgedrungen mitschleppen, unbeschreiblich schwer wird und wir regelmäßig ins Straucheln geraten. Wir können uns nicht unterhalten, ohne einander anzubrüllen.

Ich bin dicht hinter Ezra, als dieser schwerfällig in die Knie sinkt.

»Oh Mann, jetzt komm schon!« Ich muss schreien, damit er mich versteht. »Komm schon … na los … es ist nicht mehr weit.«

Er versucht zu mir aufzublicken, aber der Regen schlägt ihm ins Gesicht, sodass ich nur seinen blassen Scheitel sehe, vom Regen in breite Strähnen zerteilt, während das Wasser in Sturzbächen über sein Kinn rinnt.

»Ich kann nicht mehr«, brüllt er mit einem Kopfschütteln. »Ich bin … so … fertig.«

Dom tritt an meine Seite. »Was ist los?«

»Er sagt, er kann nicht mehr.«

Dom hockt sich neben ihn. »Ich kann unser Ziel schon sehen. Noch zehn Minuten. Höchstens.«

»Lasst mich einfach hier«, sagt Ezra. »Lasst mich hier, ich komme nach.«

Dom lacht und zerrt Ezra auf die Beine, um ihn zu stützen und langsam weiterzugehen. »Würde ich ja gerne, aber das können wir nicht bringen.«

Als sich der Strand unüberschaubar krümmt, geht Mariana ein paar Schritte voraus und watet in die flache Brandung, um weiter sehen zu können. Kurz darauf ruft sie uns irgendetwas zu, springt begeistert auf und ab und rennt los. Somit wissen wir, noch bevor wir das grün, schwarz, grau gezeichnete Wrack im Sand entdecken, dass wir die Explorer 37 erreicht haben. Sie wirkt kleiner, als ich sie in Erinnerung hatte.

Zum Glück ist die Einstiegsluke vom Meer abgewandt und problemlos zugänglich, sodass wir sie trotz der klebrigen Sandschicht leicht öffnen können. Zum ersten Mal seit Wochen betreten wir einen Ort, der uns wirklich Schutz bietet. Sobald wir die schwere Luke geschlossen haben, herrscht eine seltsame Stille, noch während wir uns auf unsere Plätze setzen. Dieselben Plätze wie schon auf der Flucht, anscheinend aus einem Instinkt heraus. Schniefend und tropfend sitzen wir da, die Blicke der anderen stumm erwidernd.

»Da wären wir wieder«, sagt Dom, der als Einziger lächelt und sich sein dunkles Haar aus dem Gesicht streicht, sodass ihm das Wasser über den Nacken läuft. Ich sehe an ihm vorbei zur Windschutzscheibe, die vollständig vom Sand verdeckt ist.

Ezra hat sich seine nassen Klamotten ausgezogen und betätigt einen Schalter nach dem anderen, um herauszufinden, ob wir noch irgendein Signal empfangen. Dom fährt derweil die Hauptsysteme hoch.

»Unglaublich«, sagt er kopfschüttelnd. »Die Solarzellen sind immer noch voll. Anscheinend haben sie ihre Ladung gehalten.«

»Natürlich haben sie das«, sagt Ezra verächtlich, was ich angesichts der Situation ziemlich unpassend finde. Aber egal, Hauptsache, wir sitzen im Trockenen.

Geraume Zeit später sind wir alle halbwegs getrocknet. Wir haben sogar die Musik eingeschaltet, und es ist *soooo* lange her, seit wir das zum letzten Mal getan haben, dass es mir vorkommt wie eine andere Sprache, die keinerlei Sinn ergibt. Trotzdem ist es irgendwie schön, hier im Trockenen zu sitzen, während der

Regen auf die Explorer prasselt anstatt auf uns, und das erstmals seit Wochen. Aber nachdem Dom und ich die Staufächer durchsucht haben, ohne etwas Essbares zu finden, sackt mir der Magen in die Kniekehlen, sackt bis auf den Boden.

»Ähm«, kommentiert Ezra. »Darf ich fragen, wie eure sinnlose Mission der Nahrungsfindung jetzt weitergehen soll?« Er zieht die Augenbrauen hoch und wartet eine halbe Ewigkeit auf eine Antwort, während wir stumm dasitzen. »Habe ich mir schon fast gedacht«, beantwortet er sich die Frage selbst und studiert das Navigationssystem.

»Ich gehe raus und stelle den Sammeltrichter für das Regenwasser auf«, sagt Dom. Ich habe keine Ahnung, wie er es fertigbringt, wieder da rauszugehen, aber er drückt mir im Hinausgehen einen Kuss auf die Stirn.

»Kein Netzempfang«, sagt Mariana und hält ihren Pod in der Hand.

»Ohne Empfang haben die keine Funktion«, sagt Ezra.

»Ist mir schon klar«, erwidert Mari. »Ich habe mich nur gefragt, ob man irgendwie an den Inhalt der Speicherkarte rankommt.«

»Und wozu?« Ezra verzieht das Gesicht.

Sie runzelt die Stirn. »Vermisst du denn niemanden? Nicht mal deinen Bruder?«

Als Ezra nichts erwidert und eine bedrückende Stille entsteht, lacht sie unvermittelt los.

»Ich fand es schon immer komisch, dass ihr euch so ähnlich seht. Wie zwei identische Menschen. Ist doch total freaky, oder? Echt abgefahren.«

Er nimmt das Navi aus der Halterung. »Das ist eben so bei eineiigen Zwillingen, Moreno.«

»Trotzdem unheimlich«, sagt sie schaudernd. »Und was ist mit dir, Seren? Wen vermisst du?«

Ich habe keine Chance, etwas zu sagen, denn Ezra kommt mir zuvor. »Emme Wong?«

Ich muss lachen und schüttle den Kopf.

»Wer ist denn Emme Wong?«, fragt Mariana, aber Ezra versinkt in Gedanken und gibt ihr keine Antwort.

»Emme war meine beste Freundin in der Erziehung.« Dabei fällt mir noch etwas ein. »Sie war total in dich verknallt, Ezra – wusstest du das?«

»Und das sagst du mir *jetzt*?«, erwidert er, aber hinter seinem Tonfall und seinem Lächeln steckt eindeutig mehr.

»Als hättest du das nicht gewusst.«

Ezra antwortet, ohne zu zögern. »Okay, ich hab's gewusst.« Er grinst. »Sie hat dafür gesorgt, dass ich es weiß.« Er bemerkt meinen verblüfften Blick. »Was? Jetzt tu nicht so, als würde dich das kratzen.«

»Tut es nicht«, sage ich etwas zu hastig. »Echt nicht. Es wundert mich nur, dass sie das Risiko eingegangen ist.«

Er lacht. »Ich bin es eben wert. Außerdem sind manche diskreter als andere. Man kann sich auch amüsieren, ohne dass es die ganze Welt erfährt.«

Ich bin zu sehr abgelenkt, um auf den Seitenhieb einzugehen. »Also … du und Emme …«

»Jetzt reg dich wieder ab, Henson. Es hatte nicht viel zu bedeuten. Keine tragische Liebesgeschichte à la Romeo und Julia – da können wir dir und Suarez keine Konkurrenz machen.« Sein Lachen klingt irgendwie erzwungen. »Es war total unverbindlich. Eher eine Freundschaft mit Vorzügen. Ganz nach meinem Geschmack. Wenn man sich auf der Ventura zu mehr hinreißen lässt, ist der Ärger schon vorprogrammiert. Aber wem sage ich das?«

Ich runzle die Stirn. »Du tust so, als hätten wir das absichtlich gemacht. Als hätten wir es darauf angelegt, uns zu verlieben, aber so läuft das nicht.«

»Vielleicht nicht absichtlich, aber ihr habt auch nichts getan, um es zu verhindern.«

Ich schüttle den Kopf. »So was kann man nicht verhindern. Wir haben uns einfach nur unterhalten und dann …« Mir fehlen die Worte. »Es war irgendwie unvermeidlich. Ich kannte ihn kaum, und trotzdem musste ich die ganze Zeit an ihn denken. Immer wenn ich gerade nicht mit ihm zusammen war, fielen mir tausend Dinge ein, die ich ihm erzählen wollte, die ich mit ihm diskutieren wollte, und das … das geht mir bei keinem anderen Menschen so.«

Ich wende den Blick zu Mariana, die mich mit einem sanften Ausdruck betrachtet, den ich von ihr nicht kenne.

Ezra lacht. »Klar, das hatte natürlich rein gar nichts mit seinem Äußeren zu tun. Großer, dunkelhaariger, Gitarre spielender Latinolover. Spielt alles keine Rolle, oder?«

»Ach, halt die Klappe, Lomax«, sagt Mariana. »Nur weil *du* nichts von Gefühlen verstehst, die oberhalb der Gürtellinie entstehen, brauchst du uns nicht auf dein Niveau herunterzuziehen.«

»Hast du damit ein Problem, Moreno?«, fragt er. »Egal was daraus wird, jede Beziehung fängt zu *neunzig* Prozent damit an, dass man dem anderen an die Wäsche will – das ist eine biologische Tatsache, das ist einfach nur menschlich. Ich hab keine Ahnung, was daran falsch sein soll. Du glaubst, Henson und dein perfekter *primo* wären durch die Liebe in höhere Sphären entrückt, dabei sind sie auch nicht besser als wir anderen. Wir sind wie die Tiere. Wir versuchen nur unsere Gene weiterzuvererben. Sogar die beiden. *Vor allem* die beiden.«

»Was redest du da für einen Quatsch?« Mariana verzieht das Gesicht. »Hör auf, uns zu provozieren, nur weil du Hunger hast.«

Aber er hört ihr gar nicht zu. »Sie kannte ihn doch kaum!« Er deutet mit dem Finger auf mich. »Sie kannte ihn kaum, und trotzdem hat sie ›beschlossen‹«, er zeichnet mit den Fingern Gänsefüße in die Luft, »sich in ihn zu verlieben. In Wirklichkeit wollte sie nur seinen Körper, sie wollte mit ihm ins Bett. Und damit hat sie eine lächerliche Kette von Ereignissen losgetreten, mit dem Ergebnis, dass wir hier und jetzt auf einem fremden Planeten hocken – am Arsch des Universums, an einem verlassenen Strand, im strömenden Regen ohne Lebensmittel und ohne Plan –, und das alles nur, weil sie und Suarez einander an die Wäsche wollten.«

Wir sagen nichts dazu, sehen ihn nur an. »Ziemlich krasser Schmetterlingseffekt, wenn ihr mich fragt«, fügt er hinzu und lacht zynisch.

In selben Moment öffnet sich die Luke, und Dom klettert herein, triefnass vom Regen. »Habe ich was verpasst?«

KAPITEL 10

Etwas später sitzen wir alle zusammen und schauen einen Film, den Dom ausgesucht hat. Er handelt von Menschen, die in die Träume anderer eindringen können, um dort Ideen zu verbreiten; aber sie müssen aufpassen, dass sie nicht dort hängen bleiben, weil ihnen die Träume wie eine Ewigkeit erscheinen, obwohl sie in Wirklichkeit nur wenige Minuten dauern. Die Handlung ist so verwirrend, dass man sich voll darauf konzentrieren muss, deshalb verliere ich ziemlich schnell den Faden. Ich bin total abgelenkt, weil ich auf Doms Schoß sitze und er seine Kapuzenjacke von der Ventura trägt, die er schon ewig nicht mehr anhatte. Trotzdem ist er mir darin total vertraut, vertrauter als irgendetwas sonst, deshalb liebe ich diesen Anblick. Ich lege den Kopf an seine Brust und fahre mit dem Finger über das Venturalogo und die gestickten Buchstaben seines Nachnamens, und ich fühle mich lebhaft in die Zeit zurückversetzt, als ich frisch in ihn verliebt war.

»Ich wusste gar nicht, dass du die noch hast«, sage ich.

»Ich habe sie hier liegen lassen. Deine ist bestimmt auch noch irgendwo.« Er sieht sich um.

Ich atme seinen Duft eine Weile ein, dann frage ich: »Denkst du manchmal daran? An die Ventura?«

»Ja, schon. Aber … nicht mehr so oft.«

»Wünschst du dich manchmal zurück?«

»Nein.« Seine Finger spielen mit meinen Haaren und streichen über meinen Rücken, dann sieht er mich an. »Und du?«

Ich schüttle den Kopf. »Du bist das Einzige, was ich an der Ventura geliebt habe, und du bist hier bei mir.« Wir lächeln einander an, und ich lasse den Kopf erneut sinken, bevor ich weiterrede. »Aber ich muss manchmal daran denken, wie es am Anfang zwischen uns war. Wir hatten einander, alles andere war unwichtig.«

Er sieht mich von der Seite her an und runzelt die Stirn. »Hat sich daran etwas geändert?«

»Nein, natürlich nicht«, sage ich. »Aber … es gibt so viele Dinge, um die wir uns sorgen müssen. Weißt du, was ich meine?«

Er zieht mich an seine Brust und drückt einen Kuss auf mein Haar. »Für *mich* bist du immer noch das Allerwichtigste, estrellita.«

Und obwohl er das sagt und ich eigentlich froh sein sollte, frage ich mich, ob er es wirklich ernst meint, angesichts der gegenwärtigen Situation.

Als der Film vorbei ist, steht Dom auf, um den Nachspann abzuschalten. Ich stehe hinter ihm, recke mich und gähne.

Dann werfe ich einen Blick über meine Schulter und sehe, dass Mariana sich auf ihrem Sitz zusammengerollt hat und leise schnarcht. Ezra ist ebenfalls eingeschlafen, seine Sorgenfalten auf magische Weise geglättet. Als ich mich erneut umdrehe, beugt Dom sich vor, um mich zu küssen. Ich ziehe ihn instinktiv zu mir heran und öffne begierig die Lippen, obwohl ich ganz genau weiß, dass wir uns dann nicht zurückhalten können, und genau so ist es. Seine Hand gleitet von meinem Kiefer über meinen Hals zu meinem Oberkörper und hinunter zu meiner Taille, schlüpft unter mein Top, gleitet über meinen Rücken, und wir atmen hektisch ein und aus, bis er den Kuss unterbricht und an meinen Lippen haucht: »Du weißt, wie sehr ich dich liebe, oder?«

Ich nicke und knabbere sanft an seiner Unterlippe, während meine Hand unter seine Jacke gleitet, über seinen Oberkörper nach unten schweift, die Muskeln seiner Flanken berührt und unter den Rand seiner Shorts gleitet. Er drängt mich rückwärts gegen die Staufächer, die von dem Zusammenstoß klappern.

»Mann«, sagt Ezra, der davon wach wird. »Tut einfach so, als wären wir gar nicht da.«

Dom seufzt genervt. »Komm mit«, sagt er zu mir.

»Wohin denn?«

»Keine Ahnung. Raus hier.«

Er sieht mich an, und ich betrachte seine von unserem Kuss feuchten Lippen. Ich will ihn erneut küssen, will mit ihm allein sein, also lasse ich mich zur Ausstiegsluke führen, obwohl der Regen immer noch auf das Shuttle prasselt. Und nur weil ich mich ein letztes Mal umsehe, bevor ich an den Rand der Luke fasse, bemerke ich Ezra, der an seinem Sitz vorbeispäht und vielsagend die Augen verdreht.

Draußen tobt immer noch die Hölle. Unglaubliche Wassermassen stürzen von dem sternlosen Himmel auf uns herab, aber es ist erstaunlich warm. Ich will gerade etwas sagen, als Dom mich hochhebt und rückwärts gegen den soliden Rumpf der Explorer drängt, während seine Lippen mein Hals liebkosen. Ich weiß, was er will, und ich will es genauso, ich will ihm beweisen, wie sehr ich ihn mit meinen Muskeln, meinen Knochen, meiner Seele begehre. Doch ein winziger Teil meines Verstands kehrt unvermittelt zurück. »Wir dürfen das nicht.«

Und er erwidert, »Natürlich dürfen wir«, während er mich unendlich sanft küsst, die Wassertropfen von meinen Schultern saugt, mein Top mit den Daumen nach oben schiebt.

»Nein, dürfen wir nicht«, sage ich und schüttle den Kopf. »Wir dürfen das nicht, Dom.«

»Denk nicht drüber nach«, haucht er.

Wir liegen urplötzlich im Sand, den ich feucht und warm und lebendig in meinem Rücken spüre, und weil Dom auf mir liegt, prasselt der Regen nicht mehr ungehemmt auf mich herab, sondern tropft von seinem Haar und rinnt in winzigen Strömen über meine Haut. Erst als ich die Hände auf seinen Rücken schiebe, fühle ich den Regen auf ihm wie einen Kugelhagel. Als er meinen Oberkörper küsst, der sich hektisch hebt und senkt, und ich die Hände unter den Bund seiner Shorts schiebe, um ihn zu mir heranzuziehen, während er zufrieden seufzt, kann ich mich unmöglich daran erinnern, warum wir das hier nicht tun sollten, denn es erscheint mir so unausweichlich, so lebenswichtig wie nichts anderes auf dieser Welt.

Aber irgendwie schaffe ich es, ihn von mir zu schieben, unter ihm wegzurutschen und mich hochzudrücken, bis ich aufrecht im Sand sitze, den Rücken an die Explorer gelehnt. Ich mustere ihn im Dunkeln, während das Wasser an seinem sandverschmierten Gesicht herabrinnt. Er keucht ein wenig und sieht mich fragend an.

»Du weißt, wie sehr ich es will.« Ich muss die Worte brüllen.

»Wo liegt dann das Problem?«, ruft er zurück.

Ich bin so entsetzt, dass mir im ersten Moment die Worte fehlen, daher warte ich darauf, dass die Erkenntnis unvermittelt zurückkehrt, aber nichts dergleichen. »Dom, du kennst das Problem«, sage ich schließlich.

Er wendet den Blick ab, starrt stumm in die Dunkelheit, während er meine Beine von seinen Hüften löst, sie widerwillig freigibt, das Gewicht verlagert, bis er ebenfalls im Sand sitzt. Er legt den Kopf in den Nacken, schließt die Augen, lässt den Regen auf sich einprasseln.

»Oh Mann, Seren. So wie es momentan läuft, sind wir in neun Monaten eh nicht mehr am Leben, also, was macht das für einen Unterschied?«

Ich bekomme eine Gänsehaut und schlucke einen riesigen Kloß herunter. »Was redest du da?«

Er sieht mich an. »Tut mir leid, aber so ist es«, sagt er mit einem Schulterzucken. »Ich meine … sei doch mal ehrlich. Es sieht gerade echt nicht gut aus.« Er lacht humorlos. »Und das ist eine gewaltige Untertreibung.«

Das Wasser stürzt gnadenlos auf uns ein und durchweicht uns mit der Realität, der Realität eines Lebens, das wir uns niemals hätten vorstellen oder vorhersagen können und aus dem es kein Entrinnen gibt. Doch das Härteste an der Realität ist die Tatsache, dass Dom nicht mehr an unsere Zukunft glaubt, er hat alle Hoffnung verloren, und da meine eigene Hoffnung untrennbar mit seiner verbunden ist, spüre ich, wie sie mir ebenfalls entrinnt. Trotz der Dunkelheit scheint er mir die Verzweiflung anzusehen, denn er kommt mir erneut näher, nimmt mein Gesicht in beide Hände und will etwas sagen, doch ich schüttle den Kopf, schiebe ihn von mir und sage: »Lass uns reingehen – es ist furchtbar hier draußen.« Er will mich zurückhalten, doch ich stehe abrupt auf, greife nach der Luke, schiebe sie hoch und klettere hinein, sodass mir erst drinnen bewusst wird, wie nass und sandig ich bin.

Ezra mustert mich ausgiebig, während ich das Top über

meinen nackten Bauch nach unten ziehe und mir durch meine sandigen Haare fahre. »Stilvoll, Henson«, sagt er, »echt stilvoll«, aber ich bekomme die Worte kaum mit, weil Dom im nächsten Moment durch die Luke klettert und sie hinter sich schließt, während wir uns skeptisch beäugen. Doch dann hören wir dieses krächzende Geräusch, das uns alle erstarren lässt.

»Was ist das?«, fragt Dom, während ich genau dasselbe denke.

»Der Bordfunk«, sagt Ezra, als wäre das sonnenklar. »Habe ich gerade eingeschaltet.«

Gebannt lauschen wir dem Funkgerät, das immer noch auf die Frequenz der Ventura eingestellt ist und regelmäßig piept. Dreimal piepen, dann eine Pause, dreimal piepen, wieder Pause. Kein Empfang.

»Schalt es wieder ab, das nervt«, sagt Dom, der seine Nasenwurzel massiert und sich an seinen Platz setzt.

»Kennt jemand die Frequenz von Eridani? Mal sehen, was die so treiben.«

»Vergiss es, das kannst du mit dem Gerät eh nicht empfangen.«

Doch plötzlich sitzt Ezra aufrecht in seinem Sitz und starrt angestrengt auf den Bildschirm. »Was zum Henker …?«

»Was denn?«, frage ich.

»Wir empfangen ein anderes Signal.«

Mir läuft ein Schauer über die Kopfhaut, und Dom lacht heiser. »Na klar, Lomax.«

»Nein, im Ernst«, sagt Ezra, und er sagt eindeutig die Wahrheit, das beweisen seine weit aufgerissenen Augen, als er uns ansieht.

»Ein Signal?« Dom beugt sich über seine Schulter, um auf den Bildschirm zu spähen. »Von wem? Woher?«

Ezra schüttelt den Kopf. »Keine Ahnung ... Ich weiß nicht ... Woher soll ich ... Kann das überhaupt ...?«

»Versuch die richtige Frequenz einzustellen«, sagt Dom, und ich schwöre, wir halten alle den Atem an, als er mit dem Finger über das Display fährt und wir plötzlich etwas hören.

Ein Zischen, ein Knistern, ein brutzelndes Geräusch, unterlegt von einem Heulen.

»Was ist das?«, fragt Mariana, die davon wach wird und schläfrig gegen das Kabinenlicht anblinzelt. Ich gehe zu ihr und setze mich auf die Armlehne ihres Sitzes.

»Irgendein Signal«, sage ich, während sie die Stirn runzelt.

»Aber ... was ...?«, stammelt sie, während wir anderen genau dasselbe denken. Also sitzen wir einfach nur da und hören zu.

Ich beobachte Dom, der sich mit dem Daumen über die Unterlippe fährt, wie immer, wenn er angestrengt nachdenkt. »Vielleicht irgendeine magnetische Interferenz oder so ...« Er schüttelt den Kopf. »Hat bestimmt nicht viel zu bedeuten.«

Ezra späht mit zusammengekniffenen Augen auf den Bildschirm. »Aber da steht, es ist ein Signal.«

Dom zuckt mit den Schultern. »Ja, aber hör doch mal hin!«

Wir konzentrieren uns minutenlang auf das Geräusch, aber wir hören nicht mehr als ein vages Rauschen, untermalt von einem unterschwelligen Heulen in zwei verschiedenen Tonlagen und einem gelegentlichen Knistern. Ezra ist kurz davor, das Gerät abzuschalten, aber Mariana hält ihn zurück. »Oder sind das Daten?«

Es dauert ein paar Sekunden, bevor der Kommentar wirklich sackt, bevor wir sie entgeistert anstarren, bevor Ezra das

Display zurück in die Konsole steckt, um den Empfänger auf Datentransfer umzuschalten. Wir rücken alle ein Stück näher und spähen ihm über die Schulter, um den blassen Statusbalken zu beobachten, und mit einem Mal, *zack*, Daten. Zeile um Zeile. Hunderte, Tausende von Zeilen erfüllen den Bildschirm und scrollen unermüdlich nach unten.

»Krasse Sache«, sagt Ezra.

Wir anderen sagen gar nichts. Wir sitzen einfach nur da und starren auf die vorbeifliegenden Zeilen, ein Rausch von Pixeln.

»Und was …«, frage ich nach ein, zwei Minuten. »Was hat das zu bedeuten?«

Doch ich bekomme keine Antwort.

»Was hat das zu bedeuten?«, wiederhole ich. »Was sind das für Daten?«

»Ich schätze mal …« Ezra tippt auf irgendwelche Schaltflächen. »Also, ich glaube kaum, dass wir das entschlüsseln können …« Er fährt mit fünf Fingern gleichzeitig über das Display, um den laufenden Text anzuhalten. Wir starren gebannt hin, starren wie durch ein magisches Fenster.

Die meisten Buchstaben oder Symbole oder was auch immer habe ich noch nie gesehen.

»Kommt das von Eridani?«, fragt Dom.

»Eher unwahrscheinlich«, sagt Ezra. »Eridani benutzt ein Langstreckensignal aus elektromagnetischen Impulsen, aber das hier …« Er macht eine hilflose Geste, ohne den Satz zu beenden.

»Kannst du das orten?«, fragt Dom. »Die Quelle, den Ursprung?«

Als Ezra nicht reagiert, übernimmt Dom das Display und scrollt durch die Menüs, wählt diverse Optionen, bis sich ein

Fenster öffnet und eine Art Statuscheck auf dem Bildschirm erscheint. Weil er sich unvermittelt aufrichtet, in der einen Hand das Display, die andere gegen die Decke gestützt, sehen wir nicht, was der Statuscheck ergibt. Wir hören nur ein Piepen und sehen, wie sein Ausdruck erstarrt.

»Das Signal kommt von hier«, sagt er. »Weniger als zweihundert Kilometer entfernt.«

Ich spüre, wie sich meine Nackenhaare sträuben. Ein eiskalter Schauer breitet sich über meine Arme.

Mariana schüttelt den Kopf. »Das ... das kann nicht sein. Das ist ein Systemfehler, oder?« Sie sieht uns alle an.

Ezra schnappt sich das Display und tippt wie wild darauf herum.

Mariana redet weiter. »Ich meine, hier sind doch keine ... Menschen oder Aliens ... hier auf Huxley-3, oder? Das kann nicht sein. Das hätten wir längst mitbekommen. Ich meine, die Erkundungsflüge ...« Sie wendet sich an Ezra. »Hey, du warst doch dabei ...«

Ezra schenkt ihr einen Seitenblick. »Klar doch, Moreno. Hier gibt es eine riesige außerirdische Kolonie. Hatte ich das nicht erwähnt?«

»Wir ziehen voreilige Schlüsse.« Dom stützt sich immer noch an der Decke ab, während er den Kopf schüttelt. »Das kann nicht sein ... das ist garantiert ein Fehler. Aber die Sache ist einfach ...«

»Zu überwältigend?«, sagt Mariana.

»Zu beängstigend?«, füge ich hinzu.

»Ich bekomme das nicht auf die Reihe«, sagt Mariana. »Echt nicht. Ich meine, wovon reden wir hier eigentlich? Von Aliens? Aliens mit Computern? Ich meine, das ist doch ein unbewohnter

Planet! Das haben wir von Anfang an gewusst. Hier lebt überhaupt nichts. Jedenfalls nichts, das größer wäre als eine Amöbe. Abgesehen von diesen komischen Pflanzen und Leuchtkorallen und Seesternen. Aber jetzt ist da auf einmal …« Ihr fehlen die Worte. »Und ich dachte immer, es macht mir mehr Angst, dass wir hier allein sind«, sagt sie kopfschüttelnd.

Dom legt den Kopf schräg. »Vielleicht ist es etwas ganz anderes.«

»Und was?«, frage ich.

»Na ja, es gibt auf diesem Planeten ziemlich abgefahrene Dinge – also, wer weiß?«

Schweigend betrachten wir das Display, ohne eine sinnvolle Erklärung zu finden.

Irgendwann meldet sich Ezra zu Wort. »Okay, wollt ihr eine logische Erklärung hören? Ich würde sagen, die Ventura hat hier etwas zurückgelassen. Eine Signalstation, die irgendwelche verschlüsselten Daten sendet. Ein Kommunikationstransponder, ein Forschungsprojekt der Wissenschaft … ein Hilfsmittel für die dunklen Machenschaften meiner Mutter … was weiß ich. Aber die Wahrscheinlichkeit, hier auf Aliens zu treffen, ist echt verschwindend gering.« Er lacht. »Auf diesem Planeten gibt es keine Lebensform, die intelligent genug wäre, um in digitaler Form zu kommunizieren. Ansonsten wären auf der Ventura zu viele Träume wahr geworden, um sie einfach so platzen zu lassen. Es gibt garantiert eine simple Erklärung.« Schweigend betrachtet er den Rausch der Computerzeilen. »Eins steht jedenfalls fest. Wir müssen der Sache auf den Grund gehen.«

Er sieht uns der Reihe nach an, aber keiner sagt etwas. »Wir müssen das Signal orten und mit dem Boot verfolgen«, fügt er hinzu.

Ich seufze. »Und warum? Warum sollten wir das Risiko eingehen, wenn nicht mehr dahintersteckt als ein Sender, ein Transponder oder auch gar nichts?«

Er reißt die Augen auf. »Weil wir keinen besseren Plan haben, Henson! Außerdem«, er wendet sich wieder dem Display zu, »*muss* ja wohl irgendetwas dahinterstecken.«

Ich sehe Dom an, der plötzlich loslacht. »Na, von mir aus. Wir stecken so tief in der Scheiße, da ist es auch egal.«

Er steht neben mir, einen Arm um meine Schultern gelegt, aber ich lehne mich zurück, um seinen kühlen, gleichgültigen Ausdruck zu mustern, der mir völlig fremd ist. Er bemerkt meinen Blick und fragt: »Was?«

»Ich bin es nicht gewöhnt, dich so reden zu hören.«

»Dann solltest du dich besser dran gewöhnen.«

»Im Moment will ich einfach nur schlafen«, sage ich, denn ich fühle mich auf einmal so überwältigend müde, dass ich es auf der Zunge schmecke und in meinen Ohren klingeln höre. Also gehe ich zu meinem Sitz, und als Dom mir folgt, wende ich mich ab und rolle mich zusammen. Nach gut einer Minute legt er eine Hand auf meinen Schenkel.

»Bist du sauer auf mich?«, fragt er, aber ich höre das Lächeln in seiner Stimme.

»Warum sollte ich?«

»Keine Ahnung, aber manchmal bist du mir ein Rätsel.«

»Das kannst du laut sagen«, kommentiert Ezra, um uns daran zu erinnern, dass er alles mit anhört.

Dom beugt sich über mich, um mir ins Gesicht zu spähen, aber ich schließe die Augen und tue so, als würde ich schlafen, während ich ein bitteres Gefühl herunterschlucke, eine Mischung aus Angst und Ärger.

Mariana macht es sich auf dem Sitz neben mir bequem, aber ich kann hören, dass sie genauso wenig schläft wie ich. Sie bewegt sich zu viel, atmet zu leise. Und während wir uns beide schlafend stellen, lauschen wir Dom und Ezra, die vorn auf dem Piloten- und Copilotensitz ergebnislos über das Signal diskutieren. Nach einer Weile höre ich Mariana seufzen, fast schluchzen, und stelle fest, dass sie in den Schlaf abdriftet, übergangslos von einem Albtraum in den nächsten.

KAPITEL 11

Am Morgen hat der Regen aufgehört.

Es ist mir instinktiv bewusst, weil ich es höre, besser gesagt, nicht mehr höre, als ich mich aus dem Sitz schäle und mich frage, was sich plötzlich verändert hat. Mein Blick fällt auf Dom, der zusammengesunken auf dem Copilotensitz schläft, die Arme seitlich herabhängend, die Fingerspitzen am Boden, und ich denke: *Irgendetwas fehlt hier*. Und dann fällt es mir auf.

Behutsam öffne ich die Luke und klettere hinaus, um sie leise hinter mir zu schließen. Ich will den Strand eine Weile für mich allein haben, den harten, feuchten Sand unter meinen Füßen spüren. Die Sonne dringt bereits durch die Wolken, brütend heiß und drückend, während die Feuchtigkeit ringsum aus der durchnässten Welt aufsteigt, sodass man sie buchstäblich schmecken kann. Das Meer ist spiegelglatt, fast schon zähflüssig, wie eine Suppe, die sich träge über den Strand breitet und wieder zurückzieht. Die Bäume sind vom Sturm stark beschädigt, und überall liegen Äste und Treibgut wie gefallene Soldaten auf einem Schlachtfeld.

Ich schäle meine modrige Hose herunter, die mir vorkommt wie angeschweißt, und lasse sie am Strand liegen, um nur in

Unterwäsche zum Meer zu gehen. Ich setze mich in das seichte warme Wasser und denke an nichts anderes als meine Kopfschmerzen, meinen Hunger, meine Übelkeit. Ich habe keine Ahnung, wie lange ich so dasitze, als ich hinter mir im Wasser Schritte höre. Ich drehe mich um und erblicke Dom. Er steht bis zu den Knien im Meer, schaufelt sich Wasser ins Gesicht und fährt sich über die Wangen, während ihm das Wasser über Brust und Bauch rinnt. Er stöhnt.

»Mann, ich hab solchen Hunger, ich könnte mich glatt übergeben«, sagt er lachend, während er mich kopfschüttelnd anblinzelt.

»Ist immerhin ein netter Morgen.« Ich betrachte die großen blauen Flecken am Himmel.

»Hm«, erwidert Dom, aber ich habe den Eindruck, dass er dem Wetter nicht so recht traut, und im nächsten Moment bemerke ich die dicken schwarzen Wolken am Horizont, die sich vor unseren Augen zusammenballen und auftürmen.

Ohne auf seine Kleidung Rücksicht zu nehmen, setzt er sich hinter mir ins Wasser und stellt links und rechts die Knie auf, um sanft über meine Wirbelsäule zu streichen.

»Das Signal ist immer noch aktiv.« Er schüttelt den Kopf. »Total verrückt.«

Ich werfe einen Blick über meine Schulter und nicke, doch dann sehe ich wieder aufs Meer, und obwohl mich seine Finger an meiner Hüfte sanft auffordern, mich bei ihm anzulehnen, bleibe ich vorgebeugt sitzen. Ich spüre, wie er mich von hinten mustert, um mein Profil nach irgendwelchen Hinweisen abzusuchen, die er anscheinend nicht findet. Und das macht mich irgendwie traurig.

Er seufzt und ich genauso. Dann sagt er völlig unvermittelt:

»Jetzt wo das Wetter mitspielt, sollten wir uns um das Boot kümmern.«

»Ach«, sage ich, »auf einmal?«

Er zuckt mit den Achseln. »Wie es aussieht, haben wir keine andere Wahl.«

Damit steht er auf, zieht mich zu sich hoch und schenkt mir einen Kuss, der sanft in meinem Mundwinkel landet. Ich spüre, wie ich ihm erliege, wie ich ihn zu mir heranziehe, wie meine Hände über seinen Rücken gleiten. Es ärgert mich, dass ihm das so mühelos gelingt. Selbst wenn ich sauer bin, kann ich ihm nicht widerstehen.

»Ich habe meinen Glauben noch nicht verloren«, sagt er an meinem Ohr, während die Sonne hinter einer Wolke verschwindet.

»Deinen Glauben?«

»Ich glaube immer noch an Huxley-3, genau wie du, genau wie damals. Ich glaube, dass wir uns hier ein gutes Leben aufbauen können.«

»Das klang gestern Abend aber ganz anders.«

»Das war … einfach nur ein dunkler Moment.« Er nimmt meine Hand und drückt meine Finger. »Leider hatten wir bislang nicht viel Glück. Aber ich gebe nicht auf. Nicht solange wir eine Alternative haben. Ich hasse Ezras Plan, aber wir dürfen uns nicht geschlagen geben. Ich werde niemals aufgeben. Ich weigere mich.«

»Okay«, sage ich seufzend, »aber eins will ich definitiv klarstellen. Ich habe nie an Huxley-3 geglaubt. Ich glaube nur an dich. An uns.« Damit gehe ich zurück zum Strand und ziehe ihn hinter mir her.

Wenn man bedenkt, wie lange Ezra schon von dem Boot redet, kann man sich nur wundern, dass er trotz allem keinen echten Plan hat.

»Wir müssen das Navi irgendwie mit der Solarzelle verbinden«, sagt er zwischen einem Haufen Strandgut. »Bekommst du das hin, Moreno? Du hast doch in der Technik gearbeitet.«

»Machst du Witze, Lomax?«

Er lacht. »Ich zähl auf dich! Das ist unsere einzige Chance, das Signal zu orten.«

Das Boot pumpt sich von allein auf, wir müssen es nur ausbreiten und auf einen Knopf drücken. Gebannt sehen wir zu, wie es behäbig seine Gliedmaße reckt, um sich zu seiner vollen Größe aufzubäumen. Doch der Wind hat erneut aufgefrischt, und wir müssen hilflos mitansehen, wie das Boot plötzlich hochgewirbelt wird, mehrere Saltos schlägt und mit einem beängstigenden Knall rund zweihundert Meter weiter aufprallt und falsch herum liegen bleibt.

»Hoffentlich war das nicht der Außenborder«, sagt Mari und beobachtet Dom und Ezra, die dem Boot hinterherjagen, während wir beide im Schritttempo folgen.

Wir nehmen nur das Allernötigste mit. Keinen überflüssigen Ballast. Nur das bisschen Nahrung, was uns noch bleibt, etwas abgekochtes Wasser, das wir in Flaschen gefüllt haben, und den Destillator. Ein paar tragbare Solarzellen. Mehrere Decken. Das silberne Regendach, zum Schutz. Und natürlich das Navigationsdisplay und den Sender aus dem Armaturenbrett, den Mari erfolgreich mit einer der Solarzellen verbunden hat. Irgendwie erscheint mir das alles viel zu wenig für ein Menschenleben, geschweige denn vier. Aber mit unseren bescheidenen Habseligkeiten stehen wir irgendwann am Strand, während die Wellen stetig auf uns zurollen, und wir fragen uns, wie wir überhaupt daran vorbeikommen sollen. Ich habe das Gefühl, als müsste ich ein zweites Mal von der Ventura fliehen.

Dom scheint meine Gedanken zu lesen. »Kommt es dir auch so vor, als hättest du das schon mal erlebt?«

Ich blicke zurück zur Insel. Rosafarbener Sand, violetter Dschungel, schwarze messerscharfe Berge – seit wann fühle ich mich hier zu Hause?

Dom legt von hinten einen Arm um meinen Oberkörper. »Wir haben alles versucht, estrellita«, haucht er an meinem Ohr.

Aus irgendeinem Grund muss ich daran denken, wie ich durch den Bach gelaufen bin. Und dann war da dieser Pfad. »Ich frage mich immer noch, ob die Insel uns nicht etwas mitteilen wollte.«

»Wer weiß«, überlegt Dom. »Vielleicht wollte sie uns nur sagen, dass wir von hier verschwinden sollen.«

Anfangs sieht es so aus, als würden wir schon den ersten Versuch nicht überleben. Das Boot ist viel weicher und flexibler als erwartet, sodass es um ein Haar in der Mitte zusammenklappt, als wir auf die erste hohe Welle zusteuern. Wir sind noch keine Minute unterwegs, da wird Ezra aus dem Boot gerissen und geht auf der Stelle unter, bevor er ein Geräusch machen kann, deshalb bemerken wir es erst im nächsten Augenblick und müssen eine Kehrtwende hinlegen.

Und all das in Sichtweite der Insel.

Den ganzen Tag hat uns der Wind fest im Griff, wie ein wütendes Monster. Er zerrt an der Plane und reißt sie uns aus den Händen, rüttelt und schüttelt daran.

Und dann die Wellen. Auf und ab, auf und ab. Ein brutaler Rhythmus, an den wir uns aber irgendwann gewöhnen. Als die Intervalle länger werden, die Aufwärtsbewegungen steiler, die Abwärtsbewegungen härter, die Momente des freien Falls länger, schaffen wir es irgendwie, uns krampfhaft festzuhalten. Jede Welle ist ein Hügel, dann ein Berg. Ein Berg von Wasser, von dem wir unkontrolliert abstürzen. Die Übelkeit ist unvermeidlich, aber die Angst ist noch schlimmer. Schließlich wird es Nacht, und der solarbetriebene Motor setzt aus. Wir haben keine Ahnung, ob wir weitertreiben oder ob uns die Wellen unweigerlich zurück zur Insel spülen.

Doch bei Einbruch der Dämmerung lässt der Sturm nach und mit ihm die Angst. Ich ziehe den Regenschutz zurück und erblicke nichts als endloses Blau. Keine Spur von der Insel. Die aufgehende Sonne scheint uns den Weg zu weisen.

Ezra überprüft das Navi. »Wir sind immer noch zweihundertundacht Kilometer vom Signal entfernt.«

»Ist das nicht weiter als vorher?« Mari spricht aus, was wir alle denken.

»Ja, ist es«, sagt Dom. Er setzt sich hin und baut den Destillator auf. »Nimm einen Schluck«, sagt er, während er mir die Wasserflasche reicht.

»Was haben wir noch zu essen?«, fragt Ezra. Mari beugt sich nach unten, kramt einen Moment in ihrem Rucksack und zeigt ihm den traurigen Rest an Nahrung, woraufhin Ezra nur sagt: »Oh Mann, wir sind echt am Arsch.«

Den ganzen Tag sehen wir nicht mehr als ein paar Tropfen Regen, und während wir uns mit dem Steuern und Navigieren abwechseln, komme ich immer mehr zu dem Schluss, dass der Sturm möglicherweise hinter uns liegt, aber ich traue mich nicht, es laut auszusprechen.

Als die Nacht hereinbricht und der Motor erneut aussetzt,

sind wir schlau genug, den Anker zu werfen, und es ist seltsam zu hören, wie er über den Meeresgrund scharrt, weit unter uns in der Tiefe. Wir schlafen ziemlich schnell ein, eingelullt von den hängemattenartigen Bewegungen des Bootes. Doch mitten in der Nacht werde ich wach. Ich ziehe mich an der weichen Reling nach oben und spähe in das schimmernde Wasser, das von unten her erleuchtet ist. Es sieht aus wie ein Spiegelbild der Galaxie über uns, ein endlos langer Streifen von schimmerndem Violett. Ein Schwarm Seesterne.

»Hallo«, hauche ich. »Ihr seid ja auch hier.« Hinter mir spüre ich eine Bewegung und stelle fest, dass Ezra ebenfalls wach ist und sich neben mir über den Rand beugt. Ein paar Minuten lang bleibt alles so, wie es ist, still und friedlich, doch dann sagt Ezra: »Sieh mal«, und seine Stimme klingt beinahe ehrfürchtig. »Dahinten.«

Ich blicke auf und folge dem leuchtenden Band der Seesterne zum Horizont, wo ich etwas anderes entdecke, eine andere Erscheinung, eine lang gestreckte Silhouette in leuchtendem Pink. »Ist das … ein Boot?« Er setzt sich aufrecht hin, sichtlich verwirrt. »Hey, Suarez!«

Dom wird auf der Stelle wach, und ich habe nicht mal die Chance, mich halbwegs zu sammeln, mein aufgewühltes Blut zu besänftigen, bevor er und Mariana auch schon aufrecht im Boot sitzen und uns fragen: »Was? Was ist los?«

Ezra deutet auf die pinkfarbene Silhouette am Horizont. Sein Gesicht wird sanft davon erhellt, aber die beiden anderen sehen sich verwirrt um. »Was denn?«

Ezra wird ungeduldig. »Jetzt schnappt euch die Ruder, ihr Intelligenzbolzen, wir müssen dahin.« Er hat seines bereits in der Hand.

»Wohin denn?«, fragt Mari.

Dom greift nach seinem Ruder, aber er späht verständnislos in die Ferne und dann zurück zu uns. »Was soll denn da sein?«

»Na, das da.« Ich deute in die Richtung. »Dahinten.«

Ich sehe, wie seine karamellbraunen Augen zum Horizont schweifen und zu mir zurückkehren. »Wonach suche ich denn?«

Ich muss lachen. »Na, direkt vor deiner Nase, Dom. Das lange pinkfarbene …«

Und im selben Moment erstrahlt der ganze Himmel in einem Schauspiel von roten, orangen, sogar blauen und grünen Farbnuancen. Eine Sinfonie von Farben, wunderschön wie Musik. Ezra und ich machen eine Vielzahl staunender Geräuschen, als wollten wir in die Sinfonie mit einstimmen. Dichte Vorhänge, Wasserfälle von Licht. Ein Feuerwerk wie im Film, das sich auf der Wasseroberfläche spiegelt. Doch so plötzlich, wie es begonnen hat, ist es auch wieder vorbei. Ezra und ich lachen vom Rausch der Begeisterung.

»Oh Mann.« Ezra spricht als Erster. »Mann, das war echt irre. Absolut irre.«

Aber Dom und Mari sitzen am anderen Ende des Bootes und haben keine Ahnung, wovon wir reden.

»Was meint ihr denn?«, fragt Dom. »Was war irre?«

»Na, der Himmel«, sagt Ezra. »Die Lichter.«

»Meinst du die Seesterne?«, fragt Mari mit einem Blick ins Wasser.

»Vergiss die Sterne.« Ezra lacht. »Die Lichter waren echt der Hammer.«

Dom und Mari wechseln einen vielsagenden Blick und sehen mich fragend an.

»Absolut genial!«, brülle ich. »Warum habt ihr nichts mitbekommen? Egal, wir müssen rudern, wir müssen …« Erst jetzt blicke ich zum Horizont und stelle fest, dass da nichts mehr ist. »Moment mal, wo ist es denn? Wo ist das Ding?«

»Verdammt, warum ist es plötzlich weg?«, fragt Ezra im selben Moment, während er sich hektisch umsieht.

»Leute, wir müssen weiterschlafen«, sagt Dom. »Das ist echt wichtig. Überlebenswichtig.«

Ich sehe ihn entgeistert an. »Aber da war … Hast du das … Hast du echt nichts …« Erst jetzt wird mir die Tatsache vollständig bewusst. »Hast du echt nichts gesehen?«

Er runzelt die Stirn, schüttelt den Kopf. Ich wende mich an Ezra. »Aber du?«

Er sitzt am äußersten Rand des Boots, das Ruder einsatzbereit in der Hand, während er immer noch den Horizont absucht. Er sieht mich nur flüchtig an. »Na klar hab ich das gesehen. Da draußen ist irgendwas, so viel steht fest.«

Ich durchsuche unsere Tasche und werde fündig. Das Fernglas aus unserem Werkzeugkasten. Ich hasse das Ding, weil ich es nie richtig eingestellt bekomme, trotzdem richte ich es auf den Horizont, um die gesamten 360 Grad abzusuchen, während Ezra das Navi-Display konsultiert.

»Siehst du irgendwas?«, fragt er.

Ich schüttle den Kopf. »Und du?«

»Fehlanzeige.« Er nimmt mir das Fernglas aus der Hand.

Erst jetzt stelle ich fest, wie müde ich bin, wie schlapp. Meine Lippen und Fingerspitzen kribbeln und sind taub vor Erschöpfung und Hunger. Dom und Mari schlafen auf der Stelle wieder ein, nebeneinander an den Rand des Bootes gelehnt. Ich lege meinen Kopf in Doms Schoß und fühle seine Hand in meinem Haar.

»Da war überall Licht«, flüstere ich und sehe zu, wie Ezra unermüdlich den Horizont absucht.

»Schlaf weiter«, sagt Dom, was mich so ärgert, dass ich mich abrupt aufsetze, um ihn darauf anzusprechen. Aber dann sehe ich, wie müde er aussieht, wie erschöpft, wie abgemagert, mit dunklen Vertiefungen unter den Wangenknochen, bis hinunter zum Kiefer. Ich wende den Blick zu Ezra, der immer noch durch das Fernglas späht und sein Ruder auf dem Schoß balanciert. Da er kein T-Shirt trägt, sehe ich die Korallennarbe an seinem Oberkörper, die in violetten und blauen Verästelungen unheimlich leuchtet, trotz der Verkrustungen und Blutergüsse, die ich ihm zugefügt habe. Das Zeug leuchtet so intensiv, dass er fast eine eigene Lichtquelle bildet.

Ich taste mit den Fingern nach der empfindlichen Stelle an meiner Hüfte und schiebe mein Top nach oben, während mir ein scharfer Schmerz in die Seite fährt, den ich nur allzu gut kenne, aber meist ignoriere. Unter meiner Haut schimmert ein bläuliches Leuchten. Ist es etwa größer geworden? Ich entdecke eine neue Verästelung, die sich über meine Bauchdecke erstreckt. Ich drücke vorsichtig dagegen und ertaste die harte Struktur. Der Anblick ist so unerträglich, dass ich die Augen schließe, mich zu einer Kugel zusammenrolle und zittere.

Bei Sonnenaufgang setzt der Solarmotor automatisch wieder ein, und Mariana übernimmt das Steuer, obwohl ihr vom Gähnen die Augen tränen. Der Wellengang hält sich in Grenzen, und ein frischer Wind umspielt das Boot, aber ansonsten gibt es hier draußen nichts außer uns und dem endlosen Ozean, dem endlosen Himmel.

»Reich mir mal das Navi«, sagt Mari, als sie bemerkt, dass ich wach bin.

Ich beuge mich über Ezra, der mir den Rücken gekehrt hat, und nehme ihm das Navi aus den Händen.

Der Ursprung des Signals liegt immer noch in nord-nordöstlicher Richtung, etwas näher, aber nicht nahe genug. Ich zeige Mariana das Display.

Sie hebt vielsagend die Augenbrauen und reagiert gelassen.

»Noch hundertacht Kilometer«, sagt sie. »Mann, mir ist echt übel.«

Am Vormittag haben wir nicht viel zu tun, außer uns abwechselnd ans Steuer zu setzen und uns auszuruhen, während sich das Meer unter uns rührt wie ein gigantisches Lebewesen. Als die Sonne senkrecht am Himmel steht, verstummt das leise Brummen, das ich schon nicht mehr wahrgenommen hatte. Ich stütze mich auf den Ellbogen und untersuche den Destillator. Als ich ihn vorsichtig untersuche, legt Dom sein Kinn auf meine Schulter.

»Was machst du da?«, fragt er mit träger Stimme.

»Ich glaube, der Destillator hat gerade den Geist aufgegeben«, flüstere ich mit einem Seitenblick zu Ezra, der am anderen Ende des Boots am Steuer sitzt, während Mari neben ihm auf das Navi starrt.

Notgedrungen nehmen wir den Destillator auseinander, was den anderen natürlich auffällt. Als wir irgendwann zu dem Schluss kommen, dass das Ding kaputt ist, versinkt die Sonne bereits am Horizont, und eine seltsame Stille senkt sich über uns herab.

»Wie viel Wasser haben wir noch?«, fragt Mari.

Ich zeige ihr die beiden halb vollen Flaschen. Und mit einem

Mal wird es spürbar, wie eine körperliche Last, mitten im Boot: unser Scheitern. Unser zum Scheitern verurteilter Plan. Unser unausweichliches Schicksal.

»Na los, erzählt mir, was für ein beschissener Plan das war«, fordert Ezra, doch keiner sagt ein Wort.

Eine weitere Nacht. Bei Einbruch der Dunkelheit läuft der Motor noch etwa eine halbe Stunde weiter, ehe er stotternd erstirbt und wir den Anker werfen. Wir teilen uns jeden Schluck Wasser und jeden Bissen der Seenüsse genau ein. Das Meer ist seltsam still, glatter, als wir es je erlebt haben. Die Luft hat sich etwas abgekühlt, aber über uns liegt ein sternenklarer Himmel.

Ich betrachte das Licht des Navis auf Doms Gesicht. »Wir sind ganz nah dran. Woran auch immer. Siebenunddreißig Kilometer. Wir können nur hoffen, dass da … keine Ahnung … irgendetwas ist.«

»Was glaubst du, was es ist?« Ich lege meinen Kopf an seine Brust und betrachte die beiden Monde.

»Ähm … ein idyllischer Küstenstreifen mit einem kleinen Haus. Gemütliche Küche mit Schränken voller Essen. Ein See voller Fische. So was in der Art.«

Als ich ihm einen Kuss gebe, scheinen seine aufgesprungenen Lippen zu schmerzen, und seine Finger an meiner Hüfte lassen mich schmerzlich zusammenzucken.

»Tut das immer noch weh?«, fragt er.

»Ja, und es leuchtet.« Ich bin erleichtert, es endlich auszusprechen.

»Zeig mal«, sagt er. Sein Tonfall verrät, dass er es längst wusste, aber nicht darüber nachdenken wollte. Schließlich hat er Ezra unzählige Male gesehen.

Er sieht zu, wie ich meine Kleidung zurückschiebe. Ich spüre seinen warmen Atem auf meiner Haut, als er sich über mich beugt, um die Stelle zu mustern. Dann lehnt er sich wieder zurück. »Ist bestimmt nichts Schlimmes.«

»Wirklich?«, entgegne ich skeptisch.

Er gibt mir keine Antwort.

»Ich werde es mit dem Buschmesser herausschneiden.« Endlich kann ich den Gedanken aussprechen, der mich seit Tagen verfolgt.

Er stützt sich auf einen Ellbogen, um mir in die Augen zu sehen. »Nein, estrellita. Vergiss es. Das lasse ich nicht zu.«

»Es ist nicht deine Entscheidung«, sage ich, während ich die Falten seiner Stirn mit den Fingern glätte. »Es ist allein meine Entscheidung.«

Am nächsten Morgen erwache ich extrem langsam, langsamer als sonst. Das liegt anscheinend am Hunger, der mich allmählich zerfrisst. Eine Art von Hunger, der als Magenschmerz beginnt und sich auf den ganzen Körper ausdehnt, bis jeder Muskel schmerzt, der Kopf dröhnt, der Verstand aussetzt und man kaum noch die Augen aufbekommt, weil man an nichts anderes mehr denken kann. Und es liegt wohl auch an der Tatsache, dass um mich herum alles zerbricht. Wenn ich die Augen öffne, sehe ich lauter Dinge, die ich nicht reparieren kann.

Vielleicht dauert es deshalb einen Moment, bis ich den Blick nach links wende, wo Dom neben mir geschlafen hat, doch ich sehe nur seine zusammengesunkene Decke, platt wie eine Landkarte, die mir allenfalls verrät, wo er *nicht* ist.

Dom kniet vorn im Boot, beugt sich über den Bug und starrt

angestrengt in die Ferne, obwohl die Dämmerung gerade erst einsetzt, sodass er mich nicht gleich bemerkt.

Denn plötzlich liegt es vor uns. Als hätte es sich über Nacht angeschlichen, geduckt und gewartet.

Das Festland.

KAPITEL 12

Während wir uns langsam nähern, können wir nichts weiter tun, als aufmerksam hinzustarren wie bei einem Film, der jeden Moment enden könnte. Wie schon auf der Insel erstreckt sich hinter dem Strand eine dichte Wand aus Bäumen, doch diese hier sind doppelt so hoch, dunkel und drohend, mit höhlenartigen Schatten unter dem undurchdringlichen Blätterdach. Fernab vom Strand, fernab von der Küste, verloren im Dunst erheben sich unfassbar hohe Berge mit schneeweißen Gipfeln. Ich hätte nie gedacht, so etwas mal mit eigenen Augen zu sehen.

»Der Kontinent!«, ruft Ezra, und wir gönnen ihm sein selbstgefälliges Grinsen, sogar als er hinzufügt: »Ich hab doch gesagt, wir schaffen das.«

Die Wellen sind riesig und bäumen sich mit weißen Schaumkronen meterhoch auf. Als wir davon erfasst werden, schleudern sie uns hoch, wirbeln uns herum, schlagen über uns zusammen, durchnässen uns mit spritzender Gischt, werfen unsere Ausrüstung über Bord und bringen uns in der flachen Brandung zum Kentern, sodass wir auf den letzten Metern fast ertrinken, in dem verzweifelten Versuch, das Boot und einen Teil unserer Sachen zu retten.

Klatschnass und keuchend liegen wir am Strand, während

Ezra versucht, das durchtränkte Navi und die Solarzelle wiederzubeleben, wenn auch ohne Erfolg.

»Oh Mann«, brüllt er in den Sand. »Scheiße, scheiße, scheiße!«

»Lass es doch erst mal trocknen«, sagt Mari zum Himmel. »Was hat das Ding zuletzt angezeigt?«

»Noch neun Kilometer«, sagt Ezra. »Immer geradeaus.«

Dom kehrt von seinem Erkundungsgang zurück. »Da ist ein Fluss.«

Er fließt in einer weiten, geschmeidigen Kurve aus dem Wald, lautlos und elegant, bis hinaus zum Meer, gesäumt von monumentalen Bäumen. Jeder von ihnen hat einen Umfang von gut zehn Metern, und ihre Wipfel scheinen die Wolken zu berühren.

»Was glaubst du, wie hoch die sind?« Ich setze mich neben Mari, die gerade Feuer macht, damit wir Wasser abkochen können.

»Keine Ahnung.« Sie springt abrupt auf, um ein paar Meter weiter in den matschigen Sand zu kotzen.

»Gott, Mari. Alles okay?«, rufe ich ihr hinterher.

Ezra geht zu ihr und legt eine Hand auf ihren Rücken. Ich erwarte, dass sie ihn abschüttelt, aber das tut sie nicht.

Wir entschließen uns, den Fluss entlangzugehen, obwohl uns jeder Schritt so schwerfällt wie nie zuvor. Die Welt ist grau und trist. Die ganze Zeit frage ich mich, warum mir alles wehtut, warum mir alles so schwerfällt, doch dann wird mir bewusst, dass es sich wahrscheinlich so anfühlt, wenn man verhungert. Die Beeinträchtigung meines Sehvermögens, meines Hörempfindens wird immer schlimmer. Ich verliere langsam, aber sicher das Gefühl für die Realität.

Irgendwann bleibe ich stehen, um ein paar harte orangefarbene Beeren abzureißen, die in dichten Trauben an einem stachligen, blaublättrigen Strauch wachsen, den ich noch nie gesehen habe. Dom beobachtet mich.

»Meinst du, die kann man essen?«, fragt er, die Augenbrauen skeptisch hochgezogen.

Er sieht zu, wie ich eine der Beeren mit den Zähnen aufbeiße und vorsichtig mit der Zunge berühre. Sie ist so bitter, dass ich sie auf der Stelle ausspucke.

»Eher nicht«, sage ich, während sich die Enttäuschung tief in meinen Magen frisst.

Die Sonne sinkt immer tiefer, und wir sind so erschöpft, dass wir Rast machen.

»Ich glaube, die können wir vielleicht essen«, sage ich zu Mariana, während ich ein großes flaches Blatt in meiner Hand glatt streiche, das ich an einer Kletterpflanze entdeckt habe. »Aber die sollten wir besser kochen.«

Obwohl es nicht regnet, ist der Boden so feucht, dass wir kaum brennbares Material finden. Mariana versucht eine Handvoll Moos und Flechten anzuzünden, während ich schützend die Hände darumlege und auf ihre Anweisung hin puste und trockene Rinde an die winzigen Flammen halte, die auf der Stelle wieder ausgehen. Letztendlich wechseln wir einen vielsagenden Blick, um uns wortlos einzugestehen, dass es keinen Sinn macht. Stattdessen beobachten wir Dom, der durch den Fluss watet und mit den Händen wahllos ein paar Pflanzen ausrupft.

»Hey, sieh mal nach oben«, sagt Mariana, die neben mir auf dem Rücken liegt.

Ein Schwarm winziger … ich weiß nicht was … Insekten oder so was schwebt zwischen uns und dem hohen Blätterdach durch die Luft, ähnlich wie die Seesterne, nur nicht im Wasser. Sie folgen einander in einer langen Linie aus den Tiefen des Waldes bis hinunter zum Fluss, langsam, lautlos, stetig.

»Glühwürmchen«, sage ich versuchsweise, obwohl ich weiß, dass es nicht so ganz stimmt.

Ich sehe zu, wie sie über unsere Köpfe hinwegziehen und auf der anderen Seite des Flusses im Wald verschwinden.

»Hey, Leute, seht euch das mal an«, ruft Ezra von dem Abhang hinter uns.

Als Mari und ich ihn erreichen, späht er angestrengt durch die Bäume und deutet auf etwas.

»Sieht aus wie eine Höhle oder so.«

Ich folge seinem Blick und entdecke einen klaffenden Spalt in einem Höhenkamm gut hundert Meter von uns entfernt, der von rötlichem Licht erfüllt wird.

»Wo denn?«, fragt Mariana an meiner Seite. »Ich sehe nichts.«

»Dann brauchst du eine Brille«, schnaubt Ezra. »Ich hole die Taschenlampe.«

Ich versuche Mariana zu erklären, wovon wir da reden. Als Ezra mit der Solarlampe zurückkehrt, bemerke ich seine gerunzelte Stirn.

»Wo ist es hin?«

Und als ich mich wieder umdrehe, kann ich auch nichts mehr sehen. Wo eben noch die Anhöhe war, ist nichts als flaches Land, bedeckt von dichtem Wald, der sich in der Dunkelheit verliert.

»Habt ihr euch bewegt?«

Ich bekomme kein Wort heraus, also geht Ezra ein paar Schritte weiter, ehe er sich erneut umdreht. »Habt ihr euch bewegt?«

»Wir stehen genau an der Stelle, wo du uns zurückgelassen hast«, seufzt Mari, die sich entnervt abwendet. »Da war überhaupt nichts. Du drehst langsam durch, Mann.«

Als wir unter uns sind, hört Ezra auf, den Wald mit der Taschenlampe abzusuchen, und richtet sie stattdessen auf mich, sodass ich blinzelnd den Arm hebe.

»Du hast es doch auch gesehen, oder?«

Ich nicke, und er lässt den Lichtkegel erneut über das Halbdunkel der Bäume gleiten. »Das ist echt seltsam«, murmelt er.

Wir befestigen die Plane an einem knorrigen, abgestorbenen Baum und klemmen das andere Ende unter einen Stein, sodass ein keilförmiges Zeltdach entsteht, das wie eine Flagge im Wind zappelt. Die Solarlampen haben nicht mehr viel Energie gespeichert, sodass sie kaum heller leuchten als die fernen Sterne.

»Was ist eigentlich mit dem Feuer?«, fragt Ezra, den Blick auf Mari gerichtet.

»Warum siehst du *mich* an?«, erwidert sie.

»Du bist doch hier die Spezialistin. Ich dachte, du kümmerst dich darum?«

»Der Boden ist zu feucht.«

Er nimmt einen Stein und wirft ihn ins Unterholz. »Im Ernst? Ich hatte mich so auf die kulinarischen Genüsse von Hensons warmem Blattsalat gefreut!«

Mariana dreht sich auf die Seite und murrt genervt, während Dom und ich einen erstaunten Blick wechseln. »Ich habe heute keinen Bock auf so was, echt nicht.«

Im nächsten Moment setzt sie sich abrupt auf, beugt sich hastig zur Seite und kotzt auf die Felsen. »Entschuldigung«, sagt sie, dann legt sie sich wieder hin.

Ich rutsche etwas näher an sie heran. »Du brauchst dich nicht zu entschuldigen.«

Wir liegen dicht nebeneinander unter der einzigen verbliebenen Decke und betrachten die Sterne, die wir jenseits des Zeltdachs zwischen den hohen Bäumen und den zerrissenen Wolkenbändern erblicken. Mariana ist bereits eingeschlafen, ihr Atem dringt zischend durch ihre halb geöffneten Lippen, wie ein tonlose Pfeifen.

Neben mir dreht sich Dom auf die Seite, und ich neige den Kopf, um sein Gesicht in der Dunkelheit zu betrachten. Er legt eine Hand in den Nacken, um meinen Blick zu erwidern. Urplötzlich bemerke ich Dinge, die mir noch nie aufgefallen sind, als hätte jemand die Lautstärke voll aufgedreht oder die Zeit verlangsamt. Ich bemerke, dass seine entspannten Lippen die Zähne nicht ganz bedecken, sodass sein Mund leicht offen steht, was ihn irgendwie jünger erscheinen lässt.

»Wie lange können wir noch um unser Leben kämpfen?«, frage ich erschöpft.

»Ewig«, sagt Dom und legt seine Stirn an meine.

KAPITEL 13

Ein kalter, windiger Morgen. Alles ist schwer und erdrückend. Ich kann kaum noch klar sehen. Ein stechender Schmerz zerfleischt meinen Unterleib, aber ich stehe auf und ziehe meine Turnschuhe an.

Ezra ist ebenfalls wach und fingert an seinem fettigen Haar herum, das platt an seinem Kopf klebt und ihn anscheinend nervt. »Das Navi ist hin.« Er schleudert das Ding auf den Boden. »Einmal zu oft baden gegangen.«

»Ist doch jetzt auch egal, oder?«, sagt Dom, der gähnend die Decke zurückwirft und sich aufsetzt. »Immerhin hat es uns hierhergebracht. Auch wenn ich es ungern zugebe, aber du hattest schon recht, dass wir hier bessere Karten haben. Wir sollten nur schnell was zu essen finden.«

Ezra verengt skeptisch die Augen, aber Dom redet weiter.

»Ich meine, wir sind ganz nah dran, woran auch immer. Also, wenn das Signal … irgendwie von Bedeutung ist, dann werden wir es garantiert bald herausfinden, oder?«

Instinktiv schweift mein Blick durch das finstere Halbdunkel der Bäume, das nur hier und da von der Sonne durchdrungen wird. Im nächsten Moment höre ich, wie hinter uns ein Bund Feuerholz zu Boden fällt. Zweige und Rinde purzeln in alle

Richtungen. Mariana steht etwa fünf Meter von uns entfernt an einem Baum, um sich schwitzend und keuchend zu übergeben.

»Mariana!« Mühsam rapple ich mich auf, um zu ihr zu gehen, während Ezra hinter mir ebenfalls aufsteht. »Alles in Ordnung?«

»Ja klar.« Sie wischt sich mit dem Handgelenk über den Mund. »Machen wir jetzt Feuer, oder was?« Als sich niemand rührt, fügt sie hinzu: »Wir brauchen noch mehr Holz, wenn wir etwas kochen wollen.« Bei ihrem Tonfall weicht Ezra einen Schritt zurück und salutiert lachend, während sie genervt die Augen verdreht, aber als sie sich abwendet, bemerke ich ein winziges Lächeln.

Ich gehe mit Dom den Fluss entlang, um brennbares Material zu suchen, und gebe mir Mühe, mich nicht alle paar Schritte vor Schmerz zu krümmen oder mich zumindest gleich wieder aufzurichten. Irgendwann bleibe ich stehen, um eine lange geschmeidige Ranke herunterzureißen, deren frische, seidige Blätter mir ins Auge springen. Im selben Moment höre ich sie, Ezra und Mariana, ihre Stimmen leicht erhoben, eindeutig im Streit. Ich folge dem Geräusch etwas tiefer in den Wald, bis mich nur noch ein paar heruntergerissene Äste von den beiden trennen. Irgendetwas lässt mich zögern und zurückweichen, damit sie mich nicht gleich bemerken und ich sie ungestört beobachten kann.

»Ich will doch nur, dass du mal einen Blick darauf wirfst«, sagt er. »Immerhin hast du das Ding selbst zusammengebastelt.«

Sie zerrt an einem Zweig und tritt mit dem Fuß dagegen, bis er durchbricht. »Ich hab doch gesagt, ich mach's.« Sie schüttelt den Kopf. »Aber wir haben gerade andere Probleme. Du bist total besessen von diesem Signal. Das bringt doch nichts. Und es ist extrem nervig. Wie so ziemlich alles, was du tust.«

Er lacht. »Ach, ich gehe dir auf die Nerven – so nennst du das also?«

»Ich ignoriere dich jetzt.«

»Du würdest mich gern ignorieren.«

»Que tonto eres.«

»Ich liebe es, wenn du schmutzige Sachen sagst.«

Sie schüttelt entnervt den Kopf, aber als sie ihm den abgebrochenen Zweig reicht, wirkt ihr Ausdruck erstaunlich sanft.

»Auch egal. Hauptsache, du musst nicht wieder kotzen. Allmählich mache ich mir Sorgen, Moreno.«

»Das kannst du dir sparen«, erwidert Mariana. »Ich habe dich nicht darum gebeten.«

Er packt ihren Unterarm und zieht sie zurück, bis sie seitlich an einem Baum lehnt, der zwischen ihnen steht.

»So läuft das nicht, Moreno«, glaube ich zu hören, dann sehe ich, wie er ihr Gesicht berührt, ihr die Haare aus der Stirn streicht, sodass sie auf einmal viel jünger wirkt, fast wie ein Kind. Ich kann gar nicht anders, als fasziniert hinzustarren; es ist einfach unfassbar, dass Mariana sich so berühren lässt, was sie normalerweise nie zulassen würde. Im nächsten Moment lässt sie den Kopf gegen den Baum sinken, als hätte sie nur darauf gewartet, dass er sie berührt. Seine Hand wandert zu ihrem Ohr, und sie neigt ihm die Wange entgegen, lässt ihre Lippen an seiner Handfläche ruhen. Er kommt ihr näher und spricht so leise, dass ich kein Wort verstehe. Ich sehe nur, wie er den Kopf schüttelt, während er mit ihr redet, und sie erwidert seine Geste, bevor sie ihm antwortet.

Dann küsst er sie, und eins steht definitiv fest: Es ist nicht das erste Mal. Seine Hand ruht in ihrem Nacken, an ihrem Haaransatz, und der Kuss dauert einige Sekunden an, doch dann ist der Spuk vorbei. Ezra weicht ein Stück zurück, und sie blicken einander tief in die Augen.

Ich sehe so gebannt hin, dass ich gar nicht bemerke, wie Dom sich hinter mir nähert. Er berührt mein Handgelenk und versetzt mir so einen Schrecken, dass ich hörbar nach Luft schnappe und über einen Ast stolpere, der unter mir einbricht, sodass ich hart auf die Felsen knalle. Als Dom mir aufhilft, stelle ich fest, dass Mari und Ezra uns anstarren. Ich klopfe mir die Knie ab und ziehe mein Top nach unten.

»Alles okay«, sage ich. »Nichts passiert.« Dabei denken wir alle etwas ganz anderes. Ich glaube, jeder wechselt einen verblüfften Blick mit dem anderen, und die Stille dehnt sich so unerträglich, dass ich schließlich den Anfang mache.

»Du … er … also wir … ich …«, sage ich, während ich albern in die Runde zeige, und dann sage ich das Einzige, was wirklich einen Sinn ergibt. »Ich hätte euch nicht hinterherspionieren dürfen.«

»Was hast du dir nur dabei gedacht, Henson?«, sagt Ezra lachend.

»Mir war nicht bewusst, dass wir Geheimnisse voreinander haben.« Mein Blick fällt auf Mariana, die hastig wegsieht.

»Und *warum* haben wir Geheimnisse voreinander?« Dom durchbohrt Ezra mit seinem Blick.

»Es ist doch gar kein Geheimnis – es war einfach nicht der Rede wert, oder, Moreno?«

Er sieht ihr hinterher, während sie sich abwendet, um erneut Zweige durchzubrechen.

Trotzdem redet er weiter. »Wie in diesem Witz über die letzten beiden Menschen auf einem Planeten, nur im wahren Leben. Was würdet *ihr* denn an meiner Stelle tun? Oder an ihrer? Die Nächte auf Huxley-3 sind verdammt lang und einsam.«

Dom ist so reglos, als hätte er das normale Raum-Zeit-Gefüge verlassen. Er mustert Ezra mit einem Funkeln in den Augen, das ich noch von früher kenne.

Ezra zuckt lässig mit den Achseln, als würde ihm das Thema gefallen. »Sie ist eben auch nur ein Mensch. Heißblütig. Dachtest du ernsthaft, sie könnte mir lange widerstehen?« Er begegnet Doms Blick. »Und was mich betrifft – sie ist zwar nicht meine erste Wahl, aber zur Not …«

Dom schüttelt den Kopf, die Augen zu Schlitzen verengt. »Du widerst mich an, Lomax. Wenn du sie noch ein einziges Mal ansiehst …«

»Du bist echt witzig, Mann«, erwidert Ezra. »Als wäre das *deine* Entscheidung. Sie kann tun und lassen, was sie will.«

»Im Moment kann ich Domingo nur zustimmen«, sagt Mariana, und damit lässt sie uns alle stehen.

Ezra starrt ihr hinterher. »Ach komm, ich sag doch nur, wie es ist. Wie sollte es sonst sein in dieser Situation? Wir machen ganz einfach … das Beste daraus. Was ist daran so falsch?«

Ich habe die Befürchtung, diese Unterhaltung könnte böse enden, deshalb packe ich Doms Arm und ziehe ihn hinter mir her, um Ezra stehen zu lassen. Wir gehen zurück zu unserem notdürftigen Lager, und Dom fängt an, unsere Sachen zusammenzupacken, als ich in einiger Entfernung zarte Rauchschwaden entdecke.

Mariana hockt im Schutz einer sandigen Schneise, die im rechten Winkel auf das Flussbett trifft. Sie ist gerade dabei, mit ihrem Atem ein Feuer anzufachen.

»Ich hätte es dir eher erzählen sollen.« Sie bemerkt meine Anwesenheit, ohne zu mir aufzublicken.

Meine Antwort überrascht selbst mich. »Dann erzähle es mir eben jetzt.«

»Das ist halt die Sache«, sagt Mari. »Es gibt nicht viel zu erzählen, wie Ezra auf seine charmante Art betont.« Sie hebt die Augenbrauen. »Ich schätze, es war von Anfang an klar, dass wir uns irgendwann einsam fühlen würden. Und wenn einem das Leben nichts Besseres zu bieten hat, tut man eben Dinge, die man sonst nicht tun würde.«

Unsere Blicke begegnen sich flüchtig.

»Also ihr … habt ihr …?« Ich bin mir nicht sicher, was ich eigentlich fragen will oder wie ich es ausdrücken soll.

»Nur ein paarmal.« Mari versucht offenbar den Inhalt meiner Frage zu erraten. Ihre Antwort bringt mich im ersten Moment aus dem Konzept.

»Ich weiß, ihr beide habt eine gemeinsame Vergangenheit. Deshalb hätte ich es dir sagen sollen.«

»Was?« Ich blinzle verwirrt, schüttle den Kopf, versuche zu lachen. »Was? Nein. Ich … ich war nur ziemlich baff, aber nicht deshalb.« In dem Punkt bin ich mir relativ sicher, auch wenn ich nicht so genau weiß, was mich an der Sache stört.

Ich hocke mich neben Mariana und sehe zu, wie sie das Feuer schichtet, Lage für Lage, während ich ihr die nötigen Zweige reiche.

»Und seit wann?«, frage ich.

»Keine Ahnung. Kurz nachdem wir hier angekommen sind.«

Ich lasse in der Stille ein paar Zweige knacken.

»Eigentlich wundert mich nur, dass du mir nichts erzählt hast«, sage ich schließlich.

»Nur weil es nichts zu erzählen gab«, seufzt sie. »Es ist … rein körperlich. Wir können uns nicht mal gut leiden.«

Ich lasse mir vom Wind die Haare zerzausen, während ich an diesen Kuss denke.

»Bist du dir sicher?«

Sie lacht. »Ja, ganz sicher. Bei dir ist das was anderes, Seren. Du bist mit der Liebe deines Lebens hergekommen. Das ist der Grund, weshalb du überhaupt hier bist. Weshalb wir alle hier sind. Es ist *deine* Liebesgeschichte. Ezra und ich sind nur Nebencharaktere. Aber irgendwann kommt man an einen Punkt, wo man sich seine eigene Geschichte wünscht – irgendeine Geschichte –, auch wenn man sie sich anders vorgestellt hätte.« Sie kratzt sich am Kopf, runzelt schmerzlich die Stirn. Ich will gerade etwas erwidern, als Ezra dazukommt.

Ich blicke zu ihm auf, bis er meinen Blick erwidert. Dann sehe ich hastig weg.

»Hier.« Er wirft einen Haufen Feuerholz zu Boden.

»Du bist also doch zu was nützlich«, sagt Mari.

Das Feuer ist endlich in Gang, also reiche ich ihr die hoffentlich essbaren Ranken, die ich von dem Baum heruntergerissen habe. »Der Kochtopf ist in Doms Rucksack. Wo steckt er eigentlich?«

»Wahrscheinlich schmollt er«, sagt Ezra grinsend, während wir ihn beide anstarren. »Was?«

Ich gehe den Fluss entlang, um nach ihm zu suchen, und frage mich, warum er uns noch nicht gefunden hat.

»Dom?«, rufe ich. Keine Antwort.

Ich bemerke nicht, dass Ezra mir folgt, deshalb will ich mich im ersten Moment wehre, als er unerwartet meinen Arm packt.

»Du hast mich zu Tode erschreckt«, sage ich atemlos.

»Tut mir leid.« Er streicht sich das schweißfeuchte Haar aus der Stirn. »Mari wollte, dass ich dir folge.«

»Ich glaube, Dom hat sich verlaufen.« Mein Blick schweift rastlos über die Bäume.

Ezras Miene gleicht einem Schulterzucken. »Ein Maul weniger zu stopfen.«

Wir mustern einander für einen Augenblick, dann frage ich: »Woran denkst du?«

Er runzelt überrascht die Stirn, als wüsste er es im ersten Moment nicht. »Jetzt gerade? Ich habe mich gefragt, ob du mir manchmal nachtrauerst.«

Ich lehne mich mit dem Rücken gegen einen Baum und schließe flüchtig die Augen. »Im Ernst?«

Er grinst. »Du hattest immerhin Gelegenheit, die Ware zu kosten, Henson.«

»Gott, mir ist schon schlecht genug.« Ich klettere die Uferböschung hinauf und starre in das dichte Gestrüpp des Waldes. »Aber ich freue mich für euch.«

»Jetzt bleib mal auf dem Teppich. Wie gesagt, Sex ist nicht mehr als ein natürliches Bedürfnis. Und in einer Welt, wo es nur Haferschleim gibt, isst man eben Haferschleim, oder?«

Ich nicke. »So was in der Art hat Mariana auch gesagt.«

»Also … warte mal, was?« Er hat mich eingeholt und steht dicht neben mir, sodass ich den Fluss an ihm rieche wie den Duft einer feuchten Wiese. »Das hat sie gesagt?«, fragt er.

»Nur mit anderen Worten.«

Ich bemerke seine Gänsehaut, als er die Arme vor der Brust verschränkt.

»Stört dich das?«, frage ich.

»Überhaupt nicht.« Er lächelt. »Wieso auch?« Er wirkt plötzlich abgelenkt, späht über meine Schulter, blickt hinunter zum Fluss.

»Was ist denn?« Während ich seinem Blick folge, läuft es mir eiskalt über den Rücken.

»Ich habe da eine Bewegung gesehen.« Er späht immer noch in den Wald. »Suarez?«

Keine Antwort.

Dann hören wir einen Schuss.

KAPITEL 14

»DOM!«, brülle ich.

Ich renne los, aber ich habe das Gefühl zu fliegen. Nichts kommt mir in die Quere, nichts kann mich aufhalten, weder die Zweige, die an meinem Haar und meiner Kleidung reißen, noch die Felsen, die mich zum Stolpern bringen, nichts.

Ich höre Stimmen. Schreie.

»DOM!« Hektisch sehe mich um, buchstäblich blind vor Panik, während Ezra zu mir aufschließt.

Als ich Dom im Unterholz entdecke, ist er nicht mehr als ein kläglicher Schatten, beinahe inexistent, irrelevant, körperlos wie ein Geist, der sich gerade erst materialisiert.

Ich presche an allem vorbei, was sich mir in den Weg stellt, bis ich Dom erreiche, der sich am Boden wälzt, sich krümmt, sein Bein umklammert, die Hände blutverschmiert, in einem grellen Rot, als hätte der Rest der Welt alle Farbe verloren.

»Was ist passiert? Sag mir, was passiert ist! Geht's dir gut?« Ich hocke mich neben ihn und versuche sein Bein zu packen, doch er lässt mich nicht an sich heran.

»Lauf weg, Seren!«, stammelt er mit schmerzverzerrter Stimme. »Lauf weg!«

Im nächsten Moment schlingt sich ein Arm um meine Kehle,

hart und kalt, nahezu reptilienartig, stärker als jeder Mensch. Ich kreische. Meine Finger krallen sich in den Arm, meine Füße treten gegen ein Paar Beine, und mir wird bewusst, dass dieser Jemand, dieses Etwas riesig sein muss. Ich habe nicht die geringste Chance. Im selben Moment höre ich Ezras Stimme.

»Was zum Henker …« Und obwohl ich nichts sehe, kann ich hören, dass er sich wehrt, dass sie ihn ebenfalls festhalten.

Ich beiße mit aller Kraft zu, und das Wesen heult vor Schmerz auf. Es versetzt mir einen Schlag gegen den Kopf und tritt mir die Beine unter dem Körper weg.

Für den Bruchteil einer Sekunde, bevor ich zu Boden knalle, sehe ich unsere Angreifer. Ich sehe Ezra, der meinen Blick hilflos erwidert, die Arme auf dem Rücken gepackt. Vergeblich wehrt er sich gegen die übermächtige Kreatur – gut einen Kopf größer, mit großen schimmernden Augen.

»Wo seid ihr?«, ruft Mari, die sich ahnungslos nähert.

Dann wird es schwarz.

Doms qualvoller Schrei weckt mich. Ich öffne die Augen und wage nicht mal zu blinzeln, bis sie brennen und tränen. Mein Atem ist laut und meine Panik so überwältigend, dass nicht mehr viel von mir übrig bleibt, außer dem Instinkt zu fliehen oder zu kämpfen. Da mich die Kreatur erbarmungslos zu Boden drängt, kann ich nicht fliehen, sondern nur kämpfen. Ich erwische einen der Angreifer am Bein, doch im nächsten Moment knalle ich gegen die Felsen, und meine Hände werden mit etwas gefesselt, das so hart und starr ist, dass es sich höchstwahrscheinlich in meine Haut bohrt und mir die Knochen bricht.

»Helft ihm«, brülle ich so laut, dass mein Hals davon schmerzt. »Ihr müsst ihm helfen. Er ist verletzt.«

»Es geht mir gut, Seren, bleib ganz ruhig«, wimmert Dom, aber ich glaube ihm kein Wort, und er scheint nicht zu begreifen, dass man in diesem Zustand nicht mit mir reden kann.

Sobald meine Haut mit dieser Kreatur in Berührung kommt, zucke ich instinktiv zurück. Sie ist unnatürlich kalt, eidechsenhaft, und ich drehe total durch. Es nützt rein gar nichts, dass die anderen beruhigend auf mich einreden, denn ich mache alles nur noch schlimmer, für mich selbst, für uns alle, und das wird mir umso mehr bewusst, als einer von denen auf meinen Oberschenkel tritt, um mich am Boden zu halten.

Zum ersten Mal sehe ich unsere Angreifer vor mir.

Sie sind extrem groß, beängstigend dünn und unterhalten sich in einer seltsamen Sprache.

Die Aliens.

Aber es sind keine.

Die schillernden Insektenaugen sind keine echten Augen, sondern Sonnenbrillen, die sich eng an den Kopf schmiegen.

Es sind Menschen.

Trotzdem bekomme ich bei ihrem Anblick eine Gänsehaut, und das sieht man mir garantiert an, immerhin sind das die ersten Menschen oder menschenartigen Lebewesen, die wir seit der Ventura zu sehen bekommen, und das ist einfach nur unheimlich, extrem unheimlich.

Aber wir können nichts weiter tun, als sie zu mustern, während sie in ihren blauen Uniformen vor uns stehen, mit glatt rasierten Schädeln, die Waffen an ihren Schultergurten auf uns gerichtet, die freie Hand am Ohr, während sie sich in einer seltsamen Sprache unterhalten, und wir wissen nicht mal, ob sie miteinander reden oder mit uns oder mit irgendwem sonst, aber es kommt mir vor, als würden sie mit einer dritten Person sprechen, mithilfe eines unsichtbaren Funkgeräts oder so.

Schließlich zerren sie Mariana und mich auf die Beine und schleifen uns durch den Wald. Ich sträube mich und werfe einen Blick auf Dom, der zusammengekrümmt am Boden liegt.

»NEIN!«, kreische ich. »NEIN!«

Es hilft alles nichts, aber ich brülle und trete und zapple, während ich einen Abhang hinuntergeschleift werde, der zu einer Lichtung führt, wo ich zwei niedrige graue Gebäude entdecke. Die Männer führen uns zu einer Art Container, dessen Laderampe sich brummend öffnet und mit einem dumpfen Knall auf die Felsen trifft. Dann schubst mich einer der beiden hinein und sagt etwas, das zumindest ansatzweise, für einen winzigen Moment, vertraut klingt. Zugleich schiebt er seine Sonnenbrille nach oben und mustert mich mit dunklen Augen.

Die Ladeklappe fährt zu, und wir sitzen in der Falle, mutterseelenallein, bei matter Beleuchtung, auf einem harten Metallgitter. Ist schon komisch, wie schnell der Sand und die Felsen für uns zur Normalität geworden sind, obwohl wir ein Leben lang nur das hier gekannt haben. Ich lege die Hände an meinen pochenden Schädel.

»Es geht ihm gut«, sagt Mariana mehr zu sich selbst als zu mir, gefolgt von einem lauten Atemzug. »Es geht ihm gut.«

»Sie haben ihn angeschossen, Mari«, sage ich, während mir Tränen in die Augen treten. »Sie haben ihn tatsächlich angeschossen.«

Ezra wird hereingebracht. Allein. Sie schubsen ihn grob durch die Luke. Noch während er zusieht, wie sich die Klappe schließt, springe ich auf. »Wo ist er?«

Er hebt seine gefesselten Hände. »Reg dich ab, Henson. Ich glaube, sie tragen ihn gerade hierher. Er kann nicht laufen.«

»Er kann nicht laufen?«

Ezra packt mich umständlich am Ellbogen. »Er ist okay«, sagt er. »Glaub's mir, er ist okay.«

Ich starre auf seine dreckigen, zerfledderten Turnschuhe, während er weiterredet. »Oh Mann, könnt ihr das fassen? Das ist der große Moment!« Ich betrachte seine weit aufgerissenen Augen. »Das ist der Erstkontakt, Leute! Wir befinden uns hier auf unerforschtem Territorium. Wir schreiben gerade Geschichte. Die Ventura hat noch zweihundert Jahre vor sich, und wir, die Deserteure, haben die Mission bereits erfüllt.« Er wirkt übertrieben begeistert für jemanden, der gerade in einen Container gesperrt wurde.

Mariana lupft ihre Augenbrauen. »Was würde deine Mutter sagen, wenn sie dich so sehen könnte.«

Wir hören Dom, noch bevor sich die Luke öffnet. Solche Geräusche habe ich noch nie gehört; es kommt mir vor, als wäre das gar nicht er. Wir warten ab, während sie die Rampe herunterlassen und ihn hereinbringen, ihn zwischen uns abladen und wieder verschwinden. Sein blasses, schmerzverzerrtes Gesicht lenkt mich so sehr ab, dass ich die Männer fast gehen lasse. Aber auch nur fast.

Im letzten Moment gehe ich ihnen hinterher und stelle mich auf die Rampe, die sich bereits schließt.

»Hey, wartet mal!«, brülle ich. »Macht uns bitte los. Macht uns los, damit wir ihm helfen können, wenn ihr es schon nicht tut.«

Zu meiner Erleichterung scheint einer der beiden meine Aufforderung zu verstehen, denn er spricht mit dem anderen und lässt die Waffe sinken, um ein Messer aus der Tasche zu ziehen. Ich drehe mich um, damit er die Fesseln durchtrennt. Dann sinke ich neben Dom in die Knie, greife nach seinem Bein, suche nach dem Einschussloch. Erleichtert stelle ich fest, dass die Wunde bereits verkrustet, sein Blut gerinnt.

Sie sagen etwas zu Ezra, was mich erneut aufblicken lässt. Ich durchbohre einen der beiden mit meinem Blick, aber er geht dennoch zur Luke und drückt auf den Knopf, bis wir wieder in diesem dämmerigen Licht festsitzen.

»Die Typen sind von der Erde«, sage ich, mit einem Mal fest überzeugt.

»Was? Nie im Leben!«, sagt Ezra. »Nein … die kommen nicht von der Erde. Wie soll das gehen? Die Ventura war zuerst hier. Es gab keine andere Mission dieser Art. Auch nicht in den Folgejahren. Das sind Aliens, Mann! Das ist der Erstkontakt.« Er schüttelt den Kopf.

Ich ziehe mein T-Shirt aus, um es auf Doms Wunde zu drücken, während ich meine Worte wiederhole. »Die sind von der Erde.«

Mari hält Doms Hand und betrachtet sein Gesicht, aber sie blickt flüchtig zu mir auf. »Woher willst du das wissen?«

»Er hat mir die Gedichte seines Vaters vorgelesen.« Mir wird klar, dass das keinen Sinn ergibt. »Mein Großvater«, sage ich zur Erklärung. »Sein Vater war Russe.«

Alle mustern mich schweigend, selbst Dom, der nicht mal richtig bei Bewusstsein ist.

»Ich glaube, die Typen kommen aus Russland«, sage ich, und dann zu Dom: »Sorry, das tut jetzt weh.« Er brüllt auf, als ich das T-Shirt auf die Wunde lege und zudrücke.

»Hast du die Uniformen nicht gesehen?«, frage ich Ezra, der mir immer noch kein Wort glaubt.

Er starrt mich an. »Doch – na und?«

»Das Logo auf der Brust und an der Hüfte? Die sind von einer anderen Mission.«

»Das kann nicht sein.« Wieder schüttelt er den Kopf.

Ich habe mein T-Shirt zerrissen und die Fetzen um Doms Bein gebunden, das glücklicherweise nicht mehr blutet. Er zittert vor Schock und Adrenalin. Ich lehne mich mit dem Rücken an die gewellte Metallwand und ziehe seinen Oberkörper in meinen Schoß, um mit den Fingern durch sein Haar zu fahren.

»Was ist eigentlich passiert, Suarez?«, fragt Ezra.

Dom verlagert das Gewicht und befeuchtet seine Lippen, bevor er antwortet. »Da war was zwischen den Bäumen … und … ich wollte nachsehen. Dann haben sie geschossen.«

Ich ziehe seine Hand in meinen Schoß und fahre mit dem Daumen darüber.

»Dein Signal haben wir jedenfalls gefunden, Lomax«, sagt Mariana. »Auch wenn es uns nicht gerade weiterhilft.« Sie setzt sich neben mich.

Die Stunden verstreichen. Mehrfach bekomme ich einen Tobsuchtsanfall, trete gegen die Wände und brülle, sie sollen uns endlich hier rauslassen, ihm etwas gegen die Schmerzen geben, uns verdammt noch mal sagen, was das alles soll. Vor lauter Wut zerschmettere ich eine der blassblauen Leuchtleisten an der Wand zu einer brummenden Staubwolke, bevor mich die anderen dazu bewegen, mich wieder hinzusetzen.

»Ich hab doch gesagt, vergiss das bescheuerte Boot!«, brülle ich Ezra an. »Das war ein beschissener Plan. Hast du das etwa gewollt? Vermutlich erschießen die uns alle als Deserteure!«

»Das würden die nicht machen, oder?«, fragt Mariana.

»Wenn die einer anderen Mission angehören, schon«, entgegne ich. »Dann richten sie sich nach dem Regelwerk der Allied Starfleet, genau wie die Ventura.«

»Oder auch nicht«, sagt Ezra. »Weil sie nämlich nicht von der Erde kommen.«

»Wie lange willst du dir eigentlich noch etwas vormachen?«, fahre ich ihn an.

Im selben Moment hören wir, wie sich die Klappe öffnet. Die beiden Typen tragen auf einmal knittrig weiße Plastik-Overalls mit Kapuzen und Gesichtsmasken, und sie werden begleitet von einer dritten Person, einer Frau, einiges kleiner, aber in derselben Ausrüstung. Mit ihren Waffen deuten sie an, dass wir uns an die Wand stellen sollen.

Dom versucht aufzustehen, aber ich halte ihn zurück.

»Ihr habt ihn angeschossen, schon vergessen?«, sage ich. »Ihr habt ihm ins Bein geschossen.«

Die Frau geht zu Dom, kniet sich neben ihn, berührt vorsichtig sein Bein, löst den behelfsmäßigen Verband.

»Die Wunde muss gereinigt werden. Er braucht dringend Medizin«, sage ich. Sie blickt zu mir auf.

Obwohl ich durch das Sichtfenster der Maske nicht viel sehe außer ihren Augen, bringt mich ihr Blick aus dem Konzept, lässt mich innehalten, und anscheinend geht es ihr genauso, denn wir starren uns eine halbe Ewigkeit an.

»Die beiden haben mir erzählt, dass ihr von der Ventura kommt«, sagt sie in fließendem Englisch. Ihre Stimme klingt dünn und verzerrt hinter der Maske. »Aber ich konnte es nicht glauben, ohne es mit eigenen Augen zu sehen.« Sie berührt das ramponierte Venturalogo an Doms Kappe, die locker in seinem Schoß liegt, dann lässt sie sein verletztes Bein zu Boden sinken. »Vor ein paar Monaten waren wir der Meinung, hier draußen

Shuttles zu hören, und im ersten Moment hatte ich die vage Hoffnung … aber ich dachte, das ist unmöglich.«

Sie steht langsam auf und mustert die anderen. Dann kehrt ihr Blick zurück zu mir, ihre Stirn gerunzelt.

»Können Sie uns vielleicht verraten, wer Sie sind? Wenn Sie schon so viel über uns wissen«, sage ich mit verschränkten Armen.

Sie starrt mich sekundenlang an, bevor sie mir antwortet. »Wir sind von der Concordia. Eine Pionier-Mission der Ruskosmos. Wir leben seit neun Jahren auf diesem Planeten …« Sie verstummt, als hätte sie diese Rede gründlich einstudiert, nur um sie mitten im Satz zu verwerfen oder zu vergessen. Sie hebt ihre Hand, sodass ich instinktiv zurückweiche, aber als sie auf mich zutritt, lasse ich zu, dass sie meine Schulter berührt.

»Wie seid ihr hergekommen?«, fragt sie. Ihre Augen sind groß und dunkel und seltsam feucht. Sie scheint nie zu blinzeln.

»Wir …« Ich schlucke. »Das ist eine lange Geschichte.«

Sehe ich da etwa ein Lächeln?

»Warum sprechen Sie eigentlich Englisch?«, fragt Ezra in ihrem Rücken, doch sie wendet nur leicht den Kopf, um ihm zu antworten, »Das ist auch eine lange Geschichte.« Als sie irgendwann doch blinzelt, den Blick immer noch auf mich gerichtet, rollen ihr Tränen über die Wangen und versickern hinter ihrer Maske. Sie flüstert etwas, das ich nicht richtig verstehe.

»Was?«, frage ich kopfschüttelnd. Die Situation wird immer seltsamer, und ich wünschte, die anderen würden mir zu Hilfe eilen. »Ich kann Sie nicht verstehen.«

Und plötzlich verstehe ich es doch. »Du bist Seren.«

»Woher …?«, setze ich an. Was passiert hier gerade? Vielleicht haben sie von uns gewusst, vielleicht hat die Ventura irgendwie Kontakt aufgenommen. »Woher kennen Sie meinen Namen?«

Aber die Art und Weise, wie sich mich anstarrt, wie sie meine Schultern festhält, wie sie leise bebt und stille Tränen vergießt, sagt eigentlich alles. »Ich bin Grace. Deine Mutter.«

KAPITEL 15

»Was hat sie gesagt?« Ezra tritt einen Schritt vor und lacht irritiert. »Was hat sie da gerade gesagt?«

Ich gebe ihm keine Antwort. Ich bringe kein Wort heraus.

»Aber …« Ich schüttle den Kopf, schüttle und schüttle, bis er kurz davor ist abzufallen. »Das kann nicht sein. Sie ist tot. Meine Mutter ist tot.«

Sie blinzelt noch mehr Tränen hervor. »Ich habe es gleich gewusst, als ich dich gesehen habe. Ich habe es irgendwie gespürt.«

Meine Knie sacken plötzlich ein, als hätte jemand den Notausschalter betätigt.

»Du hast einen Schock«, sagt die Frau, wer immer sie sein mag. Dann redet sie auf Russisch mit den beiden Typen, woraufhin einer verschwindet. »Ich hätte dich nicht …« Sie schüttelt den Kopf. »Wann hast du das letzte Mal gegessen?«

Aber ich kann ihr nicht antworten, kann nur vor ihr zurückweichen, weiter und weiter, bis ich an der Wand sitze, dicht neben Dom, der zusammengesunken in der Ecke lehnt, mich aber trotzdem in den Arm nimmt, mich an seine Brust zieht, wo ich mein Gesicht im Dunkeln vergrabe.

Ezra schaltet sich ein. »Können wir das vielleicht mal klären?

Haben Sie gerade gesagt, Sie sind ihre Mutter?« Ich höre keine Antwort, aber Ezra fährt fort. »Wie kann das …? Wie können Sie …? Was soll das alles – wo sind wir hier eigentlich?«

Ich höre, wie sie lacht. »Und du bist sicher Kat und Marshalls Sohn, oder?«

Bis dato habe ich Ezra noch nie sprachlos erlebt.

»Die Wunde muss dringend versorgt werden. Wir werden euch in der medizinischen Station durchchecken, und dann könnt ihr euch frischmachen. Außerdem braucht ihr dringend etwas zu essen. Reden können wir hinterher … okay?«

Im selben Augenblick kommt der erste der beiden Typen zurück und sagt ein paar Worte auf Russisch, bevor er zu Dom geht und ihn grob am Arm packt, damit er aufsteht.

»Er kann nicht gehen!«, brülle ich.

Die Frau übersetzt und hilft mir, Dom vorsichtig aufzurichten, während sie sich mit einem Blick entschuldigt. »Ihr dürft Alexej und Wassili nicht zu ernst nehmen. Sie waren hier draußen zu lange allein.« Sie lacht gutmütig. »Wir hatten noch nie Besucher. Ihr habt ihnen einen Riesenschrecken eingejagt.«

Draußen herrscht tiefe Nacht. Das einzige Licht stammt von ein paar kleinen bläulichen Solarlampen im Gras. Sie helfen Dom, zu einem der niedrigen Gebäude unter den Bäumen zu humpeln. Ich will ihnen folgen, doch der andere Kerl packt mich am Arm, und als ich mich umdrehe, erblicke ich mein eigenes Spiegelbild in seiner Maske, das sich vor meinen Augen bewegt, während er den Kopf schüttelt.

»Bleibt bitte bei Wassili«, sagt die Frau. »Und macht euch erst mal frisch. Er bringt euch anschließend zu uns.« Dann sagt sie etwas auf Russisch, vermutlich um dieselben Worte Wassili gegenüber zu wiederholen.

Ich sehe, wie Dom einen Blick über seine Schulter wirft. Er kann sein verletztes Bein nicht belasten, und jeder Schritt auf dem felsigen Boden wirkt extrem beschwerlich.

»Wir werden uns gut um ihn kümmern«, sagt die Frau, als könne sie meine Gedanken lesen.

Wassili bringt uns zu dem anderen der beiden Gebäude mit einer schlichten Seitentür, die man von Hand öffnen muss, sodass sie über den Boden schrammt. Dahinter verbirgt sich ein matt erleuchteter, scharf riechender Waschraum, den wir gemeinsam betreten, während Wassili irgendetwas brüllt und auf die Dusche zeigt. Am Boden liegen drei dreckige Handtücher, ein Stück Seife und ein Plastikbeutel mit Kleidung. Er lässt die Tür einen Spaltbreit offen und stellt sich mit dem Rücken davor, den Blick in die finstere Nacht gerichtet.

Im Halbdunkel betrachte ich Mariana, die zitternd neben mir steht und ungläubig in die Ecke starrt.

»Oh Mann, ist das eine echte Toilette?«

Ezra hat bereits die Dusche angestellt und schält sich aus seinem T-Shirt, sodass wir seine geprellte und geschürfte Haut sehen, deren Leuchten sich bis zur Wirbelsäule erstreckt.

»Mann, ist das kalt.« Ezra verzieht das Gesicht, während er eine Hand unter das Wasser hält. Dann folgen eine Menge alberner Geräusche, als er sich ganz darunter stellt.

Ich habe mich in den letzten Monaten so sehr nach einer Dusche gesehnt, dass mir das eisige Wasser vorübergehend egal ist, ebenso wie die Tatsache, dass wir mitten in der Nacht im Wald gefangen gehalten werden. Ich ziehe mir mein verkrustetes Top über den Kopf und streife meine Shorts nach unten, bis ich splitternackt bin, obwohl Ezra direkt neben mir steht und Mariana mit offenem Mund auf meine leuchtenden Wucherungen starrt – an der Hüfte, am Bauch, am Rücken –, bläuliche Linien, die ich mir selbst kaum ansehen kann.

Sobald Ezra unter der Dusche wegtritt, stelle ich mich darunter und werde von der eisigen Kälte getroffen wie von messerscharfen Klingen, sodass ich auf der Stelle tänzle, als wollte ich mich darunter hinwegducken, trotzdem halte ich den Kopf unters Wasser, damit es mich vollständig erwischt. Es gibt einfach zu viel, was ich herunterwaschen muss.

Als ich fertig bin, reicht mir Ezra eines der Handtücher. Ich stehe dicht an der Wand, während er sich neben mir anzieht, weil der Raum so klein ist. Sobald er das T-Shirt übergezogen hat, mustere ich ihn in seiner fremden Uniform.

Er zuckt mit den Schultern. »Besser als unsere versifften Klamotten.«

Als wir angezogen sind, bringt Wassili uns in den eigentlichen Wohnbereich. Es ist ein niedriger grauer Raum mit einem Tisch in der Mitte und vier Etagenbetten, eingelassen in die gegenüberliegende Wand, überzogen von einer staubigen Schmutzschicht. Auf dem Tisch stehen vier dampfende Schalen, und Ezra überschlägt sich fast, um danach zu greifen, das Zeug flüchtig zu mustern und die ganze Portion herunterzuschlingen, ohne sich auch nur hinzusetzen.

»Was ist das?«, fragt Mariana, die ebenfalls nach einer Schale greift und das Gesicht verzieht.

»Ist doch egal«, sagt Ezra mit vollem Mund.

Ich will mich an Wassili wenden, damit er mich zu Dom bringt, doch der ist bereits verschwunden, und ich sehe nur noch, wie sich die Tür hinter ihm schließt.

Also schnappe ich mir ebenfalls eine Schale. So was habe ich noch nie gesehen. Auf den ersten Blick denke ich an Haferbrei, aber bei genauerem Hinsehen erinnert es eher an eine Knollenfrucht oder Getreide: Hunderte kleiner brauner Kugeln, warm und leicht salzig.

Dom kommt herein, gestützt von Wassili und Alexej, das Bein vom Knie bis zu den Zehen bandagiert.

»Geht es dir gut?« Sein Gesicht wirkt unnatürlich blass, als sie ihn zum Tisch bringen. Ich helfe ihm, sich hinzusetzen, schwerfällig und schmerzhaft.

»Die haben hier nur eine behelfsmäßige Krankenstation. In der Siedlung gibt es einen richtigen Arzt und eine medizinische Einrichtung.«

»In der Siedlung?«, frage ich.

»Ja, das hier ist …« Er verzieht erneut das Gesicht. »Ist nur ein Außenposten. Am Fuß des Hügels gibt es eine ausgedehntere Siedlung.«

Alexej packt Mariana am Arm, doch sie wehrt sich.

»Schon okay, *prima*, wirklich«, sagt Dom. »Sie machen nur einen kleinen Bluttest, um uns auf ansteckende Krankheiten zu untersuchen. Tut nicht weh.«

Mariana steht auf, die Arme eng um ihren Körper geschlungen, die Schultern nach vorn gesunken. Sie wirft einen flehenden Blick in meine Richtung, als hätte sie noch nie solche Angst gehabt.

»Können wir nicht zusammenbleiben?«, frage ich Alexej, aber er schüttelt den Kopf und zerrt Mari zur Tür, die hinter den beiden zuknallt.

Doms Finger gleiten sanft über meine Schulter, während ich meine im Schoß verkrampften Hände anstarre. Er fragt mich, was die Frau zu mir gesagt hat und was ich davon halte, also blicke ich auf, um etwas zu sagen, und wir sind beide gespannt, was dabei herauskommt. Am Ende gar nichts. Ich sage nur: »Du musst was essen«, dann schiebe ich ihm die vierte Schale hin.

Mariana bleibt eine Ewigkeit verschwunden, ehe sich die Tür erneut öffnet. Wassili zeigt auf Ezra, und ich blicke ihm stumm hinterher.

»Wo ist Mari?«, frage ich.

Dom schüttelt ratlos den Kopf, dann mustert er mich von Kopf bis Fuß. »Hey, dein neues Outfit gefällt mir.«

Ich schiebe meinen Hocker dichter heran und vergrabe das Gesicht an seinem Hals, wo es warm und dunkel ist. Ich spüre, wie er meinen Hinterkopf berührt und über meinen Rücken streicht. Er riecht intensiv nach Schweiß und Salz, nach Meer und Matsch, nach Fluss und nach *ihm*. Ich könnte diesen Geruch ewig einatmen. Ich kann einfach nicht genug davon bekommen. »Du riechst so gut«, murmele ich an seiner Schulter.

Er lacht. »Das wage ich zu bezweifeln«, erwidert er. »Du hingegen …« Er streicht mir eine feuchte Strähne hinters Ohr, aber ich spüre, dass seine Gedanken woanders sind. »Meinst du … sie ist wirklich deine Mutter?«, fragt er.

Ich schüttle den Kopf. »Wie soll das gehen?«

»Ich finde nur …«

»Was?«

»Ist schon komisch, aber ich finde … sie ist dir irgendwie ähnlich.« Er mustert mich und muss fast lachen.

»Aber wie kann das sein?« Ich stütze mein Gesicht in die Handflächen.

»Na ja … keine Ahnung.«

»Haben sie dir gesagt, was sie mit uns vorhaben?«, frage ich.

Er seufzt. »Anscheinend warten sie noch auf eine Antwort von ihrem Kommandanten.«

In dem Moment kommt Ezra zurück. »Du bist dran.«

Da mich niemand abholt, gehe ich an ihm vorbei und trete allein hinaus in die Nacht.

Ich durchquere den windigen Spalt zwischen den beiden Gebäuden und drücke auf den Türöffner, der mich ohne Weiteres einlässt. Die drei stehen am anderen Ende des Raums und sehen sich bei meinem Eintreten um. Die Frau hebt den Arm und deutet einladend auf einen Stuhl.

»Lass uns die Sache schnell hinter uns bringen, Seren. Dann kann ich diesen albernen Anzug ablegen.«

Ich weiß nicht so recht, was ich davon halte, trotzdem setze ich mich hin. Sie nimmt meinen Arm und bindet ihn mit einem Gummiband ab, ohne den Augenkontakt hinter der Maske zu unterbrechen.

»Dauert nur eine Sekunde«, sagt sie, bevor sie mich mit einer Nadel sticht.

»Wie bist du hierhergekommen?«, frage ich.

Sie scheint zu lächeln. »Dasselbe könnte ich dich fragen«, erwidert sie, während sie die Nadel herauszieht und in ein Gerät steckt. Es dauert nur wenige Sekunden, bis ein Piepen ertönt. Sie nimmt ihre Maske herunter und deutet den Männern an, das Gleiche zu tun.

»Wir haben wohl beide eine lange Geschichte zu erzählen.« Sie fährt sich mit der Hand durchs Haar, und auf einmal sehe ich sie vor mir. Ich sehe die Frau von Dads Fotos, die ich ein Leben lang angestarrt habe – das Einzige, was ich je von ihr hatte, meiner Mutter. Ihre Augen erscheinen mir zu groß und zu dunkel, was sie jünger erscheinen lässt, als sie eigentlich ist, fast wie ein junges Mädchen. Sie betrachtet mein Gesicht, als wollte sie jedes Detail in sich aufnehmen. Sie berührt so sanft meine Wange und meinen Kiefer, dass ich ihre Finger kaum spüre.

»Ich erinnere mich noch an den Tag, als du geboren wurdest«, sagt sie, doch ihr Blick wird plötzlich abgelenkt und huscht zur Seite. »Entschuldige, da muss ich rangehen.« Sie fasst sich ans Ohr und geht in die hinterste Ecke des Raumes, um sich auf Russisch zu unterhalten.

Anscheinend ist das ihr Pod oder ihr Funkgerät oder was immer die hier benutzen. Jetzt wo die Männer ihre Schutzmasken abgelegt haben, sehe ich, dass sie alle so ein Ding am Ohr tragen – ein kleines blaues Gerät, das man sich an die Ohrmuschel klemmt.

»Wo ist Mariana?«, frage ich Wassili und Alexej, die bereits ihre Anzüge abstreifen, doch sie sehen mich nur verständnislos an. »Mariana?«, frage ich erneut.

Grace unterbricht ihren Anruf. »Ist sie nicht zu euch zurückgekommen?« Sie sieht, wie ich den Kopf schüttle. »Dann solltest du sie suchen. Ich glaube, sie steht unter Schock.« Als ich zur Tür gehe, fügt sie hinzu: »Tut mir leid, Seren. Sie hat mir versprochen, zu euch zu gehen.«

Draußen tauchen die beiden Monde die Welt in ein violettes Licht. Ich kehre zu dem anderen Gebäude zurück, aber da sind nur Dom und Ezra, die einander gegenübersitzen und mich erwartungsvoll ansehen.

»Ist Mari wieder aufgetaucht?«

Beide schütteln den Kopf.

Als ich etwa zwanzig Meter weit gegangen bin, höre ich, wie die beiden mir folgen.

»Mari!«, rufe ich in den monddurchfluteten Wald. »Mari, wo steckst du?«

»Sie ist hier!«, ruft Dom, der sich an der Wand abstützt und hinter das Gebäude späht.

Als ich Mari erreiche, ist Dom gerade dabei, sich mühsam hinzusetzen, um sie an seine Brust zu ziehen und mit ihr zu reden. Sie ist in Tränen aufgelöst. »*Háblame, prima*, du machst mir Angst.«

Ich hocke mich dazu, während Mari etwas in ihre Hände murmelt, das keiner von uns versteht. Dann fügt sie hinzu: »Ich kann nicht fassen, dass mir das noch mal passiert.«

»Was denn?«, frage ich, aber Doms Ausdruck verrät, dass er ihre Andeutung versteht. Sein Kiefer wirkt mit einem Mal angespannt.

»Wie jetzt? Meinst du …« Aus irgendeinem Grund bringe ich die Worte nicht über die Lippen. Sie sind einfach zu gewaltig, zu weitreichend. Aber irgendjemand muss es aussprechen, also sage ich es doch. »Meinst du, du bist schwanger?«

Als sie nichts erwidert, kennen wir die Antwort. Der Wind greift abrupt in die Baumkronen, und wir lauschen einen Moment. Dann sehe ich, wie Dom zu Ezra aufblickt. Ich folge seinem Blick. Vielleicht liegt es am Licht, aber er ist weiß wie eine Wand oder eine Statue oder ein Geist, aber Mari sagt hastig: »Nein, nicht von ihm – von vorher, bevor wir abgehauen sind.«

Ezra erwacht zum Leben, lacht los, seufzt erleichtert, dreht sich im Kreis und ballt die Faust.

»Oh Mann, das war echt der schlimmste Moment meines Lebens.« Er sinkt neben mir zu Boden und legt sich flach auf den Rücken.

»Von wem dann?«, fragt Dom, nachdem er Ezra mit einem bösen Blick bestraft hat.

»*A quién le importa?*«, haucht Mari. »Ist das so wichtig?«

»Ich will es einfach nur wissen.«

Sie lehnt sich zurück und sieht ihn an.

»Das ist überhaupt nicht wichtig«, sage ich. »Wichtig ist nur, wie wir damit umgehen.«

Dom ignoriert mich. »Manchmal verstehe ich dich nicht, Mari«, sagt er kopfschüttelnd.

»*Du* verstehst mich nicht?«, fährt sie ihn an, sodass ich die Wut in ihrer Stimme höre.

»Du denkst nie richtig nach. Wenn du etwas willst, dann tust du es einfach, ohne dich um die Konsequenzen zu scheren.«

»Und das sagst ausgerechnet *du*? Hast du dir schon mal zugehört? *Por favor, primo* – du bist echt ein Heuchler!«

Es ist furchtbar, geradezu verstörend, die beiden so streiten zu sehen. Mir fällt nichts Besseres ein, als sie wie kleine Kinder zu besänftigen, doch Mariana schüttelt mich ab und steht auf.

»Sieh dir dein Leben doch mal an, Domingo – du hast immer schon deinen Impulsen vertraut und die Konsequenzen ignoriert!«

»Aber ich bin nicht derjenige, der auf einem fremden Planeten ein Kind erwartet.« Er schüttelt den Kopf und blickt zu Boden. »Was, wenn wir nicht abgehauen wären? Gott, Mari, das ist echt mehr als dämlich!«

»Du hast einfach nur mehr Glück als ich«, brüllt sie ihn an. »Du bist mehr als einmal zu mir gekommen, ganz krank vor Panik, weil Anneliese überfällig war.«

Es dauert einen Moment, bis die Worte zu mir durchdringen, doch dann spüre ich ihren messerscharfen Stich.

Dom ist stocksauer. »Ich war gerade mal sechzehn, *prima*! Inzwischen bin ich etwas verantwortungsbewusster.« Als sie ihm den Rücken kehrt, brüllt er ihr hinterher: »Ich wünschte, du wärst es auch!«

Aber sie streckt ihm nur den Mittelfinger hin und geht, was Ezra, der immer noch am Boden liegt, zum Lachen bringt.

»Oh Mann«, sagt Dom, während er sich mit den Händen durchs Haar fährt. »Das ist echt …« Aber dann sieht er mein entsetztes Gesicht, und sein Ausdruck verändert sich. Er blinzelt mich an, während er sich anscheinend eine Erklärung zurechtlegt. Dann berührt er meine Schulter.

»Estrellita, ich …«

Aber ich will gar nichts hören.

»Ich gehe ihr hinterher«, sage ich, ohne den Blickkontakt zu unterbrechen.

Er seufzt und nickt resigniert, also stehe ich auf, um ihr in den Wald zu folgen.

»Seren!«, ruft Grace vom Eingang des anderen Gebäudes und kommt auf mich zu. »Ich habe die Erlaubnis des Kommodore, euch in eine leer stehende Unterkunft zu bringen. Sie liegt nicht weit von hier, auf dem Weg zur Siedlung. Dort könnt ihr euch erst mal ausruhen. Es war eine lange Nacht, oder?«

Der Pfad zur Unterkunft ist von Lichtern gesäumt, ansonsten wirkt er ziemlich überwachsen. Grace geht neben mir, Mariana eilt uns voraus. Ezra und Alexej helfen Dom, der uns humpelnd folgt.

»Sag mal …« Grace schluckt, als würde sie sich vor der Antwort fürchten. »Pandora – geht es ihr gut?«

Ich sehe ihr besorgtes Gesicht und würde am liebsten Nein sagen. »Als ich sie das letzte Mal gesehen habe, ja«, erwidere ich stattdessen.

Sie atmet erleichtert aus. »Und Dad?«

»Dem geht's auch gut.«

»Jamie?«

»Ich sag doch, dem geht's gut«, erwidere ich irritiert. »Ach, du meinst *deinen* Dad – Grandpa?« Die Vorstellung ist irgendwie seltsam. Verwirrend. »Es geht allen gut«, sage ich ziemlich unüberlegt, denn im nächsten Moment wird mir bewusst, dass es nicht stimmt. Ich öffne den Mund, um von ihrer Mutter zu erzählen und von Uroma Bea, obwohl ich nicht weiß, wie ich die Worte herausbringen soll, aber im selben Moment erreichen wir eine gerodete Lichtung und stehen auf einem Kamm, von wo aus wir die breite Windung eines Flusses überblicken, der im Licht der beiden Monde erstrahlt. Schemenhaft erkenne ich ein paar containerartige Gebäude, die um einen Platz von matschig roter Erde angeordnet sind. Dahinter erhebt sich ein riesiges Gebilde, das irgendwie unfertig wirkt, fast schon skeletthaft.

»Da wären wir«, sagt Grace, und ich sehe sie an.

»Wo denn?«

»Bei der Concordiasiedlung.«

Mein Blick gleitet zurück ins Tal.

»Ich werde euch alles zeigen, sobald ihr euch von dem Schrecken und den Strapazen erholt habt.« Sie blickt Mariana hinterher, die bereits in dem nahe gelegenen Gebäude verschwindet.

Dann sieht sie mich an. »Domingo hat mir erzählt, dass ihr desertiert seid«, sagt sie. »Ich habe keine Ahnung, wie ihr das geschafft habt. Das war extrem mutig.«

»Bist du nicht auch desertiert?«

Sie schüttelt den Kopf.

Die anderen kommen hinzu und blicken auf die Siedlung.

»Oh Mann«, sagt Ezra nach einer Minute. »Ich dachte, ihr seid seit neun Jahren hier?«

Grace sieht ihn an. »Pioniersarbeit ist um einiges komplizierter, als du es dir vorstellst.«

»Sieht ganz danach aus«, erwidert Ezra.

KAPITEL 16

Von innen unterscheidet sich das Gebäude nicht viel von den beiden anderen, graues Metall, verschraubt und vernietet, überzogen von Dreck und Staub, der uns über dem Boden entgegenweht. Es gibt zwei Schlafräume mit je sechs Etagenbetten und einer einfachen Deckenleuchte. Grace deutet auf eine Tür, die zum Badezimmer führt.

»Und wer wohnt hier?«, frage ich.

Sie wendet den Blick ab. »Niemand. Die Unterkunft wurde ursprünglich für Agrararbeiter gebaut, aber die Landwirtschaft … musste verlagert werden.«

Sie geht zu einem der Schränke und nimmt ein paar Wolldecken heraus, die beim Ausschütteln eine beängstigende Staubwolke produzieren.

»Ist lange keiner mehr hier gewesen.« Sie wirkt ziemlich verlegen, als sie die Decken aufs Bett legt, dann sieht sie mich an. »Ich komme morgen wieder, okay? Macht es euch einfach …« Sie deutet vage in den Raum, ohne den Satz zu beenden. Dann geht sie hinaus und schließt hinter sich die Tür.

Ezra mustert die vernieteten Wände. »Woher haben die wohl das ganze Metall?«

Dom lacht. »Hey, seht euch das mal an!«, ruft er aus dem

Badezimmer. Der Raum hat keine Decke, nur eine Dusche, eine Toilette und vier Wände unter freiem Himmel.

Ich entdecke Mariana auf einem der Betten im Nachbarraum, ihr feuchtes Haar auf dem Kissen ausgebreitet, ihr Gesicht abgewandt. Das viel zu große Hemd entblößt ihre nackte Schulter, und ich sehe einen wunden roten Streifen, wo sich der Schulterriemen des Rucksacks in ihre Haut gegraben hat. Als ich sie zudecke, vergräbt sie ihr Gesicht im Kissen.

»Alles in Ordnung?«, frage ich.

»Nein, ich bin eine Idiotin«, entgegnet sie.

»Du bist keine Idiotin«, widerspreche ich ihr.

»Danke«, sagt sie matt.

Dann lass ich sie schlafen.

Ezra und ich durchsuchen sämtliche Schränke, doch wir finden nicht mehr als weitere Decken und Uniformen, offenbar unbenutzt.

»Macht alles nicht viel her, dafür dass sie fast ein Jahrzehnt lang hier sind, oder?« Ezra sieht sich erneut um, als ihn ein Gähnen übermannt. »Ich leg mich jetzt aufs Ohr.« Damit geht er in das dunkle Zimmer, wo Mariana schläft.

Ich höre, wie Dom die Dusche abstellt und gegen die Wand knallt, während er sich mit seinem verletzten Bein abtrocknet und anzieht. Ich will ihn die ganze Zeit fragen, ob alles okay ist, aber irgendetwas hält mich davon ab.

Als er die Tür öffnet, lacht er verlegen.

»Das war schwieriger als erwartet.« Er humpelt die Stufe hinauf in den Schlafraum und kommt zu mir rüber. Es ist total seltsam, denn im ersten Moment habe ich das Gefühl, ihn nicht wiederzuerkennen. Ich habe ihn noch nie in etwas anderem gesehen als in der Venturauniform; in dem dunkelblauen

Polohemd und der passenden Hose ist er mir völlig fremd. Als er näher kommt, bemerke ich einen penetranten Geruch von Seife, viel zu süß. Ich betrachte die Wassertropfen an seinem Hals und seinen Haarspitzen.

»Du bist ja immer noch nass«, sage ich.

»Ja, ich weiß«, erwidert er lachend. »Da war kein Handtuch.« Er greift nach dem Saum seines Shirts und reib sich damit über das Gesicht. Ich beobachte ihn aus dem Augenwinkel heraus, die gebräunte Haut seines Oberkörpers, die bislang nur mir gehörte, und plötzlich ist alles anders. Wie kann man nur so wütend auf jemanden sein und ihn gleichzeitig so sehr begehren? Er steht so dicht vor mir, dass er mit Sicherheit einen Kuss erwartet, aber ich kann nicht, ich kann ihn nicht küssen, nicht mal, als ich seine Hand an meiner Hüfte spüre und er mich erwartungsvoll ansieht.

»Ich muss hier raus«, sage ich, aber als ich mich abwende, nimmt er meine Hand und hält mich zurück.

»Wo willst du hin?«, fragt er. »Bleib bitte hier und rede mit mir. Bitte, estrellita. Ich weiß, ich hätte es dir sagen sollen.«

»Aber stattdessen musste ich es von Mari erfahren.«

»Stimmt.« Er seufzt. »Ich hätte nicht gedacht, dass sie das einfach so sagt.«

»Also wolltest du es mir gar nicht erzählen?«

Er zuckt mit den Schultern, blickt zu Boden, streicht sich die Haare aus dem Gesicht und sieht mich mit einem schrägen Grinsen an, von dem er ganz genau weiß, wie sehr ich es liebe. »Eher nicht.«

Ich sehe ihm tief in die Augen. »Wie kannst du bei so etwas lügen?«

»Ich habe nicht gelogen – du hast mich nur nie danach gefragt. Ich habe einfach keinen Grund gesehen, es dir zu erzählen.« Sein Ausdruck wirkt traurig. »Ich meine, warum auch? Es hatte nichts zu bedeuten. Es war rein … mechanisch. Einfach nur mechanisch. Und wie sollte ich Nein sagen? Ich bin auch nur ein Mann, Seren.«

Ich verziehe das Gesicht. »Was soll das denn heißen?«

Er fährt sich mit der Hand über die Augen. »Das kommt alles total falsch rüber. Tut mir leid. Es tut mir leid, dass ich es dir nicht gesagt habe. Ich dachte, das hat überhaupt nichts mit uns zu tun. Das liegt in der Vergangenheit und zigtausende Kilometer von uns entfernt, also was bringt es, darüber zu reden?« Er nimmt meine Hand.

»Aber ich *will* darüber reden«, sage ich.

»Na gut.« Seine Augen weiten sich, und er wirkt besorgt, aber er nickt. »Dann lass uns reden.«

»Wie oft?«

Er schluckt und starrt zur Decke. »Oh Mann, keine Ahnung.«

»Zu oft, um es zu zählen?«

»So habe ich das nicht gemeint.«

»Also, wie oft?«

»Ich … wusste nicht, dass ich mitzählen muss, also habe ich auch nicht gezählt.« Er reibt sich über das Gesicht, bevor er mich ansieht.

»Und wo?«

»Meistens bei ihr zu Hause. Ihre Eltern haben in der Info gearbeitet, beide Frühschicht. Ihre Schwester war in Erziehung B. Und wir waren beide in der dritten Schicht eingeteilt, also hatten wir das Quartier für uns.«

»Wann zuletzt?«

Ich sehe, wie er erstarrt, wie sein Blick abschweift. Und in dem Moment weiß ich es. Ich weiß, er denkt darüber nach zu lügen.

»Wage es ja nicht, mich anzulügen«, sage ich mit zusammengebissenen Zähnen. »Ich muss mich darauf verlassen können, dass du die Wahrheit sagst, gerade jetzt. Also, denk gut nach, bevor du antwortest.«

»Okay, darf ich … mich erst mal hinsetzen?« Er deutet auf sein Bein und humpelt zu einem der Betten, wo er sich mit gespreizten Beinen über die Knie beugt, um stumm auf seine Hände zu starren. Es dauert eine Weile, ehe mir bewusst wird, dass er sich offenbar wappnet. Dann sagt er: »Zuletzt am Abend vor der Hochzeit.«

Reglos lasse ich die Worte auf mich wirken. »*Meiner* Hochzeit?«

Er starrt auf den Boden zwischen seinen Füßen und muss beinahe lachen. »Das war alles so frustrierend. So hoffnungslos. Ich wollte mir einreden, ich könnte auch ohne dich glücklich sein – als wäre das jemals eine Option. Aber …« Er schüttelt den Kopf. »Letztendlich bin ich zu dir gekommen. Ich konnte einfach nicht anders. Ich konnte mich nicht fernhalten, obwohl ich wusste, dass es falsch war.«

Er beugt sich vor, um meine Hand zu nehmen, aber ich ziehe sie zurück, sodass seine Hand sinnlos in der Luft schwebt. Er sieht mich an, und ich erwidere seinen Blick.

»An dem Abend, als du zu mir gekommen bist … da warst du vorher mit ihr zusammen?« Meine Stimme zittert ein wenig.

Dom gibt mir keine Antwort. Er blinzelt nur und sieht mich unverwandt an.

»Du hast mit ihr geschlafen? Ein … ein paar Stunden bevor du bei mir warst?«

Immer noch keine Antwort.

»Ihr hattet Sex … und dann bist du zu mir gekommen und hast mir gesagt, dass du mich liebst und nicht ohne mich leben kannst?« Ich ziehe eine Grimasse. »Gott, Dom, das ist echt das Letzte. Nicht nur mir, sondern auch ihr gegenüber. Das ist einfach … widerlich.«

»Verstehst du jetzt, warum ich es dir nicht gesagt habe?«

»Damit du nicht dazu stehen brauchst? Damit ich nicht erfahre, wie skrupellos du sein kannst? Damit dich eine andere Frau trotz deiner Lügen liebt und glaubt, du würdest diese Liebe erwidern?«

Er schüttelt den Kopf. »Das hat Anneliese nie geglaubt. Die Situation war klar.«

»Woher willst du das wissen? Das kannst du gar nicht wissen! Warum hätte sie mit dir geschlafen, wenn sie dir nicht vertraut hätte? Wenn sie nichts für dich empfunden hätte?«

»Du weißt selbst, wie es auf der Ventura war. Oder … vielleicht auch nicht.« Anscheinend kommt ihm gerade eine Idee, denn er nimmt meine Hand und zieht beharrlich daran, bis ich mich neben ihn aufs Bett setze. »Ich glaube, du hast nie richtig durchschaut, was da wirklich abging. Als wir uns kennengelernt haben, da waren Ezra und du gerade mal … ein paar Wochen zugeteilt, oder?«

»Anderthalb Tage.« Ich schlucke, blicke zu Boden.

»Genau.« Er rutscht näher zu mir heran. »Du musst mir glauben, dass es was anderes war … jemandem zugeteilt zu werden … oder sich in jemanden zu verlieben. Ganz was anderes. Ich will nicht behaupten, dass mein Verhalten richtig war. Das war es nicht. Jemandem zugeteilt zu werden, ist eine Tatsache, die man notgedrungen akzeptiert. Man muss versuchen, halbwegs glücklich zu werden und den anderen glücklich zu machen … soweit es die Umstände zulassen.«

Endlich sehe ich ihn an, betrachte seine weiche Unterlippe. Wenn er so traurig wirkt, möchte ich sie am liebsten berühren, den Kopf neigen und sie sanft berühren. Aber diesmal nicht.

»Annelise und ich waren einander drei Jahre lang zugeordnet«, fährt er fort. »Drei lange Jahre. Und nach so langer Zeit waren wir zumindest gute Freunde. Du weißt selbst, wie einsam jeder *Tag*, jede *Minute* auf der Ventura sein kann.« Er seufzt. »Ich habe nur versucht, mein Leben zu leben. Ich habe versucht, glücklich zu sein. Als ich dich kennengelernt habe, war mit einem Mal alles so anders. So furchtbar kompliziert. Zwischen mir und Annelise ist nichts mehr gelaufen, aber natürlich wurde sie irgendwann misstrauisch. Und dann kamen die Gerüchte dazu.«

»Die Gerüchte?«

Sein Schnauben ist halb Lachen, halb sonst etwas. »Wir haben uns nicht gerade bemüht, die Sache geheim zu halten. Das weißt du so gut wie ich. Viele haben es gewusst. Oder zumindest vermutet. Irgendjemand hat mit ihr geredet, keine Ahnung, wer. Daraufhin hat sie mich dauernd angerufen, total aufgebracht. Ich konnte ihr nicht gegenübertreten, also ist sie zu meinem Bruder gegangen. Logischerweise hat er gleich durchschaut, was da los war. Er hat mir vorgehalten, wie dumm es wäre, mich auf dich einzulassen. Ausgerechnet dich, die Enkelin des Sicherheitschefs, die Lebenspartnerin des Sohns der Kommandantin. Ich meine, das war wirklich dumm, selbst für meine Verhältnisse.«

Ich blicke ihm in die Augen, und er hebt die Hand, um mich zu berühren, als hätte er die ganze Zeit darauf gewartet.

»Als du zu ihm zurückgegangen bist, da …« Er unterbricht sich, schüttelt den Kopf. »Da konnte ich an nichts anderes mehr denken. Echt nicht. Es hat mich wahnsinnig gemacht. An dem Tag vor der Hochzeit habe ich dich vor einem der Transporter gesehen. Allein dein Anblick … hat mich in die Knie gezwungen. Ich bin buchstäblich in mich zusammengesunken, meine Beine haben einfach nachgegeben. Die Leute haben mich angestarrt, als wollten sie sagen, was ist denn mit *dem* los? Als meine Beine mir wieder gehorcht haben, bin ich dir gefolgt, bis zum Befruchtungslabor. Und da saß ich plötzlich wieder am Boden – ich konnte nicht mehr klar denken, nicht mehr klar sehen. Wie sollte ich so weiterleben? Wie sollte ich ertragen, dass du ihn heiratest? Dass du eines Tages sein Kind austrägst? Dass du dein gesamtes Leben mit ihm verbringst? Und dann wurde mir bewusst, was mich am allermeisten fertigmachte. Du warst ganz allein. Du musstest da allein hin, dabei stelle ich mir das echt schwer vor. Irgendwie beängstigend. Ich wollte dich anrufen, um dir Gesellschaft zu leisten. Um deine Hand zu halten. Ich wollte nicht, dass du allein da reingehst.«

Ich spüre, wie mir Tränen in die Augen steigen, und im nächsten Moment kann ich nichts mehr sehen. Ich versuche ein Schluchzen zu unterdrücken, aber es rutscht mir dennoch heraus. Doms Hand ruht an meiner Wange, sein Mund ist mir ganz nah. »Du warst da? Du warst da draußen?«, frage ich.

Er nickt und fängt mit dem Daumen eine Träne auf. Ich gebe ihm einen so stürmischen Kuss, dass unsere Zähne zusammenprallen. Ich spüre seine Verblüffung, als er den Kuss erwidert, sanft und innig und intensiv, während er sich mir entgegenlehnt, meine Hände an seinem Gesicht, seine Hände an meinen Hüften. Ich dränge gegen seine Schultern, bis er rückwärts auf dem

Bett liegt, dann klettere ich auf ihn, die Beine links und rechts von ihm. Während er mich beobachtet, ziehe ich mir das T-Shirt über den Kopf und stoße mit den Armen gegen das obere Bett, was mich an die Ventura erinnert. Dann schiebe ich sein Hemd nach oben, lasse meine Hände über seine nackte Haut gleiten und fühle die Anspannung seiner Muskeln, als er die Arme hebt, das Shirt abstreift und zu Boden schleudert. Er beugt sich vor und küsst meinen Nacken, doch ich dränge ihn zurück aufs Bett. Dann kehrt für einen Moment Ruhe ein, während ich ihn betrachte, meine Hand an seiner Wange, mein Daumen an seinen leicht geöffneten Lippen, meine andere Hand über der hübschen Linie von Muttermalen, die bis zu seinem Herzen führt. Mir wird erst bewusst, dass er mir meine Zweifel ansieht, als er seine karamellbraunen Augen zusammenkneift.

»Was ist denn?«, flüstert er.

»Ich dachte, ich kenne dich«, sage ich kopfschüttelnd.

»Das tust du«, sagt er mit gerunzelter Stirn. »Natürlich kennst du mich.«

Ich schüttle immer noch den Kopf.

Dann rutsche ich von ihm herunter, lege mich neben ihm aufs Bett, kehre ihm den Rücken. Ich kann sein Entsetzen spüren, als er das Gesicht in meinem Nacken vergräbt. »Auch wenn du mir sonst nichts glaubst, glaub mir bitte das eine«, sagt er. »Seit dem Augenblick unserer Begegnung wusste ich, dass jeder Moment mit Annelise leer und nichtig war. Mit dir zu reden, mit dir zusammen zu sein, gab mir das Gefühl, endlich zu leben. Bis dahin hatte ich keine Ahnung, was wahre Liebe ist, aber auf einmal wusste ich es. Ich wusste es mit jeder Faser meines Körpers. Und ich wusste, dass mein erstes Mal in Wirklichkeit noch vor mir lag. Und ich hatte recht. Ich hatte so was von recht.

Unser erstes Mal, das war auch mein erstes Mal. In dem Moment wurde mir bewusst, wie es wirklich sein sollte, wie es sich anfühlen sollte, was es bedeuten sollte. Es war einer der besten Momente meines Lebens, und daran wird sich auch nie etwas ändern, nicht solange ich lebe.« Während er das sagt, spüre ich seine Finger, seine Handflächen, die mich festhalten, mich zu ihm heranziehen. Seine Lippen wandern über meinen Nacken, meinen Haaransatz, zu meinem Ohr. »Ich habe noch nie etwas Vergleichbares gefühlt.« Und ich höre es in seiner Stimme, höre restlos alles. Deshalb drehe ich mich um, schließe ihn in meine Arme, lasse mich von ihm küssen, während er tief durch die Nase einatmet. Und urplötzlich bin ich nicht mehr wütend – wie könnte ich? Ich fühle mich zurückversetzt zu jenem Augenblick, jenem langen atemlosen Augenblick, als wir einander angesehen haben und mir Tränen in die Augen stiegen, weil ich nicht wusste, wohin mit all der Liebe.

Aber ich habe das ungute Gefühl, dass es irgendwie anders war als in meiner Erinnerung.

Und deshalb kann ich nicht nachgeben. Trotz seines Geruchs, trotz seiner körperlichen Nähe, trotz der Tatsache, dass ich ihm noch näher sein will, so nah, wie es zwischen zwei Menschen nur möglich ist, trotz alledem kann ich nicht anders, als ihn von mir zu stoßen und den Kopf zu schütteln. »Aber das ist das Allerschlimmste« sage ich mit atemloser Stimme, »dass dieser wunderbare Moment nicht das war, was ich dachte. Es war etwas anderes. Und das ist auch okay. Aber was mir wirklich wehtut, ist die Tatsache, dass du es wusstest und ich nicht. Dass wir nicht dasselbe empfunden haben.«

Er schüttelt den Kopf. »Du täuschst dich. Wir *haben* dasselbe empfunden. Das haben wir wirklich. Du bist die Einzige, die ich je geliebt habe, Seren.« Aber ich weigere mich, ihm zu glauben, obwohl ich es vielleicht sollte. Ich kann einfach nicht anders, auch wenn er mich so ansieht, so sanft, so traurig, seine goldbraune Haut absolut perfekt, selbst im grünlichen Schein der Leuchtleisten.

»Außerdem geht es nicht nur darum.« Ich spüre ein Pochen in meinem Hals. »Es gibt so vieles, was plötzlich nicht mehr stimmt. Die ganze Basis unserer Beziehung stimmt nicht mehr. Wie kannst du behaupten, ich würde dich kennen, wenn du mir die wichtigsten Dinge in deinem Leben verschweigst? Was spielt es für eine Rolle, dass du mich damit nur schonen wolltest? Du hast Geheimnisse vor mir, Dom, riesige Geheimnisse. Und ich habe dir nie etwas vorenthalten. Ich habe dir restlos alles anvertraut. Jedes kleinste bisschen. Wahrscheinlich zu viel. Wahrscheinlich mehr, als du je wissen wolltest. Aber ich habe dir alles erzählt, egal wie erniedrigend und hässlich, weil ich darauf vertraut habe, dass du mich trotzdem liebst. Ich kann gar nicht anders, als offen und ehrlich zu dir zu sein.«

»Genau das liebe ich so an dir.«

»Und warum bist du nicht genauso ehrlich?«

Er vergräbt sein Gesicht an meiner Schulter und seufzt, sodass ich seinen heißen Atem auf meiner Haut spüre.

»Estrellita, ich habe es dir nicht gesagt, weil ich seit unserer ersten Begegnung alles mit anderen Augen sehe, sogar mich selbst. Du bist die beste Entscheidung meines Lebens. Ist es wirklich so falsch, dass ich versucht habe, das alles hinter mir zu lassen und der Mann zu sein, den du in mir siehst? Ohne eine verlorene Arbeitsstelle, ohne eine Anzeige wegen Körperverletzung, ohne eine Bewährungsstrafe und Sex mit einer Frau, die ich nicht liebe, weil ich dachte, das ist die einzige Alternative?«

»Alternative wozu?«

»Zu wahrer Liebe. Jemanden aufrichtig zu lieben und geliebt zu werden.« Er schüttelt langsam den Kopf. »Wie sollte ich ahnen, dass du irgendwann in mein Leben trittst und alles auf den Kopf stellst?«

Seine Worte sind wundervoll. Wirklich wundervoll. Aber sie lasten auf meinem Herzen wie ein dicker Klotz. Ich sollte etwas erwidern, aber ich kann nicht. Stattdessen betrachtet er mich, als wäre ich ein magischer Brunnen mit einer geheimen Botschaft, ganz unten am Grund, wo es zu dunkel ist, um etwas zu erkennen.

KAPITEL 17

Ich schrecke in Doms Armen hoch und wecke ihn auf, doch er zieht nur den Arm zurück und rollt sich auf den Rücken. Meist schläft er in dieser Position, die Hände auf dem Bauch, die Lippen leicht geöffnet, den Kopf zur Seite geneigt, als würde er auf etwas lauschen. Nur die gerunzelte Stirn ist neu.

Ich rutsche zum Fußende der Matratze, um auf das obere Bett zu klettern. Schlaflos starre ich an die Decke, beobachte den träge rotierenden Lüfter wie auf der Ventura, was ich auf diesem Planeten niemals erwartet hätte. Er stammt sogar von demselben Hersteller auf der Erde: Santex. Ich verwerfe meinen Plan, erneut einschlafen zu wollen, und gehe nach draußen.

Der Himmel hat bereits die grau-violette Farbe einer wolkenreichen Dämmerung angenommen, und ich betrachte die nahe gelegene Siedlung, wo sich nichts und niemand rührt. Nach einem Moment wende ich mich ab und gehe in den Wald, zwischen den kargen Lücken der Bäume hindurch, wo nicht viel zu wachsen scheint. Ich will einfach nur laufen. Also tue ich genau das. Ich lasse meinen Füßen freien Lauf, bis ich vor Schweiß triefe, mir das Haar im Nacken klebt und meine Lunge brennt. Ich laufe, laufe, laufe. In den brandneuen, viel zu großen Concordia-Turnschuhen. Der Boden unter meinen Füßen ist weich, fast hohl, als läge da unten eine ganz eigene Welt, die wir nicht ergründen können.

Es ist lange her, seit ich das letzte Mal gelaufen bin, seit ich das letzte Mal durchgeschlafen habe, seit ich das letzte Mal normal gegessen habe, deshalb wird mir nach kurzer Zeit schwindelig. Ich bleibe stehen, beuge mich vor und übergebe mich in den trockenen Dreck zu meinen Füßen. Erschöpft setze ich mich, stütze meinen schwindelnden Kopf mit den Händen, lehne mich gegen die gerippte Rinde eines Baumes. Ich blicke nach oben, und mit einem Mal entdecke ich sie: die Glühwürmchen, die wir schon am Fluss gesehen haben, matt in der morgendlichen Dämmerung, vollkommen reglos, anscheinend schlafend. Sie ruhen an den Unterseiten der Äste, sodass ich das Gefühl habe, unter meinem eigenen Himmelszelt zu sitzen. Es ist so still, so unbeschreiblich still, wie ich es an Huxley-3 liebe. Ich schließe die Augen und lasse den Kopf zurücksinken.

Doch mit einem Mal wird die Stille durchbrochen. Ein seltsames Geräusch, zuerst leise, dann immer lauter, erfüllt die Luft um mich herum. Es klingt fast wie … Musik. Das kann nicht sein. Aber es ist so. Ich sehe mich um, spähe zwischen die Bäume.

»Hallo?«, rufe ich, während ich mich aufrapple. »Hallo?«

Als ich stehe, erscheint mir das Geräusch leiser. Ich gehe zurück zum Baum. Lauter. Ich lege den Kopf an den Stamm – definitiv lauter. Als würde das Geräusch *aus* dem Baum kommen. Ich drücke mein Ohr an die Rinde. Das ergibt nicht den geringsten Sinn, aber ich stehe vor diesem Baum, halte mir die Ohren zu und kann es immer noch hören. Ich muss es ganz einfach wissen, also grabe ich meine Fingernägel in die Rinde, greife dahinter und ziehe. Ich ziehe und zerre, bis ich ein faseriges Geräusch höre und einen großen Fetzen in der Hand halte. Das darunterliegende Holz ist hell und feucht. Ich berühre die kahle Stelle.

»Hallo?«, rufe ich. »Ist da jemand?«

Ich höre es immer noch.

Meine Finger graben sich tief in die Rinde, um ein weiteres Stück abzureißen. Ich zerre so fest, dass ich mir fast die Schulter verrenke. Winzige Holzpartikel bohren sich schmerzhaft in meine Fingerkuppen und unter die Fingernägel. Aber ich kann nicht aufhören, ich grabe weiter und weiter, bis ich vor Anstrengung weine und blute. Da ist irgendetwas. Ich muss es wissen. Ich muss einfach.

»Hallo?«, rufe ich erneut, während ich die Panik in meiner Stimme höre. Doch plötzlich schließen sich Arme um meinen Körper und halten mich zurück.

»Seren?« Es ist Grace. Sie mustert mich besorgt und hält meine Arme gefangen, aber sie hat Mühe, mich zurückzuhalten. »Was machst du da?«

»Musik«, sage ich. »Da drinnen ist Musik.« Doch sobald ich die Worte ausspreche, kann ich nichts mehr hören. Es ist aus und vorbei. Als wäre nichts gewesen. »Ich kann …« Verwirrt betrachte ich Grace, ihre weit aufgerissenen Augen, ihr verkrampftes Schlucken. »Ich kann nichts mehr hören, aber da war etwas. Es kam von da drinnen.«

Sie richtet ihren Blick auf den Baum. »Musik?«, fragt sie. »Da kam Musik aus dem Baum?«

Ich nicke.

Sie fährt mit den Handflächen über meine Arme und nimmt meine Hände, um sie zwischen uns hochzuhalten. Gemeinsam betrachten wir das blutige Chaos meiner Nägel, das unübersehbare Zittern meiner Finger.

»Seren, ich …«

Ihr Tonfall und ihr Kopfschütteln verraten mir mehr oder weniger, was sie als Nächstes sagen wird, also drehe ich mich um und gehe. Aber sie folgt mir.

»Du willst mir bestimmt weismachen, ich hätte mir das alles nur eingebildet«, sage ich über meine Schulter. »Aber das kannst du dir sparen. Das habe ich alles schon mal gehört.«

»Ich wollte nur sagen, dass du in letzter Zeit eine Menge durchmachen musstest und …«

Ich falle ihr ins Wort. »Das ist dasselbe, nur mit anderen Worten!«

»Stimmt«, gibt sie unumwunden zu, sodass ich mich erstaunt umdrehe. Sie tritt auf mich zu, die Hände leicht erhoben, als wollte sie sich geschlagen geben. »Du hast vollkommen recht. Ich glaube dir, wenn du sagst, du hast das alles schon mal gehört. Aber es gibt bessere Wege, um in das Innere eines Baumes vorzudringen. Wir haben Maschinen, die einen solchen Stamm innerhalb von Minuten zu Sägemehl verarbeiten. Das schont eindeutig die Fingernägel.«

Ich muss grinsen und sie genauso. Erst jetzt sehe ich sie an und stelle fest, dass sie eine Freizeituniform trägt. Ihr Gesicht ist rot und verschwitzt.

»Was machst du eigentlich hier draußen?«, frage ich.

»Laufen«, sagt sie und wischt sich mit dem Unterarm den Schweiß von der Lippe. »Das ist eine meiner Lieblingsstrecken. Manchmal laufe ich nur … um den Kopf freizubekommen. Um ungestört nachdenken zu können. Und was machst du? Abgesehen davon, dass du Bäume attackierst?«

Aber ich komme nicht dazu, ihr zu antworten, denn ein stechender Schmerz, scharf und wütend, durchfährt meinen Körper wie ein glühendes Messer. Im ersten Moment wird mir schwarz vor Augen. Besser gesagt, weiß vor Augen, denn es ist, als würde alles von einem grellen Rauschen überflutet, selbst meine Ohren, bis ich nichts mehr höre außer einem hohen Pfeifen. Ich sehe, wie Grace mit mir redet oder es zumindest versucht.

Schmerzhaft halte ich mir die Seite, die Hüfte, deshalb schiebt sie mein Hemd nach oben und erblickt die Korallennarbe, hart und knorpelig und blutunterlaufen.

»Was ist das?«, fragt sie. Inzwischen hat der Schmerz halbwegs nachgelassen, sodass ich sie wieder verstehe. »Wie ist das passiert?«

Ich muss ein paarmal tief durchatmen, bevor ich mir sicher bin, dass der Schmerz vollständig verebbt ist, zumindest fürs Erste.

»Wir haben uns an den Korallen verletzt, noch auf der Insel«, sage ich.

»Wir?«

»Ezra und ich. Seine Verletzung ist noch schlimmer als meine.«

Sie blickt erneut unter mein Hemd, die Stirn sorgenvoll gerunzelt. »Korallen?«, fragt sie. »Ein Korallenriff?«

Ich nicke.

»War es phosphoreszierend?« Ich sehe sie verständnislos an. »Hat es geleuchtet?«

Sie sieht mein Nicken und schiebt das Hemd nach unten.

»Wir sollten dich zu Jason bringen.« Sie nimmt meinen Arm.

»Wer ist Jason?«

»Unser Arzt. Er soll euch beide untersuchen. Dieses Zeug …« Sie kratzt sich am Kopf. »Seit unserer Ankunft auf dem Planeten studieren wir diese phosphoreszierenden Lebensformen, aber … na ja, bislang konnten wir nicht viel herausfinden. Wir wissen nur, dass einige Arten … recht ungewöhnliche Eigenschaften besitzen. Sie zeigen bizarre Anomalien auf Quantenebene. Hier, stütz dich bei mir ab – ich helfe dir.«

»Warte mal!« Ich trete einen Schritt zurück. »Was für ›Anomalien‹? Bringt mich das Ding etwa um?« Ich höre die Angst in meiner Stimme.

Sie nimmt erneut meinen Arm. »Nein, nein«, sagt sie beruhigend. »Nichts in der Art. Die Molekularstruktur ist einfach nur … einzigartig. Das war auch nicht anders zu erwarten, oder?« Sie lächelt, aber es ist ein Lächeln, das einen auffordert, tapfer durchzuhalten. »Seren, im Ernst. Ich bin mir sicher, du hast nichts zu befürchten. Ich will nur, dass Jason die Wunde umgehend untersucht, okay? Übrigens kann er es gar nicht abwarten, dich kennenzulernen.«

»Mich kennenzulernen?«

»So wie alle hier. Aber Jason ganz besonders, weil er dich noch von früher kennt.«

Ich runzle die Stirn.

»Von der Ventura, als du noch ein Baby warst«, sagt sie zur Erklärung. »Wir sind zusammen hergekommen.«

KAPITEL 18

Wir gehen ein paar Schritte weiter. »Du bist mit ihm abgehauen?«, frage ich. »Wart ihr verliebt?«

Sie lacht. »Nein, nichts in der Art.« Dann wird ihr Ausdruck mit einem Mal traurig. »Eine Reihe von Zufällen hat uns hierhergeführt. Eine Verquickung unglücklicher Umstände. Irgendwann konnten wir die Ereignisse … nicht mehr aufhalten.«

Ich beobachte sie, während wir im Halbschatten der Bäume weitergehen.

»Ich habe schon lange nicht mehr darüber geredet, Seren. Ich bin mir nicht mal sicher, ob ich das kann.« Sie schüttelt den Kopf und blickt zu Boden, als würde sie jeden Moment in Tränen ausbrechen, doch dann seufzt sie nur und sagt: »Ich war mit dir in unserem Quartier. Du hast in deiner Wiege neben dem Bett geschlafen. Du warst so ein pflegeleichtes Baby. Du hast brav geschlafen und viel gelacht und dich von aller Welt auf den Arm nehmen lassen. Du warst ziemlich klein, deshalb haben dich die Ärzte regelmäßig gewogen und sich gesorgt, aber dann hast du sie angelächelt, und sie wussten, du bist absolut … perfekt.« Sie blickt mit einem breiten Lächeln zu mir auf, als könne sie jenes winzige Baby immer noch vor sich sehen.

»Dad … Jamie … er hat mir nie viel erzählt«, sage ich. »Er hat nie von der Zeit gesprochen, als ich noch ein Baby war.«

Ihr Lächeln verblasst. »Deine Großmutter hat ihn sicher tatkräftig unterstützt, oder?«

Ich schlucke. »Ähm, vermutlich schon, aber …«

»Aber?«

»Sie ist gestorben, als ich fünf war.« Ich spreche es hastig aus. »An der PEST.«

Grace bleibt so abrupt stehen, dass ich erst ein paar Schritte weitergehe, ehe ich es bemerke und mich umdrehe. Sie nickt resigniert, blinzelt ein paar Tränen zurück, atmet zitternd ein und aus, während sie flüstert: »Okay, okay.«

Dann fällt mir etwas ein. »Aber ich habe viel Zeit mit Uroma Bea verbracht – sie ist erst letztes Jahr gestorben –, und sie war … na ja, etwas Besonderes.«

Ihr Atem klingt immer noch zittrig, aber sie lächelt zaghaft, und ich drücke ihre Hand, um sie zu trösten. Sie blickt auf unsere verschränkten Hände, dann auf zu mir, dann geht sie weiter.

»Ich weiß nicht, warum es immer noch so wehtut, immerhin habe ich sie – euch – schon vor sechzehn Jahren verloren. Ich …« Sie massiert ihre Stirn, und ein seltsamer Ausdruck erfasst ihre Züge, der mir irgendwie Angst macht. »Ich habe um euch alle getrauert. Du … du weißt, was ich meine, oder?«

Das schon, aber ich frage mich, ob die Trauer nicht größtenteils noch vor mir liegt. »Für dich war das alles bestimmt schlimmer«, sage ich stattdessen.

Zuerst erwidert sie nichts, dann nickt sie, räuspert sich, die Lippen aufeinandergepresst. »Wie gesagt, ich war in meinem Quartier, als ich den Anruf auf dem Pod erhielt. Es war Kat von Buren – wie lautete noch mal ihr jetziger Name? Marschalls

Nachname? Ach ja, Lomax. Kat Lomax. Sie war die Adjutantin des Kommandanten, und das mit zwanzig Jahren. Aber es war ein Riesenschock, als sie ungeplant schwanger wurde. Noch dazu mit eineiigen Zwillingen, sodass alle Welt wusste, dass es eine natürliche Schwangerschaft war. Fast schon witzig. Sie hat sich so geschämt. Nach der Geburt ist sie umgehend in den Beruf zurückgekehrt. Die Zwillinge hat sie ihrer jüngeren Schwester anvertraut. Das haben damals die Wenigsten gemacht, aber in Kats Fall war es vermutlich die beste Entscheidung. Die Mutterrolle hätte sie nur frustriert. Wir waren damals gute Freundinnen … das dachte ich zumindest.«

Ich runzle die Stirn.

»Jedenfalls wurde Kat unerwartet in die Kommunikation gerufen, weil Captain Lee nicht zu erreichen war. Ich schätze, er war höchstwahrscheinlich betrunken. An demselben Abend fand die Geburtstagsfeier deines Großvaters statt. Die Kommunikation war eigentlich ein ruhiger Ort. Ich habe selbst dort gearbeitet, bevor ich euch bekommen habe. Nur eine Person je Schicht, und meist gab es nicht viel zu tun. Wir hatten seit Ewigkeiten keinen Kontakt, zu nichts und niemandem. Aber an jenem besagten Abend hat urplötzlich jemand versucht, mit uns zu kommunizieren.«

Obwohl ich weiß, was als Nächstes kommt, verpasst mir die Vorstellung eine Gänsehaut. »Und wer?«

»Die Concordia. Natürlich auf Russisch. Kat hat mich dazugerufen, weil sie von meinen Sprachkenntnissen wusste. Mein Vater und mein Großvater haben mir ein bisschen beigebracht …«

Aus dem Augenwinkel heraus sieht sie, wie ich nicke.

»Aber natürlich weißt du das. Kat hat mir gegenüber nur

erwähnt, dass sie mich braucht, also bin ich rauf in die Kommunikation gegangen. Es war absolut überwältigend. Immerhin waren das die einzigen Menschen außerhalb der Ventura, von denen wir je etwas gehört haben. Und *ich* hatte die Aufgabe, am Funkgerät mit ihnen zu sprechen, obwohl mich mein schlechtes Russisch ziemlich frustriert hat. Trotzdem wurde mir ziemlich schnell klar, dass die Situation alles andere als positiv war.«

»Und warum?«

»Die Concordia steckte in dramatischen Schwierigkeiten. Viele der Crewmitglieder litten und starben an einer tödlichen Infektion, einem fleischfressenden Keim. Das Schlimmste war, dass die Krankheit mit den richtigen Medikamenten problemlos behandelt werden konnte. Aber auf der Concordia fehlte der entscheidende Wirkstoff, um das Medikament herzustellen. Und wir hatten diesen Wirkstoff. Wir hatten ihn vorrätig und obendrein die Möglichkeit, noch mehr davon herzustellen.«

»Also habt ihr ihnen den Wirkstoff ausgehändigt?«

»Zunächst habe ich nur übersetzt. Kat schüttelte ununterbrochen den Kopf. ›Wir müssen das ignorieren‹, hat sie gesagt, aber ich war der Meinung, dass wir das nicht können. Ich meine, wie soll man einen Hilferuf von mehreren Hundert Menschen ignorieren, die ohne unser Einschreiten sterben würden? Was, wenn *wir* in ihrer Situation wären? Aber Kat war der festen Überzeugung, wir dürften sie nicht an uns heranlassen. Wir dürften auf keinen Fall riskieren, uns mit diesem Keim anzustecken. Das konnte ich durchaus nachvollziehen, aber immerhin hatten wir die Möglichkeit, ihn zu behandeln – also, was spielte es für eine Rolle? Aber wenn sie sich täuschten? Also wandten wir uns an Jason, denn er war nicht nur Mediziner, sondern zugleich einer unserer engsten Freunde aus der Erziehung. Ich habe anhand der Audioaufzeichnung alles übersetzt, was ich verstehen konnte, einschließlich der Testergebnisse, die sie uns per Datentransfer übermittelt hatten, und am Ende stützte Jason den Kopf in die Hände und meinte, er sei sich ziemlich sicher, dass sie recht hätten und wir ihnen diesen Wirkstoff geben müssten. Kat war immer noch konsequent dagegen und meinte: ›Euch ist aber schon klar, dass sie uns überholen, oder? Sie sind siebenunddreißig Jahre später gestartet, und trotzdem sind sie in der Lage, uns einzuholen.‹ In dem Moment wurde mir bewusst, wie viel ihr die Ventura bedeutete. Sie war bereit, Hunderte von Menschen sterben zu lassen, nur um nicht von ihnen überholt zu werden! Es war vor allem ihre emotionale Kälte, die mich zu dem Entschluss getrieben hat. Sie meinte, wenn sich jemand auf den Weg macht, dann wir – ich, Jason und Gus, der an dem Abend Dienst hatte –, und wir müssten uns sofort auf den Weg machen, damit niemand etwas mitbekommt. Natürlich habe ich gesagt, dass das nicht geht – wie auch? Ich hatte zwei kleine Kinder. Ich konnte mich nicht auf eine so riskante Mission begeben. Ich konnte das nicht. Aber ein Teil von mir …«

Sie unterbricht sich und sieht mir in die Augen, bevor sie weiterredet. »Es fällt mir schwer, das offen zuzugeben, aber ich will ehrlich zu dir sein. Ein Teil von mir war geradezu begeistert, dass ausgerechnet mir so etwas passierte. Dass endlich mal irgendetwas passierte.«

Ich nicke und lasse die Worte sacken.

»Also … haben wir nicht groß nachgedacht, sondern gehandelt. Jason hat alles Nötige zusammengepackt – den Wirkstoff, die Schutzanzüge –, und Kat hat uns zum Flugdeck durchgeschleust. Wir sind keiner Menschenseele begegnet. Es war mitten in der Nacht, aber normalerweise ist da immer jemand. Ich frage mich bis heute, wie sie die losgeworden ist, aber ihr war offenbar viel daran gelegen, dass niemand etwas mitbekommt. Vor allem dürfe auf der Ventura keine Panik ausbrechen, meinte sie. Wenn wir zurückkämen und es wäre alles in Ordnung, dann sähe die Sache schon ganz anders aus, aber …« Sie zuckt mit den Schultern. »Javi, ein mit Kat befreundeter Pilot, hat uns im Shuttle erwartet. Ich sollte als Erste einsteigen, aber …« Sie ringt mit den Worten, bricht mitten im Satz ab. »Ich habe so oft an diesen Moment gedacht …«

In der nachfolgenden Stille warten wir beide ab.

»Als ich da eingestiegen bin, aus eigenem Willen, obwohl ich wusste, dass ihr beide – du und Pandy –, dass ihr da oben auf mich wartet …« Sie schüttelt den Kopf. »Ich habe keine Ahnung, was da in mir vorgegangen ist, Seren. Ich habe gedacht, es wird schon alles gut gehen, aber … das war von Anfang an ein Irrtum.«

Ich denke nur: *Pandy?* Aber ich sage stattdessen: »Erzähl mir, was passiert ist.«

Die Sonne erstrahlt rosarot hinter den Bäumen.

»Wir haben gut zehn Stunden gebraucht. Ich kann dir nicht sagen, was das für ein Gefühl war, zum ersten Mal ein anderes Raumschiff zu sehen – extrem unwirklich. Man verbringt sein ganzes Leben auf der Ventura und kann sich kaum vorstellen, dass da draußen noch etwas anderes, jemand anderes existiert, und plötzlich sieht man es mit eigenen Augen vor sich. Das Schiff war viel eleganter als die Ventura, lang und schlank. Man konnte gleich sehen, warum sie schneller waren. Der Moment des Andockens war ziemlich beängstigend – sich den Anzug überzuziehen, ohne zu wissen, was einen hinter der Schleuse erwartet.«

»Und was hat euch erwartet?«

»Menschen, die wir noch nie gesehen hatten, was schon seltsam genug war. Aber sie hatten Angst, solche Angst. Die meisten waren bereits erkrankt, die einen mehr, die anderen weniger. Sie hatten offene Wunden und Pusteln am ganzen Körper. Wir hatten nicht vor, uns länger aufzuhalten. Wir wollten kein Risiko eingehen, und das war ihnen natürlich bewusst. Das einzige Problem war Gus.«

»Was ist passiert?«

»Ich weiß es bis heute nicht so genau. Vielleicht lag es an der Situation an sich, an der emotionalen Belastung oder an etwas ganz anderem, aber er lag plötzlich am Boden, hatte Atemnot und Schmerzen in der Brust, also blieb uns nichts anderes übrig, als ihm den Schutzanzug auszuziehen und ihn zu behandeln. Wir brachten ihn zur medizinischen Station, die natürlich aus allen Nähten platzte. Ich sag dir, dieser Anblick, das war … der reinste Horror. Die Zombie-Apokalypse. Menschen, deren Gesichter halb weggefault waren, sodass man den Kiefer, den Schädel erkennen konnte. Und wie Gus so dalag, kam mir plötzlich eine düstere Vorahnung, dass wir alle verdammt sind. Gus hatte einen Herzinfarkt erlitten. Wir konnten ihn nicht transportieren; wir konnten ihn nicht mitnehmen, ohne ihn dem Tod auszuliefern. Und plötzlich fiel mir auf, dass Jason die anderen Patienten behandelte, ohne seinen Schutzanzug zu tragen. Ich habe ihn gefragt, was er da tut. Er meinte, jetzt wo Gus den Keimen ausgesetzt sei, wäre es auch egal. Wir könnten nur alle vier das Beste hoffen und uns bei den ersten Anzeichen der Krankheit gegenseitig behandeln. Und ich … stand einfach nur da. Ich konnte spüren, wie alles über mir zusammenbrach, aus den Fugen geriet. Die Situation konnte sich nicht zum Guten wenden.«

Inzwischen haben wir den Waldrand erreicht, wo die hohen Bäume den ersten Gebäuden der Siedlung weichen. Ich entdecke keine Menschenseele. Grace bleibt stehen und lässt geistesabwesend den Blick schweifen.

»Ich bin in Panik geraten. Ich habe sie gebeten, mit der Ventura in Kontakt treten zu dürfen. Kat hat in der Kommunikationszentrale auf eine Nachricht gewartet. Ich habe ihr alles erzählt, und genau das hätte ich nicht tun dürfen.«

Sie wirkt extrem aufgewühlt, als würde sie das alles erneut durchleben.

»Sie hat sich nicht mal verabschiedet. Sie meinte nur, jedes Shuttle, das sich der Ventura nähert, wird laut Verordnung zur Bekämpfung tödlicher Krankheiten abgeschossen, dann hat sie die Verbindung unterbrochen.«

Ich atme scharf ein. »Was – einfach so? Sie hat euch nicht zurückkommen lassen? Dabei konntet ihr die Krankheit behandeln. Das ergibt doch keinen Sinn!«

»Leider spricht nicht jeder auf die Behandlung an. Es ist ein genetisches Glücksspiel. Gus ...« Sie schluckt. »Gus war innerhalb von drei Tagen tot.«

»Aber das konnte Kat nicht wissen.«

»Nein, das nicht. Aber sie wusste andere Dinge, die ihre Entscheidung beeinflusst haben.«

»Und die wären?«

Grace seufzt. »Sie hat im Interesse der Ventura gehandelt, um sie vor einer Krankheit zu schützen, die möglicherweise wertvolle Menschenleben gekostet hätte. Und um sie vor der schmerzlichen Wahrheit zu bewahren, dass sie einer veralteten Technologie vertrauten, die zu früh in den Weltraum entsandt und von der Konkurrenz überholt wurde. Ein solcher Umstand kann die gesellschaftlichen Strukturen und die Moral eines Schiffes ebenso zersetzen wie eine ansteckende Krankheit.«

Ich finde es erstaunlich, dass sie so ruhig darüber spricht. »Aber warum hat sie euch dann überhaupt gehen lassen?«

Grace nimmt meinen Arm, und wir gehen zusammen über den matschigen Platz der Siedlung. »Vielleicht weil da draußen Menschen starben, die wir retten konnten. Vielleicht weil die Nachricht bis zur Erde oder anderen Reisenden hätte durchdringen können, was die Ventura in ein schlechtes Licht gerückt hätte. Oder vielleicht … wollte sie ganz einfach die Gelegenheit nutzen.«

»Die Gelegenheit?« Ich runzle so fest die Stirn, dass ich davon Kopfschmerzen bekomme.

»Ich bin mir ziemlich sicher, dass Kat dachte, die Ventura wäre ohne mich und Jason besser dran. Sie war übrigens nicht die Einzige, die das dachte.«

»Und warum?«

»Ich hatte zwar keine politischen Ambitionen, aber ich war immer der Meinung, dass die Ventura nach dem falschen Prinzip funktioniert: Tu stets deine Pflicht. Das war aus meiner Sicht nicht nur undemokratisch, sondern ineffektiv – zumindest langfristig betrachtet. Captain Lee war eng mit meinem Vater befreundet, deshalb hat er mir oft zugehört oder zumindest so getan, als ob. Manche hielten mich für einen schlechten Einfluss. Allen voran Kat. Sie hat meine Einstellung gehasst. Im Versammlungssaal habe ich regelmäßig Treffen mit Gleichgesinnten organisiert, und die wurden von Mal zu Mal größer. Ich weiß noch, wie Kat einmal zu mir meinte, das würde ich irgendwann mit dem Leben bezahlen. Da war ich gerade mit dir schwanger.«

Wir gehen schweigend weiter.

»Wahrscheinlich hatte sie sogar recht. Ich hätte es wirklich mit dem Leben bezahlt.«

»Das hast du doch«, sage ich. »Du hast mit dem Leben bezahlt.« Ich sehe sie an. »Du warst für uns alle gestorben. Und keiner dieser Gründe erscheint mir dafür wichtig genug. Das sind absolut lächerliche Gründe, wenn man bedenkt, dass ich und meine Schwester keine Mutter hatten. Dass Dad jahrelang glauben musste, du hättest dich umgebracht, weil er dich nicht glücklich machen konnte, und dass er deshalb sein halbes Leben lang traurig und einsam dahinvegetierte. Warum hast du nicht wenigstens versucht zurückzukommen?«

»Das habe ich.« Ihre Augen füllen sich mit Tränen. »Unser Shuttle war tot. Per Funk deaktiviert. Die Concordia hatte nur ein paar unbemannte Forschungsdrohnen, um die Geschwindigkeit des Schiffes zu optimieren. Jason musste mich buchstäblich davon abhalten, aus eigener Kraft durch den Weltraum zu schwimmen, um zu euch zu gelangen.« Ihre Tränen quellen über. »Ich hätte restlos alles getan, um zu euch zurückzukehren. Es hat lange gedauert, bis ich die Hoffnung aufgegeben habe.«

Wir stehen in der Mitte der Siedlung, nicht weit entfernt vom Fluss. Die Tische der Kantine sind unter freiem Himmel aufgebaut, geschützt von einer schimmernden Plane, die im Wind sanfte Wellen schlägt. Wir lassen den Blick schweifen, lauschen dem unverwechselbaren Klappern, das aus der Küche zu uns herausdringt.

Mir kommt plötzlich ein Gedanke. »Die Ventura hat euch per Funk deaktiviert?« Ich runzle die Stirn. »Das geht?«

Sie nickt. »Deshalb hat es mich so gewundert, dass ihr es bis hierher geschafft habt.«

Ich denke einen Moment darüber nach.

Sie wischt sich mit dem Handrücken über die Wangen. »Wäre es zu viel verlangt, dich nach deiner Geschichte zu fragen?«

Ich zucke die Achseln. »Im Vergleich zu dir habe ich nicht viel zu erzählen. Ich sollte Ezra heiraten. Aber ich habe mich in Dom verliebt. Zuerst habe ich versucht, ohne ihn zu leben, aber ich konnte es nicht. Sie haben mich weggesperrt und wollten ihn umbringen. Also mussten wir fliehen.«

»Du hast es aus Liebe getan.« Sie nimmt mich in den Arm, zieht mich an ihre Brust, legt eine Hand an meinen Hinterkopf und drückt mich fest an sich. Ich spüre ihren hektischen Atem, als sie ihre Worte wiederholt. »Du hast es aus Liebe getan.«

An einem nahe gelegenen Baum befindet sich ein Lautsprecher, aus dem ein dreifacher Gong erklingt.

»Frühstück«, sagt Grace. »Willst du dich erst mal stärken, bevor wir zu Jason gehen?«

Wir setzen uns an einen der Tische, und Grace stellt mich einem Mann vor, der heute Küchendienst hat und uns zwei dampfende Schalen von diesem braunen Getreide hinstellt, dann richtet sie sich erneut an mich. »Also, ich kann ja verstehen, warum Mariana mitkommen wollte, aber Ezra?«

»Ezra ist nur mitgekommen, weil er wusste, dass wir ohne ihn keine Chance haben. Sie ist jetzt Kommandantin. Seine Mutter, meine ich.«

Grace nickt nachdenklich, begleitet von einem seltsamen Lächeln. »Was auch sonst«, sagt sie, während sich in ihrem Rücken zwei Männer nähern.

Als sie uns begrüßen, fährt Grace vor Schreck zusammen. Sie lacht und dreht sich um, dann steht sie auf, um beiden einen

Kuss zu geben. Die Typen sind geradezu unwahrscheinlich groß. Der eine ist etwa in ihrem Alter, mit rasiertem Schädel und einer Tätowierung auf der Brust, die unter seinem aufgeknöpften Hemd hervorlugt; der andere ist schätzungsweise etwas jünger als ich, mit dunklem Haar, das wie eine Bürste nach oben steht, schlankem Oberkörper und großen grünen Augen, die mich nervös betrachten.

»Seren.« Grace nimmt einen tiefen Atemzug. »Das ist Sascha, mein Lebensgefährte.«

Der Ältere der beiden nimmt meine Hand und hält sie für einen Moment fest. »Freut mich«, sagt er mit einem starken russischen Akzent.

»Und das ist Kirill«, sagt sie, während sie meine Hand und die des jungen Mannes ergreift. »Dein Bruder.«

KAPITEL 19

»Stimmt es, dass ihr die Explorer geklaut habt?«, ist das Erste, was mein neuer Halbbruder in perfektem Englisch zu mir sagt.

»Genau genommen schon. Aber so habe ich das noch nie gesehen.«

»Cool.«

Grace schickt jemanden zu unserer Unterkunft, um Dom und die anderen abzuholen. Sascha stellt mir derweil ein paar Fragen, aber ich bin ziemlich abgelenkt, weil nach und nach die übrigen Bewohner zum Frühstück erscheinen. Kaum jemand ist älter als Grace oder jünger als ich. Kirill ist eindeutig der Jüngste, den ich bislang gesehen habe. Alle sind überdurchschnittlich groß, haben zahlreiche Tattoos, und es gibt nur zwei Haartypen: glatt und dunkel wie Kirills oder blond. Und ausnahmslos jeder hat seinen Pod ans Ohr geklemmt. Aber es sind weniger als erwartet und mehr Männer als Frauen. Ich frage mich, ob die Frauen vielleicht woanders frühstücken. Die meisten kommen kurz an unseren Tisch, um mich neugierig zu mustern und ein paar russische Worte mit Grace zu wechseln, bevor sie mir höflich zunicken. Sie scheinen nicht sonderlich viel zu lächeln.

Als Grace bemerkt, dass ich keinen Bissen herunterbekomme, steht sie auf.

»Wir sollten dich zu Jason bringen.«

»Kommt er nicht zum Frühstück?« Ich sehe mich um.

»Er isst kein Frühstück. Er erwartet uns in der medizinischen Station.«

Als wir die Med-Station erreichen, kommt gerade ein riesiges Kettenfahrzeug den Hügel heruntergefahren. Ezra und Mari helfen Dom, über die heruntergelassene Rampe im Heck auszusteigen. Ich spüre, wie mich die drei mustern, aber ich wende den Blick ab.

»Wo warst du?«, fragt Dom. »Wir haben uns Sorgen gemacht.«

»Nur eine Runde laufen«, sage ich. »Ich musste den Kopf freibekommen.«

»Es war meine Schuld«, sagt Grace. »Wir sind uns zufällig begegnet und hatten eine Menge zu bereden.«

Die Tür des Gebäudes öffnet sich, als hätte uns jemand von drinnen gehört. Die junge Frau am Eingang ist bildhübsch – große grüne Katzenaugen, langes schwarzes Haar, muskulöse Arme wie die einer Marmorskulptur unter den hochgekrempelten Ärmeln. Sie sagt nichts, fragt nicht einmal, wer wir sind, sondern tritt stumm zur Seite und lässt uns herein. Grace sagt etwas auf Russisch, und die junge Frau nickt.

»Irina ist meine Nichte«, sagt Grace, als wir alle drinnen stehen. Dann sieht sie meinen Ausdruck und fügt hinzu: »Besser gesagt, Saschas Nichte.«

Ich mustere Irina, während sie zu Dom rübergeht, seinen Arm ergreift, ihm auf den metallenen Untersuchungstisch hilft, der mit der Wand verschraubt ist, und seine dreckige Bandage löst, ein schüchternes Lächeln auf den Lippen, das mir kein bisschen gefällt.

Die Tür auf der anderen Seite des Raums öffnet sich, und ein blonder Mann von etwa Mitte dreißig kommt herein. Er pfeift eine Melodie und trocknet sich gerade die Hände, als er zu uns aufblickt und erstarrt.

»Mein Gott.« Er wird kreidebleich, als hätte er einen Geist gesehen. Seine Hand fasst ins Leere und schwebt sinnlos in der Luft, bis Grace sie mit beiden Händen ergreift. »Mein Gott, Grace.« Sie sehen einander an und schütteln den Kopf, bevor sie uns erneut betrachten.

Ezra verlagert das Gewicht und fühlt sich anscheinend nicht ganz wohl in seiner Haut, denn die beiden starren nur ihn an.

»Entschuldige«, sagt der Typ nach einer halben Ewigkeit, die in Wirklichkeit nur wenige Sekunden dauert. »Ich … bin Jason … Jason Page.« Er tritt einen Schritt vor und ergreift Ezras Hand, vermutlich, um sie zu schütteln, doch er hält sie gepackt.

»Ezra Lomax.«

»Und das sind Seren, Domingo und Mariana«, sagt Grace und reißt ihn damit aus seiner Trance. Er blinzelt und kommt auf mich zu, um meine Hand zu schütteln, aber er ist immer noch so abgelenkt, dass er die anderen völlig ignoriert und sich schwerfällig auf einen Schreibtischstuhl setzt. »Ich glaube, ich brauche erst mal einen Drink!«

Grace lacht.

Er lässt den Kopf sinken, fährt sich mit den Händen über das Gesicht und lacht über seine eigene Reaktion. »Tut mir leid, es ist nur … du bist Marshall wie aus dem Gesicht geschnitten. Ich meine, ganz ehrlich, das …« Er sieht ihn erneut an. »Das ist schon gespenstisch.«

Ich betrachte Ezra und versuche, mir seinen Vater vorzustellen. Was mir von Marshall Lomax in Erinnerung geblieben ist – und das ist nicht allzu viel –, zeugt keineswegs von einer frappierenden Ähnlichkeit, aber das liegt vermutlich daran, dass er die letzten Jahre seines Lebens an der PEST gelitten hat. Ich erinnere mich noch an sein Hinken und an Dads Kommentar, er würde zu viel trinken. Aber das beweist eigentlich nur, dass jemand, der einen qualvollen Tod stirbt (und das mit nur dreißig Jahren, was total furchtbar ist, wenn ich darüber nachdenke), nicht mehr viel mit seinem sechzehnjährigen Ich zu tun hat, das sein ganzes Leben noch vor sich hatte.

»Wir waren zusammen in der Erziehung«, sagt Jason. »Ich und eure Eltern. Das so auszusprechen, mein Gott. In meiner Erinnerung ist Marshall immer noch einundzwanzig.«

»Sie und Dad waren gute Freunde?«

»Ja«, sagt er mit einem zynischen Lachen, das er mit einem Husten übertönt. »Er … er hat mich nie erwähnt, oder?«

»Nicht dass ich wüsste.« Ezra zuckt mit den Schultern. »Aber ich war gerade mal zehn, als er starb. Ich kann mich nicht gut an ihn erinnern. Erst war er lange krank, dann war er nicht mehr da. Und meine Mom hat nie viel über ihn geredet. Ich wünschte, ich hätte ihn besser gekannt.«

Jason erinnert mich an jemanden, der einen sehr traurigen Film sieht.

»Du redest sogar wie er.« Urplötzlich schiebt er seinen Stuhl zurück. »Entschuldigt mich bitte.« Dann verlässt er den Raum, aber diesmal durch die Außentür, hinaus in den Sonnenschein. Als die Tür hinter ihm zuknallt, zucken wir alle zusammen.

Grace betrachtet die geschlossene Tür und dann uns. »Einen Moment«, sagt sie und verschwindet ebenfalls.

»Was zum Henker?«, sagt Ezra lachend.

Ich strafe ihn mit einem scharfen Blick. »Dein Vater war anscheinend ein ziemlich guter Freund. Das ist wohl ein bisschen viel auf einmal. Die sind es nicht gewöhnt, sich mit der Vergangenheit auseinanderzusetzen, oder?«

Im nächsten Moment öffnet sich die Tür, aber diesmal ist es Kirill. Er redet auf Russisch mit Irina, aber ich habe das Gefühl, irgendetwas sagen zu müssen. »Ähm, das ist Kirill«, erkläre ich den anderen. »Er ist … mein Halbbruder.«

Alle starren mich an.

Ezra reißt sich als Erster zusammen und schüttelt ihm die Hand. Kirill begrüßt Dom und Mariana, und ich starre ihn die ganze Zeit an und denke: *Das ist mein Bruder, einer der engsten Blutsverwandten, die ich je haben werde, und ich empfinde rein gar nichts*. Mehr noch als nichts, *schlimmer* als nichts, eine schleichende, heimtückische Abneigung, beunruhigender als Gleichgültigkeit.

Die Tür öffnet sich erneut, und Grace kehrt mit Jason zurück.

»Tut mir leid«, sagt Jason und schüttelt Dom und Mariana die Hand. »Jason Page. Von der Ventura.« Er muss plötzlich lachen, was die beiden noch mehr verwirrt. »Schussverletzung, was?«, sagt er zu Dom. »Alexej und Wassili können manchmal überreagieren, wenn man sie auf dem falschen Fuß erwischt. Sie sind schon zu lange auf dem Außenposten, um uns vor einer nicht existenten Bedrohung zu schützen. Irina wird sich deine Wunde mal ansehen.« Er wendet sich an Ezra und mich, ohne uns wirklich anzusehen. »Ich habe gehört, ihr hattet eine unangenehme Begegnung mit der hiesigen Lebensform. Kommt doch bitte mit rein.«

Wir folgen ihm in den anderen Untersuchungsraum. Das Deckenlicht flackert auf und beleuchtet eine Reihe klobiger Gegenstände, die von blauen Decken verhüllt werden. Das Ganze erinnert mich eher an ein Lagerhaus als an eine medizinische Abteilung. Er zieht eine der Decken herunter und enthüllt so etwas wie einen menschengroßen Backofen mit einer Bahre, auf der man jemanden hineinschieben kann.

»Dieser verdammte Staub kommt einfach überallhin«, sagt er kopfschüttelnd, während er die Decke zusammenlegt. Dann drückt er auf ein paar Knöpfe, um das Ding einzuschalten. Nachdem er ein paarmal geflucht hat, erwacht der Apparat widerwillig zum Leben.

»Wer will zuerst?«

Ich habe nicht vor, unsicher in Ezras Richtung zu schielen und zu schlucken, ich will mir im Grunde nur Mut machen, aber Ezra fragt skeptisch: »Wofür soll das denn gut sein? Sie können uns nicht einfach dazu auffordern, ohne irgendetwas zu erklären.«

»Guter Einwand«, sagt Jason und lächelt ihn einen Moment zu lang an. »Das ist ein Körperscanner, wie auf der Ventura. Sieht zwar etwas anders aus, ist aber im Prinzip dasselbe.«

»Ich fange an«, sagt Ezra.

»Nein, schon okay.« Ich setze mich auf die eiskalte Pritsche und schwinge die Beine nach oben. Die beiden verschwinden hinter einer Trennwand, die sie anscheinend davor schützt, was mich im nächsten Moment erwartet. Ich unterdrücke mein Zittern, als die Bahre ratternd in dem sargartigen Tunnel verschwindet. Das Gerät sirrt und surrt und brummt, bis sich die Geräusche zu einem vibrierenden Puls verdichten, der meinen Schädel durchdringt und mich seltsamerweise beruhigt. Als ich wieder herausgefahren werde, fühle ich mich im ersten Moment ganz benommen.

»Halb so wild«, sage ich zu Ezra, als wir aneinander vorbeigehen.

Ich stelle mich neben Jason und blicke auf den Bildschirm, wo sich nach und nach ein Röntgenbild von Ezra abzeichnet, Lage für Lage, wie ein geschnittener Schinken. Dann fokussiert das Gerät auf die Stelle mit den Korallen, ein Netzwerk aus grellen Blitzen, die sich bis in seinen Bauchraum erstrecken.

»Organischer Befall des Latissimus dorsi«, murmelt Jason. »Ausdehnung in Lunge und Leber nicht auszuschließen.«

»Ist das gefährlich?«, frage ich.

Er schenkt mir einen flüchtigen Blick und sieht zurück zum Bildschirm, um unbeirrt weiterzusprechen, während er eine Stelle unterhalb des Halses näher heranzoomt. »Sekundärer Befall im Bereich des Schlüsselbeins.« Erst jetzt wird mir bewusst, dass er die Worte in seinen Pod spricht. Ich setze mich auf einen niedrigen Hocker und wundere mich, dass er nicht kälter ist. Als ich mit den Händen danach taste, stelle ich fest, warum – er ist aus Holz.

Nachdem der Scanvorgang abgeschlossen ist, geht Jason zur Tür und sagt etwas auf Russisch. Er kehrt umgehend zurück, begleitet von Grace und Dom, der sich auf eine hölzerne Krücke stützt. Mari späht zaghaft durch die Tür.

Jason sieht uns der Reihe nach an. »Ich habe Maxim herbestellt, um seine Meinung zurate zu ziehen. Er ist einer unserer Wissenschaftler. Der organische Befall ist recht ausgedehnt. Die Koralle. Es sieht aus, als würden sie noch leben, sich sogar ausdehnen. Derzeit sind überwiegend tiefere Hautschichten und Muskelgewebe betroffen. Aber es ist nicht auszuschließen, dass auch Organe befallen werden.«

»Wie schnell können Sie das Zeug entfernen?«, fragt Dom.

Jason zuckt zögerlich mit den Schultern. »Ein Eingriff wäre unter Umständen riskant«, sagt er. »Deshalb möchte ich gern die Meinung der Wissenschaftler abwarten. Sie studieren diese Organismen seit vielen Jahren.«

Irina betritt den Raum, begleitet von einem Typen mit asymmetrischer Frisur. Er ist relativ jung, höchstens Anfang zwanzig, und schiebt sich lässig die Sonnenbrille in die Stirn.

»Maxim Kreschnew, Wissenschaftsexperte.« Er kommt auf uns zu und schüttelt jedem die Hand.

Jason wechselt mühelos ins Russische und erklärt ihm den Befund, während sie die Aufnahmen der Scans studieren.

Ich spüre Doms Blick, wie immer, wenn er mich stumm auffordert, zu ihm zu kommen. Fast gebe ich nach, doch als ich mich zurückhalte, runzelt er die Stirn und kommt mit den Krücken zu mir herübergehumpelt, sodass er überall aneckt und die anderen einen Schritt zurücktreten müssen. Als er mich erreicht, schiebt er eine Hand in meinen Nacken.

»Geht's dir gut?«

Ich möchte mich am liebsten anschmiegen, aber ich lasse es. Ezra, Mariana und Grace beobachten uns, auch wenn sie versuchen, es sich nicht anmerken zu lassen.

»Nicht wirklich«, erwidere ich, die Arme vor der Brust verschränkt. »Wie soll es mir schon gehen, wenn da ein komischer Alien in meinem Körper wächst?« Ich versuche zu lachen und scheitere kläglich.

Jason und Maxim kommen zurück, immer noch in ihre Unterhaltung vertieft.

»Erzähl ihnen von deinem … Erlebnis heute Morgen«, sagt Grace. »Es ist vielleicht wichtig.«

Alle sehen mich an.

»Ich habe da was gehört, im Wald, ein Geräusch, das aus einem Baum kam, direkt aus dem Stamm.« Ich bemerke den Gesichtsausdruck der anderen. »Es ist nicht das erste komische Ereignis. Und ich bin nicht die Einzige, stimmt's, Ezra?«

Er wirkt ziemlich überrumpelt. »Hey, was meinst du? Zieh mich da nicht mit rein. Ich habe keine Baummusik gehört.«

»Aber die Lichter«, sage ich. »Was ist mit den Lichtern am Himmel, der Silhouette am Horizont, der Höhle im Wald? Das haben wir beide gesehen.«

Er verzieht das Gesicht. »Aber das … keine Ahnung … Da waren wir total übermüdet, dehydriert …« Er wirkt sichtlich verunsichert.

»Das muss doch hiermit zusammenhängen … oder?«

»Verstehe ich das richtig?«, fragt Maxim, einen Finger an die Unterlippe gelegt, als würde er angestrengt nachdenken. Er hat eine tiefe Stimme und eine ganz bestimmte Art zu reden, sodass man ihm automatisch zuhört. »Ihr hattet Halluzinationen – akustische und visuelle Halluzinationen –, seit ihr den Organismus ALF2 in euch tragt?«

»Das sind doch keine Halluzinationen, wenn wir das beide sehen, oder?«

»Ich sollte sie zum Labor bringen«, sagt Maxim zu Jason, aber der schüttelt den Kopf.

»In der Forschungsstation gibt es keine medizinischen Geräte.«

Maxim lacht und deutet in den Raum. »Hier gibt es auch nicht gerade viel, Dr. Page.«

Jason wirkt verärgert, reißt sich aber zusammen. »Wir müssen die beiden medizinisch überwachen, um herauszufinden, wie sich die außerirdische Lebensform auf ihren Organismus auswirkt.«

»Ich bin mir sicher, mein Vater würde es vorziehen, solche Untersuchungen außerhalb der Siedlung stattfinden zu lassen. Er hat immer …«

»Ich finde, wir müssen deinen Vater gar nicht damit belasten«, sagt Grace, während sie einen Schritt auf Maxim zugeht. »Immerhin braucht der Kommodore seine Ruhe, richtig?«

Maxim seufzt.

»Rein theoretisch gesprochen«, sagt Jason. »Wenn wir eine Halluzination hervorrufen wollten, was müssten wir dann tun? Was war der bisherige Auslöser?«

Ezra und ich sehen einander an, aber wir haben keinen blassen Schimmer.

Maxim verschränkt die Arme vor der Brust. »Die Aktivität von ALF2 wird durch eine Vielzahl äußerer Reize verstärkt, insbesondere den Kontakt mit anderen ALFs. Sie kann auch durch niedrig dosierte Laserstrahlen stimuliert werden.«

Irina und Jason wechseln einen Blick, woraufhin Irina den Raum verlässt.

»Wir haben so ein Gerät«, sagt Jason. »Um die Blutgerinnung offener Wunden zu beschleunigen.« Er geht durch den Raum und zieht ein paar Decken von den umstehenden Geräten und Betten, als wäre er ein berühmter Magier. »Wir werden es euch hier bequem machen und die nötigen Messgeräte anschließen, bevor wir eine mögliche Reaktion auslösen.«

»Und warum sollten wir das tun?«, fragt Dom. »Das Zeug lebt und wächst in ihr drin. Und es wird garantiert noch weiterwachsen. Außerdem bereitet es ihr Schmerzen. Wir müssen es da rausholen, bevor ernste Schäden entstehen. Allein darum geht es hier. Alles andere ist unwichtig.« Seine Hand krallt sich in meine Schulter.

»Du hast vollkommen recht«, sagt Grace. »Aber zuerst müssen wir herausfinden, womit wir es wirklich zu tun haben, wie es sich auf den menschlichen Körper auswirkt, sonst richten wir womöglich noch größeren Schaden an.«

Dom verzieht das Gesicht. »Und was soll das heißen?«

Irina kehrt mit dem Laser zurück, der mich beängstigend an eine Waffe erinnert, trotzdem sage ich zu Dom: »Sie versuchen nur, mir zu helfen. Es wird alles gut.«

Aber er wirkt kein bisschen überzeugt, als Ezra und ich uns in Unterwäsche auf die Metallpritschen legen. Irina und Jason brauchen eine halbe Ewigkeit, um die winzigen Elektroden anzubringen, und die ganze Zeit unterhalten sie sich auf Russisch mit Maxim, während Dom und Mari stumm danebenstehen und kritisch die Stirn runzeln. Dom greift nach meiner Hand und drückt sie, aber ich überlasse ihm nicht mehr als die Fingerspitzen.

»Also gut«, sagt Jason. »Das wird nicht wehtun.« Er betrachtet ein letztes Mal die kleinformatigen Bildschirme, an die er uns angeschlossen hat – Herzmonitor, Blutdruckmesser, Hirnaktivität –, dann redet er mit Irina und richtet die Waffe auf mich. Er hat recht. Es tut nicht weh. Ich spüre nur eine vage Hitze, höre ein leises Brummen, begleitet von einem Knistern und einem seltsamen Geruch wie bei einem Gewitter auf der Insel. Alle beobachten mich, aber ich liege nur da und starre auf eine der Anzeigen, die in diesem Moment leicht ausschlägt, vermutlich weil ich nervös bin.

Dann richtet er die Laserpistole auf Ezra, bestrahlt ihn mehrmals und fragt: »Okay?«, doch in diesem Moment passiert es, alles verschiebt sich, verschmilzt, versinkt in einem tiefen Loch, tief in meinem Innern, versackt tief im Boden, alles versackt im Boden unter dem Gebäude, Tausende von Kilometern unter der Erde, tiefer und tiefer. Die Welt verwandelt sich in eines dieser Gemälde, das nur aus einzelnen Punkten besteht, aus bunten Farbklecksen, pulsierend, pulsierend von Geräuschen, von Licht, von weiteren Geräuschen, die mit mir reden, an mir ziehen und zerren, bis ich das Gefühl habe, in tausend Teile zu zerspringen, in winzig kleine Teilchen, die auf und davon schweben, sich mit allem vermischen, verbinden, verwandeln. Und dann ist es passiert, ich bin verschwunden, habe mich aufgelöst, alles ist reglos und ruhig. Meine Ohren sind erfüllt von Stille. Nein, keine Stille. Ein voller, reichhaltiger Klang. Ein Rauschen, ein Sprudeln, wie Wasser. Meine Augen füllen sich mit bläulich zersplittertem Licht, einer geborstenen Sonne. Über mir der Ozean. Ich befinde mich unter der Wasseroberfläche, den Blick nach oben gerichtet.

Und dann stürzt alles auf mich ein. Hitze, Lärm. Ich befinde mich am Boden der Med-Station, unterhalb der Pritsche, auf der ich eben noch lag. Dom sitzt auf der anderen Seite des Raumes, dicht bei der Tür, die Hände vors Gesicht geschlagen. Er springt auf, als er mich sieht. »Sie ist wieder da! Sie sind beide wieder da!«, brüllt er auf eine Art und Weise, die den Raum mit Menschen füllt.

Dom hockt sich neben mich und zieht meinen Kopf in seinen Schoß. Ich werfe einen Blick zu Ezra, der nicht weit von mir auf dem Boden liegt und zuckt, als hätte er einen Krampfanfall. Jason und Irina versuchen, ihn ruhig zu halten.

»Wo warst du?«, fragt Dom.

»Wo … was?«

Sein Ausdruck wirkt angespannt, von Verwirrung gezeichnet. »Du warst verschwunden«, sagt er. »Du warst weg, estrellita. Du bist eine halbe Stunde lang weg gewesen. Wo warst du?«

Aber ich kann ihm nicht antworten, ich kann kaum etwas hören, geschweige denn reden, ich kann nur noch zittern. Der Schmerz in meiner Hüfte ist das Einzige, was mich in der Realität verankert. Er brennt sich tief in mein Fleisch, heißer als die Hölle, und entringt mir einen erstickten Schrei.

KAPITEL 20

»Geht es dir gut?«, fragt Dom immer wieder. Er hält mein Gesicht in den Händen, während ich den Kopf an seinem Bein hin und her bewege. »Sprich mit mir, Seren. Bitte, sprich mit mir.«

Ich versuche es ja, aber es kommt nichts heraus. Irgendwann schaffe ich es, seine Hände von mir zu schieben, mich auf die Ellbogen zu stützen und auf die Seite zu rollen, um endlich wieder Luft zu bekommen, um wieder frei zu atmen, um wieder klar zu sehen. Ich betrachte Ezra, der immer noch weggetreten ist; Jason, der ihm die Augenlider hochschiebt, ihm mit einer winzigen Taschenlampe in die Augen leuchtet, sich über ihn beugt und immer wieder seinen Namen sagt.

Grace hockt sich neben mich und sagt irgendetwas, während ich mich recke und über ihre Schulter spähe, um Ezra zu beobachten, der in diesem Moment die Augen aufschlägt, während Mariana ihm das Haar aus der Stirn streicht und zu Jason aufblickt, der sich erleichtert zurücklehnt und ausatmet.

»Seht ihr es jetzt?«, brüllt Dom über alle und jeden hinweg. »Wir müssen das Zeug rausholen.«

»Das sehe ich anders«, erwidert Maxim, den ich nicht einmal bemerkt habe, obwohl er direkt neben mir steht.

Ezra hustet und spuckt auf den Boden, ehe er matt zurücksinkt und auf dem Rücken liegen bleibt.

»Oh Mann, Henson«, sagt er. »Hast du das mitbekommen?«

»Dom sagt, wir sind … verschwunden.« Mehr bringe ich nicht heraus, also blinzelt er mich schläfrig an.

»Das war … ich weiß nicht … irgendwie anders als sonst …«

»Dom sagt, wir waren eine *halbe Stunde* lang verschwunden.«

»Krass, hat sich angefühlt wie ein paar Sekunden.« Er schluckt, und ich sehe, wie sein Adamsapfel auf und ab zuckt. »Aber ich war definitiv woanders, du auch?«

Mir fällt auf, wie Jason ihn anstarrt. Total hingerissen. Das ist das erste Wort, das mir in den Sinn kommt.

»Nein«, sagt Dom. »Nein, das ist doch Wahnsinn. Das ist mir alles egal. Das ist mir gleichgültig. Hat denn keiner von euch gesehen, was hier passiert ist? Die beiden haben sich … in Luft aufgelöst. Sie sind spurlos verschwunden. Wer weiß wohin? Wir müssen das Zeug rausschneiden, um jeden Preis. Egal was es ist oder wie es sich auswirkt.«

»Domingo – ist doch richtig, oder?« Maxim tritt auf ihn zu. »Ich kann deine Bedenken nachvollziehen, aber wir müssen das große Ganze im Auge behalten. Wir studieren die ALF2 seit vielen Jahren in unserem Labor, und wir gehen davon aus, das es sich um eine multidimensionale Lebensform handelt.«

»Eine was?« Dom spricht aus, was wir alle denken.

»Eine Lebensform, die in mehreren Dimensionen gleichzeitig existieren kann.« Er hockt sich neben uns. »Es handelt sich höchstwahrscheinlich um ein Phänomen der Quantenverschränkung. Dieser Organismus bewirkt anscheinend auf molekularer Ebene eine räumlich-zeitliche Verschiebung. Eine Dislokation.«

»Erzählt uns bitte, was passiert ist«, sagt Jason zu Ezra.

Er setzt sich auf und fährt sich mit den Händen über das Gesicht. »Keine Ahnung. Diesmal war es irgendwie anders – es hat sich angefühlt, als …«

»Als würde man in ein Loch fallen?«, sage ich.

»Ja, das auch … aber bisher kam es mir vor, als würde ich durch ein Fenster sehen, diesmal hatte ich das Gefühl, als würde sich eine Tür öffnen.«

»Das Zeug ist wie eine Antenne«, sagt Jason. »Eine Antenne zu einer anderen Dimension.«

»Das ist echt Wahnsinn«, sagt Dom. »War keiner von euch dabei? Habt ihr das nicht gesehen? Die beiden waren weg!« Er verschließt die Augen vor der Erinnerung. »Sie waren hier im Raum, und dann waren sie weg. Das ist garantiert nicht gut für den menschlichen Körper. Das *kann* nicht gut sein.«

»Alle weiteren Untersuchungen sollten in der Forschungsstation stattfinden«, sagt Maxim zu Jason, der bestätigend nickt.

»Weitere Untersuchungen?« Dom versucht mühsam aufzustehen. Grace reicht ihm die Krücken, aber nach einem missglückten Versuch wirft er sie in die Ecke und rappelt sich aus eigener Kraft auf, sein verletztes Bein seitlich von sich gestreckt. »Von mir aus könnt ihr untersuchen und forschen, so viel ihr wollt, aber nicht mit Seren als Laborratte. Ihr werdet sie operieren und das Zeug da rauszuholen. Jetzt sofort.«

»Ich muss los«, sagt Maxim. »Mein Vater wird früher oder später davon erfahren. Ich sollte ihm alles erklären.«

Nachdem er gegangen ist, sagt Jason: »Den Organismus operativ zu entfernen, könnte sich schwierig gestalten.«

»Und deshalb soll sie für immer damit leben?«

»Nicht für immer, aber bis wir herausgefunden haben, wie es sich auf ihren Körper auswirkt und wie wir es am besten entfernen. Bis dahin ist es sinnvoller, das Material an Ort und Stelle zu belassen.«

»Damit es sich weiter ausbreitet? Sich noch intensiver auswirkt?« Er gerät bedenklich ins Wanken. »Was sind Sie überhaupt für ein Arzt?«

Irina geht zu Dom und reicht ihm die Krücken, was ihn im ersten Moment irritiert, doch sie klemmt sie ihm sicher unter die Arme, ehe sie einen Schritt zurücktritt. Zugleich fällt mir auf, wie groß sie ist, nur einen halben Kopf kleiner als Dom.

»Du bist doch auch Medizinerin?«, fragt er in einem sanfteren Tonfall. Sie nickt bestätigend. »Und was hältst du davon?«

Sie seufzt und verschränkt die Arme vor der Brust, um mit schräg gelegtem Kopf zu antworten. »Die Messwerte waren normal, bevor wir haben den Kontakt verloren.« Sie hat den gleichen Akzent wie Kirill – wie der Bösewicht in irgendeinem Spionagefilm. »Wir müssen die beiden noch mal untersuchen, aber es geht ihnen gut.«

»Dann findest du es also okay, wenn das Zeug weiter in ihr wächst?«

Ich lasse mich zu Boden sinken und höre zu, wie sie über mich reden. Meine Hand ruht an meiner Hüfte, wo sich die Narbe befindet, glühend heiß und hart wie eine fette feurige Spinne. Ich muss mich krampfhaft davon abhalten, das Geschwür mit bloßen Händen herauszureißen. Ich stelle mir vor, wie ich es in die Höhe halte, triefend von meinem Blut, umhüllt von Muskeln und Bändern, von Nerven und Sehnen.

»Du bist ein Idiot, Suarez«, höre ich Ezra sagen. »Wir können das Zeug nicht einfach entfernen. Nicht jetzt wo wir wissen, was es damit auf sich hat. Ich meine, mit einer anderen Dimension zu kommunizieren – das ist doch viel zu wichtig, Mann!«

Dom schüttelt den Kopf. »Nicht für mich. Nicht verglichen mit Serens Gesundheit.«

»Wir werden sie überwachen«, sagt Jason. »Gründlich überwachen.«

»Und wie?«, fragt Dom. »Wie wollt ihr das machen, wenn sie wieder verschwindet?«

Jason zieht die Augenbrauen hoch. »Wir sollten die beiden jetzt untersuchen. Ich werde alles Nötige zusammensuchen.« Irina blickt flüchtig über ihre Schulter, ehe sie ihm folgt.

Grace und Mari helfen mir auf die Beine, während Dom weiterredet. »Ich lasse nicht zu, dass sie dieses Zeug noch einen Tag länger in dir drinlassen.«

»Du hast kein Recht, über meinen Körper zu bestimmen«, erwidere ich.

Dom wirkt schockiert. »Wenn du ernsthaft krank bist und nicht selbst entscheiden kannst, dann sollte ich das schon. Das muss ich.« Er kommt mir näher. »Weil ich dich liebe. Ich will dich beschützen.«

Ich starre zwischen uns zu Boden. »Du brauchst mich nicht beschützen«, sage ich kopfschüttelnd. »Das kann ich schon selbst.«

»Nein, kannst du nicht. Anscheinend kannst du das nicht. Es hätte nie so weit kommen dürfen. Du bist keine gute Schwimmerin. Wäre ich für dich da gewesen, wie ich es hätte sein sollen, dann würden wir diese Unterhaltung überhaupt nicht führen. Ich lasse das nicht zu; sie werden dich heute noch operieren, und zwar sofort.«

Ich lasse ihn kommentarlos stehen. Er kommt mir hinterher.

»Wage es nicht, mir zu folgen«, brülle ich. Dabei drehe ich mich so abrupt um, dass er fast das Gleichgewicht verliert. »Alles richtet sich immer nur nach *deinem* Willen. Ich bin es so was von leid. Du hast kein Recht, mir vorzuschreiben, was wichtig ist und was nicht. Du hast kein Recht, mir die Wahrheit vorzuenthalten, die Wahrheit über meine *eigene* Vergangenheit. Du hast kein Recht, mir einzureden, was ich will oder nicht will. Das ist *mein* Körper, *meine* Entscheidung, und keiner wird mir vorschreiben, was damit geschehen soll.«

»Seren, bitte sei vernünftig«, entgegnet Dom.

Jetzt reicht's. Er hat den Bogen eindeutig überspannt.

»Lass mich in Ruhe, Dom.« Ich spüre, wie sich mein Gesicht verzerrt.

»Estrellita, ich will doch nur …«

»Ich habe gesagt, lass mich in Ruhe!« Meine Worte sind so explosiv, dass die anderen entsetzt aufblicken.

Dom mustert mich für einen Moment, die Stirn sorgenvoll gerunzelt, dann schüttelt er den Kopf. Er wendet sich ab und kämpft mit seiner Krücke, die er wütend zu Boden wirft. Dann humpelt er ohne einen weiteren Blick zur Tür und geht hinaus, während Mari, Grace und Ezra mich anstarren.

KAPITEL 21

Obwohl ich nicht hierbleiben will und es widerlich nach verbrannter Elektronik stinkt, weil wir mit einer plötzlichen Überspannung das EKG-Gerät zerschossen haben, besteht Jason darauf, dass wir den Rest des Tages und die kommende Nacht unter Beobachtung hierbleiben. Wir bekommen einen Tropf angelegt, und Irina sieht regelmäßig nach uns und misst unseren Blutdruck, um sicherzustellen, dass wir noch leben. Zu unserer Unterhaltung lassen sie auf einem Bildschirm russische Spielfilme laufen. Kirill bringt uns etwas zu essen, aber es ist das gleiche körnige Gericht wie schon die letzten beiden Male, was mir allmählich zu denken gibt. Er setzt sich mit seiner eigenen Schale auf einen Hocker und sieht sich den Film an.

»Kirill, was ist das eigentlich?«

»Das ist Lebeda«, erwidert er mit vollem Mund.

»Steht auch mal was anderes auf dem Speiseplan?«, fragt Ezra, während ich genau das Gleiche denke.

»Speiseplan?«, fragt Kirill verwirrt.

»Gibt es auch mal was anderes zu essen?«

Kirill sieht zurück zum Bildschirm. »Dieses Jahr nicht.«

»Dieses Jahr?«, mault Ezra, aber Kirill zuckt nur mit den Schultern und lacht über den Film.

Nachdem er weg ist, kehrt Irina zurück, um an unserem Tropf herumzufummeln und zum x-ten Mal Blutdruck zu messen. »Domingo möchte dich sehen.«

Mein Herz schlägt mir bis zum Hals.

»Sag ihm, wir sehen uns morgen«, entgegne ich.

Sie blinzelt mich an. »Dann gehe ich mit ihm.«

»Was?«

Ezra lacht.

»Ich helfe ihm, nach Hause zu gehen.« Wieder dieses Klimpern mit ihren hübschen Augen. »Dr. Page ist gekommen gerade. Er bleibt hier heute Nacht. Meine Schicht ist zu Ende.«

Ich zucke gleichgültig mit den Schultern, während sie im Hinausgehen ihr Haargummi herauszieht, sodass sich ihr glänzender Pferdeschwanz locker über ihren Rücken ergießt.

»Ich hab echt keine Ahnung, wie Suarez das macht«, sagt Ezra kopfschüttelnd. Ich werfe ihm mein Kissen an den Kopf. »Im Ernst. Wenn ich so eine Wirkung auf Frauen hätte, würde ich die Situation voll ausnutzen.«

»Halt die Klappe, Ezra«, sage ich, aber ich spüre die Angst im Nacken und einen bitteren Nachgeschmack auf der Zunge, der mich verdächtig an Blut erinnert.

»Warum bist du eigentlich so sauer auf ihn?«, fragt Ezra, sein Ausdruck mit einem Mal ernst.

»Ich bin überhaupt nicht sauer.«

»Dafür wirkt es aber ziemlich überzeugend«, erwidert er. »Normalerweise bist du total hin und weg von seinem Beschützergehabe.«

Ich betrachte meinen Zeigefinger, der unermüdlich Kreise auf die Wolldecke zeichnet.

»Also, meiner Meinung nach liegt er voll daneben«, fährt

Ezra fort. Ich mustere ihn mit gerunzelter Stirn. »Ich meine, hier passiert gerade etwas ganz Großes, etwas Unglaubliches.« Er deutet auf seine bandagierten Rippen. »Wir sollten erst mal mehr herausfinden, bevor wir in Panik überreagieren.«

»Erzähl mir, was du gesehen hast«, fordere ich ihn auf.

Er schüttelt den Kopf. »Mann, ich weiß nicht, ob ich überhaupt etwas gesehen habe. Aber ich habe definitiv etwas *gefühlt*.«

Ich starre ihn an, denn ich weiß ganz genau, was er meint.

Im selben Moment kommt Jason herein. »Na, wie ist das Befinden? Darf Mariana reinkommen? Sie lässt nicht locker.«

Aber als sie sich neben uns auf einen Hocker setzt, ist sie erstaunlich schweigsam. Sie wirkt müde und traurig.

»Ich finde diesen Ort irgendwie seltsam«, sagt sie schließlich. »Oder nicht? Vielleicht liegt es daran, dass die meisten kein Englisch sprechen, aber … keine Ahnung … Die wirken alle so deprimiert. Und müsste die Siedlung nicht eigentlich größer sein und deutlich besser entwickelt – nach neun Jahren? Wusstet ihr, dass sie diese Woche Jubiläum feiern? Es gibt sogar eine Party. Und dieser Maxim hat einen mysteriösen Vater, der hier anscheinend das Sagen hat, aber er liegt im Sterben und lässt sich nie blicken. Das erinnert mich eher an einen Horrorfilm als an die Realität.« Sie seufzt. »Aber wie geht es euch beiden? Das heute Morgen war echt … Ich will gar nicht darüber reden.« Sie streicht sich die Haare hinters Ohr, dann blickt sie nachdenklich in ihren Schoß. »Warum bist du eigentlich so sauer auf Dom?«

Ezra lacht. »Sag ich doch.«

»Ich weiß, er übertreibt es manchmal mit der Fürsorge, aber …«

Beide sehen mich erwartungsvoll an. »Er … er hat mir Dinge verschwiegen.« Mir wird bewusst, dass mich das am allermeisten stört.

»Was denn?«

Aber ich gebe ihr keine Antwort. Mir wird plötzlich kalt, und ich ziehe mir die Decke über den Schoß.

Mitten in der Nacht werde ich wach und setze mich auf, als Jason gerade den Monitor abstellt.

»Muss ich sterben?«, frage ich im Halbschlaf.

Er tritt an die Bettkante und berührt meine Hand. »Du hattest schon mehrfach die Gelegenheit dazu, Seren, aber du bist immer noch hier.«

»Das muss nicht viel heißen«, sage ich, und er lacht.

Mir fällt auf, wie er Ezra im Hinausgehen betrachtet. Behutsam nimmt er seinen Arm, der schlaff über der Bettkante hängt, und legt ihn zurück auf die Liege, während sich Ezra im Schlaf auf die Seite dreht.

Am nächsten Morgen ist Jason über seinem Schreibtisch eingeschlafen. Er schreckt bei Ezras Berührung hoch und wischt sich über den Mund.

»Können wir jetzt gehen?«, fragt Ezra.

Jason mustert ihn eine halbe Ewigkeit, bevor er antwortet. »Wir sollten noch mal eure Werte messen.« Er macht Anstalten aufzustehen, doch dann winkt er ab. »Ach was, die letzten Werte waren völlig in Ordnung. Geht ruhig frühstücken.«

»Kommen Sie nicht mit?«, fragt Ezra von der Tür her.

»Nein.« Er lächelt. »Ich frühstücke nie, trotzdem danke.«

Wir sind früh dran, deshalb sind Dom und Mari noch nicht

da. Maxim setzt sich zu uns. Mit seiner gebräunten Haut und der Sonnenbrille kommt er mir ziemlich künstlich vor.

»Geht es euch besser?«, fragt er, und wir nicken. »Dann würde ich euch heute gern die Siedlung zeigen. In zwei Tagen gibt es etwas zu feiern – unseren neunten Gründungstag!« Wir blicken zu den Männern, die am Rand der Lichtung auf Leitern stehen und Lichterketten in die untersten Zweige der Bäume hängen. »Jedes Jahr feiern wir den Tag der Erstbesiedlung. Es wird euch gefallen. Musik, Tanz, Alkohol. Außerdem ist es Tradition, den Menschen, die uns etwas bedeuten, etwas zu schenken.«

»Warum sprichst du eigentlich so gut Englisch?«, frage ich.

»Dank deiner Mutter.« Er wendet sich wieder in unsere Richtung. »Und Jason. Mein Vater wollte, dass sie mir die Sprache von Grund auf beibringen. Ich war gerade mal sechs.«

Ich sehe ihm beim Frühstücken zu, während ich über seine Worte nachdenke. Er hat von meiner Mutter Englisch gelernt.

»Aber warum?«, fragt Ezra. »Was bringt das?«

»Der Erwerb einer Fremdsprache fördert die kognitiven Fähigkeiten«, sagt Maxim, ohne mit der Wimper zu zucken. »Das ist für einen zukünftigen Kommodore von Vorteil.«

»Kommodore?«, fragt Ezra. »Wie jetzt …? Du erbst den Posten einfach so von deinem Alten, wenn er …?«

Maxim nickt. »Das ist hier so üblich.«

»Wow«, sagt Ezra. »Ist ja echt … traditionell … konservativ … bescheuert.«

»Wie wird euer Kommandant denn ernannt?«

»Durch die Mitglieder der Kommandozentrale.«

»Macht das etwa mehr Sinn?«

Ezra lacht. »Na klar. Ich meine, das sind Leute vom Fach.

Die wählen eine geeignete Person mit der nötigen Erfahrung und Kenntnis. Das macht doch mehr Sinn, als so eine wichtige Position dem genetischen Zufall zu überlassen.«

»Aber wer wäre besser für eine solche Position geeignet als jemand, der ein Leben lang darauf vorbereitet wurde? Und woher will man wissen, ob das Kommando immer die richtige Entscheidung trifft? Manche Entscheidungen überlässt man besser dem Schicksal.«

»So was Bescheuertes habe ich ja noch nie gehört«, sagt Ezra, doch Maxim grinst nur.

Dom nähert sich mit Mari, schwer auf ihren Arm gestützt. Kurz bevor sie den Tisch erreichen, fragt Maxim: »Bereit für einen kleinen Rundgang?«

»Na klar.« Ich stehe auf. »Wir wollen gerade los«, sage ich zu Dom, ohne ihn anzusehen.

»Wo wollt ihr denn hin?«, fragt er.

»Ich will ihnen die Siedlung zeigen. Wir können gern auf euch warten«, sagt Maxim.

»Dom braucht einen neuen Verband«, sagt Mari. »Außerdem kann er nicht laufen.« Sie hilft ihm beim Hinsetzen und schiebt ihm seine Schale hin.

»Dann eben ein anderes Mal«, erwidert Maxim. »Und was ist mit dir?« Er schenkt Mari ein Lächeln.

Die Frage scheint sie zu überrumpeln. »Ich …«

»Sie muss erst mal frühstücken«, sagt Dom.

»Eigentlich habe ich gar keinen Hunger.« Mari runzelt die Stirn und berührt Dom an der Schulter. »Du kommst doch allein klar, oder, *primo*?«

Als wir ihn zurücklassen, wirkt Dom unsagbar traurig, allein an seinem Tisch, mit dreckigem Verband, durchtränkt von Blut.

Ich spüre, wie ich automatisch langsamer werde und stehen bleibe. Er blickt über seine Schulter, sieht mich an, doch ich wende mich ab.

Als Erstes gehen wir zu dem größten der umstehenden Gebilde. Es hat fast etwas Animalisches, wie es zusammengesunken in der Landschaft liegt, unvollständig oder unfertig, wie ein verrottender Kadaver, der langsam zu einem Skelett zerfällt. Die riesigen rostigen Metallträger mit ihren Nieten, die sich vor uns in den Himmel erheben, erscheinen mir seltsam vertraut. Ich lese den verblassenden Schriftzug am Rumpf: Concordia.

»Das ist euer Schiff«, sagt Ezra entgeistert. »Ihr habt euer Schiff auseinandergenommen.«

»Richtig«, erwidert Maxim stolz. »Die Pionierschiffe sind aus einzelnen Bauelementen zusammengesetzt, die auf dem Planeten problemlos demontiert werden können. Sämtliche Wohneinheiten der Siedlung sind auf diese Weise entstanden.«

»Dann werdet ihr wohl auf unbestimmte Zeit hierbleiben, was?« Mariana legt eine Hand an die verkohlte Oberfläche. »Um nicht zu sagen, für immer.«

Maxim stellt seinen Fuß neben ihr auf einen Baumstumpf und verschränkt die Arme vor der Brust. Die Sonne schimmert auf seinen verspiegelten Brillengläsern und taucht das eine in einen roten, das andere in einen blauen Schein. »Wo sollten wir auch hin? Nach der Landung durch den passiven Wiedereintritt – ein riskantes Manöver – war uns allen klar, dass sie nirgendwo mehr hinfliegen würde. Außerdem wurde sie im Orbit der Erde erbaut und hat somit keinerlei Startmechanismen. Sie ist ein Pionierschiff – dafür wurde sie konstruiert.«

Ezra will sich das Schiff näher ansehen, also verschwindet er mit einem der Dekonstrukteure im Rumpf der Bestie, während Maxim uns zu einem Feld führt, wo in langen Reihen saftig grüne, kniehohe Pflanzen wachsen. Mariana und ich folgen ihm zwischen den Reihen hindurch.

»Das ist unsere Hauptnutzpflanze. Wir nennen sie Lebeda. Das genetische Material wurde so verändert, dass alle lebenswichtigen Vitamine und Mineralien darin enthalten sind. Im vergangenen Jahr hatten wir eine gute Ernte.« Er beugt sich vor, um die Spitze eines Blattes zu berühren, als wollte er es begutachten, dann geht er weiter.

»Was baut ihr denn noch an?«, fragt Mari.

»Momentan haben wir nur eine weitere Nutzpflanze in Produktion. Ich werde sie euch zeigen, weil ich den englischen Namen nicht kenne.«

»Zwei Pflanzenarten sind aber nicht gerade viel.«

»Nein, leider nicht. Wir hatten noch mehr, viel mehr. Aber sie haben nichts abgeworfen oder sind erkrankt oder eingegangen.«

Ich sehe, wie sich sein Schritt verlangsamt. Mari wirft einen Blick über ihre Schulter, und ich weiß, was sie denkt.

»Ist es den Menschen genauso ergangen?« Ich entscheide mich, es einfach auszusprechen.

Maxim bleibt stehen und dreht sich um, den Blick zur Sonne gerichtet. »Grace hat euch bestimmt erzählt, dass wir viele Crewmitglieder an das C1-Bakterium verloren haben, unter anderem meine Mutter. Und die Anfangsphase auf dem Planeten war ebenfalls … verlustreich.«

»Was meinst du damit?«

»Ihr wisst selbst, wie abweisend Huxley-3 sein kann. Im ersten Jahr haben wir über hundert Menschen an Infektionen, Unterernährung und Umwelteinflüsse verloren.«

»Umwelteinflüsse?«

»Vor gut vier Monaten lag hier, wo wir jetzt stehen, noch drei Meter Schnee.«

»Was?«, sagen Mari und ich wie aus einem Mund.

»Und in ein paar Wochen ist es hier so heiß, dass ihr euch die Haut vom Leib reißen wollt.«

»Klingt nicht gerade angenehm.«

»Ist es auch nicht«, sagt er. »Wir hatten keinerlei Erfahrung mit extremen Temperaturen. Viele Menschen starben. Auch mein Bruder.«

»Das ist ja furchtbar.« Mari blickt zu Boden und schüttelt den Kopf.

»Die Pionierarbeit fordert nun mal Opfer«, sagt er nüchtern und wendet sich ab, sodass wir ihm entlang der niedrigen Sträucher folgen. »Unser Zuchtprogramm hat ebenfalls gelitten, wie ihr euch sicher vorstellen könnt. Seit vielen Jahren gab es keine Geburten mehr.«

»Warum denn nicht?« Ich spüre Marianas Anspannung.

»Das C1-Bakterium hat viele der Überlebenden unfruchtbar gemacht. Und davon mal abgesehen, macht der Mangel an medizinischen Vorräten den Vorgang ziemlich riskant.«

»Riskant?«, fragt Mari. Ich lege ihr im Gehen eine Hand auf die Schulter.

»Der Geburtsvorgang ist mit großen Gefahren verbunden. Wir mussten uns auf den Erhalt unserer Population konzentrieren, um nicht noch mehr Material des Genpools zu verlieren. Leider kamen immer wieder neue Verluste hinzu, sodass wir das Zuchtprogramm bis zum zehnten Besiedlungsjahr ausgesetzt haben. Aber im kommenden Jahr werden wir es hoffentlich wiederaufnehmen.«

Mari blickt erneut über ihre Schulter und sieht mich mit großen Augen an. Ich will ihm noch eine Frage stellen, aber im selben Moment erreichen wir das Ende der Reihe und blicken in ein weites Tal. Etwa zehn Meter entfernt erstreckt sich am Hang zu unserer Linken ein weiteres Feld, doch diesmal erblicken wir eine wahre Armee von gut zwei Meter hohen Blumen, ihre braunen Gesichter umrahmt von leuchtend gelben Blättern, allesamt der Sonne zugewandt. Sie sind so zahlreich und so bezaubernd, dass mir im ersten Moment der Blick verschwimmt. Maxim tritt auf die erste Reihe zu und greift nach einer der Pflanzen, um sie sanft nach unten zu biegen.

»Sonnenblumen«, sage ich ganz automatisch, weil ich sie aus der Produktion kenne, wo Uroma Bea mich einmal mit hingenommen hat.

»Erstaunlich, dass die hier wachsen, wo es gar keine Sonne gibt«, hat sie damals gesagt. »Genau wie du.« Ich spüre noch heute, wie sie meine Wange berührt.

»Extrem anpassungsfähig«, sagt Maxim bewundernd, und ich fasse mir unwillkürlich an die Wange. »Die Samen sind reich an Nährstoffen, und das Öl kann obendrein als Kraftstoff genutzt werden. Das ist schon die zweite erfolgreiche Fruchtfolge.«

Oberhalb des Sonnenblumenfelds erstrecken sich unzählige schwarz glänzende Module den Hang hinauf, und hoch oben auf dem felsigen Kamm ragen riesige Windräder in den Himmel und durchschneiden die Luft.

»Unsere planetaren Energiequellen sind inzwischen deutlich verlässlicher. Das da oben ist die Forschungsstation, in der ich arbeite.« Er deutet den Hang hinauf.

»Warum ist die so weit draußen?«

»Reine Vorsichtsmaßnahme.« Er dreht sich um, sodass er

den vielsagenden Blick zwischen mir und Mariana nicht bemerkt.

Als ich in die andere Richtung blicke, entdecke ich jenseits der Sonnenblumen eine weitere hohe Konstruktion, anscheinend noch im Bau befindlich und so schwindelnd hoch, dass sie die umstehenden Bäume mühelos überragt. Der obere Teil bildet den Ansatz einer gigantischen Schüssel aus glänzendem Metall.

»Was ist das?«, frage ich.

»Ein Langstreckensender«, antwortet er.

»Und wofür?«

Er zuckt mit den Schultern. »Wir waren standardmäßig damit ausgestattet. Irgendwann soll er dazu dienen, unsere Fortschritte an die Erde zu übermitteln. Das Projekt war von geringer Priorität, aber im letzten Jahr hat mein Vater sein Okay gegeben. Wenn ihr mehr wissen wollt, solltet ihr euch an Grace wenden. Es ist *ihr* Projekt.«

Ich betrachte die schimmernde Konstruktion. Sie ist faszinierend schön, wie sie das einfallende Licht reflektiert.

»Eines will ich euch noch zeigen«, sagt Maxim, und wir gehen zwischen den Feldern auf ein seltsam dreieckiges Gebäude zu, das anscheinend aus willkürlich zusammengesetzten Fensterscheiben des ehemaligen Aussichtsdecks errichtet wurde. »Die Agrarstation.«

Im Innern ist es drückend schwül und feucht. Wassertropfen rinnen über die Scheiben und tropfen von der Decke herab wie sanfter Regen. Im ersten Moment fühle ich mich so an die Insel erinnert, dass ich unwillkürlich langsamer werde. Der Boden ist zu gleichmäßigen Reihen umgepflügt, und es gibt unendlich viele Pflanzen, die alle unterschiedlich aussehen. Jemand steht tief gebeugt darüber und kontrolliert die Blätter. Erst als wir uns nähern und er seine Sonnenbrille hochschiebt, erkenne ich Kirill. Er steht auf und schüttelt Maxim die Hand.

»Ein vielversprechender Agrarforscher, den ihr beide gut kennt.« Maxim räuspert sich, als wäre ihm bewusst, dass mir die Situation irgendwie unangenehm ist. »Ich will euch etwas zeigen.«

Maxim führt uns ein paar Reihen weiter zu einer winzigen Pflanze, die ihre Blätter wie zarte Federn von sich spreizt. Wir hocken uns daneben.

»Das hier ist eine hiesige Spezies«, sagt er zu Mariana. »Fass sie mal an.«

»Was?«

»Tut nicht weh. Du vertraust mir doch, oder?«

Sie berührt die Pflanze und zieht erschrocken die Hand zurück, als sich die Blätter von der Berührung zusammenrollen, bis fast nichts mehr davon zu sehen ist.

»Cool«, sagt Mariana.

»Wirklich cool«, erwidert Maxim. »Unser aktuelles Projekt. Wir wollen versuchen das Erbgut irdischer Pflanzen mit dem hiesigen Genpool zu kreuzen. Um sie widerstandsfähiger zu machen.« Er fährt mit dem Finger über einen der eingerollten Wedel, und Mariana tut dasselbe. »Die genetische Vielfalt ist dabei entscheidend.«

Ich beobachte die beiden, bis ich hinter mir eine Bewegung spüre. Als ich mich umdrehe, ist es Kirill, der sich auf einen Spaten stützt. Er sieht weg und legt das Werkzeug über seine Schulter, um sich rasch abzuwenden.

»Bist du der Einzige, der hier arbeitet?«, frage ich, sodass er innehält. Ich stehe auf und gehe ein paar Schritte auf ihn zu.

Er nickt. »Wir brauchen dringend mehr Arbeiter.«

»Seren hat ein Gespür für Pflanzen«, sagt Mari in meinem Rücken. »Sie war die Einzige, die auf der Insel etwas Essbares auftreiben konnte. Sie wusste auf Anhieb, was giftig ist und was nicht.« Sie lacht. »Meistens hatte sie sogar recht.«

»Liegt anscheinend in der Familie«, sagt Maxim. Es entsteht eine unangenehme Stille, in die ein bezauberndes, blau schillerndes Wesen hineinflattert.

Mari schnappt nach Luft. »Was ist das?«

»Ein Schmetterling«, antwortet Kirill. »Das ist ein Schmetterling.«

Wir betrachten ihn mit angehaltenem Atem, aus Angst, er könne sich in Luft auflösen. Er schlägt hektisch mit den Flügeln, verlangsamt seinen Rhythmus, gleitet ein Stück weiter und landet falsch herum an der Decke, die Beine oben, die Flügel geschlossen, sein ätherisch schillerndes Blau verdeckt, um stattdessen seine braun-grau gemusterte Unterseite zur Schau zu stellen.

»Ihr habt lebende Tiere von der Erde mitgebracht?«, flüstert Mari.

»Nur ihr genetisches Material«, sagt Maxim fast schon kleinlaut. »Bislang ist das unsere einzige erfolgreiche Züchtung. Sie helfen bei der Kreuzbestäubung, mehr aber auch nicht.«

»Wunderschön!« Mari sieht aus, als würde sie jeden Augenblick anfangen zu weinen.

»Stimmt«, sagt Maxim, während er den Blick zurück zu ihr wendet.

»Was habt ihr sonst noch für Genmaterial?«, frage ich.

»Wir haben zahlreiche Keimzellen in einer Kryobank«, sagt er. »Von Insekten. Von kleineren Vögeln. Von Fischen.«

»Von Fischen?« Ich sehe Mari an, und derselbe Gedanke steht ihr ins Gesicht geschrieben. »Von Fischen?« Ich habe keine Ahnung, warum ich das wiederhole, aber ich bin felsenfest davon überzeugt, dass Dom das hinbekommen würde, ich sehe es förmlich vor mir, in all seinen Details.

»Sie sind leider problematisch«, sagt Maxim seufzend. »Extrem empfindlich. Wir hatten mehrere Fischfarmen. Sie sind alle kollabiert. Wir haben eben keine Erfahrung mit anderen Lebewesen … Seren, wo willst du hin?«

Ich gehe hinaus, ohne groß nachzudenken. »Ich muss zu Dom«, sage ich über meine Schulter hinweg, getrieben von einem so dringenden Bedürfnis, dass ich nicht mal Zeit habe, es den anderen zu erklären. Also renne ich los, lasse sie stehen.

Vermutlich ist mir auf einmal alles egal, weil ich ganz genau weiß, wie sehr ihn diese Nachricht freuen wird. Ich spüre nichts außer meinen Füßen, die eilig über den Pfad zwischen den Lebedapflanzen trommeln, als ich zurück zum Rumpf der Concordia laufe, der von dröhnenden Bohrgeräuschen widerhallt wie ein riesiges sterbendes Ungeheuer.

Am Rand der Siedlung bleibe ich stehen und lasse den Blick schweifen, um mich nach der medizinischen Station umzusehen. Im selben Moment öffnet sich eine nahe gelegene Tür, und Dom kommt heraus. Ich will gerade auf ihn zueilen, als ich Irina hinter ihm erblicke. Die beiden bleiben am Eingang stehen, um sich zu unterhalten. Irina lehnt ihre Schulter gegen den Türrahmen, schiebt ihre Hüfte vor und umfängt sein Handgelenk mit ihren Fingern, während beide lachen.

Dann dreht er sich um und sieht gerade noch, wie ich mich abwende. Er ruft meinen Namen, aber ich gehe weiter.

KAPITEL 22

Der Abend des Gründungsjubiläums ist der erste warme Sommerabend, seit wir hier sind. In den Bäumen hängen zahlreiche Lichterketten, und aus den Lautsprechern, die normalerweise die Essenszeiten verkünden, dringt laute Musik. Die ersten beiden Personen, die ich erkenne, sind Wassili und Alexej vom Außenposten. Als wir an ihnen vorbeigehen, klopfen sie mir und Mari anerkennend auf den Rücken, als wären wir die dicksten Freunde, was ich ziemlich seltsam finde, bis mir auffällt, wie betrunken alle sind.

Am Flussufer entdecke ich Dom, der sich gerade mit ein paar Typen unterhält, aber als er mich bemerkt, bleibt sein Blick bei mir, obwohl er immer noch aufmerksam nickt.

»Bitte rede endlich mit ihm«, sagt Mariana, die meinen Blick bemerkt. »Wenigstens mir zuliebe. Er treibt mich sonst in den Wahnsinn. Es macht ihn total fertig, dass du sauer auf ihn bist. Das weißt du so gut wie ich.«

»Oh ja, er macht einen echt deprimierten Eindruck.« Ich sehe zu, wie er seinen Drink herunterkippt und sich über sein feuchtes Kinn wischt, während er mit den anderen Typen lacht.

Mari verdreht die Augen und will gerade etwas erwidern, als

Maxim und Ezra zu uns stoßen und uns jeweils ein Getränk in die Hand drücken. Ich starre in meinen Becher.

»Was ist das?«

»Selbstgebrannter Schnaps von Sascha«, sagt Ezra. »Schmeckt ekelhaft, aber er wirkt.«

»Meinen kannst du auch haben.« Mariana reicht mir ihren Becher.

Maxim starrt sie an, als hätte er nur Augen für sie. Dann sagt er: »Ich wette, du bist eine gute Tänzerin.«

Sie muss lachen. »Nein«, erwidert sie knapp.

»Nein?« Er grinst.

»Ich bin vielleicht nicht die schlechteste, aber auch nicht die beste.«

»Ich bin ein furchtbarer Tänzer. Komm, ich zeige es dir.«

»Du willst mir zeigen, was für ein schlechter Tänzer du bist?«

»Ganz genau.«

Sie starren einander so tief in die Augen, dass Ezra und ich für einen Augenblick wegsehen, uns ansehen, wieder hinsehen, und die beiden starren sich immer noch an.

»Okay«, sagt Mari schließlich. »Dann zeig es mir.« Sie folgt ihm auf die provisorische Tanzfläche zwischen den zurückgeschobenen Tischen und Bänken, wo sich ein paar Leute im schummerigen Halbdunkel der Lichterketten wiegen. Ich will die Situation gerade kommentieren, als ich bemerke, dass Ezra neugierig über meine Schulter starrt. Ich drehe mich um und erblicke Dom, der inzwischen neben Irina steht. Sie überreicht ihm eine Gitarre aus rötlichem Holz, die ziemlich alt aussieht. Dom könnte kaum glücklicher und erstaunter wirken, und obwohl ich kein Wort verstehe, werde ich Zeuge einer Unterhaltung, in der Dom anscheinend fragt, ob sie ihm die wirklich schenken will, und sie sagt, ja, natürlich will sie das, und er ist total dankbar und verlegen und überglücklich.

»Oh Mann, die fährt echt voll auf ihn ab«, sagt Ezra, während ich ihn mit einem bösen Blick durchbohre. »Was? Ist doch so. Die reinste Verschwendung. Warum kann sie nicht auf mich abfahren?«

Dom streift sich den Gitarrengurt über die Schulter und spielt ein paar Akkorde, einen Ausdruck von purer Glückseligkeit auf dem Gesicht. Irina sagt irgendetwas und legt eine Hand an den Rumpf der Gitarre. Er beantwortet ihre Frage mit einem Nicken. Ich kann mir das nicht länger ansehen, also gehe ich zu den Tischen. Ezra folgt mir.

»Könnte er nicht mal ein gutes Wort für mich einlegen?«, redet er weiter. »So unter dem Motto: Sorry, ich bin leider schon vergeben, aber mein attraktiver Kumpel ist noch zu haben. So was in der Art.«

»Warum fragst du ihn nicht einfach?« Ich setze mich mit dem Rücken zum Tisch auf eine Bank, um den im Mondlicht glitzernden Fluss zu betrachten. »Ehrlich gesagt würde ich jetzt gern das Thema wechseln.«

Ezra setzt sich neben mich. »Wie lange willst du ihn eigentlich noch bestrafen? Ich glaube, er hat inzwischen kapiert, dass du deine Entscheidungen lieber selbst triffst.«

»Darum geht es nicht.«

»Okay …«

Ich habe noch mit keinem darüber geredet, nicht mal mit Mari, aber aus irgendeinem Grund erzähle ich es Ezra. »Er hat mit Annelise geschlafen.«

Ich sehe ihn an, doch er wendet den Blick ab. »Na und?«

»Er hat es mir nicht mal erzählt.«

Ezra lacht. »Konntest du dir das nicht denken? Ich meine, was hast du erwartet?« Er zieht mich zu sich heran und streichelt mir grob übers Haar. »Ach, wie süß. Arme naive Seren.« Ich schiebe ihn von mir, während er mich auslacht, und im selben Moment kommt Dom auf uns zu, die Gitarre in der Hand, mit einem Ausdruck, der besagt, *Ist das nicht unglaublich?*

»Ist doch der Hammer, oder?« Er lallt ein wenig. »Sie hatten mehrere Instrumente an Bord, aber keiner kann spielen, also …«

»Echt cool, Mann«, sagt Ezra, doch ich schenke ihm nur ein halbherziges Lächeln, was Dom offenbar daran erinnert, dass ich ihn die ganze letzte Woche mehr oder weniger ignoriert habe. Sein Lächeln verblasst.

»Irina hat vorgeschlagen, dass ich irgendwo spiele, wo es weniger laut ist – kommt ihr mit?«

»Nein, danke«, sage ich zu meiner eigenen Überraschung. »Ich bleibe lieber hier.«

Es ist eigentlich reiner Zufall, dass Ezra mich immer noch im Arm hält, aber ich bin irgendwie froh darüber, weil Dom es natürlich bemerkt. »Was ist mit dir, Lomax?«

Er nimmt einen Schluck von seinem Drink und schüttelt den Kopf. »Wir kommen später nach.«

Dom kehrt uns den Rücken und geht zurück zu Irina, die ein paar Meter entfernt auf ihn wartet. Als er bei ihr ankommt, legt sie eine Hand an seinen Rücken und blickt flüchtig in meine Richtung.

Sobald sie wegsieht, verdrehe ich die Augen. »Er gibt sich keine allzu große Mühe, damit ich ihm verzeihe.«

»Er ist ziemlich betrunken. Außerdem kann er sich schlecht

weigern, für sie zu spielen, wenn sie ihm gerade eine Gitarre geschenkt hat.«

»Ich weiß, aber …« Stöhnend vergrabe ich mein Gesicht in den Händen.

»Auf Suarez sauer zu sein, ist doch reine Zeitverschwendung.« Er reicht mir seinen Drink. »Das ändert überhaupt nichts. Damit machst du mir und Mari nur das Leben schwer, weil wir uns sein ständiges Gejammer anhören müssen. Also, sag bitte, dass du ihm verzeihst, dann können wir uns alle besaufen und endlich mal wieder Spaß haben.«

Natürlich hat er damit recht. Also gehe ich einige Zeit später hinunter zum Fluss und steige vorsichtig über die Wurzeln, denn ich habe eindeutig zu viel getrunken. Fast stoße ich mit jemandem zusammen, und als ich aufblicke, ist es Dom.

»Hey«, sagt er.

»Selber hey«, entgegne ich, dann fällt mir auf, dass er ziemlich außer Atem ist. »Alles okay?«, frage ich.

Dom wendet den Blick ab. »Klar, nur …« Er schüttelt den Kopf. »Ist echt anstrengend, sich mit einem kaputten Bein fortzubewegen.«

Er ist eindeutig betrunken, noch betrunkener als ich. Sein Lächeln wirkt breit und entspannt, und auf einmal kommt es mir vor, als wäre alles vergeben und vergessen, so wie ich es mir wünsche. Er hat die Gitarre über den Rücken geschlungen.

»Ich habe auch ein Geschenk für dich«, sage ich.

»Ehrlich?«

»Nichts zum Anfassen. Ich wollte dir etwas erzählen …«

»Okay …«

»Die haben Fische, Fischlaich … drüben in der Agrarstation.«

Sein Blick gewinnt an Intensität und huscht zwischen meinen Augen hin und her. »Die haben Fische?«

»Ich musste gleich an dich denken, als ich davon gehört habe. Bis jetzt sind alle Zuchtversuche gescheitert, aber … ich weiß, dass du das hinkriegen würdest. Dass du dich da voll reinknien würdest. Deshalb wollte ich es dir erzählen.« Ich wende mich zum Gehen, doch dann überlege ich es mir anders. »Und Dom … ich bin nicht mehr sauer auf dich.«

»Echt nicht?« Ein erleichtertes Lächeln. »Ehrlich?«

Ich nicke, und er nimmt meine Hände. Doch sein Lächeln verblasst, was ich nicht gerade erwartet hätte.

»Ich kann dir gar nicht sagen, wie leid es mir tut«, sagt er mit ernster Stimme. »Das alles. Ich hatte solche Angst, Seren.«

»Angst?« Ich runzle die Stirn.

»Angst, dass du mich nicht mehr liebst.«

»Dom, natürlich liebe ich dich. Selbst wenn ich wütend bin, liebe ich dich. Das wird sich auch nie ändern, egal was passiert.«

»Egal was passiert?«

Ich streiche ihm das Haar aus der Stirn, fahre mit dem Handrücken über seine Wange. Ich erwarte, dass er mich küsst, aber das tut er nicht, noch nicht, er sieht mich nur an und beißt sich auf die Lippe.

»Was ist denn?«

Er lächelt. »Ich bin einfach nur total in dich verliebt, mehr nicht.« Er nimmt mein Gesicht in beide Hände und küsst mich mit geschlossenen Lippen, ein einziges Mal, dann weicht er zurück, um mich erneut anzusehen.

Ich bin diejenige, die es nicht länger aushält, die innerlich nachgibt, die an seinem Hemd zerrt, bis er sich nach unten beugt, damit ich ihn küssen kann, ihn schmecken kann, und obwohl das letzte Mal nur wenige Tage zurückliegt, kommt es mir vor wie eine Ewigkeit. Als er den Kuss erwidert, als er mir endlich näher kommt, übermannt es mich wie eine gigantische Welle.

»Lass uns irgendwo hingehen«, sage ich schwer atmend.

Er sieht sich in der Dunkelheit um. »Nach Hause?«

»Zu weit.« Ich küsse die Stelle hinter seinem Ohr, küsse seinen Hals, spüre, wie das Blut unter seiner Haut pulsiert.

Er nimmt meine Hand und führt mich weg von den Lichtern der Party, nimmt seine Gitarre herunter und lässt sie am Eingang der verlassenen Küche stehen. Ich lehne mich an einen Tisch, und er hebt mich rückwärts auf die Platte, um mich zu küssen.

Meine Hände gleiten unter sein Hemd, und ich lehne mich zurück, während er sich über mich beugt. Ich habe keine Ahnung, warum ich es in diesem Moment so sehr brauche, aber ich will ihn. Ich will alles, was er mir zu geben hat. Ich habe das Gefühl, keine Art des Zusammenseins wäre je genug. Und deshalb macht es mich ganz wahnsinnig, als er den Kuss unterbricht und sich über mir aufstützt, um mich reglos zu betrachten, als wäre ich ein tosender Ozean, der ihn in Erstaunen und Panik versetzt. Er mustert mich so lange und ausgiebig, dass ich ihn frage: »Was ist los?«

Er schüttelt den Kopf und schenkt mir ein schräges Grinsen. *»Nada.«*

»Wenn du betrunken bist, kommt deine spanische Seite zum Vorschein. Echt sexy.«

Weil wir uns in der Dunkelheit so nahe sind, dringt das Licht der Koralle unübersehbar durch meine Haut und fällt sanft auf seinen Oberkörper. Er berührt die Stelle, fährt mit den Fingern darüber, tastet ein wenig.

»Sag es bitte nicht«, warne ich ihn.

»Yo no voy a decir nada.«

Ich wünsche mir nichts sehnlicher, als dass er mich erneut küsst, und genau das tut er.

KAPITEL 23

Ich wache auf und stelle fest, dass ich in Doms Armen liege. Unwillkürlich muss ich lächeln, und als er erwacht, lächle ich ihn an.

»Guten Morgen«, sagt er. Dann stöhnt er unvermittelt auf, weil ich mich bewegt habe und versehentlich gegen sein verletztes Bein getreten habe.

»Oh Gott, tut mir leid.« Ich tröste ihn, halte sein Gesicht in den Händen, küsse ihn sanft auf den Mund, während er sich von dem Schmerz erholt. »Tut mir furchtbar leid.«

»Nicht nötig. Ist schon okay.«

»Nein, ist es nicht. Entschuldige.«

»Ich bin einfach nur froh, dass du hier bist, estrellita.«

»Ich war doch die ganze Zeit hier.«

»Nein, ich meine hier. Bei mir.« Er deutet auf mich, wie ich in seinem Arm liege. »Hier gehörst du hin. Das weißt du, oder?«

Ich tue so, als müsste ich darüber nachdenken, aber dann sage ich: »Ja, das weiß ich.« Ich seufze und spüre, wie er mich an seine Brust zieht, sodass unsere Körper miteinander verschmelzen, sich wie Puzzleteile ineinanderfügen. Mein Blick schweift durch den Raum, und ich entdecke unsere abgestreiften Uniformen am Boden. Allein der Anblick und die Tatsache, dass ich in Doms Bett liege, bringen mich erneut zum Lächeln.

Etwas später gehen wir mit Mari und Ezra zum Frühstück.

»Mann, sind das dünne Wände«, gähnt Ezra. »Ihr habt mich letzte Nacht echt wach gehalten, Romeo und Julia.«

Ich verziehe das Gesicht.

»Mich auch.« Mari grinst und schenkt mir einen vielsagenden Blick. »Das war deutlich mehr Intimsphäre, als ich mit meinem Cousin teilen möchte. Aber ich bin froh, dass zwischen euch wieder alles im Lot ist.«

Obwohl ich knallrot werde, muss ich lächeln, aber Dom wirkt seltsam ernst. »Entschuldigt mich bitte«, sagt er mit blassem Gesicht, dann humpelt er ein paar Schritte ins Gebüsch und lehnt sich an einen Baum, um sich zu übergeben.

Es ist das erste Mal, dass ich ihn so erlebe. »Geht's dir gut?«, frage ich, während er hustet und sich über den Mund wischt. Er nickt und kehrt zu uns zurück.

»Das überrascht mich kein bisschen«, kommentiert Ezra. »Du hattest gestern echt einen im Kasten, Suarez.«

»Ja«, erwidert Dom, den Blick in die Ferne gerichtet, bevor er mich ansieht und meine Hand drückt.

Beim Frühstück bringt Dom keinen Bissen herunter, stattdessen sieht er mir beim Essen zu, die Arme an meiner Taille, die Beine links und rechts von mir, die Stirn auf meine Schulter gestützt. Nach einem Moment stöhnt er auf. Ich muss lachen.

»Nachher fühlst du dich garantiert besser«, sage ich.

Kirill setzt sich dazu und nickt in die Runde. Er nimmt ein paar Löffel von seinem Lebeda und mustert Dom eingehend. »Meiner Cousine Irina geht es genauso.« Ich spüre Doms Anspannung in meinem Rücken.

Nach dem Frühstück stehen alle auf, nur Dom bleibt über dem Tisch zusammengesunken sitzen und legt die Hände an den Hinterkopf, als könne der Himmel jeden Moment über ihm einstürzen.

»Soll ich dich zurück ins Bett bringen?« Die Lichterketten hängen immer noch in den Bäumen und wirken bei Tageslicht ziemlich dreckig und ramponiert.

Er wendet langsam den Kopf, um mich mit einem Auge anzublinzeln.

»Estrellita, ich …«

»Was denn?«

Er stöhnt gequält, dreht das Gesicht zum Tisch, verschränkt die Finger in seinem Haar. »Oh Mann, ich bringe das nicht fertig.«

Ich runzle die Stirn und berühre seine Schulter. »Dom, was …?«

Er setzt sich abrupt auf, seufzt resigniert, blickt hinauf zu den Bäumen, dann zu den umstehenden Tischen, wo die wenigen Partygänger, die zum Frühstück erschienen sind, nach und nach verschwinden.

»Du hast doch gesagt, ich soll … offen und ehrlich zu dir sein. Willst du das immer noch? Obwohl ich *hundertprozentig* weiß, dass die Welt ohne dieses Wissen ein besserer Ort wäre? Willst du es trotzdem hören?«

Ich schlucke hart. »Was denn?« Erst jetzt sieht er mich an, sieht er mir in die Augen, und wir halten beiden den Atem an. Ich starre auf seinen Mund, aber nicht, weil ich ihn küssen will, sondern weil ich mich davor fürchte, was er als Nächstes sagen wird. Ich fürchte mich so sehr, dass ich instinktiv zurückweiche.

»Oh Mann, estrellita, du musst bedenken, ich war total betrunken. Im Ernst, ich habe kaum mitbekommen, was da passiert ist, und dann war es auch schon zu spät, ich meine … dann war es vorbei. Es tut mir unendlich leid. Ich kann dir gar nicht sagen, wie leid es mir tut.«

»Was denn … was meinst du?«

Er zieht mich in seine Arme, obwohl ich nicht weiß, ob ich das gerade will, dann haucht er in mein Haar, dicht über meinem Ohr: »Irina«, die Worte bleiben ihm fast im Hals stecken, »sie … wir haben uns geküsst.«

Ich fange unwillkürlich an zu stammeln. »Was?«, frage ich, gefolgt von: »Sie …? Du …? Ihr …?«

»Sie hat *mich* geküsst, ich meine, *sie* hat die Initiative ergriffen. Aber ich bin nicht ganz unschuldig, weil ich wusste, dass sie sich für mich interessiert. Das hat sie mir mehr als deutlich gemacht. Und trotzdem bin ich mit ihr gegangen, und ein Teil von mir hat es zugelassen, weil ich dachte, das macht dich vielleicht eifersüchtig, und dann kommst du zu mir zurück. Ich weiß, das klingt total bescheuert, das ist es auch, aber ich war kurz vorm Durchdrehen. Allein der Gedanke an ein Leben ohne dich hat mich wahnsinnig gemacht. Seren, ich weiß, ich hab Mist gebaut, wirklich. Aber es tut mir leid. Es tut mir furchtbar leid.«

Die ganze Zeit hat er den Arm um mich gelegt, den Kopf bei mir abgestützt, die Worte in mein Haar geflüstert, aber ich bin so schockiert, dass ich nicht reagiere. Es ist, als hätte jemand die echte Seren mitgenommen und durch eine Puppe ersetzt. Eine lebensechte Attrappe.

»Ich wollte es dir sagen. Ich war schon unterwegs zu dir. Aber dann standest du plötzlich vor mir und hast mir verziehen. Und ich war in den letzten Tagen so traurig und panisch. Da konnte ich mich nicht dazu durchringen. Ich konnte dich nicht schon wieder wütend machen, wo du gerade zu mir zurückkommen wolltest. Verstehst du, was ich meine?«

Er lehnt sich zurück, um mich zu mustern, die reglose Attrappe in seinen Armen.

»Es hatte nichts zu bedeuten, Seren. Sie hat mich geküsst, und ich war zu überrascht, um mich zu weigern. Es war ein dummer betrunkener Moment.«

Die Attrappe fühlt nichts, sagt nichts.

»Seren?«

Nichts.

»Bitte sprich mit mir.«

»Du …« Ich schüttle den Kopf. »Das kann nicht sein. Das würdest du mir nie antun. Das würdest du nicht fertigbringen, oder?«

Ich warte darauf, dass er alles zurücknimmt, dass er mir sagt, das sei alles ein Missverständnis, denn Dom, *mein* Dom, würde so was nie tun, er würde nie eine andere Frau küssen. Aber er schweigt. Er schweigt und beobachtet mich, als würde er einen furchtbaren Unfall mitansehen, ohne etwas dagegen tun zu können. »Es tut mir so leid«, sagt er erneut.

Ich stehe auf und stolpere fast über die Bank. Der einzige Grund, weshalb ich nicht falle, ist, weil Dom mich festhält. »Fass mich nicht an!«, schreie ich, und es klingt so schrill, dass sich alle umdrehen, »Fass mich ja nicht an!« Wir starren einander mit weit aufgerissenen Augen an. Und dann gehe ich, gehe so schnell ich kann, während ich höre, wie er mir mit seinem verletzten Bein folgt.

Als er hinter mir ist, wirble ich herum. »Nein!«, brülle ich. Die Wut steigt so plötzlich in mir hoch, dass ich auf ihn losgehe, ihn mit beiden Händen von mir stoße, so fest ich nur kann. Er stolpert einen Schritt zurück, gerät ins Wanken, aber er lässt alles über sich ergehen, lässt mich gewähren, während er die Tränen in meinen Augenwinkeln betrachtet. Ich spüre, wie sich jemand nähert, meine Arme packt, mich zurückhält, damit ich mich nicht erneut auf ihn stürze.

»Henson, was soll das?« Es ist Ezra. »Was ist passiert?«

Aber ich gebe keine Antwort. Ich lausche meinem erstickten Atem und renne los, renne in den Wald, weg von den beiden, ohne mich umzusehen.

KAPITEL 24

Ich höre, wie er mir folgt, höre sein Rufen, aber ich weiß, ich kann ihm jetzt nicht in die Augen sehen. Ich würde mich am liebsten eingraben und verkriechen. Jenseits der Bäume sehe ich die riesige Schüssel des Langstreckensenders, seine metallisch glänzende Oberfläche. Ich habe das Gefühl, dass er mich dort nicht suchen wird. Also renne ich los.

Ich weiß nicht, ob ich hoffe oder fürchte, dass sie da ist, aber das ist sie. Grace unterhält sich gerade mit einem stämmigen Typen, der ein dunkles Tattoo am Hals trägt.

»Seren«, sagt sie, als sie mich erblickt. Sie erinnert mich an Pan, wie sie so dasteht, den Kopf schräg gelegt. Eine zweite Pan, nur etwas älter. Wie im Traum. »Schön, dich zu sehen, ich wollte dir etwas zeigen … Was ist passiert?«

Ich schlucke oder versuche es zumindest. »Nichts«, sage ich. »Alles in Ordnung. Zeigst du mir den Sender?«

Sie spricht auf Russisch mit dem tätowierten Typen, woraufhin dieser durch eine Tür ins Innere verschwindet. Dann tritt sie auf mich zu, um mir eine Hand auf die Schulter zu legen.

Wir hören Doms Stimme, die zwischen den Bäumen zu uns hindurchdringt.

»Ich will ihn nicht sehen«, sage ich. Zu spät wende ich den Blick ab, um meine Tränen zu verbergen.

»Warum denn nicht?«, fragt sie. »Was ist passiert?«

Ich schüttle den Kopf. Er ruft erneut meinen Namen, diesmal etwas näher.

»Er …« Mein Hals verkrampft bei den Worten. »Ich kann nicht …«

Weiß der Himmel, wie er mich hier findet, aber in diesem Augenblick kommt Dom um die Ecke. Er hinkt mühsam aus dem Wald, stützt sich an den Bäumen ab, sein neuer Verband von Blut und Dreck verschmiert, seine Haare triefnass vor Schweiß. Um ein Haar stolpert er zu Boden, ehe er mich erreicht.

»Seren.« Er schüttelt den Kopf. »Ich hab das nicht gewollt, das weißt du.«

Er greift nach meinen Händen, aber ich ziehe sie zurück.

»Du … du bist einfach widerlich. Du widerst mich an. Du … du hast das alles letzte Nacht geschehen lassen … du hast kein Sterbenswörtchen gesagt und dann … *dann* bekommst du auf einmal Gewissensbisse? Dann willst du auf einmal ehrlich zu mir sein? Ist das ein Witz? Was würdest du denn an meiner Stelle denken? Was würdest du davon halten?«

Ich spüre es tief unter der Haut. Ein widerliches Krabbeln, wie von Insekten, wenn ich nur an seine Berührung denke.

»Ich weiß, das …« Er fasst sich an die Nasenwurzel. »Ich hätte es dir gleich sagen sollen, aber ich war so froh, dass du nicht mehr sauer bist, und ich war betrunken und dachte, vielleicht willst du es gar nicht wissen, vielleicht tue ich dir damit nur weh, vielleicht mache ich alles nur noch schlimmer, vielleicht wäre es das Beste, wenn ich die Sache … keine Ahnung … einfach vergesse.«

Mir kommt da ein Gedanke. »Warte mal …« Ich verenge die Augen. »Du hast es mir nur erzählt, weil du dachtest, dich hat jemand gesehen. Hab ich recht? Als Kirill von Irina gesprochen hat, dachtest du, es wäre eine Anspielung.«

Seine Augen weiten sich. »Nein.« Er schüttelt den Kopf. »Nein, so war das nicht.«

»Oder du dachtest, sie würde es mir selbst erzählen. Gott, seit wann bist du eigentlich so? Wer bist du überhaupt?«

»Du weißt, wer ich bin.« Dom tritt einen Schritt auf mich zu, dann spüre ich seine Hand an meiner Wange. Ich sehe ihn an, sehe in seine wunderschönen Augen, seine geliebten Augen, die mir so vertraut sind und denen ich immer vertraut habe, und plötzlich fühlt sich alles so anders an, dass ich in Panik gerate und kaum noch Luft bekomme.

»Ich dachte, ich kenne dich«, sage ich atemlos keuchend.

»Das tust du auch. Du kennst mich.« Seine Lippen sind mir so nah, dass ich ihn küssen könnte. Und ich wünsche mir nichts sehnlicher als das. Ich will ihn küssen, weil er allein mir gehört. Ich will ihn küssen, damit alles wieder so ist wie vorher. Aber das ist unmöglich. Und plötzlich habe ich das Gefühl, wenn ich ihn jetzt küsse, dann werde ich vor Traurigkeit sterben.

»Irgendwie hat sich alles verändert«, sage ich mit einem Schluckauf von Angst und Trauer. Ich trete einen Schritt zurück und starre zwischen uns auf den Boden.

»Estrellita.« Er kommt mir erneut näher, mit einem flüchtigen Seitenblick zu Grace, die ich ganz vergessen hatte. »Lass uns zum Agrargebäude gehen. Da können wir reden, uns aussprechen, nur du und ich. Ich will, dass du mich verstehst.« Sein Geruch ist intensiv und überwältigend, sodass ich tief einatme und beinahe den Kopf an seine Brust lege.

Stattdessen trete ich ein paar Schritte zurück, und obwohl die Schritte winzig sind, fällt es mir unendlich schwer.

»Ich kann jetzt nicht mit dir zusammen sein, Dom.« Meine Worte klingen, als würden sie nicht von mir kommen. »Du musst mich jetzt allein lassen. Bitte.« Ich stehe buchstäblich neben mir, außerhalb meines Körpers, und beobachte ihn, beobachte seine Reaktion. Ich sehe, wie er seine Stirn massiert, als müsse er nur fest genug dagegendrücken, um alles ungeschehen zu machen.

»Estrellita, bitte«, flüstert er und kommt auf mich zu.

»Nein!«, sage ich laut. »Ich kann dich jetzt nicht sehen. Ich kann nicht.« Damit wende ich mich ab und gehe um die Sendestation herum, um mich rückwärts dagegenzulehnen und an der metallenen Oberfläche nach unten zu rutschen, bis ich im Gras sitze, das Gesicht in den Händen vergraben.

Es dauert nur wenige Sekunden, bis ich Schritte höre. Ich blicke gerade weit genug auf, um Grace' Füße vor mir zu sehen.

»Willst du darüber reden?« Sie sinkt vor mir in die Hocke, legt eine Hand an meinen Arm.

Ich schüttle den Kopf.

»Es ist hoffentlich in Ordnung, wenn ich dir meine Meinung sage, Seren.« Sie sieht mich mit großen Augen an, groß und weit, sodass ich kein Wort herausbringe, sondern stumm in meinen Arm schniefe, bis sie weiterredet. »Dein Leben erscheint mir ziemlich kompliziert, dafür dass du gerade mal sechzehn bist.«

»Siebzehn.« Ich schlucke schwer.

»Ach … ach ja, dein Geburtstag war im Januar, also … siebzehn. Trotzdem … für eine Siebzehnjährige viel zu kompliziert.« Sie mustert mich. »Findest du nicht?«

»Ich bin eben nicht wie andere«, sage ich. »Das war ich noch nie.«

Die Art und Weise, wie sie mich ansieht, reglos und nachdenklich, verrät mir, dass sie meinen Kommentar als Seitenhieb versteht. Sie nickt resigniert.

»Es tut mir unendlich leid, dass ich nicht für dich da war. Das wollte ich dir schon viel eher sagen«, erwidert sie.

»Das ändert aber auch nichts, egal ob es dir leidtut.« Meine Worte überraschen mich selbst. »Du warst nicht für mich da. Du hast nicht die geringste Ahnung. Von gar nichts.«

»Dann erzähl es mir. Erzähl mir von euch beiden. Ich würde es gern wissen. Wie lange gehst du schon mit Dom?«

»Mit ihm gehen?« Ich muss fast lachen.

»Etwa nicht?«

»Wir …« Wie soll ich ihr erklären, dass er mir so viel mehr bedeutet? Ich kann unsere Beziehung unmöglich zusammenfassen, schon gar nicht mit einem so banalen Ausdruck wie *miteinander gehen*.

Sie wartet nicht länger auf eine Antwort, sondern ergreift erneut das Wort. »Hör zu, Seren. Wenn man jung ist, erscheint einem jede Beziehung wie der Anfang, der Mittelpunkt und das Ende, aber mit zunehmendem Alter sieht man die Dinge etwas abgeklärter.«

»Abgeklärter?« Ich verenge skeptisch die Augen.

Sie berührt erneut meinen Arm. »Soweit ich das mitbekomme, benimmt sich Domingo einfach nur so, wie sich achtzehnjährige Jungs eben benehmen.«

»Und das ist deiner Meinung nach okay?« Meine Stimme wird automatisch lauter.

»Nein, ist es nicht, aber …« Sie zuckt mit den Schultern,

starrt an die Wand, als stände die Antwort dort geschrieben. »Vielleicht wäre es das Beste, wenn ihr euch vorübergehend trennt. Um Abstand zu gewinnen. Dann nimmt die Sache … vielleicht ihren natürlichen Gang. Ich meine, soweit ich das beurteilen kann, macht er dich nicht glücklich. In deinem Alter solltest du das Leben in vollen Zügen genießen. Für eine Beziehung hast du später noch genug Zeit.«

Ich stehe so abrupt auf, dass sie zu mir hochblicken muss. »Wie gesagt, du weißt überhaupt nichts.« Und damit wende ich mich ab.

»Wirklich nicht?«, sagt sie in meinem Rücken. »Ich weiß zumindest, dass eine Jugendliche von der Ventura nur schwer den Unterschied zwischen wahrer Liebe und Lust begreift. Und ich weiß, dass kein Mann es wert ist, sein ganzes Leben für ihn aufzugeben. Wäre ich von Anfang an für dich da gewesen, dann hätte ich dir geraten, die Dinge erst einmal zu durchdenken, bevor du so eine drastische Entscheidung triffst.«

»Das musst *du* gerade sagen!« Ich wirble herum.

Sie schweigt im ersten Moment, ehe sie mir antwortet. »Ich habe gedacht, ich wäre nur für ein paar Tage weg.«

»Die ganze Mission war doch von Anfang an ein Selbstmordkommando. Ich hätte mich nie darauf eingelassen!«

Ihr bleibt vor Schreck der Mund offen stehen. »Aber das hast du! Du hast genau das Gleiche getan, obwohl du wusstest, dass du nie zurückkommen würdest.«

»Aber ich hab keine Kinder zurückgelassen!«

In der darauffolgenden Stille fixiert sie mich mit ihren dunklen Augen. Meine sehen wahrscheinlich genauso aus: umrahmt von dunklen Wimpern und schwer zu deuten.

»Du hast bestimmt gehört, was mit Javi passiert ist …« Sie

schüttelt den Kopf. »Dem Piloten, der uns zur Concordia geflogen hat? Die ersten Wochen waren … unerträglich. Er ist nicht damit klargekommen.«

»Klargekommen?«

»Er konnte es nicht ertragen, seine Familie nie wiederzusehen. Er hatte auch Kinder. Er konnte … nicht damit leben.«

»Aber du konntest?«

»Manche würden behaupten, ich konnte das genauso wenig«, sagt sie. »Das war bei meinem Verhalten ziemlich offensichtlich.«

»Deinem Verhalten?«

»Innerhalb von zwei Monaten war ich schwanger.«

Ich sage gar nichts dazu. Ich betrachte sie nur, während meine Kopfhaut seltsam kribbelt.

»Ich konnte nicht schlafen, konnte nicht atmen, konnte nicht leben, ohne wieder ein Baby in den Armen zu halten. Ich habe dich wochenlang vermisst, habe dich herbeigesehnt. Ich dachte, es bringt mich um. Als mir bewusst wurde, dass ich dich niemals zurückbekomme, dass du für mich verloren bist, blieb mir nur der Versuch, dich zu ersetzen, und das habe ich getan.«

Die Wahrheit schnürt mir die Kehle zu, aber irgendwie finde ich meine Stimme wieder. »Ist ja rührend. Hast du das Kirill schon mal erzählt?« Ich schüttle den Kopf, lasse sie stehen, stolpere über die Steine im langen Gras.

»Seren?«

Ich gehe weiter.

»Seren?«

Ich bleibe stehen, ohne mich umzudrehen. Trotzdem redet sie weiter. »Warum bist du so wütend auf mich? Ich weiß, es ist eigentlich zu spät, um für dich da zu sein und dir meinen Rat anzubieten, aber ich bin immerhin hier. Ich dachte, du wärst froh darüber. Ich bin jedenfalls froh, dich wieder in meiner Nähe zu haben, dir endlich eine Mutter sein zu können. Du machst dir keine Vorstellung, wie das ist …« Sie klingt atemlos, den Tränen nahe. »Es ist das größte Geschenk, das uns das Universum machen konnte, oder?«

»Ach ja?«, sage ich, den Blick zu Boden gerichtet.

Ich spüre, wie sie mir näher kommt, wie ihre Hände zögern, ehe sie meine Schultern berührt. »Natürlich ist es ein Geschenk. Du kannst dir nicht vorstellen, wie sehr ich dich vermisst habe, Seren. Und jetzt bist du auf einmal hier. Das ist das größte und schönste Wunder, das ich mir erhoffen konnte.«

»Ist es nicht.« Ich schüttle sie ab. »Es ist kein Wunder. Es ist einfach nur Zufall. Nicht mehr als ein alberner Zufall.«

Als sie mir hinterherruft, gehe ich weiter.

Ich habe keine Ahnung, wie spät es ist, als Mariana nach mir ruft, aber es wird bereits dunkel und kalt. Ich sitze zusammengekauert an einem Baum, das Gesicht an die Rinde gelehnt. Als ich mich aufrichte, um ihr zu antworten, steht sie plötzlich vor mir. Sie sinkt in die Hocke und nimmt mein Gesicht in beide Hände.

»Ich habe mir solche Sorgen gemacht«, sagt sie atemlos. »Wo warst du?«

Hinter ihr entdecke ich Maxim, der ein paar Meter entfernt stehen bleibt und uns beobachtet.

Gemeinsam gehen wir zurück zur Siedlung, obwohl meine Füße so schwer sind, dass ich sie kaum hochbekomme.

»Er hat mir alles erzählt«, sagt Mariana und stolpert prompt über eine Wurzel. Maxim leuchtet uns den Weg mit seiner Solartaschenlampe, die er am Gürtel trägt. »Er ist echt ein Vollidiot«, fährt sie fort. »Ich bin so sauer auf ihn, das kannst du dir gar nicht vorstellen.«

»Ich will nicht darüber reden.« Als sie meinen Gesichtsausdruck sieht, lässt sie das Thema fallen, aber ich spüre ihre Hand im Rücken.

Im selben Augenblick fängt es an zu regnen. Wir legen einen Schritt zu, aber als wir bei der Siedlung ankommen, sind wir völlig durchnässt. Der Gong zum Abendessen dringt gurgelnd aus den Lautsprechern. Ich habe noch nie darüber nachgedacht, dass bei schlechtem Wetter vermutlich drinnen gegessen wird, aber genauso ist es, daher strömen alle in das Küchengebäude und sitzen dicht gedrängt an den Tischen, Ellbogen an Ellbogen, während der Regen unbarmherzig auf das Dach trommelt.

Ich spüre Dom mehr, als dass ich ihn sehe, wie einen einzelnen Punkt auf meinem Radar. Er sitzt in der hintersten Ecke, daher fällt es mir leicht, mich möglichst weit von ihm wegzusetzen, zusammen mit Mari und Maxim. Ezra mustert uns von seinem Platz neben Dom, die Augenbrauen neugierig hochgezogen. Am selben Tisch entdecke ich Irina, besser gesagt, ihren aufrechten Rücken, während sie geziert ihr Essen löffelt, schräg gegenüber von Dom.

Ich will Mari davon erzählen, aber die unterhält sich mit Maxim, und als ich sehe, wie sich die beiden anlächeln, halte ich mich zurück. Stattdessen starre ich stumm in meine Schale, dann hinauf zum Ventilator, dann auf die hässliche nackte Glühbirne, die vor meinen Augen flackert.

Ich stehe so abrupt auf, dass sich Mari umdreht.

»Wo willst du hin?«

»Keine Ahnung.« Mit einem Mal kenne ich die Antwort. »Laufen.«

»Es regnet.«

Ich zucke mit den Schultern.

»Willst du nicht erst mal was essen?«

Aber ich klettere bereits über die Bank. »Nicht nötig«, sage ich. Als ich hinausgehe, spüre ich, wie mir ihr Blick folgt.

Ich wähle einen Pfad, der mir bislang nie aufgefallen ist. Er führt den Abhang hinunter, weg von der Siedlung, eng und gewunden, überwuchert von riesigen Wurzeln, sodass ich nur langsam vorankomme. Im strömenden Regen und in der hereinbrechenden Dämmerung wird mir bewusst, dass meine Idee nicht gerade die beste war. Ich will gerade umkehren, als ich zwischen den Bäumen eine Lichtung entdecke, übersät von blassen Silhouetten in langen Reihen.

Ich gehe in die Mitte und stolpere fast über eine Reihe abgerundeter Steine, ehe ich begreife, was ich da sehe. Im nächsten Moment mache ich auf dem Absatz kehrt und renne in Panik gegen einen Baum, sodass ich vor Schreck aufschreie. Jeder Stein hat eine Inschrift, wenn auch auf Russisch, aber ich weiß ohne jeden Zweifel, das sind lauter Namen, das sind Grabsteine. Hier bestatten sie ihre Toten, hier werden sie begraben. Und es sind furchtbar viele. Unvorstellbar viele. Mehr verwesende Leichname unter der Erde als lebende Menschen an der Oberfläche dieses Planeten. Maxim hat uns diesen Ort auf seinem Rundgang vorenthalten, und das wundert mich kein bisschen. Das mit eigenen Augen zu sehen, eine Strichliste von Tod und Verlust, noch dazu in unvorstellbarem Ausmaß, ist im wahrsten Sinne des Wortes entsetzlich. Wie soll man an eine Zukunft glauben, wenn man so eine Vergangenheit hat?

Es bleibt einem wohl keine andere Wahl, als damit zu leben.

KAPITEL 25

Jason gibt Maxim zu verstehen, dass wir mindestens zwei Wochen Ruhe brauchen, bevor wir in der Forschungsstation weitere Tests durchführen können. Die Zeit geht irgendwie um, aber ich habe keine Ahnung, wie. Irgendwie fühle ich mich nicht wie ich selbst, sondern wie ein Roboter, der geht und spricht und handelt wie ich, mehr aber auch nicht.

Ezra und ich tauschen die Betten, damit ich mit Mari in einem Zimmer schlafe. Ich glaube, er macht das nur, weil er es leid ist, sich dauernd anhören zu müssen, wie Dom mich anfleht, endlich mit ihm zu reden, was ich nicht kann. Ich versuche es ein paarmal, aber es geht einfach nicht. Nicht mal, als er mich so lange bekniet, dass Mari irgendwann einschreitet, damit er mich endlich in Ruhe lässt. Nicht mal, als er sturzbetrunken nach Hause kommt und halb blind vor meinem Bett zusammenbricht. Nicht mal, als er eines Morgens mit bandagiertem Arm und blutverschmiertem Gesicht erwacht, weil er sich mit Sascha geprügelt hat. Nicht mal, als Ezra klatschnass mit Doms Gitarre zur Tür hereinkommt, um an der Schwelle das letzte bisschen Wasser herauszuschütteln und sie auf Doms Bett zu werfen mit den Worten: »Das ist ein Artefakt von der Erde. Indem er es in den Fluss wirft, bekommt er dich auch nicht zurück.«

Grace setzt sich beim Essen ein paarmal zu mir, aber sobald sie den Mund öffnet, nehme ich meine Schale und setze mich weg.

Der einzige Ort, an dem ich mich wohlfühle, sind die Lebedafelder, wo zurzeit die jungen Pflanzen ausgedünnt werden müssen. Das heißt, ich knie den ganzen Tag im Dreck, ziehe die zarten Pflänzchen vorsichtig aus der Erde und grabe sie in größerem Abstand wieder ein, damit sie genügend Platz haben, um zu den zwei Meter hohen Pflanzen heranzuwachsen, die wir uns erhoffen. Nebenbei sind die Sprösslinge auch noch essbar, sodass wir abends Salat zu unserem Lebeda serviert bekommen.

Nach dem Essen spiele ich mit Mari und Maxim Karten. Manchmal auch mit Kirill. Wenn ich die anderen lachen höre, kommt es mir vor, als säße ich allein in einem Raum, während dumpf Musik durch die Wände dringt.

Ich fühle mich wie ausgehöhlt.

Eines Morgens arbeite ich am Rand des Feldes, als ich hinter mir ein Fahrzeug höre, das sich mühsam durch den Dreck kämpft. Maxim lässt die Fensterscheibe herunter.

»Mari will dich sehen, Seren«, sagt er. »Sie ist bei Jason in der Med.«

Als ich die medizinische Station erreiche, bleibe ich stehen. Nach meiner furchtbaren Erfahrung vom letzten Mal fällt es mir schwer hineinzugehen. Ich atme tief durch und fasse mir ein Herz, doch es wird nicht leichter, denn die erste Person, die ich erblicke, ist Irina.

Als sich unsere Blicke kreuzen, zögern wir beide, doch dann bittet sie mich hinein und deutet auf den Durchgang zum Untersuchungsraum. Ich spüre, wie sie mich mustert, während sie mir folgt.

Der Raum ist stark abgedunkelt, und ich muss mich an den beschädigten Geräten vorbeischieben, um zu Mariana und Jason zu gelangen. Mari liegt auf einer Pritsche, und beide starren wie gebannt auf einen Bildschirm, der ihre lächelnden Gesichter beleuchtet. Maris Blick fällt flüchtig in meine Richtung.

»Sieh dir das an, Seren«, sagt sie, während Jason zur Seite rutscht.

Ich habe so einen Ultraschall noch nie miterlebt, deshalb starre ich verständnislos auf die grauen Schatten und frage mich, was ich da sehe. Ich bin kurz davor, ihr zu sagen, wie toll das alles ist, weil ich mich schäme, nichts zu erkennen, als Jason das Handteil an Marianas Bauch neu ausrichtet, und auf einmal ist es da – ihr Baby – winzig und zusammengekrümmt, hohläugig und gespenstisch, aber ein echtes Baby. Und während ich hinstarre, bewegt es sich.

»Wow.« Als ich Maris Blick erwidere, grinst sie so breit, dass ihre Lippen hörbar über die Zähne gleiten.

»Seht mal, hier.« Jason deutet auf einen kleinen flackernden Punkt am Bildschirm. »Das ist der Herzschlag des Babys, stark und gleichmäßig.«

Wir starren auf das hektische Flackern.

»Ich glaube, man kann sogar …« Jason betätigt einen Schalter, und plötzlich hören wir es, ein hohes, pumpendes Geräusch, schneller als erwartet, wie eine winzige Saugglocke, hartnäckig und unermüdlich.

»Das ist ja irre«, sage ich. Mariana hat einen Ausdruck auf dem Gesicht, den ich bei ihr noch nie gesehen habe. Ihre Augen glänzen feucht.

»Alles gesund und munter«, sagt Jason. »Natürlich befinden wir uns noch im Frühstadium, aber …«

»Frühstadium?«, frage ich.

»Ja«, erwidert Jason. Das Herzgeräusch reißt unvermittelt ab, als er das Handteil herunternimmt und es Irina überreicht, damit sie das Gel abwischen kann. »Der Größe nach zu urteilen, nicht älter als acht oder neun Wochen.«

Ich wechsle einen Blick mit Mariana, während wir beide das Gleiche denken. Irina will das Gel von ihrem Bauch wischen, aber Mari greift nach dem Lappen und macht es selbst.

»Aber das heißt …« Ich runzle die Stirn, während sie sich langsam aufrichtet und ihr Shirt herunterzieht. Ihr stummer Blick ist vollkommen ausreichend, auch ohne dass ich den Satz beende. Jason schaltet das Licht wieder ein, und wir blinzeln gegen das harsche Leuchten an.

»Ich muss die Schwangerschaft im Siedlungsregister eintragen«, sagt er, während er mit seinem Holzhocker zu dem Computerdisplay rutscht und seine ramponierte Lesebrille aufsetzt. »Eine natürliche Schwangerschaft – ohne Genehmigung, aber gesund und munter. Der Kommodore muss zwar seine Erlaubnis erteilen, aber darin sehe ich kein Problem. Immerhin brauchen wir dringend Nachwuchs. Wen darf ich als Vater eintragen?«

Die Art und Weise, wie er das sagt, macht deutlich, dass er die Antwort längst kennt. Irina steht reglos daneben und sieht Mari erwartungsvoll an. Der Augenblick zieht sich endlos in die Länge.

»Ich will nicht …« Sie starrt auf ihre im Schoß verschränkten Hände. »Ich meine, wie läuft das hier eigentlich? Kann ich mich nicht allein darum kümmern?«

Jason mustert sie über seine Schulter hinweg. Er nimmt die Brille ab und seufzt.

»Es ist zwar schon lange nicht mehr vorgekommen, aber feste Familieneinheiten sind hier genauso wichtig wie auf der Ventura. Vielleicht noch wichtiger. Immerhin wollen wir eine neue Gesellschaft aufbauen – eine stabile Gesellschaft. Dazu brauchen wir ein funktionsfähiges Gemeinwesen. Wir brauchen eine sichere Zukunft. Ohne feste Regeln …« Er schüttelt den Kopf, doch dann fügt er hinzu: »Hör zu, das gefällt mir ebenso wenig wie dir, aber so ist es nun mal.«

Ich frage mich, was er damit meint.

»Leider muss ich hier den Vater eintragen«, sagt er und schiebt sich die Brille wieder auf die Nase, um zurück auf den Bildschirm zu blicken. »Zum Zeitpunkt der Empfängnis warst du bereits auf dem Planeten, also gibt es im Grunde nur zwei Möglichkeiten, oder? Wenn du einen Vaterschaftstest …«

»Oh Gott, nein.« Mariana verzieht das Gesicht. »Nein, Domingo ist mein Cousin!«

Er wirft erneut einen Blick über seine Schulter.

»Dann soll ich Ezra als Vater eintragen?«

»Nein, bitte nicht«, sagt sie. »Noch nicht. Bitte nicht sofort. Er weiß es noch nicht. Ich habe es ihm nicht gesagt. Ich will es ihm nicht sagen.«

»Warum nicht?«

Mariana fummelt an ihrem Haar und will es zu einem Pferdeschwanz zusammenraffen, aber sie vergisst ein paar Strähnen. »Aus mehreren Gründen. Er ist gerade mal sechzehn. Und das wäre nie passiert, wenn wir uns nicht so … einsam gefühlt hätten. Und er ist nun mal Ezra. Ich will das lieber allein durchziehen.« Ihr Haar lässt sich nicht zähmen, und sie gibt frustriert auf.

Jason blickt ihr lange und fest in die Augen, dann sagt er

etwas auf Russisch. Irina legt das gereinigte Gerät beiseite und geht hinaus. Sie ist bildhübsch mit ihrem langen, schlanken Hals. Ich kann gut nachvollziehen, warum Dom sie geküsst hat, und diese Tatsache bohrt sich so tief in mich hinein, dass ich fast das Gefühl habe, sie selbst küssen zu wollen. Blinzelnd verdränge ich den Gedanken.

»Also lasse ich den Namen fürs Erste weg«, sagt Jason, als Irina draußen ist. »Aber das wird mit Sicherheit Fragen aufwerfen. Dir bleibt also nicht viel Zeit. Du musst es ihm sagen.«

»Aber ich will das allein durchziehen.«

»Du kannst ein Kind nicht allein großziehen.«

»Sie ist nicht allein«, sage ich. »Sie hat doch mich.«

Jason seufzt. »In der Anfangsphase auf diesem Planeten, als ich halbwegs über die furchtbaren Verluste und die Tatsache, nie wieder nach Hause zurückkehren zu können, hinweggekommen war, da hatte ich die stille Hoffnung, dass hier alles anders werden würde. Die Regeln auf der Ventura waren für einige von uns extrem hart. Viele waren zweifellos glücklich damit, ein durchgeplantes Leben zu führen, aber für andere war es die reinste Tortur, aus welchen Gründen auch immer … aus ganz individuellen Gründen …« Er scheint den Faden zu verlieren, doch er sammelt sich wieder. »Tatsache ist leider, bei einer Weltraumzivilisation wie dieser … zählt nicht unser Leben, sondern unsere Pflicht. Von uns wird erwartet, dass wir unsere Pflicht erfüllen.«

»Aber das ist nicht meine Pflicht.« Mariana steht abrupt auf. »Ich bin nur zufällig hier reingeraten. Ich könnte euch allen den Rücken kehren und in den Wald marschieren, um meine eigenen Regeln aufzustellen.«

Wir betrachten Mariana und denken beide dasselbe, aber

Jason spricht es aus. »Du kannst da draußen kein Kind bekommen, Mariana.«

Sie verschränkt die Arme vor der Brust und beißt sich auf die Lippe, genau wie Dom, wenn es so viel zu sagen gibt, dass man gar nicht weiß, wo man anfangen soll.

»Ich bin mir nicht einmal sicher, wie der Kommodore reagieren wird. Er hätte es mit Sicherheit vorgezogen, wenn du dem Zuchtprogramm zugeteilt worden wärst, aber …« Er schüttelt den Kopf.

»Aber was?«, frage ich. »Wir lassen uns nirgendwo zuteilen.«

Er sieht mich an. »Seren, du kennst die Realität.«

»Das ist aber nicht mein Problem!« Ich werde unwillkürlich laut.

»Du kannst es mir glauben oder nicht, aber ich stehe auf eurer Seite.«

»Das fällt mir gerade echt schwer.«

»Das kann ich gut nachvollziehen.« Er sieht mich mit ruhigem Blick an. »Ich weiß, wie es ist, eine Lüge zu leben. Tagtäglich zu lügen und jede Sekunde darunter zu leiden. Ich war verheiratet, damals auf der Ventura. Meine Lebenspartnerin, Eden, war wundervoll, aber das hat die Sache nur verschlimmert. Ich habe einen anderen geliebt und konnte ihn nicht aufgeben, sosehr ich es versucht habe. Und … dieser andere … hat meine Gefühle erwidert.«

Mariana und ich betrachten ihn still und reglos, beobachten ihn, warten ab, bis er fortfährt.

»Wir waren Freunde, beste Freunde, daher hat niemand Verdacht geschöpft, wenn wir zusammen waren. Wir sind jahrelang damit durchgekommen. Wir haben geheiratet, er hat sogar Kinder bekommen. Aber dann wurden wir um ein Haar erwischt, und er ist in Panik geraten. Er hatte eine Menge Einfluss auf Führungsebene. Die Folgen …« Er schüttelt nur den Kopf.

»Die Folgen können wir uns ausmalen«, sage ich. »Immerhin bist du heute hier, oder?«

Er muss fast lachen und betrachtet mich einen Moment. »Ja, das kann man so sagen.«

»Was ist aus ihm geworden?«, fragt Mariana leise. »Wer … wer war er? Vielleicht kannten wir ihn. Vielleicht können wir …«

»Nein, ich …« Er runzelt die Stirn. »Ich … weiß, was aus ihm geworden ist. Er starb einige Jahre nachdem ich die Ventura verlassen hatte«, sagt er mit einem resignierten Nicken, aber man sieht ihm die Trauer an, und im ersten Moment schweigen wir alle, doch dann redet er weiter. »Ich will damit nur sagen, mir sind erzwungene Partnerschaften genauso zuwider wie euch. Ich habe mich oft gefragt, wie wir unsere genetische Zukunft sichern können, ohne unser ganzes Leben zu verplanen. Aber ich treffe hier nicht die Entscheidungen. Ganz im Gegenteil. Ich bin nicht mehr als ein ausländischer Arzt. Ich habe nicht viel zu sagen.«

»Und wer hat hier das Sagen?«

»Der Kommodore. Das Forschungsteam. Vielleicht auch Maxim. Aber im Grunde …«

»Im Grunde?«

»Im Grund halten sich alle an die Regeln. Und von uns erwarten sie das Gleiche. Was wir davon halten, spielt keine Rolle. Für das große Ganze sind wir vollkommen irrelevant.« Er wendet sich ab, um einen Blick auf den Bildschirm zu werfen. »Und hier geht es in erster Linie um das große Ganze. Ich gebe dir ein paar Tage Zeit, bevor ich das eingebe, Mariana. Mehr kann ich leider nicht für dich tun.«

»Danke«, sagt sie, aber es klingt nicht, als würde sie es ernst meinen.

Als wir den Vorraum durchqueren, begegnen wir erneut Irina, und ich spüre, wie sich mein Körper verkrampft. »Seren, können wir …«, sagt sie, »ist es möglich … Kann ich kurz mit dir sprechen?«

Bevor ich ein Wort herausbringe, antwortet Mariana für mich. »Nein, kannst du nicht. Wage es ja nicht, mit ihr zu reden! Halt dich von ihr fern! Wenn du sie noch einmal ansprichst, bekommst du es mit mir zu tun.« Sie packt mich schmerzhaft am Handgelenk, um mich zur Tür zu zerren, und ich muss fast lachen, als ich im Hinausgehen Irinas entsetztes Gesicht sehe.

»Mir fehlen echt die passenden Worte, um dir zu sagen, was ich von ihr halte«, sagt Mari, während sie im Regen die Kapuze ihrer brandneuen Concordiajacke hochzieht, ohne mein Handgelenk loszulassen.

»Wo wollen wir hin?« Ich eile ihr stolpernd hinterher.

»Keine Ahnung«, entgegnet sie. »Egal wohin. Hauptsache weg von hier.«

Mir fällt auf, dass alle, denen wir begegnen (ein Typ auf einer Holzleiter, der gerade eine Lampe repariert, ein anderer, der im Türrahmen der Kantine lehnt), uns neugierig hinterherstarren. Die beiden verrückten Ausländerinnen. Die Deserteure. Fast rutsche ich im Schlamm aus. Schließlich zwinge ich Mariana, stehen zu bleiben.

»Red doch einfach mit Maxim«, sage ich. »Ich habe den Eindruck, ihr beiden … seid gute Freunde. Oder?«

Sie schüttelt den Kopf. »Wir sind keine Freunde.«

»Erzähl ihm von dem Baby – mal sehen, wie er reagiert.«

»Er weiß es.«

»Du hast es ihm erzählt?«

»Ja.«

»Und ihr seid *nicht* befreundet?«

Ein winziges Lächeln umspielt ihre Augen, nur ihre Augen, doch es verblasst auf der Stelle. »Jason hat recht. Die halten sich gern an die Regeln. Ich …« Frustriert knurrt sie den Himmel an. »Wie kann es sein, dass wir hier mit dem gleichen Mist zu tun haben wie auf der Ventura? Wozu haben wir das eigentlich gemacht, wozu haben wir alles aufs Spiel gesetzt, wozu haben wir unser Leben riskiert … wenn es hier genauso ist?« Als sie zu mir aufblickt, entdecke ich Tränen in ihren Augen. »Gott, Seren, das ist echt …«

Dazu gibt es nicht viel zu sagen, jedenfalls nichts, was die Situation besser machen würde. »Wir kriegen das schon hin«, erwidere ich schließlich, auch wenn ich selbst nicht daran glaube.

KAPITEL 26

Ezra und ich sitzen im Laderaum eines Concordiafahrzeugs und ruckeln zwischen den Bäumen einen schmalen, steilen Pfad hinauf, der den Motor qualvoll aufheulen lässt. Ich spähe durch die Scheibe der Fahrerkabine, aber ich sehe nicht mehr als Maxims und Jasons Hinterkopf – ein Anblick, der anonymer nicht sein könnte.

»Wie lange willst du Suarez eigentlich noch ignorieren?«, fragt Ezra.

Ich kann jetzt nicht daran denken geschweige denn darüber reden, also klammere ich mich stumm an die Metallstrebe in meinem Rücken und blicke den Hang hinauf. Ezra scheint meinen dezenten Hinweis nicht zu verstehen.

»Eins muss man dir lassen – es gehört schon eine Menge Starrsinn dazu, jemandem so konsequent aus dem Weg zu gehen, wenn man mit ihm zusammenlebt. Ehrlich gesagt geht er mir auch tierisch auf den Zeiger bei allem, was er sich in letzter Zeit leistet. Hast du mitbekommen, dass sie ihm in der Dekonstruktion gesagt haben, er bräuchte nicht mehr wiederzukommen, weil er ständig angetrunken vom Vorabend zur Arbeit erscheint?«

Ich schlucke. »Wo war er eigentlich letzte Nacht?«, sage ich so leise, dass ich die Frage wiederholen muss. Sie quält mich schon den ganzen Morgen – seit ich mitten in der Nacht Doms und Ezras Schlafzimmer durchqueren musste, um zur Toilette zu gehen, und im Mondlicht Doms leeres Bett gesehen habe.

»Keine Ahnung«, sagt Ezra. »Glaubst du, er erzählt mir irgendwas?« Er beugt sich zu mir vor. »Warum tust du uns nicht allen einen Gefallen und gibst ihm noch eine Chance? Ich weiß, du hast ihn immer für ein überirdisches Wesen gehalten, aber – wer hätte es gedacht? – der Typ macht genauso seine Fehler wie jeder andere.«

Ich schüttle den Kopf und blicke hinauf zu den Baumwipfeln, die sich im Wind wiegen.

Gut zehn Minuten später lichtet sich das Blätterdach und enthüllt einen felsigen Gipfel. Ich entdecke drei niedrige, fensterlose Gebäude aus gebürstetem Edelstahl und eine ganze Kompanie von riesigen schwarzen Windrädern, die unermüdlich die Luft durchpflügen. Das Kettenfahrzeug kommt knirschend zum Stehen. Maxim und Jason steigen aus.

»Wir sind da«, sagt Maxim. Er winkt einem hochgewachsenen Kerl zu, der in diesem Moment aus einem der Gebäude tritt und uns beobachtet. Er wirkt blass und furchteinflößend. Maxim stellt ihn uns als Karim vor. Er begrüßt uns auf Russisch, dann redet er mit Maxim.

»Er heißt euch herzlich willkommen«, übersetzt Maxim, aber der Blickwechsel zwischen den beiden verrät etwas anderes.

Im Innern des Labors flackern nach und nach die Lichter auf. Die Wände haben denselben matten Glanz wie von außen, daher begleiten uns geisterhafte Schatten, als wir den Raum durchqueren. Erst jetzt bemerke ich die hellen, unebenen Balken, die das Gebäude aufrechterhalten. Im Vorbeigehen berühre ich einen von ihnen. Holz.

»Eine neuartige Bauweise«, sagt Maxim mit einem Anflug von Stolz. »Meine eigene Idee.«

Ezra sieht sich um und will wissen, was die unterschiedlichen Apparate für Funktionen haben, aber ich steuere geradewegs auf eine Tür an der Rückseite des Labors zu, die mich nach draußen führt, wo ich zwischen den Bäumen ein weiteres Gebäude entdecke. Ich nähere mich bereits dem Eingang, als ich Maxims Stimme hinter mir höre.

»Proben außerirdischer Lebensformen«, sagt er knapp. »Vollständig klimatisiert. Sprich beheizt. Sie kommen aus den Tropen.« Er lacht. »Genau wie ihr. Vielleicht sollten wir euch auch da drinnen halten.«

»Kann ich die mal sehen?«

»Hast du schon. Sie stammen aus den maritimen Subtropen. Ansonsten haben wir keine nicht pflanzlichen Organismen finden können.«

Skeptisch betrachte ich das Gebäude. Maxim geht zur Tür und lässt uns mit seinem Fingerabdruck hinein.

In der Dunkelheit umfängt uns eine warme, wabernde Luft, die mich eher an die Wäscherei auf der Ventura erinnert als an die Insel. Vor uns stehen vier riesige Glasbehälter, die vom Boden bis zur Decke reichen. Der erste von ihnen ist leer, abgesehen von einem dicken Ast, auf dem sich eine traurige Ansammlung von Glühwürmchen zusammenschart. Ich drücke mein Gesicht an die Scheibe, bis sie von meinem Atem beschlägt.

»Glühwürmchen«, sage ich.

»Wir nennen sie ALF1«, erwidert Maxim. »Man findet sie fast überall, selbst hier auf dem nördlichen Kontinent.«

Er deutet auf den zweiten Glasbehälter. »Mit ALF2 hast du bereits Bekanntschaft geschlossen.«

In dem mit Wasser gefüllten Aquarium liegt diagonal ein langes Stück Koralle von der Größe eines gefällten Baumes, teils verhüllt von einem Vorhang aufsteigender Luftblasen, die offenbar für Sauerstoff sorgen. Das Wasser schimmert und zeichnet Lichtreflexe an die Decke. Instinktiv fasse ich mir an die Hüfte.

Der nächste Behälter ist ebenfalls mit Wasser gefüllt. Am Grund befindet sich nicht mehr als blasser Sand. Ich spähe hinein und drehe mich fragend um.

»ALF3. Sie sind unsichtbar, solange man sie in Ruhe lässt. Ich kann sie aufschrecken …«

»Nicht nötig.« Ich blicke in das finstere Wasser. »Die habe ich schon mal gesehen.«

Seesterne. Das wird mir alles zu viel. Ich lege die Hand an meine Stirn und schließe die Augen.

Hinter mir höre ich, wie sich Maxim bewegt. »Alles … in Ordnung?«

Was soll ich darauf antworten? Wie soll ich ihm erklären, was das für ein Unterschied ist zwischen dem hier und meiner Begegnung mit den Seesternen am Strand? »Alles okay, ich brauche nur etwas frische Luft«, sage ich, und damit gehe ich zur Tür und lasse ihn stehen.

Draußen muss ich erst einmal blinzeln. Ich spüre den Wind auf der Haut und gehe zur Ecke des Gebäudes.

»Henson, wo willst du hin?« Das ist Ezra.

»Ich will nur kurz …« Aber ich weiß es selbst nicht so genau, deshalb sage ich gar nichts und gehe einfach weiter. Ich höre, wie er mir folgt, höre seine Schritte auf dem felsigen Untergrund, bis er meinen Arm packt.

»Hast du Angst?«

»Das nicht.«

Er verzieht das Gesicht. »Warum redest du nicht mit mir?«

»Was meinst du? Ich rede doch mit dir.«

»Es ist dir vielleicht nicht bewusst, aber du redest eigentlich mit niemandem. Du bist kurz davor, das Reden komplett einzustellen.«

Ein Windstoß weht ihm seine zu langen Haare ins Gesicht, sodass er sie genervt zurückstreicht. Die Geste ist so *typisch* Ezra, dass ich unwillkürlich grinse, aber er zieht eine gequälte Grimasse und fasst sich an die Seite.

»Alles okay?«, frage ich, während ich selbst einen schmerzhaften Stich verspüre.

Er jammert vor Schmerzen.

»Lass uns zu Jason gehen«, sage ich, doch er schüttelt den Kopf.

»Nein«, erwidert er. »Ich will gehen. Einfach nur gehen.« Er legt eine Hand auf meine Schulter und stützt sich schwer bei mir ab, während wir ein paar Schritte zurücklegen.

»Verrate mir wenigstens eins«, sagt er. »Hat dir deine Mutter erzählt, wie sie hergekommen sind? Jason hat ein paar Andeutungen gemacht, aber er benimmt sich mir gegenüber total komisch. Ich habe das Gefühl, dass er mir irgendetwas verschweigt.«

Ich versuche, eine sinnvolle Antwort zu finden. »Eigentlich war es nur ein unglücklicher Zufall.«

Ich halte inne und sehe ihn an, sodass er ebenfalls stehen bleibt. Ezra hat den Reißverschluss seiner dunkelblauen Jacke ganz hochgezogen, sodass die untere Hälfte seines Gesichts von dem steifen Kragen verdeckt wird. Ich sehe nur seine Augen.

»Hmmm«, erwidert er dumpf. »Auch egal. Du bist bestimmt froh, dass sie noch lebt, oder?«

Ich sehe, wie ihm die Haare erneut ins Gesicht wehen, und streiche sie ihm zurück, während ich darüber nachdenke. »Du brauchst dringend einen Haarschnitt«, sage ich.

»Dein Feedback zu meiner Frisur wird dankbar zur Kenntnis genommen.«

Wir gehen weiter, erreichen eine Art Plateau, unsere Schritte langsam und zögerlich, während sich die Landschaft um uns herum verwandelt, ein neues Panorama eröffnet, bizarr und unnatürlich.

»Wow«, sage ich, ehe ich begreife, was ich da sehe.

Wir gehen ein paar Schritte unter dem sich wandelnden Himmel, während sich die Erde vor unseren Augen formt und verformt. Wir erreichen einen schwindelnden Abgrund, steil und beängstigend, als wäre es das Ende der Welt, als wollte der Planet einfach aufhören zu existieren und uns zurück in den Weltraum befördern.

»Krass«, sage ich.

»Aber echt«, haucht Ezra ehrfürchtig, als stände er in einer Kirche.

Es ist total beeindruckend. Eine unbeschreibliche Erfahrung. Ich fühle mich total geblendet. Vor uns geht es mindestens tausend Meter senkrecht in die Tiefe, so weit, dass die Bäume unter uns winzig erscheinen wie Kinderspielzeug, wie eine Miniaturlandschaft.

Ich trete so nahe an den Abgrund heran, wie ich mich traue. Es kostet mich eine Menge Selbstbeherrschung, nicht versehentlich zu fallen, nicht zu springen, nicht darüber nachzudenken, wie es wäre, kilometerweit in die Tiefe zu stürzen, im freien Fall, um mit einer unvorstellbaren Geschwindigkeit aufzuprallen.

»Da ist gar kein Ende in Sicht.« Ezra hat sich abgewandt, das Gesicht dem Wind zugekehrt. Sein Blick folgt dem Verlauf des Abgrunds, der sich in beide Richtungen bis zum Horizont erstreckt.

»Meinst du, die waren schon mal da unten?«

»Ich wüsste nicht, wie«, entgegnet Ezra. »Warte mal, was ist das?« Er deutet in die Ferne.

Ich folge seinem Blick, aber ich sehe nichts außer Bäume, eine kleine Lichtung, eine Linie im Wald.

»Ein Weg?«, fragt Ezra.

Ich schüttle den Kopf. »Eher ein Fluss oder so.«

»Und das da? Mann, was ist das denn?«

Meine Augen tränen im Wind, sodass ich erst einmal kräftig reibe, um wieder sehen zu können, und selbst dann ist es immer noch so weit weg, dass ich kaum etwas erkenne. Aber ich sehe, was er meint. Ich sehe es. Einen Turm, irgendeine Art von Turm, vom Licht angestrahlt, kein natürliches Gebilde, sondern künstlich erschaffen.

Wir starren einander mit offenem Mund an. »Das muss denen gehören. Der Concordia. Sie haben uns nur nichts davon erzählt«, sage ich.

»Bist du sicher?«

»Na klar.«

Eine Windböe erfasst uns so plötzlich, so kräftig, dass wir instinktiv einen Schritt zurücktreten.

»Gott, wie konnten die uns so was vorenthalten?« Ezra stapft entrüstet davon. »Was, wenn wir im Dunkeln hier runtergestürzt wären?«

»Warum sollten wir im Dunkeln hierherkommen?«

»Darum geht es nicht.«

Erst als wir uns abwenden, um zurückzukehren, bemerke ich den Himmel, seine rosa bis orangerote Färbung, obwohl wir immer noch Vormittag haben. Sah der Himmel schon so aus, als wir losgegangen sind? Ich komme nicht dazu, Ezra danach zu fragen, denn er sagt plötzlich: »Wie haben wir uns nur so verlaufen?«

Ich sehe mich um – zwei einsame Gestalten inmitten karger Felsen ohne Gebäude oder Windräder oder sonst etwas. Nur wir beide und der Wind, der Himmel, der klaffende Abgrund.

Ezra dreht sich im Kreis. »Wir sind doch gar nicht so weit gegangen, oder?«

Als er mich ansieht, wird mir die Antwort klar.

Ich blicke erneut zum Himmel; er folgt meinem Blick.

»Der Himmel …«, seufzt Ezra.

Wir sehen einander in die Augen. »Aber wie …«, fährt er fort. »Wie ist das möglich?« Er sieht sich um.

Ich schüttle den Kopf, schlucke schwer. »Keine Ahnung. Ich habe echt keine Ahnung.« Ich spüre, wie sich die Panik in meine Knochen schleicht, mich übermannt, unbändig und unkontrollierbar. Ezra packt meine Arme.

»Wir werden jetzt nicht durchdrehen«, sagt er.

Der Kloß in meinem Hals ist groß wie eine Faust, unmöglich herunterzuschlucken, aber irgendwie bekomme ich die Worte heraus. »Was, wenn wir nicht mehr zurückfinden?«

Er tritt noch näher an mich heran. »Henson, wir haben nicht den blassesten Schimmer, was hier eigentlich abgeht. Wir dürfen jetzt nicht in Panik geraten. Wir müssen … keine Ahnung …«

Aber ich höre ihm nicht mal mehr zu. Ich schüttle ihn ab und gehe zum Waldrand.

»Wo willst du hin?«, ruft er mir hinterher.

Ich renne los, stolpere über vereinzelte Steine. Die Bäume stehen hier extrem dicht, aber ich sehe eine Schneise, und als ich mich nähere, entdecke ich einen Bach. Es ist eindeutig der einfachste Weg, um in die Richtung zu gelangen, wo die Siedlung liegen sollte, also renne ich los, folge seinem Lauf, stapfe durch das Wasser.

Ich beschleunige mein Tempo, stolpere über die unebenen Felsen in dem glitschigen Bachbett, aber ich bin fest entschlossen, meiner Angst, meiner Panik zu entkommen. Unerwartet stellt sich mir ein kleiner Wasserfall in den Weg, und ich stürze prompt in einen flachen Teich, mit dem Gesicht voran. Vorhersehbarerweise passiert Ezra genau das Gleiche. Er landet auf mir drauf, und sein Knie bohrt sich schmerzhaft in meine Hüfte. Bevor ich mich aufrappeln und weiterrennen kann, packt er meine Handgelenke, hält sie in meinem Rücken fest, während ich mich winde und wehre.

»Lass mich los!«, kreische ich, obwohl er mir extrem nah ist. Sein Kinn bohrt sich unangenehm in meine Schulter. Das Wasser umfängt uns sprudelnd und glitschig.

»Henson«, sagt er dicht an meinem Ohr, nur das eine Wort. Ich spüre seine Hände an meinen Armen, unfähig, mich zu rühren.

»Lass mich los, Ezra!«, sage ich, aber er ignoriert mich, also kreische ich erneut: »Lass mich los!«

Er lässt nicht locker, zieht mich noch fester an sich heran, überkreuzt meine Arme vor meinem Brustkorb, sodass ich spüre, wie er sich hebt und senkt, extrem schnell, viel zu schnell, bis sich alles um mich herum zu drehen beginnt. Als Ezra weiterredet, ist mir seine Stimme so nah, dass ich nichts anderes mehr höre, dass alles andere in den Hintergrund tritt.

»Es geht uns gut. Wir haben uns nur ein bisschen verlaufen. Wir sind zusammen, und wir finden eine Lösung. Wir haben schon Schlimmeres überstanden, Henson, und es ist bestimmt nicht das letzte Mal. Also atme einfach mit mir zusammen, okay? Ganz ruhig atmen. Du musst nur atmen.« Er zieht mich an sich, hält mich fest. Ich fühle seinen Brustkorb in meinem Rücken. Meine Rippen weiten sich im selben Rhythmus wie seine, erst ein, dann aus, immer langsamer, langsamer, langsam. Sein rechter Arm ruht an meinem Schlüsselbein, der andere an meinem Bauch, sicher umfangen, und auf einmal fühle ich mich besser. Ich nicke und spüre, wie er mein Nicken erwidert. »Siehst du?«, sagt er. »Es ist alles okay.« Zugleich lockert er seinen Griff, obwohl sich ein Teil von mir wünscht, er würde mich weiter festhalten. Es kommt mir vor, als wäre er das Einzige, was mich noch zusammenhält.

Ich stehe auf und mache einen Schritt, bevor ich mich umdrehe.

»Das hast du schon mal gemacht. Weißt du noch?«

Er sieht mir fest in die Augen. »Ja, weiß ich.«

Inmitten des Plätscherns höre ich es nicht sofort, erst als wir den Abhang hinaufgehen und den Bach hinter uns lassen, um zwischen den Bäumen weiterzugehen.

»Hörst du das?«, frage ich, während ich Ezras Arm berühre.

Er legt den Kopf schräg und lauscht. Er will gerade Nein sagen, als sich sein Ausdruck verändert.

»Was ist das?« Er geht zum nächstbesten Baum, legt eine Hand an den Stamm.

»Genau das habe ich schon mal gehört«, sage ich.

Es ist schwer zu beschreiben. Ein Art Flüstern, doch eine Spur zu tief, um etwas verstehen zu können. Mehr Rhythmus als Sprache, fast wie Poesie, wie Musik. Und es kommt direkt aus dem Baum.

Ezra runzelt die Stirn, steckt sich einen Finger ins Ohr, dreht ihn hin und her, als könnte er das Geräusch irgendwie herausbohren. Er legt erneut den Kopf an den Baum, um zu lauschen, während seine Augen verwirrt hin und her zucken.

»Ich kapiere das nicht«, sagt er. »Ich glaube, ich will es auch gar nicht kapieren.«

»Was …« Ich atme tief durch. »Was, wenn uns die Koralle wirklich in eine andere Dimension versetzt, ist das … sind wir dann da? Ist das die andere Dimension?«

Er sieht mich an, sieht hinauf zu den Bäumen.

»Na ja …« Er zuckt mit den Schultern. »Das wäre schon cool, oder?« Aber ich sehe die Angst in seinen Augen.

Ich schlucke schwer.

»Die Dimension der sprechenden Bäume. Echt schräg.« Er sieht aus, als würde ihm plötzlich etwas einfallen. »Der Turm«, sagt er und geht zurück zum Abgrund.

Ich folge ihm, doch es fällt mir schwer, einen Fuß vor den anderen zu setzen; meine Schritte werden immer langsamer, meine Kräfte schwinden. Ich rufe ihm hinterher, aber meine Stimme erreicht ihn nicht. Es ist total seltsam, denn mit jedem Schritt scheint sich die Luft zu verdichten, die Zeit zusammenzuschnüren.

»Ezra!«, rufe ich erneut, aber er ist zu weit weg.

Ich stürze zu Boden, doch es scheint minutenlang zu dauern, und währenddessen betrachte ich den Himmel in all seinen Schattierungen – rot und rosa, sogar ein Hauch von Grün. Die Koralle scheint lichterloh in mir zu brennen; ich spüre ihre Hitze. Das alles dauert so lange, dass ich mich frage, ob ich wohl für immer in diesem Zustand feststecke, und wenn es so ist, dann verliere ich definitiv den Verstand; kein Mensch kann eine solche Qual auf Dauer aushalten.

Als ich spüre, wie mich jemand berührt, meine Schultern packt und mich aufrichtet, kann ich gar nicht anders, als mich zu wehren und zu schreien. Im nächsten Moment erkenne ich Jason, und ich bin so erleichtert, dass ich ihm um den Hals falle und mein Gesicht an seinem Nacken vergrabe.

»Alles in Ordnung«, sagt er. »Es ist alles in Ordnung. Gott sei Dank. Wo wart ihr? Was ist passiert?«

Ich öffne die Augen, um über seine Schulter zu blicken, und stelle fest, dass es bereits dunkel ist, stockfinster. Ich muss ein paarmal blinzeln, um es zu glauben.

»Jason!« Maxims Stimme dringt durch die Bäume zu uns herüber. »Er ist hier. Komm schnell!«

Jason versucht, mir auf die Beine zu helfen, aber ich bin zu erschöpft, also sage ich, er soll schon mal vorgehen. Er rennt zu der Stelle, wo Maxims Taschenlampe Ezras reglosen Körper beleuchtet, der vornüber auf dem Bauch liegt.

»Alles in Ordnung?«, fragt Maxim, und ich sehe, wie er sich rührt, sich bewegt.

»Ezra?« Das ist Jasons Stimme. »Bitte sprich mit mir. Weißt du, wo du bist?«

Ezra gibt ein paar unverständliche Laute von sich, als hätten sein Mund, sein Hals oder sein Gehirn vergessen, wie man redet. Es läuft mir eiskalt über den Rücken, bis er sagt: »Mann, fühle ich mich beschissen.«

Erleichtert sinke ich zu Boden, atme tief durch, konzentriere mich auf die wenigen verstreuten Sterne, die hoch oben zwischen den Bäumen zu sehen sind.

KAPITEL 27

Als ich wach werde, liege ich auf einer Pritsche in der Forschungsstation. Karim steht mitten im Raum und zieht sich gerade ein T-Shirt über seine Tattoos. Er bemerkt, dass ich wach bin, und sagt irgendetwas auf Russisch.

Als ich zur Tür hinaustrete, späht die Sonne gerade über den Horizont; ihre Strahlen spiegeln sich auf der fernen Meeresoberfläche und bringen mich zum Blinzeln. Ein eisiger Wind fegt um das Gebäude, also schlinge ich die Arme um den Körper, schlinge sie fest um meine Rippen.

»Guten Morgen«, sagt Maxim und versetzt mir einen Schrecken. Er sitzt auf einem Holzhocker, rückwärts an die Wand gelehnt, eine Decke über die Schultern gebreitet. Hinter der Sonnenbrille wirkt sein Gesicht vollkommen ausdruckslos.

»Ganz schön kalt«, sage ich.

Er nimmt die Decke herunter und reicht sie mir. Im ersten Moment will ich das Angebot ablehnen, doch dann greife ich dankbar zu und hülle mich in den warmen Stoff.

»Das ist der Wind von den Bergen. Da oben liegt immer noch Schnee. Du kannst auf eines der Windräder klettern und es dir ansehen.«

Die Tür öffnet sich, und Ezra steht vor uns, die Haare im Gesicht, die Schultern nach vorn gezogen. In seinem dünnen T-Shirt lehnt er sich zitternd gegen den Türrahmen. Als ihm die Sonne in die Augen scheint, tritt er einen Schritt zurück und hebt schützend die Hand.

Maxim beobachtet ihn für einen Moment und seufzt. »Ich mache erst mal Kaffee.«

In seiner Abwesenheit kommt Jason mit zwei Hockern heraus und setzt sich auf einen der beiden. Er beugt sich über die Knie und reibt die Hände aneinander, bevor er zu uns aufblickt.

»Das war ziemlich … unerwartet.«

Ich teile mir die Decke mit Ezra, und wir setzen uns mit klappernden Zähnen nebeneinander.

»Seid ihr in der Lage, uns zu erzählen, was passiert ist?«

»Wie lange waren wir weg?«, frage ich.

Er sieht mir fest in die Augen. »Ich glaube, gut siebzehn Stunden.«

»Siebzehn Stunden?« Ezra schüttelt den Kopf. »Krass.«

»Wie habt ihr uns gefunden?«, frage ich Jason.

»Ich habe dich gehört. Du hast gerufen. Du hast nach Domingo gerufen.« Er blickt flüchtig zu mir auf. »Willst du, dass ich ihn hole?«

»Nein«, platze ich heraus, obwohl sich ein riesiger Teil von mir das Gegenteil wünscht.

Maxim kommt mit zwei Metallbechern Kaffee zurück, die er mir und Ezra überreicht. Wir legen die Hände um die Becher, um uns daran aufzuwärmen. Das Zeug riecht irgendwie seltsam, anders als auf der Ventura. Karim erscheint im Türrahmen und mustert uns eingehend, die Arme verschränkt.

»Anscheinend haben die ALF-Proben den Zustand ausgelöst«, sagt Maxim, der sich auf einen vierten Hocker setzt. »Ich hätte dich nicht da hineinbringen sollen. Aber ich hatte keine Ahnung, dass die Wirkung so unmittelbar und heftig einsetzen würde.«

»Zuerst dachten wir, ihr wärt in Panik geraten und weggerannt«, sagt Jason. »Ich habe unten in der Siedlung angerufen, aber keiner hat euch gesehen.«

»Dachtet ihr nicht, wir wären in den Abgrund gestürzt, von dem uns kein Mensch erzählt hat?«, fragt Ezra mit einem zynischen Lachen.

Die drei sehen uns verständnislos an.

»Was für einen Abgrund?«, fragt Maxim.

Wir umrunden dreimal das Feld mit den Windrädern, gehen direkt unter den Turbinen entlang. Obwohl das Geländes auf dieser Seite des Kammes deutlich abfällt, entdecken wir nirgends den klaffenden Abgrund, der sich im Nichts verliert.

»Und das war das erste Mal, dass ihr die andere Dimension ausgiebig erkunden konntet?«, fragt Maxim.

Ich schlucke und nicke.

»Da war ein Turm.« Die Erinnerung lässt Ezras Augen funkeln. »Weißt du noch, Henson?«

Ich nicke nur, aber Ezra schreitet zurück zu der Stelle, wo der Abgrund sein müsste, und deutet in die Ferne. »Ungefähr da! Weißt du noch? Er stand dahinten. Jetzt natürlich nicht, aber …«

Maxim blinzelt in die Ferne. »Und dieser Turm … war menschlichen Ursprungs? Künstlich errichtet?«

»Definitiv. Zuerst dachten wir, *ihr* hättet das Ding erbaut, aber …« Ezra sieht uns alle mit großen Augen an. »Oh Mann, weißt du, was das heißt, Henson? Wir müssen noch mal dahin. Wir müssen zurück.«

Ich schüttle den Kopf und trete einen Schritt zurück. »Niemals.«

»Mann, was redest du da? Das ist das Unglaublichste, was uns je passiert ist.«

»Nie und nimmer«, sage ich etwas lauter. »Ich will nicht, dass mir das noch mal passiert. Nie wieder. Ich hatte eine Heidenangst, Ezra. Es hat sich angefühlt, als … keine Ahnung. Was, wenn wir das nächste Mal nicht zurückfinden?«

Ezra zieht die Schultern hoch. »Na und? Was ist denn an diesem Leben so toll?«

Ich starre auf meine Füße und denke einen Moment nach. »Eigentlich gar nichts«, sage ich. »Aber darum geht es nicht – ich glaube, unser Körper, unsere Psyche ist dafür nicht gemacht. Ich glaube, wir kommen auf Dauer nicht damit klar.«

»Dazu möchte ich eins sagen«, wirft Jason ein. »Als ich euch letzte Nacht untersucht habe – eure Blutergüsse –, da habe ich Hinweise auf innere Blutungen festgestellt. Seren hat recht. Diese … Dislokation, oder wie immer man es nennen will, ist nicht gut für den Körper.«

»Siehst du, Ezra. Ich will nicht sterben, und du sollst auch nicht sterben. Das ist es nicht wert!«

Er verzieht das Gesicht. »Wir werden nicht sterben. Das hier … Mann, Henson, das ist echt unglaublich – das Größte, was uns je passiert ist, was *irgendeinem* Menschen je passiert ist. Das ist absolut gigantisch. Wir können das nicht einfach ignorieren. Wir müssen weitermachen. Und dann dieser Turm! Du hast ihn doch auch gesehen. Wenn es da draußen eine andere

Zivilisation gibt, dann haben wir die Pflicht, es herauszufinden – wir müssen mit denen in Kontakt treten!«

Jason mustert Ezra aufmerksam, doch dann wendet er sich an Maxim. »Nach den Ereignissen der letzten Nacht weiß ich ehrlich gesagt nicht, ob ich weitere Versuche gutheißen kann. Die Folgen sind einfach unüberschaubar. Als ausgebildeter Mediziner muss ich darauf hinweisen, dass die Versuchspersonen ernsthaft gefährdet werden. Ich finde, wir sollten die Untersuchungen aus Sicherheitsgründen einstellen und das invasive Material schnellstmöglich entfernen.«

Maxim nickt nachdenklich, doch Ezra schüttelt den Kopf.

»Nein«, sagt er. »Nein, das geht nicht. Nicht jetzt, wo es gerade interessant wird!«

Karim hat praktisch während der ganzen Unterhaltung die Ebene vor uns mit einem Fernglas abgesucht. Jetzt sagt er etwas auf Russisch und deutet auf die Stelle, wo der Turm gestanden hat. Maxim antwortet ihm, und die beiden unterhalten sich eine Weile nickend, bis Jason ihnen ins Wort fällt. »Aber das spielt keine Rolle«, sagt er kopfschüttelnd.

»Was spielt keine Rolle?«, fragt Ezra. »Was hat er gesagt?«

Maxim schiebt seinen Zeigefinger unter den Rand der Sonnenbrille und reibt sich das Auge. »Karim hat darauf hingewiesen, dass an der Stelle, wo ihr den Turm gesehen habt, ungewöhnlich starke und uncharakteristische Energiefelder auftreten. Wir haben die Gegend bereits eingehend untersucht.«

Ezra legt eine Hand über die Augen und blickt über die grasreiche Ebene, die jenseits des Tals sanft ansteigt.

»Maxim, ihr könnt im Namen der Forschung keine Menschenleben aufs Spiel setzen«, sagt Jason.

Ezra lacht. »Im Ernst? Ist dir eigentlich klar, was du da sagst? Wir existieren doch nur im Namen der Forschung.«

Jason mustert ihn mit einem traurigen Ausdruck. »Nur weil wir für die Forschung erschaffen wurden, heißt das nicht, dass wir für sie sterben müssen.«

»Und wann können wir das Zeug entfernen?«, frage ich.

»Morgen, wenn ihr wollt.«

Ich nicke, während Ezra widerspricht. »Nein, Henson. Ich kenne dich besser. Du bist mutiger, als du denkst. Du willst es doch auch wissen!«

Ich schüttle den Kopf, lasse ihn stehen, aber ich spüre, wie er mir folgt.

»Was hast du vor?«

»Ich will auf einen Turbinenmast klettern.« Das wird mir erst bewusst, als ich es ausspreche.

»Was – jetzt?«

Wir lassen die anderen zurück und gehen zum nächstgelegenen Windrad, etwa fünfzig Meter entfernt. Ezra bleibt stehen und blickt hinauf zu den kreisenden Rotorblättern.

»Und wie willst du daraufkommen?«

Ich lege meine Hand an den Mast, wo ich die Silhouette einer Tür entdecke, die etwas kleiner ist als ich. Es gibt keine Klinke, keine Vertiefung, aber ich drücke versuchsweise dagegen, und die Tür gibt mit einem leisen Seufzer nach.

Im Innern ist gerade mal genügend Platz für eine Person und eine schmale Leiter, die an der Wand steil in die Höhe führt. Ich habe etwa ein Drittel der Entfernung zu dem makellos runden Lichtkreis am oberen Ende zurückgelegt, als ich Ezras Stimme höre, unnatürlich laut und nah in dem beengten Raum.

»Du willst doch nicht allen Ernstes da rauf?«

Ich lache. »Genau deshalb bin ich hier.«

Am oberen Ende der Leiter klammere ich mich mit einer Hand an die Sprosse, um eine identische Tür in meinem Rücken aufzustoßen. Ich steige über den Abgrund hinweg auf ein Metallgitter, das sich ringsum an den Mast schmiegt, dicht unterhalb des Motors, wie ein Kragen. Die Rotorblätter sind gut zehnmal so lang, wie ich von unten dachte. Sie durchschneiden die Luft mit einem sonoren Brummen, etwa eine Armlänge entfernt, wie eine Barriere zwischen mir und dem fernen Boden. Als ich mich vorsichtig auf meinen Rundgang begebe, erblicke ich die Berge, die sich nördlich des Höhenkamms über einem dichten Teppich von Bäumen erheben. Schneebedeckt, genau wie Maxim gesagt hat. Sie sind hoch und fern und einsam; verstohlen raffen sie den Schnee zusammen wie ein eisiges Geheimnis. Ich stelle mir vor, wie es wäre, dort oben zu sein, umgeben von all dem Weiß, all der Stille.

Ezra kriecht umständlich durch die Türöffnung und setzt sich auf das Gitter, die Knie dicht an den Körper gezogen, das Gesicht leichenblass und feucht vor Schweiß.

»Sieh mal.« Ich deute auf die fernen Berge.

Er sieht kaum hin, bevor er nickt.

»Von da kannst du sie gar nicht richtig sehen«, sage ich. »Steh auf und komm her.«

Er schüttelt den Kopf. »Geht nicht.«

»Warum nicht?«

»Meine Beine wollen nicht.«

Ich fange an zu lachen, aber sein Ausdruck lässt mich verstummen. »Hast du etwa Höhenangst?«

»Nein!« Er gibt sich Mühe, empört zu wirken.

»Oh doch!« Ich kann mir mein Lachen nicht verkneifen. »Du

hast keine Angst vor interdimensionaler Dislokation, aber du hast Höhenangst!«

»Können wir jetzt wieder runterklettern, Henson?«

Sonnenuntergang, und die Farben sind so intensiv, dass sie mir fast Angst machen. Ich sitze auf einem Holzhocker vor der Forschungsstation, als Jason zu mir herauskommt.

»Es ist die richtige Entscheidung«, sagt er. »Vielleicht wird Ezra es sich noch anders überlegen.«

»Wird er nicht.«

Jason seufzt.

»Ich fahre dich gleich rüber zum Agrargebäude. Du willst bestimmt mit Domingo reden. Und er ist garantiert froh über deine Entscheidung.«

Ich schüttle den Kopf und starre in den Wind, um meine Tränen zu verbergen. »Es ist nicht mehr so … wie es war.«

Jason stellt keine Fragen. Er mustert mich nur und nickt beiläufig. »Manchmal ist es kompliziert. Mit der Liebe, meine ich. Anfangs geht alles ganz schnell, Hals über Kopf, wie man so schön sagt. Doch dann funkt einem das Leben dazwischen. Man glaubt, es gibt nur noch den anderen, aber irgendwann muss man einsehen, dass man sich irrt. Ich und … der Mann, den ich geliebt habe … wir haben mehrfach versucht, die Sache zu beenden. Es war einfach zu gefährlich, zu riskant – warum sollten wir uns mit ein paar gestohlenen Momenten quälen, wenn wir wussten, dass es nie zu mehr kommen würde, kommen dürfte? Und jedes Mal, wenn ich ihn mit ihr zusammen gesehen habe, tat es unheimlich weh. Wir haben uns unzählige Male deswegen gestritten. War er einfach nur ein besserer Schauspieler, oder machte sie ihn tatsächlich glücklich? Es hat lange gedauert, bis mir bewusst wurde, dass es gar keine Rolle spielt. Es war egal, wie er sich ihr gegenüber in meiner Abwesenheit verhielt; es war egal, dass wir keine gemeinsame Zukunft hatten. Diese gestohlenen Momente waren das Beste, was mir in meinem Leben passiert ist. Und das war es mir allemal wert.«

Ich sehe, wie er seine Nasenwurzel massiert und den Blick abwendet, um sich mit der anderen Hand über das Gesicht zu fahren.

»Meine Situation ist eine andere«, sage ich.

»Ja, natürlich«, erwidert er. »Ich will damit nur sagen: Es muss nicht immer leicht sein. Aber es muss die Sache wert sein.«

Er reckt seinen Arm, als wolle er meine Hand ergreifen, wenn auch zögerlich, doch dann nimmt er sie. Ich versuche zu lächeln, aber ohne Erfolg. Sein Ausdruck wirkt genauso hin- und hergerissen. Er will gerade aufstehen, als ich frage: »War es …«, ich muss erst mal schlucken, »war es Marshall Lomax?«

Er erstarrt in seiner Bewegung und lehnt sich zurück, dann sieht er mich stumm an, und ich kenne die Antwort.

»Ezra sollte besser nicht davon erfahren – oder was meinst du?«

Ich wende den Blick ab und denke darüber nach. »Keine Ahnung.«

»Ich meine, was würde das bringen?«

»Manchmal kommt es mir vor, als hätten wir alle zu viele Geheimnisse. Dabei sollten wir uns eigentlich die Wahrheit sagen.«

»Das stimmt …« Er unterbricht sich, dann fährt er fort. »Hast du das mal zu Mariana gesagt?«

Ich gebe ihm keine Antwort, stattdessen starren wir auf die unerträglich rosaroten Wolken, gefangen im Abendlicht.

KAPITEL 28

Am nächsten Morgen gehe ich in aller Frühe joggen und kehre erst zum Agrargebäude zurück, als alle anderen weg sind, um in Ruhe zu duschen. Trotzdem bin ich immer noch rechtzeitig beim Frühstück, um mitansehen zu müssen, wie die beiden nebeneinandersitzen: Irina und Dom. Sie lacht und lässt ihre Stirn für einen Moment auf seine Schulter sinken.

Ich bleibe wie angewurzelt stehen. Die Hitzewelle, von der alle gesprochen haben, hängt bereits in der Luft, aber mir wird mit einem Mal kalt, eiskalt. Ich wette, Dom kann meine Anwesenheit spüren, denn er dreht sich um und begegnet meinem Blick, hält ihn gebannt, während ich den Platz überquere, um zur medizinischen Station zu gelangen.

Aus dem Augenwinkel heraus bemerke ich, wie er aufsteht und mir folgt, immer noch ungeschickt mit seinem verletzten Bein, aber Ezra tritt im selben Moment auf mich zu und kommt ihm zuvor.

»Es macht nicht viel Sinn, dir die Sache ausreden zu wollen, oder?«, sagt er, die Frühstücksschale in der Hand.

Ich schüttle den Kopf.

»Es wäre mir lieber, wenn *du* deine Meinung ändern würdest«, sage ich.

»Keine Chance«, entgegnet er.

Im selben Augenblick erreicht uns Dom, und obwohl ich ihn in meinem Rücken spüre, drehe ich mich nicht um in der Hoffnung, dass er verschwindet, doch als er das nicht tut, wende ich mich doch zu ihm und sehe, wie er sich auf die Lippe beißt, dieser vertraute Tick, den ich früher unwiderstehlich fand, aber ich spüre nicht mehr als den Drang, die Augen zu verdrehen. Also tue ich genau das.

»Willst du irgendwas von mir?«

»Ja, will ich«, erwidert er, aber es kommt nichts hinterher, also stehe ich nur da und warte.

Irgendwann seufze ich genervt. »Entschuldige mich.« Als ich mich umdrehe, spüre ich seine Hand an meinem Ellbogen.

»Lass mich los«, sage ich, aber es klingt eher wie eine Frage, und ich überlege, ob ich es wirklich ernst meine, während wir uns gegenüberstehen, kurz davor, einander den Rücken zu kehren, aber irgendwie auch nicht. Wir sind einander so nah, wie schon lange nicht mehr, und es kommt mir vor wie ein elektrischer Schlag, wie eine Belastungsprobe. Mein Blick fällt auf seine Hand, sein Handgelenk, die Bänder und Schnüre, die er immer noch trägt, und ich entdecke ein riesiges Tattoo – ein Tattoo! – an der Innenseite seines Unterarms, und es sieht aus wie ein russisches Wort, obwohl ich es nicht genau erkennen kann.

Ich habe mich noch nicht ganz von dem Schock erholt, als er mich fragt: »Soll ich mit reinkommen?«

Es ist schon erstaunlich, dass er anscheinend spürt, wie sehr ich mir das wünsche, dass er es selbst aus der Entfernung spüren konnte, ganz ohne mit mir zu reden.

»Nein danke … ach, und … nettes Tattoo«, sage ich, die Augenbrauen fragend hochgezogen. Er lächelt verlegen und öffnet die Lippen, um möglicherweise eine Erklärung abzugeben, doch ich wende mich ab, bevor ich es mir anders überlege.

»Während du dich von dem Eingriff erholst, sollte sich jemand um dich kümmern«, sagt Jason, als ich ihm am Schreibtisch gegenübersitze. »Der Einfachheit halber habe ich Grace um Hilfe gebeten. Sie kennt sich aus und wohnt ganz in der Nähe.« Er sieht, wie ich den Kopf schüttle. »Gibt es da ein Problem?«

»Ich habe seit Tagen nicht mit ihr geredet.«

Er seufzt. »Davon hat sie mir nichts erzählt.«

»Kann Mariana sich nicht um mich kümmern?«

»Ich dachte, ihr ist momentan ständig schlecht?«

Das stimmt leider. In den letzten Tagen hat sie meist mit grünem Gesicht neben uns gesessen, während wir anderen gefrühstückt haben, nur um urplötzlich aufzuspringen und sich zu übergeben.

»Und Grace weiß, was zu tun ist«, sagt er. »Sie ist erwachsen, sie hat Erfahrung. Du kannst natürlich auch in der Station bleiben, aber hier gehen dauernd Leute ein und aus. Und es wird bestimmt ein paar Tage dauern, bis du wieder auf den Beinen bist.«

Im selben Augenblick öffnet sich die Tür, und Irina steht vor uns.

»Was will die denn hier?«

Jason wirkt überrascht. »Sie … sie wird mir bei der Operation assistieren. Sie ist unsere Anästhesistin.« Sein Blick wandert von mir zu Irina und wieder zurück. »In Ordnung?«

Ich sage nichts, aber er steht trotzdem auf.

»Dann mache ich mich jetzt fertig, während Irina dir beim

Umziehen hilft. Es geht schon alles glatt, Seren. Mach dir keine Sorgen.« Er versucht zu lächeln, wenn auch ohne Erfolg.

Irina reicht mir ein weißes Nachthemd, so ähnlich wie die Untersuchungshemden auf der Ventura, und ich gehe in die benachbarte Toilette, um mich umzuziehen. Meine Finger zittern so sehr, dass ich den Reißverschluss und die Knöpfe kaum aufbekomme. Am liebsten würde ich meine Hände anbrüllen, weil sie mich so schändlich verraten. Ich gebe mir Mühe, tief durchzuatmen, aber mein rasselnder Atem macht alles nur noch schlimmer. Als ich endlich fertig bin und mit wackligen Knien aus dem Raum trete, nimmt Irina meine gefaltete Uniform entgegen und legt sie behutsam auf einen Stuhl.

»Ich weiß, das ist nicht guter Moment«, sagt Irina, die Untertreibung des Jahrtausends, »aber ich möchte mich entschuldigen.«

Ich gebe keine Antwort. Was soll ich auch sagen? Ist schon okay? Es ist okay, dass du die Liebe meines Lebens geküsst hast und ich ihm nicht mehr in die Augen sehen kann?

»Meine Gefühle für ihn sind sehr verwirrend für mich«, sagt sie mit ihrem unerträglich hübschen Gesicht, den Blick auf ihre verschlungenen Hände gerichtet. »Es ist das erste Mal, dass ich fühle so etwas. In mein ganzen Leben.« Sie sieht mich an, als würde sie irgendeine Reaktion erwarten, wenn auch nicht den Versuch, ihre perfekte Nase einzuschlagen.

»Das geht mich nichts an.« Bei den Worten wird mir ein wenig schwindelig.

Sie runzelt die Stirn. »Wirklich?«

Ich nicke, obwohl der Gedanke an die beiden in mir den Wunsch auslöst, meine Haut abzustreifen und innerlich zu verschrumpeln.

Glücklicherweise ruft Jason uns in diesem Moment nach hinten, und ich folge ihr zu einer der Pritschen, die in der Mitte des Raumes aufgebaut ist, umgeben von diversen Messgeräten, flankiert von Tischen mit glänzenden Metallinstrumenten, deren messerscharfe Klingen mir im Vorbeigehen zuflüstern.

Ich lege mich flach auf den Operationstisch, als ich über mir die große, runde Lampe erblicke, die dieses wuchernde Etwas in mir beleuchten soll, das da in mir drin wächst. Die Situation erinnert mich so sehr an das Befruchtungslabor auf der Ventura, dass urplötzlich alles auf mich einstürzt, mich überwältigt, ich abrupt aufspringe und eines der Geräte umstoße, das scheppernd zu Boden stürzt, aber es ist mir egal, ich renne in die hinterste Ecke des Raumes und schüttle panisch den Kopf, während die beiden langsam auf mich zukommen.

»Ich kann das nicht«, sage ich. »Ich habe meine Meinung geändert. Ich kann nicht. Lasst es einfach da drin.«

»Seren, ganz ruhig«, sagt Jason, dann wendet er sich auf Russisch an Irina, die im nächsten Moment hinausgeht. »Ich finde, wir sollten Grace dazuholen. Und …« Er streckt mir die Hände entgegen, als wäre ich ein wildes Tier. »Du musst dich beruhigen, okay? Du wirst die ganze Zeit schlafen. Es wird nicht wehtun. Du wirst gar nichts bemerken. Du musst einfach nur schlafen, und wenn du wach wirst, habe ich alles entfernt, und du bist wieder ganz die Alte. Klingt doch gut, oder?«

Aber ich fühle mich von allen Seiten bedrängt, umzingelt. »Ihr … ihr könnt das Zeug nicht rausholen, jedenfalls nicht vollständig, nicht ohne mich umzubringen.« Ich berühre die Wucherung unter meinem dünnen Nachthemd, drücke mit den Fingern dagegen, ertaste seine Ausläufer, die sich bis in den Rücken erstrecken, jeden Tag etwas weiter, sodass ich mich seit

Tagen nicht getraut habe, danach zu tasten. Inzwischen hat es fast meine Wirbelsäule erreicht, wie ich entsetzt feststelle. »Ich sitze in der Falle«, sage ich, den Tränen nahe. »Wenn ich es drinlasse, bringt es mich um, und wenn ich es rausmachen lasse, auch.« Ich betrachte sein Gesicht und entdecke nichts als Sorge. »Stimmt doch, oder?«

»Nein«, erwidert Jason, aber er klingt kein bisschen überzeugend.

»Oh Gott, ich habe recht!« Blinzelnd versuche ich diese Tatsache zu verarbeiten.

»Seren, nein.« Er schüttelt den Kopf. »Nein. Jetzt setz dich erst mal hin. Lass uns darüber reden.«

»Nein«, erwidere ich kopfschüttelnd. »Das bringt doch nichts.« Ich schlage die Hände vors Gesicht.

Die Tür öffnet sich, aber ich sehe nichts, sage nichts, ignoriere die Finger an meinen Handgelenken.

»Seren«, ist alles, was sie sagt.

»Ich will nicht sterben«, sage ich kaum hörbar.

»Du wirst nicht sterben«, sagt sie. »Das lasse ich nicht zu.«

»Ich will nicht aufgeschnitten werden.«

»Ich weiß, du hast Angst, dabei hast du schon viel schlimmere Situationen überstanden. Das weiß ich.« Sie nimmt meine Hände herunter und zwingt mich, sie anzusehen. »Ich habe gehört, was da oben passiert ist. Ich habe gesehen, was das Zeug mit dir anstellt. Wir müssen es rausholen, und zwar jetzt. Du tust das Richtige. Ich wollte schon eher zu dir kommen und mit dir reden, ich wollte dir gut zureden, aber … du warst so wütend auf mich.«

Mein Atem hat sich etwas beruhigt, und ich kann wieder klar sehen.

Sie schenkt mir ein zaghaftes Lächeln, und Jason sagt über ihre Schulter hinweg: »Du brauchst dich nur hinzulegen und zu schlafen. Ich übernehme den Rest.«

Irgendwie bringen die beiden es fertig, dass ich mich wieder auf die Pritsche lege, dabei kann ich nicht mal hinsehen, nicht mal die Augen öffnen, ich kann nur so tun, als würde das alles nicht passieren, als wäre ich gar nicht hier, sondern ganz woanders. Ich spüre Grace' Hand in meiner, warm und nachgiebig; vermutlich drücke ich zu fest, tue ihr ungewollt weh. Ich höre, wie sie auf Russisch mit Irina spricht. Dann lasse ich zu, dass sie mich wie ein Kleinkind aufrichten, mein Nachthemd bis zu den Rippen hochschieben und die untere Hälfte meine Körpers entblößen, und als sie mich wieder hinlegen, breiten sie ein Laken über meine Beine. Ich spüre, wie Irinas kalte Finger irgendwelche Sensoren an meinen Armen, meinen Händen, meiner Brust anbringen. Sie warnt mich vor dem Einstich, bevor sie die Nadel in meinen Handrücken schiebt. Ich hatte angenommen, dass das Betäubungsmittel genauso verabreicht wird wie auf der Ventura – mittels einer Gasmaske –, daher rechne ich nicht damit, so schnell das Bewusstsein zu verlieren. Erst als Irina zu mir sagt, dass ich jetzt einschlafe, und mich das Nichts unwiderstehlich verschlingt, begreife ich, was mit mir passiert, sodass ich es gerade noch schaffe, ein letztes Mal die Augen zu öffnen, ein letztes Mal in die Gegenwart zurückzukehren. »Ich will Dom dabeihaben«, murmle ich, bevor mir die Lider zufallen. Das Letzte, was ich spüre, sind die Tränen, die mir aus den Augenwinkeln quellen.

Als ich wieder zu mir komme, habe ich das Gefühl, aus einer Unterwasserwelt aufzutauchen, langsam und abrupt zugleich.

Ich liege unter mehreren dicken Decken und zittere dennoch wie Espenlaub.

Grace liest irgendetwas auf einem Display in ihrem Schoß, doch als ich mich rühre, gleitet ihre Hand unter die Decke und greift nach meinen Fingern. Sie lächelt mich mit feuchten Augen an. »Jason sagt, es ist alles perfekt verlaufen.«

Das Betäubungsmittel hat mich immer noch fest im Griff, denn ich fühle mich extrem entspannt, ohne den Drang mich zu bewegen oder davonzurennen. Ich nicke nur.

»Der erste Bodyscan ist frei von Parasiten«, sagt Irina. »In ein paar Tagen wir machen noch ein Scan.«

»Ist das nicht großartig?«, sagt Grace.

Ich sehe, wie Irina den Raum verlässt. Als ich die Hüfte verlagere, spüre ich einen dumpfen Schmerz, wenn auch aus weiter Ferne, wie hinter einer verschlossenen Tür. Ich will meine freie Hand unter die Decke schieben, doch zugleich bemerke ich den Schlauch in meinem Handrücken, der an einen Infusionsbeutel angeschlossen ist. Ich entziehe Grace meine Hand und ertaste einen dicken Verband, der mich vor mir selbst schützt.

Grace beobachtet mich. »Sobald du ein paar Schritte gehen kannst, bringe ich dich in mein Quartier. Da kannst du dich erholen.«

»Ich will nicht in dein Quartier«, sage ich, obwohl es ziemlich unverschämt klingt. Die Medikamente wirken anscheinend wie ein Wahrheitsserum.

»Keine Sorge, ich mache es dir bequem«, sagt sie, während meine Worte nachwirken, dann wandert ihr Blick zu Boden. »Kurz bevor du eingeschlafen bist, hast du nach Domingo verlangt.« Ich drehe den Kopf zur Seite, doch sie redet weiter. »Willst ihn immer noch sehen? Soll ich ihn holen?«

Ich schüttle den Kopf, demnach kann an dem Wahrheitsserum nicht viel dran sein, sonst würde ich Ja sagen. Ich würde einfach so tun, als wäre alles in bester Ordnung, damit wir wieder so sein können wie früher, auch wenn ich mir für den Rest meines Lebens etwas vormachen müsste.

»Er war übrigens dreimal hier, um sich nach dir zu erkundigen. Ich finde, das solltest du wissen.«

Ich nicke, ohne sie anzusehen.

Es ist bereits dunkel, als Jason und Grace mir helfen, zu ihrer Unterkunft zu humpeln. Die beiden packen mich unter den Armen und tragen fast mein gesamtes Gewicht. Irgendwo in der Ferne tobt ein Sturm, denn hoch über den Bäumen wird der violette Abendhimmel immer wieder von Blitzen erhellt, begleitet von dumpfem Donnergrollen.

Als wir das Quartier betreten, erheben sich Kirill und Sascha mechanisch von ihren Plätzen, einen verwirrten Ausdruck im Gesicht. Anscheinend sind sie auf ihren Stühlen eingeschlafen, während sie auf uns gewartet haben. Grace sagt ein paar scharfe Worte auf Russisch, woraufhin beide hastig an unsere Seite eilen. Kirill löst Jason ab und führt mich in eines der Schlafzimmer, um mir in das untere Etagenbett zu helfen. Dazu muss ich mich in der Taille vorbeugen, sodass mir ein messerscharfer Schmerz in die Seite schießt und ich aufstöhne.

»Alles okay?«, fragt Kirill mit einem Ausdruck von Panik in den Augen, als ich endlich liege und er mein Kissen zurechtrückt.

Ich nicke, damit er sich besser fühlt.

»Wasser?«, fragt er, und ich nicke erneut. Als er hinausgeht, kommt Jason herein, um sich neben mein Bett zu hocken und die Hände zu verschränken, als wolle er beten.

»Du bist hier in guten Händen«, sagt er. »Und ich werde so oft wie möglich vorbeikommen, um nach dir zu schauen. Ich bin froh, dass alles so gut verlaufen ist.« Bevor er aufsteht, nimmt er meine Hand und drückt sie.

Am Morgen stelle ich fest, dass ich in Kirills Zimmer liege. Vor einer der Wände, die im morgendlichen Sonnenschein erstrahlt, stehen zahlreiche Pflanzen in jedem erdenklichen Behälter, von Metallbechern ohne Henkel über kaputte Eimer bis hin zu aufgerissenen Vakuumverpackungen. Zwischen seinen verstreuten Klamotten liegt ein Spielzeugshuttle auf dem Boden, ein Überbleibsel seiner Kindheit. Ich stelle mir vor, wie er hier aufgewachsen ist, in diesem Zimmer, mit meiner Mutter, *seiner* Mutter, die ihm jeden Abend einen Gutenachtkuss gegeben hat.

Ohne jede Vorwarnung springt er leichtfüßig vom oberen Bett und versetzt mir den Schrecken meines Lebens. Er dreht sich grinsend um und beugt sich nach unten, um mich anzusehen. »Entschuldige, ich wollte dich nicht erschrecken.« Er richtet sich auf und zieht sein T-Shirt über den Kopf. »Ich bringe dir jetzt dein Frühstück, okay?«

»Ich glaube nicht, dass ich etwas runterbekomme«, sage ich, aber er geht trotzdem hinaus und sagt irgendwas auf Russisch, woraufhin Grace das Zimmer betritt.

»Wie war deine Nacht?« Sie hockt sich neben mein Bett. »Eigentlich solltest du in meinem Zimmer schlafen, aber ich habe nur ein Einzelbett, und Jason hatte Bedenken, dass ich dich aus Versehen anstoße.«

»Ich habe gut geschlafen.«

»Keine Schmerzen?«

»Kaum.« Das ist gelogen, denn es tut immer noch furchtbar

weh. Anscheinend sieht sie mir die Lüge an, denn sie steht unvermittelt auf und kommt mit einem Metallbecher zurück.

»Jason hat mir das dagelassen. Gegen die Schmerzen.«

Ich werfe einen Blick in den Becher und erblicke eine giftgrüne Flüssigkeit.

»Denk nicht darüber nach.« Sie lacht. »Einfach herunterkippen. Das ist der beste Trick.«

Es fällt mir schwer, mich aufzurichten, um einen Schluck zu nehmen, und das Zeug ist absolut ekelhaft. So was von ekelhaft, dass ich mir am liebsten mit den Fingern über die Zunge kratzen würde, um den Nachgeschmack loszuwerden. Erst jetzt erblicke ich Sascha im Türrahmen, den er mit seinem Körper fast vollständig ausfüllt. Er lacht über meinen angewiderten Ausdruck. Grace sagt irgendetwas auf Russisch, und er geht hinaus.

»Ich habe ihn gebeten, dir einen Becher Wasser zu holen«, sagt sie. »Er kommt gleich wieder.«

»Er macht einen netten Eindruck«, erwidere ich, hauptsächlich, um irgendetwas zu sagen.

»Ist er auch.« Ihr Blick wandert zu Boden. »Wir sind jetzt seit … lass mich überlegen … sechzehn Jahren zusammen …«

Ich nicke, um die peinliche Stille zu überbrücken.

»Domingo war heute Morgen hier, um sich nach dir zu erkundigen«, sagt sie.

Ich reiche ihr den Becher. »War er nüchtern?«

»Hör zu, ich weiß, es geht mich nichts an.« Sie mustert mich eingehend, bevor sie weiterredet. »Aber ich finde, du solltest auch Irinas Rolle bedenken. Sie hat nicht die geringste Ahnung, wie so etwas abläuft. Ich meine, wer hat das schon? Wir sehen Filme, lesen Bücher, aber im wahren Leben … ist alles anders. Sie hat sich schon immer von ihren Gefühlen, ihren Sehnsüchten leiten lassen. Vielleicht ist Dom nur das Opfer widriger Umstände.«

Ich seufze und lasse alle Luft aus meine Lunge entweichen. »Das ist *ihre* Entschuldigung, aber was ist *seine*?«

Sie gibt mir keine Antwort. Sascha kehrt mit einem Becher Wasser zurück und übergibt ihn Grace. Ich versuche mühsam, mich erneut aufzurappeln, bis sie mir hilft. Sascha schiebt mir ein Kissen in den Rücken.

»Ich würde dir den Kummer gern abnehmen«, sagt Grace. »Falls das irgendwie hilft.«

»Tut es nicht«, sage ich, und Sascha lacht.

KAPITEL 29

Man braucht verdammt lange, um von A nach B zu gelangen, wenn man mit jedem Schritt das Gefühl hat, der eigene Körper würde auseinanderreißen. Jason hat behauptet, das würde sich bald legen, wenn die Wunde nicht mehr so spannt und die Schwellungen zurückgehen. Die gute Nachricht ist, dass der Körperscanner immer noch keine Rückstände erkennen lässt.

»Es können höchstens geringfügige Spuren der Materie zurückgeblieben sein.« Jason späht angestrengt auf den Bildschirm, dessen Licht sich in seiner Brille spiegelt. Er nimmt sie herunter und sieht mich an. »Was theoretisch dazu führen könnte, dass der Organismus nachwächst, aber bislang sehe ich keinerlei Hinweise. Würdest du den Fremdkörper gern sehen?«

Da bin ich mir nicht so sicher, trotzdem bringe ich ein vages Nicken zustande. Jason greift nach einer Metallschale im Regal und stellt sie neben mich auf den Untersuchungstisch. Ich erblicke zwei geweihförmige Auswüchse der Koralle, blass und knöchern, verästelt zu immer feineren Ablegern. Entgeistert starre ich hin und frage mich, wie das Zeug in mir wachsen konnte.

»Du hattest übrigens Glück«, sagt Jason. »Der Befall war zusammenhängend, anders als bei Ezra. Bei ihm hat die Koralle offenbar gestreut, sich in verschiedene Körperbereiche ausgedehnt. Als hätte man sie künstlich auseinandergebrochen.«

Seine Worte verpassen mir eine Gänsehaut, wie eine eiskalte Berührung. »Ich war das«, sage ich. »Ich habe das Ding auseinandergebrochen. Wir dachten, es würde ihn vergiften. Wir dachten, wir würden ihm helfen.«

»Möglicherweise ist die Koralle schon bei dem Unfall auseinandergebrochen.«

Ich schüttle den Kopf. »Wir haben mit einem Stein draufgehauen.«

Er setzt seine Brille wieder auf und seufzt. »Das war eine plausible Theorie und hätte genauso gut helfen können.« Er studiert erneut den Bildschirm, aber ich glaube, es ist nur ein Vorwand, um mich nicht ansehen zu müssen.

»Aber es hat nicht geholfen, oder? Es hat ihm geschadet.«

»Ihr wart vier Jugendliche in einer Ausnahmesituation, Seren. Es ist ein Wunder, dass ihr überhaupt noch am Leben seid. Ich bin schwer beeindruckt, das kannst du dir gar nicht vorstellen. Ihr wart extrem mutig.«

Jason will, dass ich in der Station warte, bis Grace mich abholt, aber ich weigere mich.

»Ich bin schon ewig nicht mehr allein gewesen«, sage ich. »Bitte.«

Also schlage ich den Weg zur Agrarstation ein, wenn auch in Zeitlupe, sodass ich praktisch alle paar Millionen Jahre einen Schritt mache. Die anderen sind bei der Arbeit, deshalb sehe ich niemanden außer den leblosen Schatten zwischen den Bäumen, genau wie ich es mir erhoffe. Grace hat sich ein paar Tage frei genommen, um mich rund um die Uhr zu versorgen, mir

KATE LING

WIR ZWEI IN NEUEN WELTEN

DIE VENTURA-SAGA

Übersetzung aus dem Englischen
von Anja Hackländer

one

Dieser Titel ist auch als E-Book erschienen

Titel der amerikanischen Originalausgabe:
»The Glow of Fallen Stars«

Umschlaggestaltung: Tanja Østlyngen unter Verwendung von Motiven
von © tomertu/shutterstock und © Ficus777/shutterstock
Satz: Dörlemann Satz, Lemförde
Gesetzt aus der New Caledonia LT
Druck und Einband: GGP Media GmbH, Pößneck

Printed in Germany
ISBN 978-3-8466-0063-4

5 4 3 2 1

Sie finden uns im Internet unter: www.one-verlag.de
Bitte beachten Sie auch www.luebbe.de

aus der Kantine Essen zu holen, das ich kaum anrühre, mir regelmäßig die Wunde zu verbinden, mir Wasser zu bringen, mir dieses scheußliche grüne Zeug einzuflößen, und sie ist anscheinend total besorgt, ich könnte mich langweilen, denn sie hat sogar angefangen, mir russische Bücher aus der Bibliothek vorzulesen und sie spontan zu übersetzen.

Die Abende sind meist unterhaltsamer, weil Kirill und Sascha dann zu Hause sind. Sascha ist übrigens derjenige, den man in dieser Siedlung unbedingt kennen muss, denn er brennt hinter dem Wohncontainer seinen eigenen Schnaps, den er nicht ungern selbst trinkt. Häufig kommen noch andere Typen zu Besuch, die sich lautstark Geschichten erzählen, während Kirill neben mir am Bett sitzt, bequem dagegen gelehnt, um mit mir russische Krimisendungen zu sehen und mir deren banale Handlung zu erklären. Oder er hilft mir, mich im Bett aufzusetzen, um mit mir Videospiele zu spielen, meist von rivalisierenden Banden in den Hinterhöfen von St. Petersburg. Er lacht genau wie Pan, grinst wie Pan, aber nur, wenn er gewinnt.

Mari sieht mich offenbar kommen, als ich das Gebäude erreiche, denn ihre Hand wischt über die beschlagene Scheibe, und im nächsten Moment öffnet sich die Tür. Sie kommt zu mir heraus, um sich bei mir einzuhaken, als wäre es eine freundschaftliche Geste, aber natürlich sieht sie, dass ich kaum laufen kann.

»Was machst du hier?«, fragt sie. »Solltest du dich nicht ausruhen?«

»Das Gleiche könnte ich dich fragen.« Ich blinzle sie im grellen Sonnenlicht an. Jenseits des schützenden Schattens prallt die Hitze gnadenlos vom Himmel.

»Soll ich etwa die nächsten sechs Monate im Bett bleiben?«

Drinnen ist es extrem schwül. Dicke Wassertropfen platschen auf den Boden.

Kirill gräbt in der Erde, aber er kommt zu uns herüber, nimmt seine Kappe ab und wischt sich mit dem Handrücken den Schweiß von der Stirn, auch wenn es nicht viel bringt, denn es dringen gleich ein paar neue Tropfen aus seinem triefnassen Haar.

»War dein Scan okay?«, fragt er.

Er wirkt so besorgt, dass ich ihn anlächle. »Ja, alles okay.«

Ich setze mich neben Mari und sehe zu, wie sie winzige Pflänzchen in eine Reihe von Erdlöchern steckt. Anfangs versuche ich ihr zu helfen, aber jede Bewegung zerrt schmerzhaft an meinen Stichen, und ich sehe Sterne vor Augen, wenn ich ihr nur die Schaufel reiche.

»Fast wie in alten Zeiten«, sage ich, als sie danach greift. »Obwohl mir unser altes Leben auf der Ventura manchmal vorkommt wie ein Traum.«

Sie richtet sich auf. »Selbst die Insel kommt mir vor wie ein Traum.«

Ich nicke. Irgendwie macht mich das traurig.

»Du bist total dünn geworden«, sagt sie.

»Na ja, das Essen ist nicht gerade berauschend.«

Sie lacht. »Das habe ich Maxim auch gesagt. Ich konnte ihn sogar überreden, damit zu seinem Vater zu gehen – ich glaube, es hat ihn nicht sonderlich interessiert.«

»Du warst bei seinem Vater?« Ich reiße die Augen auf. »Wie ist er denn?«

»Extrem alt. Ich glaube, er war schon alt, als Maxim geboren wurde. Er hat eine Menge Krankheiten überlebt, aber nur so eben. Er wird's wohl nicht mehr lange machen. Kein Wunder, dass er so mürrisch und grantig ist.«

Ich lasse ihre Worte für einen Moment sacken, dann wiederhole ich meine Frage: »Du warst bei seinem Vater?«, diesmal mit einem Lächeln. »Soll das heißen, er hat dich seiner Familie vorgestellt?« Ich lupfe die Augenbrauen.

»Ach, halt die Klappe.« Sie wirft einen Klumpen Erde an meinen Arm. »Wir sind nur Freunde«, sagt sie, aber ihre Wangen erröten, während sie die Schaufel an der falschen Stelle in die Erde bohrt und ihre akkurate Linie ruiniert. »Und außerdem … selbst wenn es so wäre, die Entscheidung treffen letztendlich andere, oder?«

Sie richtet sich auf und betrachtet mich mit ihren traurigen Augen und vollen Lippen, genauso hübsch wie ihr Cousin.

»Du hast es ihm noch nicht erzählt, oder? Ezra, meine ich.« Ich sehe, wie sie den Kopf schüttelt, während sie ein weiteres Pflänzchen eingräbt.

»Ehrlich gesagt habe ich ihn in letzter Zeit kaum gesehen. Und wenn ich ihn sehe, benimmt er sich total seltsam. Er redet nur noch von diesem Korallenzeug. Total besessen. Ich finde das ziemlich beängstigend. Außerdem verbringt er die meiste Zeit mit Domingo. Ist immerhin mal … was anderes.«

Ich blinzle sie erstaunt an. »Sind die beiden auf einmal befreundet?«

»Sieht ganz danach aus.«

»Das kann nicht sein. Sie sind nicht befreundet. Sie können sich nicht ausstehen. Das ist völlig absurd.«

Ein paar dicke Tropfen fallen auf uns herab und zeichnen dunkle Ringe auf meine Hosenbeine.

»So absurd ist das gar nicht.« Mari wischt sich über ihre gerunzelte Stirn. »Die beiden haben immerhin eine gemeinsame Vergangenheit. Und Domingo … na ja … ich glaube, er fühlt sich in letzter Zeit ziemlich einsam.«

Einer dieser wunderschönen Schmetterlinge flattert lautlos auf uns zu und lässt sich auf der Spitze meines Turnschuhs nieder. Wir mustern ihn fasziniert, seine ätherisch leuchtenden Flügel, als hätte ihn jemand in diese Welt hineingemalt.

»Er hat sich tätowieren lassen«, sage ich aus dem Nichts heraus.

Sie seufzt. »Ja.«

Am liebsten würde ich ihr erzählen, wie schlimm ich es finde, dass seine perfekte Haut, sein perfekter Körper, den ich so sehr liebe – oder geliebt *habe* –, für immer entstellt ist, wie ein zerstörtes Kunstwerk. Allein der Gedanke schnürt mir die Kehle zu und lässt meine Augen brennen, sodass ich kein Wort herausbringe.

»Er ist echt am Ende, Seren«, sagt Mari. »Er ist total unglücklich.«

Ich entgegne nichts, sehe ihr nicht mal in die Augen.

»Du kannst das vielleicht nicht nachvollziehen«, fährt sie fort. »Aber er ist nicht so stark wie du.«

Ich muss fast lachen. »Was?« Der Schmetterling flattert davon. »Nicht so stark wie *ich*? Er ist tausendmal stärker als ich. Er ist der stärkste Mensch, der mir je begegnet ist. Das liebe ich ja so … das *habe* ich immer so an ihm geliebt.«

Aber Mari schüttelt den Kopf. »Er ist ein unglaublicher Mensch – ich liebe ihn über alles –, aber er hat auch seine Schwächen. Er verliert sich leicht, verliert seine Perspektive. Er war so verloren, als ihr euch begegnet seid, Seren.«

Mit einem Mal fühle ich mich furchtbar traurig. »Wirklich?«, frage ich und sehe, wie sie nickt.

»Das zwischen euch ist das Einzige, was ihm je etwas bedeutet hat. Ich mache mir echt Sorgen, was ohne dich aus ihm wird.«

»Das ist …« Aber ihre Worte bringen mich so aus der Fassung, dass ich den Faden verliere.

»Ich weiß, das war unterste Schublade, aber es war nur ein kurzer Moment. Und er hat mir geschworen, dass *sie* damit angefangen hat.«

»Und du glaubst ihm?«

»Ja, das tue ich. Ich meine, es ist doch offensichtlich, dass sie was von ihm will. Aber sie verliert garantiert bald das Interesse, wenn er sich ständig betrinkt und nur noch davon spricht, wie sehr er dich vermisst«, fügt sie rasch hinzu.

Ich schnappe mir die Schaufel und stochere damit im Dreck, bis Mariana nach meiner Hand greift und ich das Werkzeug fallen lasse.

»Du kannst nicht einfach alles wegwerfen, was euch beide verbindet, nicht wegen so einer banalen Sache.«

»Für mich ist das nicht banal.« Ich schlage die Hände vors Gesicht. »Ich habe ihm vertraut. Ich habe nie jemandem vertraut, aber dann kam er. Und was ist daraus geworden?«

»Bitte denk noch mal darüber nach, Seren. Wenigstens mir zuliebe, wenn schon nicht ihm zuliebe.« Sie stützt die Hände auf meine Knie und beugt sich vor. »Nur euretwegen glaube ich an die Liebe. Ich habe nie daran geglaubt, bis ich euch zusammen gesehen habe.«

Ich bin froh, dass sie in diesem Moment nicht aufblickt, denn meine Augen werden feucht, und ich beiße mir von innen auf die Wange, um die Tränen zurückzuhalten.

»Weißt du eigentlich, wie sauer ich auf ihn bin, weil er das zugelassen hat?«, fragt sie. »Ich kann ihm kaum noch in die Augen sehen. Aber du könntest doch wenigstens mal mit ihm reden, oder?«

Obwohl es wahnsinnig schmerzt, ziehe ich die Beine an den Körper und lege mein Gesicht auf die Knie, hauptsächlich um meine Tränen aufzusaugen, bevor ich ihr antworte. »Ich dachte, er würde mir niemals wehtun.« Meine Kehle ist so verkrampft, dass ich die Worte fast nicht herausbekomme.

Und Mari wirkt mit einem Mal so traurig, wie ich sie noch nie erlebt habe. Sie streichelt mein Bein und nickt, dann wendet sie den Blick ab, genau wie ich, hinaus zum Wald, der hinter den beschlagenen Scheiben kaum zu erkennen ist.

KAPITEL 30

»Bleib doch noch etwas«, sagt Grace. »Bleib bitte noch hier. Ich kümmere mich gern um dich. Und Kirill verbringt die Abende am liebsten mit dir, das weißt du.«

Ich schüttle den Kopf. »Es war echt nett bei euch«, sage ich, »aber ich bin mir sicher, Kirill will sein Zimmer bestimmt irgendwann zurückhaben, und außerdem … es gibt da mehrere Gründe. Mari hat mir erzählt, Dom und Ezra wollen für ein paar Tage campen oder so … wir wären also fürs Erste allein.«

Sie wirkt mit einem Mal so still, dass ich ebenfalls reglos verharre, während wir einander betrachten, mit unseren identischen Augen.

»Was ist denn?«, frage ich.

»Du bist etwas ganz Besonderes – das wollte ich nur mal sagen.«

Ich beiße mir auf die Lippe und schmunzle. »Das hat noch nie jemand zu mir gesagt.«

Sie runzelt die Stirn. »Wirklich nicht?«

Ich spüre, wie mein Lächeln erstirbt. Denn wenn es mir jemand gesagt hat, dann weiß ich ohne jeden Zweifel, wer.

Ein wunderschöner Sonnenuntergang breitet sich über den Himmel, als ich den steinigen Pfad zu dem ehemaligen Agrargebäude hinaufsteige. Seit sich meine Wundfäden aufgelöst haben, kann ich mich wieder besser bewegen.

Ich habe die Unterkunft fast erreicht, als ich drinnen laute Stimmen höre und instinktiv langsamer werde.

»Weil die Idee total bescheuert ist, deshalb!« Das ist Mari.

»Maxim sieht das aber anders. Sollte das deine Meinung nicht eigentlich ändern? Normalerweise schon.« Diesmal Ezra.

»Oh nein! Komm mir nicht so!« Wieder Mari.

Eine dritte Stimme, die ich nicht richtig verstehe, gehört Dom.

»Dann bist du genauso ein Idiot wie er«, ist Maris Antwort auf das, was er zu sagen hat.

Als ich die Tür erreiche und hineingehe, schweigen sich die drei an, und ich stehe mittendrin. Mari sitzt auf einem Hocker, den Kopf in die Hände gestützt, Ezra fummelt an seinem Haar, unweit von seinem Bett, und Dom lehnt an der Fensterbank und richtet sich langsam auf, als er mich erblickt. Sein Blick begegnet meinem, und ich finde es schwer, mich von ihm loszureißen.

»Was ist los?«, frage ich. »Ich dachte, ihr wolltet campen?«

»Eine bescheuerte Idee«, faucht Mariana.

Ezra lacht. »Wie wär's, wenn Seren sich selbst ein Urteil bildet?«

»Sie wollen dahin, wo ihr den Turm gesehen habt, bei eurer … Transportation.«

»Translokation.« Er schenkt ihr einen abfälligen Seitenblick. »Bei unserer räumlichen und zeitlichen Translokation.«

»Da wo Maxim und Karim total überhöhte Werte gemessen

haben«, fährt Mari fort. »Und nach allem, was euch da passiert ist, finde ich das ziemlich verantwortungslos.« Sie verdreht mir gegenüber die Augen. »Oder etwa nicht?«

»Dein Liebster ist jedenfalls dafür«, stichelt Ezra.

»Gott, Lomax, jetzt halt mal die Klappe.« Mari fasst sich an die Nasenwurzel.

Ich runzle die Stirn. »Und was sagt Jason dazu?«

Schweigen und vielsagende Blicke. Dann meldet sich Dom zu Wort. »Genau genommen weiß er es gar nicht.« Beim Klang seiner Stimme geben meine Knie fast nach.

»Und das beweist ja wohl, dass ihr ganz genau wisst, wie gefährlich das ist. Ihr wisst es, aber es ist euch egal«, sagt Mari.

»Ich sag doch«, brüllt Ezra. »Irina kommt mit! Sie ist ausgebildete Medizinerin, und sie hat keine Bedenken. Außerdem hab ich es echt nicht nötig, mich dir gegenüber zu rechtfertigen.« Er dreht sich um und stopft ein paar Sachen in seine Tasche. Ich sehe, wie sich die Muskeln unter seinem T-Shirt bewegen.

Mari steht auf und geht zur Tür, um sie hinter sich zuzuknallen. Ich wechsle einen Blick mit den anderen, bevor ich ihr folge.

Sie steht schwer atmend an der Stelle, wo das Gelände steil abfällt, den Blick auf den immer noch bunten Himmel gerichtet. Ich gehe zu ihr, lege die Hände auf ihre Schultern, und im selben Moment kommt mir ein Gedanke.

»Du musst es ihm sagen, Mari – jetzt oder nie. Das ist der richtige Moment. Wenn du es ihm sagst, wird er garantiert hierbleiben. Er wird kein Risiko eingehen.«

Sie dreht sich um und schüttelt den Kopf. »*Estas loca*, Seren. Und du täuschst dich. Er würde nicht hierbleiben. Er würde nur noch schneller das Weite suchen. Und noch größere Dummheiten machen.«

»Das glaube ich nicht …« Ich versuche mich in ihre Lage zu versetzen. Und in seine. »Es ist zumindest einen Versuch wert, oder? Und Jason hat gesagt, vielleicht wird er uns alle noch überraschen. So was verändert einen Menschen.«

»Oh ja!« Sie nickte mit tränenfeuchten Augen. »Das tut es. So was verändert einen … komplett. Und zwar für immer. Aber nicht von jetzt auf gleich. Nicht über Nacht. Das braucht seine Zeit. Er müsste sich erst mal an den Gedanken gewöhnen, und das könnte dauern. Es ist ein langwieriger Prozess. Und zu Beginn wird er es garantiert hassen, er wird es so hassen, dass er am liebsten eine Million Lichtjahre von mir entfernt wäre, um sich bloß nicht damit auseinandersetzen zu müssen.« Atemlos betrachtet sie mich im rötlichen Abendlicht. »Ich habe das schließlich schon mal erlebt, stimmt's?« Sie bringt ein verhaltenes Lächeln zustande, während ich sie in meine Arme ziehe und den Kopf bei ihr anlehne.

Wir bleiben eine Weile so stehen und sehen zu, wie die Sonne hinter den Bäumen versinkt. »Weißt du was?«, sagt sie irgendwann. »Wenn es jemand schafft, ihn umzustimmen, dann du. Du bist die Einzige, auf die er hört, egal in welcher Hinsicht.«

Ich schüttle den Kopf. »Das stimmt doch gar nicht.«

»Doch, das stimmt. Ich habe ihn in den letzten Monaten gut kennengelernt. Und dabei ist mir aufgefallen, dass ihm deine Meinung echt wichtig ist. Wichtiger als die von irgendwem sonst. Du bist immerhin seine älteste Freundin, oder?«

»Na ja … kann schon sein«, stammle ich. »Aber im Moment hört er, glaube ich, auf niemanden.«

»Du solltest mitgehen«, sagt sie plötzlich. »Du *musst* mitgehen. Du bist die Einzige, die ihn davon abhalten kann, irgendetwas Verrücktes zu tun. Diese *idiota* von Irina interessiert es nicht, ob er sich da draußen umbringt. Sie will nur mit von der Partie sein. Wäre Dom nicht dabei, würde sie garantiert nicht mitgehen.«

Ich schlucke einen Kloß herunter. »Ich gehe nicht mit. Ich kann nicht.«

»Du *musst*, Seren.« Sie hat die Augen weit aufgerissen.

»Warum redest du nicht einfach mit Maxim?«

»Das habe ich versucht. Aber er ist einfach zu begeistert. Er verspricht sich neue Erkenntnisse für seine Forschungen. Immerhin hat er das Zeug fünf Jahre lang studiert. Und ich kann ihm nicht …« Sie verzieht das Gesicht. »Ich will ihm nicht erzählen, warum mir die Sache so wichtig ist. Es ist mir … irgendwie unangenehm. Deshalb musst du mitgehen. Das ist die einzige Möglichkeit. Bitte.«

»Nein, Mari«, sage ich. »Ich habe eine bessere Idee. Ich erzähle es Jason – was hältst du davon? Ich erzähle es Grace und Sascha. Sie werden der Sache einen Riegel vorschieben. Sie werden sie nicht gehen lassen.«

»Dafür ist es zu spät. Sie wollen in aller Frühe los.«

Wir durchsuchen die hereinbrechende Dunkelheit nach einer Lösung. »Seren, bitte. Tu es mir zuliebe. Ich weiß, es ist hart, aber ich … ich habe das Gefühl, du bist die Einzige, die an der Situation noch etwas ändern kann.«

Unsere Blicke begegnen sich, aber ich sage kein Wort. Stattdessen gehe ich zurück zum Gebäude und öffne die Tür, sodass ein Streifen Licht herausströmt, während ich eintrete.

Ezra hat sich auf sein Bett gelegt. Dom steht gebeugt über seiner Tasche und richtet sich auf.

»Ich komme mit«, verkünde ich.

»Ähm, okay«, sagt Ezra halbherzig.

Dom beobachtet mich, während ich den Raum durchquere. »Fühlst du dich wirklich fit genug?«

Aus irgendeinem Grund erwidere ich: »Warum? Willst du mich bei eurem romantischen Ausflug nicht dabeihaben?«

Daraufhin muss Ezra lachen.

»Ich meine, weil du dich immer noch von deiner OP erholst«, sagt Dom und seufzt. »Der Boden ist zu weich für ein Kettenfahrzeug, deshalb müssen wir ziemlich weit laufen.«

Ich verharre an der Tür zu unserem Zimmer, ohne mich umzudrehen. »Warum kümmerst du dich nicht einfach um deine Probleme, und ich kümmere mich um meine?« Als er nichts erwidert, füge ich hinzu: »Wir sehen uns morgen früh.« Dann knipse ich das Licht aus.

KAPITEL 31

»Oh Mann«, seufzt Dom, während er den Gitarrengurt über seiner Schulter etwas höher schiebt. »Hätten wir nicht wenigstens für den ersten Teil ein Fahrzeug nehmen können?«

Wir sind seit gut einer Stunde unterwegs, unter einer dunstigen Sonne, umweht von einem kühlen Wind, der über einen Ozean von glattem, kniehohem Gras hinwegfegt. Die Berge im Norden bilden eine hohe Mauer mit schneegekrönten Zinnen. Es ist wunderschön hier draußen, und ich frage mich, warum Dom so genervt ist. Wegen seines Humpelns und meiner Narbe gehen wir meist etwas langsamer, während Maxim, Ezra und Irina die Vorhut bilden.

»Vielleicht hättest du nicht so ein sperriges Instrument mitbringen sollen.«

»Ich wurde darum gebeten«, sagt er.

»Jemand will, dass du bei einer zweitägigen Wanderung eine Gitarre mitschleppst, um abends ein Ständchen zu geben, obwohl du nicht mal richtig laufen kannst?« Ich lege meinen Zeigefinger an die Lippe. »Lass mich raten, wer das sein könnte.«

Vor uns sehe ich, wie Irina im hohen Gras stehen bleibt und auf uns wartet, ihr langes Haar vom Winde verweht, wie auf einem Buchcover.

»Sie wartet auf dich. Na los.«

Er sieht flüchtig über seine Schulter, um mich mit seinem Blick zu durchbohren. »Seren, da ist nichts zwischen uns.«

»Ganz wie du meinst.«

»Was soll das denn heißen?« Er bleibt abrupt stehen, sodass ich einen Schritt zur Seite trete, um nicht mit ihm zusammenzustoßen. Wir stehen plötzlich voreinander, und er mustert mich, während ich die Umgebung mustere, die Augen feucht vom Wind.

Im selben Moment ruft Irina. »Alles okay?«

Wir blicken uns einen Moment tief in die Augen, bevor wir weitergehen.

Es dauert nicht lange, bis wir erneut zurückfallen. Dom stolpert sogar einmal zu Boden, total unbeholfen, wie in Zeitlupe. Im ersten Moment will ich an ihm vorbeigehen, aber dann bleibe ich stehen.

»Warum bist du überhaupt mitgekommen, wenn du nicht mal richtig gehen kannst?«

»Lomax hat mich darum gebeten.« Er wischt sich mit dem Handrücken den Schweiß von der Stirn. »Und du?«

»Mari hat mich darum gebeten. Sie macht sich Sorgen wegen Ezra.«

»Verstehe«, sagt er nur. »Kannst du mir aufhelfen?«

Ich reiche ihm die Hand, doch anstatt zuzugreifen, packt er meinen Unterarm, hält sich daran fest und zieht mich zu sich herab, sodass ich fast vornüberkippe. Als er sich aufrappelt, sind wir uns so nah, so überwältigend nah, dass ich seinen typischen Geruch rieche, doch dann lässt er meinen Arm los, wenn auch extrem langsam, was mich irgendwie ärgert und total aus dem Konzept bringt.

Wir wandern weiter, bis die Sonne einen goldenen Schein auf die schneebedeckten Gipfel wirft. Es ist fast an der Zeit, für die Nacht Halt zu machen, als das Gelände steil abfällt und wir urplötzlich einen See erblicken, glatt und still wie ein Spiegel, der den Himmel reflektiert und sich an den Rändern leicht kräuselt. Die anderen stehen bereits am Ufer, den Blick aufs Wasser gerichtet.

»Wusstest du davon?«, frage ich Maxim.

Er schüttelt den Kopf.

»Mein Gott«, sagt Dom. Ich sehe ihn an und studiere sein Profil, während er über das Wasser blickt. »Das ist echt …«, aber er schüttelt nur den Kopf und lächelt, als könne er es nicht glauben. »Ist das Süßwasser?«

Irina hockt sich hin und schöpft eine Handvoll Wasser, um ihre Lippen zu benetzen. »Ja, süß«, sagt sie. Einige Tropfen bleiben an ihrem Mund und ihrer Kehle haften, während sie unschuldig zu ihm aufblickt. Herrgott.

Nachdem wir die Zelte aufgeschlagen haben, verbringen Maxim, Irina und Dom die folgende Stunde damit, Wasserproben zu entnehmen, während Ezra und ich gemeinsam Feuer machen. Wir sind längst nicht so geschickt wie Mariana, dennoch bringen wir ein stattliches Feuer in Gang, bevor die Nacht hereinbricht und sich unter dem schmerzlich klaren Sternenhimmel rasch abkühlt. Ezra studiert die Karte in seinem Schoß, obwohl man kaum noch etwas erkennen kann. »Es ist noch nicht zu spät umzukehren«, sage ich.

»Umkehren?« Er lacht. »Warum sollte ich?«

Ich beuge mich zu ihm. »Weil die Idee verrückt ist, Ezra. Nach allem, was beim letzten Mal passiert ist, kann ich nicht fassen, dass du das noch mal tun willst.«

»Und ich kann nicht fassen, dass du diese Chance einfach so vertan hast. Wir sind eben unterschiedliche Typen.«

Einige Zeit später gehe ich hinunter zum See, um einen Topf mit Wasser zu füllen. Ich höre, wie Dom mir folgt; seine Schritte würde ich überall wiedererkennen.

»Das wäre absolut perfekt.« Er seufzt.

»Was?«, frage ich genervt, während ich mit dem Topf durch das kalte Wasser fahre.

»Eine Fischfarm, an diesem Ort.«

Ich gebe keine Antwort, sondern betrachte meine Hände im Wasser, spüre den eisigen Griff der Kälte.

»Ich werde wohl Hilfe benötigen«, sagt er.

Und obwohl er noch nicht ausgeredet hat, stehe ich auf, um zum Feuer zurückzukehren. »Da wird sich bestimmt jemand finden.«

Ich spüre, wie er mir hinterhersieht, zu schockiert, um etwas zu sagen, aber ich lasse ihn stehen und folge dem Schein des Feuers zwischen den Zelten hindurch, um zu den anderen zurückzukehren. Maxim deutet auf meine Schale, die neben Doms am Feuer steht, und ich schnappe sie mir.

»Wo ist Domingo?«, fragt Irina, als ich mich hinsetze.

Ich gebe keine Antwort, aber er kommt im selben Moment zurück und knabbert an seiner Lippe, bevor er sich neben Ezra ans Feuer setzt. Er ist gerade im Begriff, den ersten Bissen zu nehmen, als Maxim fragt: »Spielst du nach dem Essen was auf der Gitarre?«

Ich sehe ihm an, dass er nicht will, ganz im Gegenteil zu Irina. »Ich hol sie dir«, sagt sie und springt auf.

Als sie zurückkommt, setzt sie sich neben Dom und legt

die Gitarre vor ihm auf den Boden. Während sie ihm die leere Schale wegnimmt, beugt sie sich dicht zu ihm heran, um ihm etwas zu sagen, das ihn widerwillig zum Lächeln bringt, obwohl er ihrem Blick gezielt ausweicht. Der Anblick brennt sich schmerzhaft in mein Gehirn – die beiden in trauter Einheit, schlank und groß und attraktiv, als würden sie zusammengehören, eine weibliche und eine männliche Version des gleichen Modells. Ich wette, niemand hat Dom und mich je zusammen gesehen und gedacht, wir beide würden gut zusammenpassen; das kann überhaupt niemand denken.

»Alles okay?« Ezra mustert mich kritisch.

»Klar, warum?«

»Du hast gerade mit dir selbst geredet.« Er streicht sich die Haare aus dem Gesicht. »Genau genommen hast du den Kopf geschüttelt, aber man konnte es dir ansehen.«

Ich sage gar nichts, zucke nur mit den Schultern.

Dom hat gerade mal die ersten paar Akkorde gegriffen, als Irina den Song erkennt und hingerissen grinst. Unwillkürlich frage ich mich, ob er das Lied auch an dem Abend gespielt hat, als sie sich geküsst haben. Das Haar rutscht ihm ins Gesicht, während er den Blick auf die Gitarre richtet, genau wie auf der Ventura. Das ist das Beste daran, wenn er spielt – man kann ihn nach Herzenslust beobachten, ohne dass er es bemerkt. Dieser wundervolle Anblick ohne jede Gegenleistung. Meine Augen wandern zu Irina, und ich schwöre, ich kann fast hören, wie sie schnurrt.

Er beendet den Song, und die anderen klatschen begeistert. Irina fängt an, ihn nach allen möglichen Songs zu fragen, eine endlose Liste, als wäre er eine wandelnde Jukebox. Er kratzt sich am Hinterkopf, sodass wir seine Tätowierung sehen, die sich über die gesamte Innenseite seines Unterarms erstreckt.

»Cooles Tattoo«, sagt Maxim in meine Richtung. Doch er scheint mir meine Meinung anzusehen. »Gefällt's dir nicht?«

»Nicht wirklich«, erwidere ich.

Also liest er es mir vor. »Zvezdochka. Das heißt ›kleiner Stern, Sternchen‹. Steht bestimmt für Huxley. Echt abgefahren. Ich sollte mir auch eins stechen lassen.« Er lächelt, bis er meinen Ausdruck bemerkt. »Alles okay?«

Aber ich kann nichts sagen, kann ihm keine Antwort geben, kann das Gefühl nicht mal benennen, das mich in diesem Moment packt, meinen Brustkorb zusammenschnürt, als ich Dom ansehe, über das Feuer hinweg, verzerrt von Flammen. Das Einzige, was ich je gewollt habe, der einzige Mensch, den ich je geliebt habe, der einzige Ort, an dem ich mich je zu Hause gefühlt habe, das einzig Wahre in meinem Leben. Und ich habe das Gefühl, ihn nicht mal zu kennen.

»Ich gehe jetzt ins Bett – gute Nacht«, sage ich. Die anderen schweigen verblüfft, und ich spüre Doms Blick in meinem Rücken.

Ich habe keine Ahnung, wie lange ich im Zelt wachliege und mir den Schlafsack über die Ohren ziehe, um seine Musik nicht länger hören zu müssen, um seine Stimme zu ersticken, die mich schmerzlich daran erinnert, wie sehr ich seinen Gesang liebe, als er plötzlich eine neue Melodie anstimmt, die ich unmöglich ignorieren kann, denn es ist der Song, den er auf der Ventura für mich geschrieben hat. *The Light From You*. Doch inzwischen hat er für mich eine ganz neue Bedeutung, eine tiefere Bedeutung als damals, lange bevor unsere Liebe zu etwas Absolutem wurde, bevor sie für mich die Sonne und den Mond und die Sterne ersetzte, nicht nur für mich, sondern für uns beide. Bevor unser gemeinsames Universum implodierte, um nicht mehr zu existieren. Als Dom diesen Song für mich schrieb, war er für mich nicht mehr als ein attraktiver Typ, den ich kaum kannte. Vielleicht war er nie mehr als das.

Meine Tränen sickern in die gefaltete Jacke, die ich als Kopfkissen benutze.

Mir war nicht so richtig bewusst, dass Irina und ich uns ein Zelt teilen, bis sie zu mir hereinkrabbelt und in ihren Schlafsack kriecht. Zuerst sagt sie kein Wort, aber nach einer Weile drehe ich den Kopf in ihre Richtung und sehe das dunkle Schimmern ihrer Augen.

»Du bist noch wach«, sagt sie.

»Nein.«

Sie lässt sich nicht beirren. »Wenn du nicht willst mit mir reden, das ist okay, aber ich will etwas sagen. Das war meine Schuld, an dem Abend. Ich habe *ihn* geküsst. Er wollte es nicht.«

»Danke für die Information.«

»Wirklich«, sagt sie. »Es tut mir leid.«

»Was willst du eigentlich von mir hören, Irina?«

Sie sieht aus, als wüsste sie es selbst nicht so genau.

»Dom ist für mich wichtig«, sagt sie. »Ich will, dass er ist glücklich. Er sagt, das geht nicht ohne dich.«

»Ich will …« Ärgerlicherweise klingt meine Stimme extrem brüchig. »Ich will deinen Rat nicht hören, okay? Du bist die Letzte, von der ich einen Rat annehmen würde. Als hättest du nicht schon genug Schaden angerichtet, jetzt fällst du auch noch Jason in den Rücken, ignorierst all seine Warnungen und lässt zu, dass Ezra ein dummes Risiko eingeht …«

»Er wäre sowieso gegangen, mit oder ohne mich, Seren. Ist es nicht besser, wenn ich bin dabei?« Sie sieht mich mit ihren großen grünen Augen an.

Auf so was habe ich echt keinen Bock, also rutsche ich zum Ausgang des Zelts und ziehe den Reißverschluss auf.

»Wo gehst du hin?«, fragt sie.

»Als würde dich das interessieren!«

Ich zwänge mich durch die Öffnung, was bei der Größe des Zelts nicht ganz leicht ist, deshalb bleibe ich mehrfach hängen, bevor ich in die tiefschwarze Nacht hinauskrieche.

Ich gehe ein paar Schritte, blind und blinzelnd, bevor sich meine Augen an die Dunkelheit gewöhnen, deshalb bemerke ich ihn nicht sofort, als ich über das knisternde Gras gehe, von der weiß-blau strahlenden Galaxie geleitet, umfangen von einer frischen Windbö. Fast stoße ich mit ihm zusammen, als er sich urplötzlich umdreht, das dunkle Haar wirr ins Gesicht geweht. Dom.

Obwohl er nichts sagt, hebe ich die Hand, um seine Worte im Keim zu ersticken.

»Sag nichts«, ist alles, was ich sage. Dann gehe ich an ihm vorbei, doch ich höre, wie er mir folgt, denn das hohe Gras streift raschelnd seine Beine. »Sing nie wieder unseren Song«, sage ich über meine Schulter. »Nie wieder. Das Recht hast du verspielt, als du sie geküsst hast.«

»*Sie* hat *mich* geküsst.«

Ich bleibe abrupt stehen und drehe mich um.

»Du hast ihren Kuss erwidert.«

»Ich war … zu schockiert.«

»Du warst zu begeistert.«

Er steht einfach nur da und beißt sich auf die Lippe, während er meinem Blick standhält. »Wenn dich jemand küsst, würde ich ihm eine runterhauen, und damit wäre die Sache erledigt.«

Ich schüttle den Kopf. »Das spielt überhaupt keine Rolle. Wir sind uns total fremd geworden.«

»Ich kenne dich, Seren.« Seine Stimme erscheint mir näher als sein Körper, als würde sie durch mich hindurchströmen.

Ich schüttle das Gefühl ab. »Aber ich kenne *dich* nicht mehr. Das überlasse ich Irina. Sie kann bestimmt besser nachvollziehen, warum du dir russische Tattoos in den Arm stechen lässt.«

Er betrachtet die Tätowierung, als hätte er sie gerade erst bemerkt. »Das habe ich mir deinetwegen stechen lassen.« Er verzieht das Gesicht.

»Das ist mir schon klar. Ich frage mich nur, warum.«

Seine schrägen Lippen sind wunderschön, trotz der Grimasse. »Das frage ich mich inzwischen auch. Vielleicht um mir bewusst zu machen, dass ich nie wieder auf die gleiche Art lieben werde. Dass ich nie jemanden so lieben werde wie dich. Aber das nützt niemandem etwas … weder dir noch mir.«

Während seine Worte sacken, vergesse ich alles, was ich hatte sagen wollen, und schlucke hart. Er beobachtet mich, wartet ab, und als ich nichts sage, wendet er sich ab, um zum Zelt zurückzukehren, aber bevor er an mir vorbeigeht, bleibt er erneut stehen.

»Hast du eigentlich eine Ahnung, wie oft ich an unsere erste Begegnung in der Med denke? Hätte ich dich damals nicht angesprochen, dann wärst du auf der Ventura geblieben. Du hättest Ezra geheiratet und wärst mit ihm glücklich geworden. Das wärst du, ganz bestimmt. Wir wären niemals hier gestrandet, einsam und allein, zerbrochen und verloren, auf einem tristen, leeren Planeten. Ich muss so oft daran denken. Und trotzdem …

keine Ahnung, trotz allem bin ich mir sicher, wenn ich die Zeit zurückdrehen könnte, würde ich es jederzeit wieder tun. Wieder und wieder und wieder. Ich würde alles ganz genauso machen. Selbst wenn es zwischen uns vorbei ist … selbst wenn es für mich nie wieder so sein wird … und das wird es nicht … dann war es das allemal wert.«

Meine Kehle ist wie zugeschnürt, ich ringe nach Luft, und er wendet sich zum Gehen, aber ich ergreife instinktiv seinen Arm, packe seinen Unterarm und halte ihn zurück, halte ihn fest, ziehe ihn zu mir heran.

»Du hast keine Ahnung, wie sehr ich dich vermisse«, sagt er mit gebrochener Stimme, und es kommt mir vor, als würden wir nur noch dem Atem des anderen lauschen, die Lippen des anderen beobachten, dann gleitet seine Hand über mein Haar, über meinen Rücken, und weil er mich seit einer halben Ewigkeit nicht berührt hat, halte ich unwillkürlich den Atem an, halte alles an, um einfach nur zu fühlen, und es kommt mir vor, als hätte mich in meinem ganzen Leben noch niemand berührt, und ich will, dass es nie endet. Ich frage mich, was passiert, wenn er mich nicht sofort in den Arm nimmt, wenn er mich nicht auf der Stelle küsst. Vielleicht werde ich schreien oder weinen oder sterben, vielleicht wird sich der Boden unter meinen Füßen öffnen, und niemand wird je wieder von mir hören.

Ich trete so abrupt auf ihn zu, ziehe ihn zu mir heran, dass er scharf einatmet, während ich meine Arme in seinen Nacken schiebe, mein Gesicht an seiner Schulter vergrabe und mich mit meinem ganzen Körper an ihn schmiege. Ich starre so lange auf seine Brust, bis ich mir sicher bin, dass ich nicht anfange zu weinen, dann hebe ich langsam den Blick, betrachte seine Schulter, sein Ohr, seine Wange, und er tut genau dasselbe. Wir stehen einander reglos gegenüber, einfach nur atmend, meine Hände an seinem Oberkörper, seine Hände an meiner Hüfte. Dann weichen wir etwas auseinander, um uns in die Augen zu blicken, und auf einmal küssen wir uns, aber es ist nicht, als würde ich *ihn* küssen oder er *mich*, es passiert ganz einfach. Im ersten Moment küssen wir uns nicht und dann doch, verzweifelt und wunderschön. Er schmeckt sanft und salzig und warm und innig, sein Körper so vertraut und doch so fremd, seine Finger an meinem Nacken, meiner Wirbelsäule, meinem Rücken, meiner Hüfte, die er fest an sich zieht, und die ganze Zeit atme ich ein, wieder und wieder, wie schon tausendmal zuvor, und es ist, als wäre es für uns beide das erste Mal, umfangen vom wogenden Gras, von einem Himmel voller Sterne, vom glühenden Inhalt unserer Herzen. Als meine Finger unter den Saum seines T-Shirts gleiten, die zarte Haut seiner Hüfte berühren, erfasst von einem Zittern, das er höchstwahrscheinlich spürt, flüstert er an meinen Lippen, begleitet von einem gedehnten Seufzer, »Estrellita«, und meine Augen füllen sich mit Tränen.

Die ganze Zeit will ich etwas sagen, also hält er inne. »Was?«

»Nichts«, antworte ich, aber nicht, weil da nichts ist, sondern weil ich ihn auf der Stelle wieder küssen muss. Und dann will er etwas sagen, also halte ich inne und frage: »Was?«, und er kann nicht anders, als mich erneut zu küssen, denn da ist einfach zu viel unausgesprochen, wir haben einander zu viel zu sagen, und es will fast aus uns herausplatzen, aber in diesem Moment geht es nur darum, dem anderen zu zeigen, *was für mich zählt, bist du, ganz allein du*.

Aber die Worte lassen sich nicht länger unterdrücken, deshalb weiche ich zurück. »Ich kann nicht«, sage ich, die Stirn gegen seine gelehnt, immer noch nah genug, um seine Lippen zu kosten. »Ich kann das nicht. Es wäre zu schlimm … Ich kann dich nicht noch mal verlieren.«

Es ist mir unbegreiflich, wie ich die Worte zustande bringe, während mir sein Körper so nah ist und ich mit jeder Faser meines Körpers spüre, dass er mir viel zu lang gefehlt hat.

»Du wirst mich nicht verlieren.« Er küsst mich erneut, aber extrem sanft, nur einziges Mal, eine Einladung, zu ihm zurückzukehren.

»Jeder verliert am Ende jeden.«

»So was kannst auch nur du sagen.« Er zieht mich fester in seine Arme. »Ich schwöre, du wirst mich nur los, indem du mich umbringst.«

»Ich meine es ernst, Dom. Ich kann das nicht … Es kann nie wieder so sein wie früher. Niemals.« Ich sträube mich gegen seine Umarmung, bis er mich loslässt und hilflos zusieht, wie ich ein paar Schritte zurücktrete.

»Warum nicht?«, fragt er, während sein Lächeln verblasst.

Es folgt ein Moment der Stille, der tiefsten Stille, die man sich vorstellen kann, während er mich ansieht und ich ihn, er mich und ich ihn.

»Ich kann nicht einfach so vergessen, was passiert ist.« Eine bessere Antwort habe ich nicht.

»Du sollst es auch nicht vergessen, du musst es nur wegstecken. Verdammt, Seren, wir müssen garantiert noch so einiges wegstecken, meinst du nicht?« Er blickt zwischen uns zu Boden. Sein dunkles Haar wird ihm vom Wind in die Augen geweht. »Ich meine, zwei Menschen verbringen nicht ein ganzes Leben miteinander, ohne auch mal was wegstecken zu müssen.«

»Unser ganzes Leben?« Ich blicke starr in die Dunkelheit, während der Wind über uns hinwegschweift. Im Licht der beiden Monde scheint der Schnee auf den fernen Berggipfeln zu erstrahlen.

»War das nicht der Plan?«, fragt er. »War das nicht der Grund, weshalb wir hergekommen sind? Weshalb wir das alles auf uns genommen haben?«

Er wendet sich ab, den Kopf gesenkt. Ich betrachte die Silhouette seines Rückens und seiner Schultern mit einer Mischung von Verlangen und Schmerz, als hätte mir jemand ein Messer in die Rippen gerammt. Und dann lässt er mich stehen, schreitet in das wogende Gras, als wolle er darin ertrinken.

Natürlich folge ich ihm, ich laufe ihm hinterher, lege eine Hand auf seine Schulter und streiche über seinen Rücken, bis er seinen Schritt verlangsamt, ich schiebe mich unter seinem Arm hindurch, winde mich um seinen Körper, bis er mich umfängt, mich hält, mich küsst, mich hochhebt, damit ich die Beine um seine Hüften schlinge.

»Du bist für mich immer noch das einzig Wahre im Leben«, flüstere ich an seinem Ohrläppchen, während er sanft meinen Hals küsst, sodass sich meine Zehen kringeln. Und im nächsten Moment sinken wir ins hohe Gras und lassen uns davon verschlingen.

KAPITEL 32

Als die Sonne aufgeht und die Sterne am östlichen Horizont verblassen, während die dünnen Schleierwolken sich rosarot verfärben, liegen wir immer noch im wogenden Gras, in Doms Schlafsack gehüllt, die Finger verschränkt. Wir sehen einander an, als könnten wir in der Morgendämmerung verdunsten, wenn wir den Blick voneinander abwenden. Gerade haben wir beschlossen, zu den Zelten zurückzukehren, als wir einen Reißverschluss hören. Es ist das lauteste Geräusch, das ich je gehört habe. Wir sehen, wie Maxim aus dem Zelt kriecht, sich aufrichtet, so heftig gähnt, dass sein ganzer Körper zittert, und sich dann nach unten beugt, um mit dem Frühstücksgeschirr zu klappern.

Dom zieht mich zu sich heran und küsst meinen Mundwinkel. Wir lassen die Augen geöffnet, schielen ein wenig, lächeln uns an, verschmelzen miteinander, und uns wird jetzt erst bewusst, dass es eine jener Nächte war, die niemals hätte enden sollen.

»Ich wollte mir schon Sorgen machen«, sagt Maxim, als wir ein paar Minuten später zu den Zelten zurückkehren. »Aber irgendein Instinkt hat mir verraten, dass das nicht nötig ist.« Er lächelt und zwinkert uns zu.

Dom setzt sich hinter mich, die Knie links und rechts von mir angewinkelt, während ich mich bemühe, Feuer zu machen. Er lacht über meine Frustration, als es nicht auf Anhieb klappt. Mir wird bewusst, dass ich ihn keinen Zentimeter weglassen will, als er sich aufrappelt, um noch mehr Kleinholz zu suchen. Ich lege eine Hand auf sein Knie und lehne mich an, um ihn zurückzuhalten. Dann küsse ich ihn über meine Schulter hinweg, und im selben Moment kommt Irina aus dem Zelt. Sie sieht flüchtig in unsere Richtung und lässt den Blick zum Horizont schweifen, die Hände in die Hüften gestützt.

»Ich hoffe, ihr gut geschlafen«, sagt sie zu niemandem im Speziellen. »Wir müssen viel gehen heute.« Sie gesellt sich zu Maxim, der am Ufer des Sees einen Topf mit Wasser füllt.

Den ganzen Morgen über steigt die Landschaft kontinuierlich an, bis wir eine Stelle erreichen, wo lauter Felsbrocken herumliegen, als hätte ein Riese damit gespielt und sie anschließend liegen lassen. Von hier aus fällt das Gelände steil ab, während wir uns durch einen Wald schlängeln. Er ist anders als der bei der Siedlung; die Bäume sind deutlich kleiner, mit knorrigen Ästen und Zweigen, bedeckt von dichtem, dunklem Moos.

Dom und ich bilden schon den ganzen Tag die Nachhut, aber wir sind uns dessen kaum bewusst. Vermutlich machen wir es uns unnötig schwer, weil wir ununterbrochen reden. Wir schließen zu den anderen auf, als diese an einem Bach Pause machen und nebeneinander auf den Felsen hocken, um aus ihren Flaschen zu trinken, während Maxim das tragbare Display in seinem Schoß studiert.

»Wir sind fast da. Wir sollten hier die Zelte aufschlagen und das Gebiet zu Fuß erkunden«, sagt er.

Ich betrachte die Finsternis des Waldes und bekomme eine Gänsehaut. Wir errichten unser Lager in dem schmalen Bereich zwischen dem Bach und den dichten Bäumen, und Dom macht sich auf die Suche nach Feuerholz. Ich geselle mich zu Ezra, der am Bach hockt und sich das Gesicht wäscht.

»Demnach bist du wieder mit Suarez zusammen?«

Ich gebe keine Antwort.

»Na, Gott sei Dank«, fährt er fort. »Als Nächstes solltest du ihn überzeugen, sich die Haare schneiden zu lassen. Diese langen Zotteln, das geht echt gar nicht, viel zu flapsig. Ich meine, seine ganze Aura – er sieht aus wie ein Latin Lover aus einer Telenovela, der die Frauen ins Unglück stürzt.«

Ich muss lachen. »Das Thema scheint dich ja sehr zu beschäftigen.«

»Ja, vielleicht zu sehr.« Er sieht grinsend zu, wie ich mir Wasser ins Gesicht spritze. »Dann habe ich meine Chance wohl zum zweiten Mal verpasst«, sagt er außergewöhnlich ernst.

»Deine Chance?«

»Du warst immerhin fünf Minuten lang Single.«

Ich lache abfällig, aber als er mein Lachen nicht erwidert, werde ich rot. »Ezra«, sage ich, als wolle ich ihm einen Rüffel erteilen. »Du willst doch gar keine Chance. Außerdem hattest du die schon mal.«

»Nein, hatte ich nicht.« Er verzieht das Gesicht. »Nicht wirklich.«

Es entsteht eine Pause, in der ich zusehe, wie er sich die Hände wäscht, und mich frage, ob er das wirklich ernst meint. »Und was ist mit dir und Mari?«

»Machst du Witze? Ist dir noch nicht aufgefallen, dass sie in Maxim verknallt ist?« Er zieht sich sein Hemd über den Kopf, um es im Bach zu waschen, sodass ich automatisch verstumme. Ich habe keine Ahnung, was ich für ein Gesicht mache, aber er sieht mir mein Entsetzen offenbar an, denn er schenkt mir einen fragenden Blick. »Ach komm, so schlimm ist es nun auch wieder nicht, oder?«

Aber das ist es.

Die Koralle hat sich extrem ausgebreitet. Sie bedeckt fast seinen gesamten Oberkörper, mit breiten Verästelungen an seinem Bauch, seiner Brust, seiner Hüfte. Ein neuer Ableger ist hinzugekommen. Ausgehend von seiner linken Schulter, reicht er bis hinauf in den Nacken und runter zu seiner Achselhöhle. Ich fordere ihn auf, sich umzudrehen, und sehe die pflanzenartigen Auswüchse an seinem Rücken, gezeichnet von blauen, violetten und schwarzen Blutergüssen. Als ich ihn berühre, zuckt er zusammen.

»Tut das weh?«, frage ich, als Dom zu uns zurückkehrt. Er wirft das Feuerholz zu Boden und steigt vorsichtig zu uns herüber.

»Wow, hat sich ausgebreitet.« Die Untertreibung des Jahrhunderts.

»Okay, okay. Wenn wir wieder zurück sind, gehe ich zu Jason und lasse mir das Zeug entfernen.« Ezra streckt die Hände von sich. »Nicht alles, aber zumindest einen Teil. Falls er das hinbekommt.«

»Klingt vernünftig«, sagt Dom.

»Leute, kommt mal her und seht euch das an«, sagt Maxim, den Fuß auf eine knorrige Wurzel gestemmt, bevor er sich erneut umdreht, um tiefer in den Wald vorzudringen.

Obwohl es rasch dunkler wird, folgen wir einem dezenten Licht, bläulich schimmernd, wie unter Wasser. Irgendetwas lässt mich instinktiv zögern.

»Maxim, was …?« Als er mich ansieht, schüttle ich den Kopf.

»Komm und sieh dir das an, Seren«, sagt er lachend. »Ich verspreche, es wird dir gefallen.«

Im nächsten Moment höre ich ein vertrautes Geräusch, das bereits zu einer vagen Erinnerung verblasst war. Ich stelle instinktiv fest, dass ich es am Rande meines Bewusstseins wahrnehmen konnte, seit wir den Bach erreicht haben. Ich würde es jederzeit wiedererkennen. Mein Blick wandert zu Dom. »Sind das …?«

Er nickt und nimmt meine Hand, um mir über die Felsen zu helfen, aber ich bleibe wie angewurzelt stehen.

»Ezra!«, rufe ich den Abhang hinunter. »Geh da nicht runter. Noch nicht.« Aber er ist schon zu weit gerannt, mit riesigen unkontrollierten Schritten den Abhang hinunter. Er hört mir nicht mehr zu. Ich sehe, wie er das untere Ende erreicht und sich umblickt, während seine Arme schlaff herabhängen.

Es ist kein wirklicher Ort, keine wirkliche Situation, kein wirkliches Etwas. Es ist eher wie ein Traum, der aus irgendeinem Grund wahr geworden ist. Ich erblicke die Blumen von der Insel, die ich hier auf dem Kontinent noch nirgendwo gesehen habe, keine einzige. Aber hier stehen sie zu Hunderten, nein, Tausenden, so dicht beieinander, dass sie einen nahtlosen Teppich bilden und wir keine andere Wahl haben, als daraufzutreten, obwohl sie viel zu schön sind und es mir furchtbar leidtut und ich den Geruch ihrer zerbrochenen Stengel rieche. Aber das ist noch nicht alles, denn über ihnen, wirbelnd, wabernd, wie eine lebendige Wolke, schwirren Tausende von Glühwürmchen, die sich auf jedem Ast, jedem Zweig, jedem Blatt niederlassen, bis die ganze Lichtung in einem wogenden Tumult von blauen und violetten Farbtönen erstrahlt. Und mittendrin stehen wir.

Ich sehe, wie die Glühwürmchen Doms Haare und Schultern beleuchten. »Mann, das ist echt der Wahnsinn«, sagt er, und wir heben die Hände und sehen zu, wie die Glühwürmchen auf unseren Fingern landen, als wären es winzige Edelsteine. Ich höre, wie Irina und Maxim vor Begeisterung lachen, aber mit einem Mal wird mir alles zu viel. Und dann passiert es. Ein grelles Licht blendet meine Augen, ein schrilles Geräusch durchdringt meine Ohren, wird lauter und lauter, übertönt die Blumen, übertönt alles andere, und ich wirble herum, wieder und wieder, aber ich sehe nichts als blaues Licht.

»Ezra?« Aber ich kann ihn nirgends entdecken, und plötzlich gerate ich in Panik. Ich wedele mir mit der Hand vor dem Gesicht hin und her, um etwas zu sehen. »EZRA! Wo steckt er?« Ich ertaste Dom, packe den Stoff seines Hemds und zerre daran. »Wo steckt er? Kannst du ihn sehen?«

Ich betrachte die Sehnen an seinem Hals, während er sich angestrengt umsieht. »Lomax?«

Dann renne ich los, mitten hinein, mitten ins Zentrum, obwohl mir alles entgegenschlägt, als wäre ich unter Wasser, gefangen in einem tosenden Strudel, der mich in die Tiefe reißt. Ich entkomme erst, als Dom meine Hand packt und mich herauszieht, und ich muss husten, keuchen, als hätte er mich vor dem Ertrinken gerettet.

»Wo ist er?«, frage ich, während wir zwischen den Felsen auf die Knie sinken.

»Verschwunden.« Er schüttelt den Kopf.

»Verschwunden?«

Maxim und Irina stehen plötzlich neben uns, übersät von Glühwürmchen, die sie vorsichtig abklopfen. »Verschwunden?«, wiederhole ich deutlich lauter. »Warum hast du ihn überhaupt hergebracht? Warum? Ich habe doch gesagt …«

»Ich weiß!«, sagt Maxim. »Jetzt ist es mir auch klar.«

»Jetzt ist es dir klar?«, kreische ich. »JETZT wo er verschwunden ist?« Ich stehe auf und gehe auf ihn zu. »Gott, was bist du eigentlich für ein Wissenschaftler? Du wusstest doch, was diesen Zustand auslöst, und trotzdem bringst du ihn an einen Ort, wo mehr von dem Zeug herumschwirrt als irgendwo sonst? Du lässt ihn einfach so da reinrennen?«

»Ich bin genauso frustriert wie du, Seren. Ich hätte gern miterlebt, wie er verschwindet. Aber …« Er wischt sich ein Glühwürmchen von der Wange, das er aus Versehen zerquetscht, sodass ein Lichtstreifen an seiner Wange zurückbleibt. »… im Grunde kann ich nichts machen. Ich kann ihm nicht folgen. Das kann keiner. Wir können nur abwarten, was er uns erzählt, wenn er zurückkommt.«

»*Falls* er zurückkommt, meinst du.« Meine Kehle schnürt sich zu.

»Er *wird* zurückkommen.« Maxim ist sich seiner Sache so sicher, dass seine Antwort ziemlich überheblich klingt.

»Du warst nicht dabei«, sage ich mit angespanntem Kiefer. »Du warst nicht da. Du hast keine Ahnung, wie sich das anfühlt. Es ist, als … als würde man sich verlieren. Vielleicht für immer.«

»Er wird es schon überstehen.« Maxim berührt meinen Arm, aber ich schüttle ihn ab.

»Und du?«, sage ich zu Irina. »Hast du ihn in letzter Zeit mal untersucht? Hast du gesehen, wie schlimm es geworden ist?«

Glühwürmchen schimmern in ihrem Haar wie blaue Diamanten. Ihre Lippen rühren sich, bevor sie eine Antwort zustande bringt. »Nein, ich habe nicht untersucht, aber …«

»Warum bist du dann hier? Warum tust du so, als würde es dich interessieren, was mit ihm geschieht, wenn es dir in

Wirklichkeit total egal ist?« Ich warte nicht auf eine Antwort, stattdessen klettere ich zurück zu den Zelten und lasse die drei stehen.

Dom folgt mir, doch erst am oberen Ende des Hanges holt er mich ein.

»Hey«, sagt er und nimmt meine Hand. Das hat er bestimmt schon fünfmal gesagt. Als ich mich umdrehe, wirkt er genauso besorgt wie ich.

»Wie bescheuert war das eigentlich?«, sage ich.

»Ziemlich bescheuert, aber früher oder später musste es passieren.« Er rettet ein Glühwürmchen aus meinem Haar, und wir sehen zu, wie es davonfliegt, hinauf in den Himmel, wo bereits die ersten Sterne leuchten. »Deshalb sind wir doch gekommen, oder? Er wollte es so.«

»Ich weiß, aber ich verstehe das nicht. Ich fand diesen Ort total beängstigend und … schmerzhaft. Ich meine, es hat echt wehgetan. So richtig, richtig wehgetan.«

Allein die Vorstellung, dass er in diesem Moment dort ist, macht mir solche Angst, dass ich aufstöhne und meine Finger im Haar vergrabe und sie fest gegen meinen Schädel presse, als könne ich den Gedanken in meinem Kopf zerquetschen. Dann spüre ich Doms Hände an meinen, warm und sanft. Er beruhigt mich, setzt sich neben mich, nimmt mich in den Arm, damit ich aufhöre zu zittern, auch wenn es nicht viel bringt.

Wir sitzen bis spät in die Nacht am Feuer und horchen auf Ezras Rückkehr, während Maxim bei den Blumen Wache schiebt. Irgendwann kommt er zurück und starrt in die Flammen.

»Das Energiefeld ist extrem stark«, sagt er kopfschüttelnd. »Die Blumen. Sie sind untereinander verbunden, genau wie die

Korallen. Eine Art Netzwerk – so kann man es vielleicht ausdrücken. Das sind keine Individuen, das ist so etwas wie ein Überwesen.«

Ich denke unwillkürlich an die Baummusik. An die Stimmen. Wunderschön und schrecklich zugleich. Typisch Huxley-3.

Dom überredet mich, schlafen zu gehen, aber ich lasse mich nur darauf ein, weil er mitkommt und sich zu mir legt. Sobald ich einnicke, schrecke ich hoch, als würde ich in einen tiefen Abgrund stürzen.

Irgendwann schlafe ich anscheinend doch ein, denn als ich die Augen öffne, wird es bereits hell, und ich bin allein. Vor dem Zelt ist nur der geschwärzte Steinkreis zu sehen, wo wir gestern Feuer gemacht haben. Ich starre einen Moment hin und schlucke schmerzhaft. Als ich den offenen Eingang des anderen Zelts bemerke, schießt mir eine pulsierende Angst durch den Körper, denn ich sehe zwei Paar Füße und keines von denen gehört Ezra.

Also klettere ich den felsigen Abhang hinunter zu Dom, der mir von unten entgegenblickt. Das Licht der Glühwürmchen beginnt bereits zu verblassen, und viele der Blüten sind geschlossen und lassen die Köpfe hängen.

»Du hättest mich wecken sollen, damit ich dich ablöse«, sage ich. »Wie lange bist du schon hier?«

»Maxim hat mich erst vor zwei Stunden geweckt«, sagt Dom. Ich muss daran denken, wie trist und einsam die Stunden vor Einbruch der Dämmerung oft sein können.

»Keine Neuigkeiten?«, sage ich. Dumme Frage.

Er schüttelt den Kopf, und wir lassen den Blick für einen Moment schweifen, ehe er mich mit gerunzelter Stirn ansieht. »Ich habe nachgedacht …«, sagt er. »Bei eurer … Dislokation …« Er stolpert ein wenig über das Wort. »Seid ihr da am selben Ort zurückgekehrt, wo ihr verschwunden wart?«

Er betrachtet mich, während ich darüber nachdenke. Sind wir das?

»Ich bin mir nicht sicher«, sage ich letztendlich. »Zuerst war es uns nicht mal bewusst und dann … Nein, wir sind im Wald zurückgekommen, also nicht am selben Ort.«

Nachdem ich ausgeredet habe, mustert er mich einen Moment lang, dann schweift sein Blick in den Wald. »Ich mache noch einen Rundgang.« Er steht auf. »Bleibst du hier? Für den Fall der Fälle?«

Ich will nicht allein sein, trotzdem nicke ich und sehe ihm hinterher, während er sich mit einem Humpeln entfernt, das von den Anstrengungen der letzten Tage noch schlimmer geworden ist. Als er aus meinem Sichtfeld verschwindet, betrachte ich einen Büschel Blumen genau in dem Augenblick, als eine der Blüten gerade ihren Gesang einstellt und ihr sternförmiges Haupt senkt. Erst jetzt wird mir bewusst, wie lebendig sie sind, eher wie Tiere als Pflanzen. Ob Kirill diese Blumen kennt? Ich überlege, wie ich eine von ihnen transportieren könnte, um sie ihm zu zeigen.

Und dann höre ich es, tief im Wald, in entgegengesetzter Richtung zu Dom. Schwach und leise, aber ein Laut von unerträglichem Schmerz. Mir wird kalt, eiskalt, und ich spüre, wie meine Glieder gefrieren. Bevor es meine Beine erfasst, renne ich los.

Als ich ihn finde, liegt er zwischen den Wurzeln eines Baums, das Laub durchtränkt von dunkler Flüssigkeit. Als ich ihn an meine Brust ziehe, ist es, als würde er sich entleeren, als würde ein Teil von ihm am Boden zurückbleiben, während das Leben aus ihm herausströmt. Und genauso ist es. Sein Körper wird innerlich zerfetzt, an der Wirbelsäule entzweit, und als ich ihn anhebe, bleibt fast sein gesamtes Blut zurück. Er ist so blass, so weiß, fast bläulich. Seine Augen rollen nach oben, und er ist unbeschreiblich kalt.

»Nein, Ezra!« Ich verbiete ihm zu sterben, verbiete ihm, mir das anzutun. Ich weigere mich, es zu glauben, denn er hat schon so oft sein Leben riskiert. Er hat für *uns* sein Leben riskiert und überlebt. Außerdem ist er fast so alt wie ich – nur vier Monate jünger –, und ich kann mir keine Welt vorstellen, in der ich lebe und er nicht. Er darf nicht sterben, das würde keinen Sinn machen, nichts würde mehr einen Sinn machen; so einfach ist das. Ich rufe nach Dom, doch mein Ruf verhallt im Nichts, wie in einem Albtraum.

»Ich hab sie gesehen«, sagt Ezra. Bei den Worten quillt Blut über seine Lippen, an dem er fast erstickt. »Ich hab sie gesehen. Hab sie erkannt.«

»Wen?« Ich bringe kaum einen Ton heraus.

»Concordia. Es gab da eine Stadt, eine wunderschöne Kirche. Ich hab sie erkannt, da war Maxim, Sascha …« Er lächelt, lacht beinah. »Ich hatte nicht genug Zeit, um denen zu erklären, wer ich bin.«

Dom kommt dazu und fällt neben mir auf die Knie. Er zieht sein T-Shirt aus, ballt es zusammen, vermutlich um es auf die Wunde zu pressen und die Blutung zu stoppen, aber er weiß nicht mal, wo er anfangen soll, also wechseln wir einen vielsagenden Blick. Letztendlich drückt er ihm das T-Shirt in die Seite, als bestände auch nur die geringste Chance, die Blutung einzudämmen. »Ist schon okay, alles okay«, raunt er ihm zu, während wir hören, wie die anderen über die Felsen zu uns herunterschlittern.

Ezra lächelt immer noch, obwohl ihm das Blut aus dem Mund rinnt und über sein Kinn läuft. »Egal wo wir hingehen, wir begegnen immer uns selbst.« Er versucht zu lachen und scheitert kläglich, denn in diesem Augenblick weiten sich seine Augen, und ich sehe die Todesqualen in seinem Ausdruck.

»Nein!«, brülle ich, während sein Blut heiß und feucht über meinen Schoß und meine Beine sickert. »So darf es nicht enden!« Die Worte dringen rau aus meiner wunden Kehle. Ezra runzelt die Stirn – sein ganz persönliches Markenzeichen, doch es verblasst zusehends, schwindet, schwindet immer mehr, und dann ist er verschwunden.

Ich kann ihn nicht loslassen, wiege ihn hin und her, ziehe ihn an mich, während sein Blut immer mehr abkühlt, um mich herum Pfützen bildet und meine Beine verklebt, aber irgendwann lösen sie ihn aus meiner Umarmung, betten ihn sanft zu Boden, und Dom zieht mich hoch, zieht mich weg. Im ersten Moment versuche ich mich zu wehren, ihn wegzustoßen, weil … keine Ahnung, weil ein Teil von mir es immer noch nicht wahrhaben will.

»Tu etwas«, schluchze ich und packe Irinas T-Shirt. »Du bist doch hier die Medizinerin, also tu etwas!« Aber natürlich kann sie nichts tun, deshalb tut sie auch nichts, sie sieht nur von mir zu ihm und wieder zurück, mit unsagbar traurigem Blick, denn es ist vorbei.

Ein absolutes Ende, so wie Ezra es sich gewünscht hätte. Es ist vorbei … das war's.

Das war's.

KAPITEL 33

»Nein«, ist alles was Mariana sagt, als sie uns sieht.

Wir sprechen es nicht mal aus; das müssen wir gar nicht. Es ist mehr als offensichtlich, so wie wir zurückkehren. Es ist gerade Abendessenszeit, deshalb sitzen alle an ihren Tischen, und wenn wir halbwegs klar denken könnten, würden wir nicht einfach so da reinplatzen.

Sie sehen natürlich, dass wir zu viert sind statt zu fünft. Sie sehen den hoch geschlossenen Schlafsack, den wir gemeinsam tragen und zu Boden legen.

»Nein«, wiederholt Mariana, aber ich erwidere gar nichts. Ich sehe, wie sie mich mustert, meine verklebte Hose, dunkel von Blut. Ihr Gesicht verzerrt sich zu einer Maske des Grauens. »Nein. Oh Gott, nein.«

Ich sage immer noch nichts. Ich kann einfach nicht. Und in gewisser Weise werde ich das nie. Ich werde ihr nie erzählen, was das für ein Gefühl war, neben seinem leblosen Körper zu sitzen, in jenen ersten Minuten und Stunden. In sein regloses Gesicht zu blicken und mir vorzustellen, welche Qualen er erlitten hat. Mitansehen zu müssen, wie selbst Dom es nicht glauben konnte, nicht glauben wollte, und völlig in Panik geriet, unfähig zu atmen, bis Irina ihm ein Beruhigungsmittel gespritzt hat, aber danach wurde es noch viel schlimmer, denn er war total neben der Spur und schonungslos ehrlich, als wir Ezras Leiche verpackt haben. Er hat Sachen von sich gegeben, die keiner von uns hören wollte, wie beispielsweise: »Sein Körper ist total zerfetzt, als würde die Hälfte fehlen«, den Blick auf die klaffende Wunde an Ezras Flanke gerichtet, bevor wir den Reißverschluss zuziehen konnten.

Ich werde ihr nie erzählen, wie es war, ihn zwei Tage lang mit uns herumzuschleppen, während wir uns gefragt haben, warum wir ihn nicht einfach an Ort und Stelle begraben, warum wir das nicht gleich getan haben. Wie es war, uns seinetwegen zu streiten, obwohl wir ganz genau wussten, dass wir ihn nicht zurücklassen konnten, dass wir ihn nach Hause bringen mussten.

Und jetzt sind wir zurück. Und es ist an der Zeit, ihn zu begraben. Und ich habe keine Ahnung, ob ich das kann. Weil wir immer zusammen waren. Ein Leben lang. Das ist das erste Mal, dass sich unsere Wege trennen, und mir wird jetzt erst bewusst, was das wirklich bedeutet. Mein Weg geht plötzlich allein weiter, und seiner … ist zu Ende, und das ist einfach unerträglich.

Am Morgen der Beerdigung wache ich auf, weil Dom im Schlaf redet. Das macht er neuerdings ständig, er träumt so intensiv, dass er mich weckt, dass er sich selbst weckt, atemlos und schweißgebadet, manchmal fällt er sogar aus dem Bett. Es dauert jedes Mal eine halbe Ewigkeit, bis ich ihn beruhigen kann. Ich halte ihn fest, rede ihm gut zu, streiche ihm übers Haar, damit er sich wieder hinlegt, immer noch zitternd, wofür er sich jedes Mal entschuldigt. Eigentlich sollte es mir Angst machen, dass ausgerechnet er so zusammenbricht, obwohl er immer der Stärkere war, aber irgendwie fühle ich mich dadurch besser.

Gemeinsam gehen wir zum Friedhof. Seit ich ihn durch Zufall entdeckt habe, bin ich nicht mehr hier gewesen. Ich weiß, viele der Siedlungsbewohner kommen regelmäßig hierher, und bislang fand ich das einfach nur seltsam, aber mit einem Mal kann ich es nachvollziehen. Und das, obwohl sich der Ort an diesem Morgen in einen violetten Dunst hüllt, überzogen von dichtem Tau, überwuchert von dunkelblauem Moos, die blass polierten Grabsteine wie die mahnenden Geister der Verstorbenen. Und mittendrin befindet sich das frische Grab, gestern erst ausgehoben, wie eine Wunde aufgerissen, und daneben die blasse hölzerne Box mit dem Leichnam, in Wartestellung.

Sie begraben ihre Toten wie auf der Erde. Ich kann den Gedanken einfach nicht abschütteln, dass er bald da unten in der Erde liegt. Wie hätte er ahnen können, dass er einmal so enden würde? Drei Wochen vor seinem siebzehnten Geburtstag, tot und unter der Erde, obwohl er im Weltraum geboren wurde. Bestimmt hätte er erwartet, im Weltraum zu sterben. Aber so wie ich ihn kenne, hat er wahrscheinlich überhaupt nicht ans Sterben gedacht.

Ich frage mich, wie ich überhaupt hierhergekommen bin. Ich bin erstaunt, mich hier wiederzufinden, weil ich von dem Weg gar nichts mitbekommen habe. Zugleich frage ich mich, wie ich diese Rede überstehen soll, die alle von mir erwarten.

»Warum habe ich mich nur darauf eingelassen?«, frage ich, aber Dom sieht mich nur an.

»Ich glaube, mir wird schlecht«, sagt er schließlich, dann drückt er meine Hand und rennt zu den Bäumen.

Mariana und ich stehen somit allein da, als Jason und Grace, die als Nächste eintreffen, zu uns herüberkommen, um uns zu begrüßen, und es ist Jason, der mich in den Arm nimmt und in mein Haar seufzt.

»Ich hätte etwas tun sollen.«

Und obwohl ich in den vergangenen Tag oft das Gleiche, wenn nicht Schlimmeres gedacht habe, überrasche ich mich mit den Worten: »Du hättest gar nichts tun können, glaube ich.«

»Vielleicht nicht. Vielleicht auch doch. Wir werden es nie erfahren.«

Grace nimmt mein Gesicht in beide Hände. »Ach, Liebling«, ist alles, was sie sagt.

Jason nimmt Marianas Hand und blickt ihr fragend in die Augen, während sie nur den Kopf schüttelt. »Du hast es ihm nicht gesagt?« Dann fährt er fort. »Ich auch nicht.«

Und ich weiß, was er damit meint, im Gegensatz zu Mariana.

Ich unterhalte mich mit ein paar Leuten, die wie alle ihr Mitleid beteuern, als ich sehe, wie Maxim eintrifft. Und schwer auf seinen Arm gestützt, erblicke ich einen alten, grauhaarigen, gebeugten Mann – anscheinend sein Vater, der Kommodore.

»Es tut mir sehr leid, dass wir uns unter solchen Umständen kennenlernen«, sagt er, als ich ihm gegenübertrete und seine große, knorrige Hand schüttle, die sich eiskalt anfühlt.

Er erscheint mir deutlich älter als mein Großvater, und mir wird bewusst, dass er noch auf der Erde gelebt haben muss, dass er die Concordiamission von Anfang an miterlebt hat, dass er all die Menschen hat sterben sehen. Wie schafft man so was? Wie kann man so viele Menschen begraben und nicht daran zerbrechen? Ich weiß nicht mal, ob ich das ein einziges Mal kann.

Maxim führt ihn nach vorn, und der Kommodore ergreift das Wort. Er leitet die Zeremonie wie bestimmt unzählige Male zuvor, aber ich kann mir kein Urteil erlauben, denn es ist alles auf Russisch. Als ich an der Reihe bin und mich alle von ihren Hockern und Bänken aus ansehen, habe ich keine Ahnung, was ich im nächsten Moment sagen werde, denn ich habe die Rede nicht einstudiert, ich konnte es einfach nicht, aber irgendwie wusste ich, dass mir die passenden Worte im richtigen Moment einfallen würden.

»Ezra Lomax war mein ältester Freund, auch wenn mir das erst klar wurde, als es zu spät war. Die meisten von euch haben sicher gehört, was mit ihm passiert ist. Er wurde höchstwahrscheinlich in eine andere Dimension versetzt und ist bei seiner Rückkehr gestorben. Aber vor seinem Tod hatte er noch die Gelegenheit, mir zu sagen, was er dort gesehen hat.« Ich zwinge mich, den Blick in die Runde zu richten. »Er hat *euch* gesehen. Euch alle. Die Concordia. Eine andere Version der Concordia, eine andere Version von Huxley-3. Und er hat gesagt: ›Egal wo wir hingehen, wir begegnen immer uns selbst.‹«

Ich muss fast lachen, denn die Worte sind so typisch Ezra, dass er für mich ein klein wenig zum Leben erwacht. Dann fangen meine Augen an zu brennen, und als ich erneut in die Runde blicke, kann ich kaum noch etwas erkennen.

»Vor Kurzem hat jemand zu mir gesagt, Ezra hätte vermutlich die größte und wichtigste Entdeckung der Menschheitsgeschichte gemacht. Aber wenn ich ehrlich bin, ist mir das ziemlich egal. Wenn ich ehrlich bin, will ich ihn einfach nur zurückhaben. Vielleicht ist es tatsächlich die größte Entdeckung der Menschheitsgeschichte, aber ich würde viel lieber miterleben, wie er siebzehn wird und achtzehn und einundzwanzig, wie er Vater wird und irgendwann Großvater, egal wie wichtig diese Entdeckung auch sein mag …«

Mit einem Mal sackt mir das Blut aus dem Kopf, und ich

schlage die Hände vors Gesicht, um einmal laut zu schniefen, bevor ich meine Rede fortsetze.

»Wenn jemand so unerwartet stirbt, wird einem bewusst, was man ihm alles hätte sagen sollen und nicht gesagt hat.« Ich bemerke Marianas Gesichtsausdruck, bevor sie den Blick senkt, genau wie Jason. »Und wenn man es weiß, ist es leider zu spät. Vielleicht sollte uns das lehren, in Zukunft offener miteinander umzugehen.« Ich suche Doms Blick. »Da wo wir herkommen, gab es furchtbar viele Lügen. Man hat uns die Wahrheit vorenthalten. Und fast alle, die wir kannten, alle, zu denen wir aufblicken sollten, haben irgendeine Lüge gelebt. Ich will nie wieder so leben. Ich glaube, ich kann gar nicht mehr so leben. Und wichtiger noch, wir *sollten* auch nicht so leben. Egal wo wir hingehen, wir begegnen immer uns selbst. Vielleicht ist es eine Tatsache, dass wir hier draußen allein sind. Dass wir die Einzigen sind. Und wenn wir die Einzigen sind, sollten wir dann nicht das Beste daraus machen? Sollten wir nicht wenigstens versuchen, alles richtig zu machen? Wenn wir die einzigen intelligenten Lebewesen sind, dann müssen wir uns in Zukunft verbessern. Das sind wir diesem wundervollen Universum schuldig. Das sind wir uns allen schuldig.« Ich komme mir auf einmal total albern vor und muss über mich selbst lachen. »Tut mir leid, ich wollte mich nicht hierhin stellen und …« Ich schüttle den Kopf, als mir plötzlich etwas einfällt. »Er hat gesagt, da war eine Kirche. In der Siedlung, der anderen Concordia-Siedlung. Da war eine wunderschöne Kirche. Ich bin kein großer Fan von Gott, das war ich noch nie. Aber ich finde es wichtig, an etwas zu glauben. Ezra hatte einen Zwillingsbruder, Jonah, und der war Priester. Er hat mal zu mir gesagt: ›Du musst nicht unbedingt an Gott glauben. Ich will nur, dass du an irgendetwas glaubst. Denke darüber nach, was dir wirklich wichtig ist, und glaube so fest daran, wie du nur kannst. Das ist wahrer Glaube.‹ Eigentlich glaube ich immer noch an nichts. Aber das würde ich gern. Vielleicht sollten wir ganz einfach an *uns* glauben. An Huxley-3. Ich weiß nicht so genau, was das heißt, aber an irgendetwas müssen wir glauben. Ihr seid hierhergekommen, um ein neues Leben zu beginnen. Das muss mit dem alten nicht viel zu tun haben. Wir müssen uns nicht an die alten Regeln halten. Wir müssen einfach daran glauben, in Zukunft besser zu sein. Wir haben eine unglaubliche Entdeckung gemacht. Ezra hat eine unglaubliche Entdeckung gemacht. Wir haben eine außergewöhnliche Chance. Wir haben *mehr* als eine Chance. Vielleicht haben wir unendlich viele Chancen. Und wir können alles richtig machen. Vielleicht sind wir die Einzigen, die am Ende alles richtig machen. Wir müssen es nur versuchen.«

Ich habe keine Ahnung, ob ich mit meiner Rede fertig bin, aber ich bringe kein weiteres Wort heraus, deshalb gehe ich zurück zu meinem Platz in der ersten Reihe, wo Dom mich erwartet. Als die Männer, die normalerweise die schweren Rodungsmaschinen bedienen, den Sarg in die Erde lassen, weigere ich mich hinzusehen. Der Anblick ist einfach zu furchtbar.

Keine Ahnung, warum nach einer Bestattung stets ein Festessen stattfindet, aber so ist es Brauch, auch bei der Concordia. Also hat Sascha eine beachtliche Menge Alkohol produziert, und selbst diejenigen, die das Zeug normalerweise nicht anrühren, trinken viel zu viel davon. Ich weiß nicht, ob ich mich bewusst neben Kommodore Kreschnew setze oder ob es sich einfach so ergibt, aber ich finde seine Gesellschaft irgendwie tröstlich, und das liegt höchstwahrscheinlich daran, dass er mich an meinen

Großvater erinnert, denn er hat diese typische Art zu reden, bei der man automatisch zuhört.

»Kannten Sie die Erde?«, frage ich, nachdem ich einen gehörigen Schuss Alkohol heruntergekippt habe.

Er nickt. »Ich war bei unserer Abreise dreiundzwanzig. Hatte den Kopf voller Träume.«

»Wie war es dort?«

»Wie an einem Ort, dem Zeit davonläuft. Das Einzige, was es im Überfluss gab, waren Menschen. Und diese Ressource musste man nutzen. Nimm beispielsweise die Ventura. Damals war die Rede von einer geschickten PR-Aktion.«

»Wirklich?« Dom beugt sich vor, um der Unterhaltung zu folgen.

»Ich möchte sagen … es gab damals diverse Gerüchte, das Signal sei frei erfunden. Die Kommunikationsexperten der Ventura Com hätten die Mission nur inszeniert, um ihr Image aufzubessern. Und achthundert Menschenleben waren ein geringer Preis für die immense Werbung, die dadurch erzielt wurde. Die Welt sprach von nichts anderem. Jahrelang. Selbst nachdem die Ventura abgelegt hatte. Es war die erste Mission dieser Art. In gewisser Weise war sie ihrer Zeit weit voraus. Vielleicht zu weit.«

Er muss husten und wird so davon erschüttert, dass seine Augen in den Falten seines Gesichts verschwinden. Dom und ich wechseln einen Blick.

»Aber wollt ihr meine Meinung hören?« Er sieht uns forschend an, obwohl er keine Antwort erwartet. »Selbst wenn das Signal frei erfunden war, hat die Mission der Ventura etwas … so Reines, so Ehrenhaftes. Kontaktaufnahme. Kommunikation. Anders als unser lächerliches Pioniergehabe auf diesem Planeten.« Er schüttelt den Kopf und spuckt in den Dreck, was mich ziemlich verblüfft. »Ein billiger Abklatsch. Und doch so kostspielig.«

Wir lassen diesen Gedanken für einen Moment sacken. Mein Blick wandert zu Jason und Grace, die sich angeregt unterhalten, die Köpfe zusammengesteckt, die Gesichter schmerzlich angespannt. Er lässt seine Stirn flüchtig auf ihre Schulter sinken. Nicht weit entfernt entdecke ich Maxim, der hinter Mariana sitzt, eine Hand auf ihren Bauch gelegt, während sie sich entspannt zurücklehnt.

Kommodore Kreschnew erhebt mit zitternder Hand seinen Becher und sagt: »Auf das einzig Wahre!«

»Und was ist das?«, fragt Dom, während ich zu meinem Becher greife.

»Die Menschen«, sagt er mit leiser Stimme. »Die Menschen und ihr Drang zu überleben, was immer auch passiert. Auf unseren Überlebensdrang!«

Und darauf stoßen wir an.

KAPITEL 34

Der Sommer senkt sich über uns herab wie eine schwere Decke.

Es wird langsam Zeit, die vertrockneten Heerscharen von Sonnenblumen zu ernten, an denen ich auf meinem Weg zur Sendestation vorbeikomme. Grace sitzt drinnen auf einem Stuhl und betrachtet die Pulte mit den diversen Instrumenten, die noch keine Funktion haben. Es dauert einen Moment, ehe sie mich bemerkt.

»Seren.« Sie steht auf und kommt zu mir herüber, um mich in den Arm zu nehmen. »Wie geht es dir?«, fragt sie, doch verzieht im nächsten Moment das Gesicht. »Dumme Frage, oder?«

»Ganz gut«, sage ich.

Im ersten Moment fehlen ihr die Worte. »Es … es tut mir so leid.«

Ich versuche zu lächeln, trete einen Schritt zurück, gehe quer durch den Raum, bevor ich etwas erwidere. »Was soll das hier eigentlich werden?«, frage ich.

»Was meinst du?«

»Warum habt ihr den Sender gebaut? Von wem erwartet ihr eine Nachricht?«

Sie sieht sich um, als würde sie den Raum zum ersten Mal betrachten. »Ach, manchmal weiß ich das selbst nicht so genau.

Ursprünglich ging es darum, unsere Fortschritte an die Erde zu übermitteln, aber ich denke dabei auch an die Ventura, vielleicht hören wir irgendwann von ihr, vielleicht …« Sie unterbricht sich und fährt mit den Fingern über das Bedienfeld.

»Vielleicht was?«, frage ich.

»Ich habe mich oft fragt, was wohl passieren würde, wenn sie Eridani erreichen und herausfinden, dass da gar nichts ist, nichts und niemand.«

Den Gedanken kann ich gut nachvollziehen.

»Ich hasse die Vorstellung, dass sie irgendwo da draußen feststellen, dass alles umsonst war. Aber wenn sie unser Signal bemerken, uns auf dem Rückweg finden, dann … ich weiß nicht.«

Ich nicke stumm.

»Sie war ungefähr in deinem Alter, als sie sich für die Mission verpflichtet hat.« Sie sieht mich an, und ich weiß, sie meint Uroma Bea. »Kannst du dir das vorstellen?«

Ich seufze. »Jetzt wo ich selbst auf einem Planeten lebe, kann ich es mir noch viel weniger vorstellen.«

Sie lächelt über meinen Kommentar und mustert mich einen Moment. »Hast du eigentlich schon gesehen, was Kirill zustande gebracht hat?«

Als ich an der Agrarstation ankomme, sehe ich zuerst Mariana, die vor mir am Boden kniet. Sie bemerkt mich und steht auf, um sich den Dreck von der Hose zu klopfen. Dann führt sie mich in den hinteren Teil des Gewächshauses, wo Kirill gerade ein paar junge Bäume in Säcken bewässert. Als er mich bemerkt, stellt er das Wasser ab und boxt mir scherzhaft gegen den Arm, während er über beide Ohren grinst.

»Na los, jetzt zeig mir endlich, was du Tolles gemacht hast«, sage ich.

Ich soll mich hinknien und unter die dunklen Blätter der Bäume spähen. Und auf einmal sehe ich sie: Früchte! Klein, aber unverkennbar. Paare von rosig saftigen Früchten.

»Was ist das?«, frage ich.

»Sie haben noch keinen Namen«, antwortet er. »Ganz neue Züchtung. Die erste erfolgreiche Erd-Huxley-Kreuzung.«

»Mein Gott«, sage ich atemlos.

»Warte erst mal ab, bis du eine probiert hast!«, sagt Mariana in meinem Rücken.

Kirill streift eine der Früchte sanft vom Stiel und hält sie mir zwischen Daumen und Zeigefinger entgegen. Genau genommen habe ich in meinem ganzen Leben noch keine echten Früchte gegessen, von den giftigen Dingern auf der Insel einmal abgesehen, also begutachte ich sie erst mal von allen Seiten. »Isst man die ganz?«

»In der Mitte ist ein Kern.« Er grinst. »Jetzt probier schon, na los.«

Also beiße ich vorsichtig hinein. Es ist, als würde ich von flüssiger Wärme, flüssigem Licht durchflutet. Es schmeckt so köstlich, dass ich unwillkürlich schmatze und seufze, bis die anderen mich auslachen. Und mir wird erst bewusst, dass ich den letzten Rest vom Stein genagt habe, als nichts mehr davon übrig ist und ich mir wünsche, die Frucht wäre größer.

»Oh Mann«, sage ich, während ich mir das Kinn abwische. »Unfassbar gut. Wie hast du das hinbekommen?«

»Maxim hat mir geholfen«, sagt er. »Es hat zwei Jahre gedauert, bis wir wussten, ob es funktioniert.«

»Das Warten hat sich eindeutig gelohnt«, sage ich. »Keine Frage.«

Mariana und ich gehen hinaus zu der Stelle, wo wir Maxim

treffen sollen. Am Rand der Siedlung wurde gestern ein Stück Wald gerodet. Die Verwüstung ist so frisch, dass die verstreuten Holzschnitze einen strengen und aromatischen Geruch verströmen.

»Nett«, sage ich, als wir ankommen und sehen, dass Jason danebensteht. »Kommt mir fast vor, als könnte ich die Schreie noch hören.«

»Man muss eben Opfer bringen.« Maxim lächelt verkniffen. »Das gehört leider dazu.«

Mariana geht zu ihm, und er legt einen Arm um ihre Schultern, um sie an sich zu ziehen. Seit Ezras Tod stehen die beiden ganz offen zueinander. Sie haben es aufgegeben, nicht als Pärchen durchgehen zu wollen, und vielleicht sollte mich das stören, aber das tut es nicht. Es macht mich vielmehr glücklich. Es macht uns alle glücklich.

Maxim scheint meine Gedanken zu lesen. »Ich wollte euch fragen, was ihr davon haltet, wenn ich in Ezras Gedenken etwas erbaue. Immerhin ist er der Vater von Huxleys erstem Ureinwohner.«

Sein Blick wandert von mir zu Mariana und zurück zu mir.

»Was willst du denn erbauen?« Das muss ich schon wissen, bevor ich die Frage beantworte.

»Na ja … ich dachte an eine Kirche.«

Er und Jason mustern uns stumm, während wir die Worte in uns aufnehmen.

»Das klingt bestimmt seltsam«, sagt Jason, »wenn man bedenkt, dass niemand von uns sonderlich religiös ist. Aber als du auf der Beerdigung davon gesprochen hast, haben wir wohl alle gedacht, dass es durchaus Sinn machen würde, wenn wir irgendwo … hingehen könnten, um in Ruhe nachzudenken, um uns zu besinnen. Um all das zu ehren, woran wir glauben, was immer das sein mag. Wir brauchen einen angemessenen Ort für unsere Trauerfeiern. Natürlich auch für andere Anlässe. Vielleicht sogar Hochzeiten?« Er schenkt Maxim einen vielsagenden Blick, doch der geht nicht darauf ein.

»Es wäre eine Art Mehrzweckgebäude«, erklärt Maxim. »Wir müssen in Zukunft ein Erziehungsprogramm auf die Beine stellen, das ebenfalls hier stattfinden könnte. Ehrlich gesagt, hatte ich gehofft, *du* würdest dich darum kümmern, Seren.«

Ich verschlucke mich fast. »Ich und Erziehung?«

»Ja, du. Du hast für dein Alter extrem viel erlebt. Du bist klug und vernünftig, also, in ein paar Jahren …«

Ich halte seinem Blick stand, fordere ihn heraus. »Ich werde garantiert niemandem beibringen, wie man sich an die Regeln hält, Maxim. Das habe ich hinter mir.«

»Das erwarte ich auch nicht von dir«, sagt er, ohne zu zögern. Mariana drückt ihm einen Kuss auf die Wange.

Er schenkt ihr ein Lächeln, bevor er den Blick über die Lichtung schweifen lässt. »Ich stelle mir vor, ein Gebäude aus Holz zu errichten, das aussieht wie das Innere des Waldes. Als wären die Bäume selbst auf den Gedanken gekommen, es hier zu erbauen.« Er sieht zu Mariana. »Klingt das verrückt?«

Sie schüttelt den Kopf.

Ich lasse den Blick ebenfalls schweifen. Und mit einem Mal sehe ich es fast vor mir.

Die Wanderung ist kürzer als erwartet. Als ich das erste Mal hergekommen bin, ging es mir immer noch schlecht von der OP, und Doms Bein war ebenfalls angeschlagen. Es kommt mir vor wie eine Ewigkeit, dabei ist es erst wenige Wochen her.

Er ist schon vor Sonnenaufgang losgezogen, wie so oft in letzter Zeit, aber gestern Abend hat er mir erklärt, wie ich ihn hier finden kann.

»Komm einfach später nach«, hat er gesagt. »Ich will dir etwas zeigen.«

Als ich bei ihm ankomme, steht er knietief im Wasser, die Arme vor seiner nackten Brust verschränkt, den Blick auf das hellgrüne Wasser gerichtet, tief in Gedanken versunken. Beim Geräusch meiner Schritte dreht er sich um, und seinem Ausdruck nach zu urteilen war er sich nicht sicher, ob ich überhaupt kommen würde, weil es vielleicht zu schmerzhaft wäre. Ich stelle meine Tasche neben das Lagerfeuer und wate zu ihm ins Wasser, bis ich direkt neben ihm stehe, seine Hand nehme und sie an meine Lippen führe.

»Du bist gekommen«, sagt er, ohne zu lächeln, aber ich bemerke ein Funkeln in seinen Augen.

Ich betrachte den jadefarbenen See im Zwielicht, etwa zweihundert Meter im Durchmesser und nahezu kreisrund. »Ich hatte ganz vergessen, wie schön es hier ist.«

Er nickt. »Stimmt, aber das ist nicht der Grund, weshalb du herkommen solltest.«

Ich sehe ihn an, blicke ihm fest in die Augen, bis ich mir sicher bin, dass er mich in den Arm nehmen wird, was er im nächsten Moment tut. Ich ziehe seine Hüfte zu mir heran, während er meinen Nacken, meine Schultern, mein Schlüsselbein küsst, und als ich an ihm hochspringe, meine Beine um seine Hüften schlinge, verlieren wir das Gleichgewicht und stürzen in das kühle flache Wasser, und wir lachen und lachen, zum ersten Mal seit langer Zeit.

»Und warum sollte ich herkommen?«, frage ich, während

ich ihm das Wasser aus dem Gesicht wische und seine Haare zurückstreiche.

»Fische.« Er grinst.

»Fische?«, frage ich verwirrt, doch eine Sekunde später macht es Klick. »Wie jetzt? Du meinst … hier im See? Da sind Fische?«

Er sieht, wie sich die Erkenntnis auf meinem Gesicht abzeichnet, und lächelt sein zuckersüßes schräges Lächeln mit einem einzigen Grübchen, das ich so liebe, und genau in diesem Augenblick, als hätte er es geplant, durchbricht einer von ihnen die Oberfläche, ganz in der Nähe, wenn auch viel zu schnell, um etwas zu erkennen, außer dem Aufblitzen einer winzigen silbrigen Rückenflosse, aber es ist so unglaublich, dass ich unwillkürlich kreische – ein Laut, der in der Stille widerhallt –, und ich küsse ihn und sage dicht an seinen Lippen: »Du bist einfach unglaublich, weißt du das? Du bist absolut unglaublich.«

»Sie sind noch sehr klein«, sagt er. »Sehr jung. Wer weiß, ob sie es schaffen. Aber es ist zumindest ein Anfang.«

Und ich betrachte sein Gesicht, seine wunderschönen Augen, die in Momenten wie diesem leuchten.

»Ich habe wahnsinniges Glück, dass du mich liebst«, sage ich. »Du bist ein unglaublicher Mensch, der neues Leben erschafft, wo vorher keins war, und du liebst ausgerechnet mich.« Ich schüttle den Kopf.

»Deshalb bin ich so oft hergekommen. Um sie im Auge zu behalten.« Er sieht sich um. »Ich lasse dich ungern allein, aber …«

»Ich dachte, du brauchst einfach etwas Zeit für dich. Nach allem, was passiert ist.«

Er lacht, aber unendlich traurig. Seine Hände ruhen an meiner Hüfte, seine Finger berühren die Narbe meiner Operation, ihre glatten verhärteten Linien. Es ist reiner Zufall, dass sie den Buchstaben E bilden, aber ich bin froh darüber. Sie erinnern mich an meinen guten Freund. Und an all die ungelebten Leben dieses Universums. Dom zieht die Knie an den Körper und stützt seine Arme auf, den Blick nach unten aufs Wasser gerichtet. »Ich kann immer noch nicht fassen, dass wir ihn verloren haben.«

Verloren. Es hat eine Weile gedauert, bis ich das so sehen konnte. Diesen klaren, sauberen Schnitt ohne die schmerzlichen Details, die das Ganze noch unerträglicher machen. Wir haben ihn verloren. Darauf läuft es am Ende hinaus. Wir haben alles verloren, was er für uns war und was er jemals sein wird.

»Ohne ihn wären wir nie hier angekommen«, sagt Dom. »Und jetzt …«

»Deshalb sind wir es ihm schuldig, hier glücklich zu werden.« Ich stütze mein Kinn auf seine verschränkten Arme und betrachte sein trauriges Gesicht, seine feuchten Wimpern, die vereinzelten Wassertropfen an seinem Hals. »Weißt du, was ich mir überlegt habe?«

Er sieht mich fragend an.

»Was er da gesehen hat … Ich meine, das heißt doch, es gibt da draußen … was? Noch eine andere Dimension, einen anderen Zeitstrahl, eine andere Version von uns selbst, die ein anderes Leben führt?«

Er begegnet meinem Blick.

»Also gibt es da draußen noch einen anderen Ezra, der immer noch lebt. Der dämliche Witze reißt und abfällige Bemerkungen macht. Der seine Zukunft noch vor sich hat.«

»Wenn du dorthin reisen könntest, um ihn zu treffen, was würdest du ihm sagen?«, fragt Dom.

Das habe ich mich schon tausendmal gefragt, mit tausend verschiedenen Antworten, aber ich sage nur: »Lass dir mal die Haare schneiden, oder so.«

Er grinst, lacht beinah, seufzt ausgiebig, als wolle er das alles abschütteln. Dann lässt er den Blick schweifen.

»Ich dachte, wir könnten vielleicht hier leben«, sagt er unvermittelt. »Also, bis wir eine vernünftige Behausung gebaut haben, das dauert bestimmt seine Zeit.«

Ich betrachte den violetten Himmel, den reglos stillen See, in dem sich die aufgehenden Monde spiegeln.

»Können wir«, sage ich. »Oder etwas näher bei der Siedlung. Wäre vielleicht praktischer. Aus verschiedenen Gründen.«

»Meinst du das Zuchtprogramm, das im nächsten Jahr starten soll?« Er zieht die Augenbrauen hoch. »Du glaubst doch nicht, dass die uns da eingeplant haben? Wir wollen nichts damit zu tun haben – ich will möglichst autark leben.«

Ich schüttle den Kopf. »Ich glaube nicht, dass wir uns deswegen Gedanken machen müssen. Mein Gefühl sagt mir, dass sich hier in Zukunft einiges ändern wird.«

Urplötzlich schleicht sich die Kälte in meine Glieder, und ich stehe auf, sodass ich versehentlich einen winzigen Fisch erschrecke, der sich neugierig herangewagt hat. Ich strecke Dom eine Hand entgegen. Er mustert sie für einen Augenblick.

»Lass uns die nassen Klamotten ausziehen«, sage ich.

»Das Angebot kann ich unmöglich ausschlagen.« Er nimmt meine Hand, und ich ziehe ihn hoch, bis wir uns gegenüberstehen, die Hände verwoben, die beiden Monde im Rücken, das Wasser zu unseren Füßen.

»Ich hoffe, wir beide sind auch in der anderen Dimension ein Paar«, sagt er, während ich ihn zum Ufer führe.

»Manche Dinge sind eben unvermeidlich«, sage ich, »trotz der unbegrenzten Möglichkeiten auf diesem Planeten«, und ohne mich umzudrehen, weiß ich, dass er lächelt.

Kate Ling hatte bereits Kurzgeschichten und Gedichte in verschiedenen Anthologien und Magazinen veröffentlicht, bevor sie mit dem Schreiben der *Ventura-Saga* begann. Auf etlichen Reisen durch verschiedene Länder hat sie viele Erfahrungen sammeln können, die in ihre Bücher eingeflossen sind. Kate Ling ist verheiratet und hat zwei Töchter.

Lias Weg geht weiter – Band 2 der Chroniken der Verbliebenen

Mary E. Pearson
DAS HERZ DES VERRÄTERS
Die Chroniken der Verbliebenen
Band 2
Aus dem amerikanischen Englisch von Barbara Imgrund
528 Seiten
ISBN 978-3-8466-0042-9

Seit Lia in den feindlichen Palast verschleppt wurde, muss sie um ihr Leben fürchten. Rafe ist zwar an ihrer Seite, aber hier kann auch er sie nicht mehr beschützen. Der Komizar von Venda will Lias Tod – und erst als Kaden ihm verrät, dass Lia die Gabe der Vorsehung besitzt, steigert das in den Augen des Feindes Lias Wert. Sie gewinnt Zeit – doch was sagt ihr der Blick in die Zukunft? Lia muss wichtige Entscheidungen treffen und einen Weg finden, um endlich ihrem Gefängnis zu entfliehen ...